HEYNE

Das Buch

Seit ihrer letzten Beziehungs-Turbulenz mit Pilot Malte steuert Charlotte Loos am liebsten solo durchs Leben. »Männer sind bloß Sperrgepäck!«, findet sie und gründet statt einer Familie lieber den exklusiven Flight Club mit ihrer besten Freundin und Kollegin Felizitas. Ab jetzt heißt es für die beiden nicht nur Jetlag, sondern vor allem Jetset! Zumindest, bis Feli enthüllt, dass sie eine ziemlich große Überraschung im Gepäck hat – sie ist schwanger. So hatte sich Charlotte das Zusammenleben nicht vorgestellt. Und während ihr Leben am Boden von Fläschchen-Aufträgen, fiesen Vermietern und einer faulen Mitbewohnerin durchgeschüttelt wird, erwarten sie auch in der Luft neue Turbulenzen. Zum Beispiel das unerfreuliche Tief auf ihrem Spesenkonto und die Tatsache, dass die Airline in letzter Zeit einige Beschwerdebriefe über sie erhalten hat. Vielleicht wäre es ja doch gar nicht so schlecht, in ruppigen Zeiten einen Kopilot an der Seite zu haben …?

Die Autorin

Nach einer Karriere als Werbetexterin und Stewardess beschloss Annette Lies, einen Cockpit-Entzug zu machen und traf prompt ihren Traummann. Obwohl das Motto »Marry me, fly for free« heute leider nicht mehr gilt, flog er mit ihr und Nymphensittich Kotflügel trotzdem in den siebten Himmel. Beruflich landete die Autorin schließlich beim Studium der Dramaturgie an der Hochschule für Fernsehen und Film in München. *Saftschubse – Neue Turbulenzen* ist ihr zweiter Roman.

Lieferbare Titel

Saftschubse

Annette Lies

Saftschubse

Neue Turbulenzen

Roman

WILHELM HEYNE VERLAG
MÜNCHEN

MIX
Papier aus verantwortungsvollen Quellen
FSC® C014496
FSC www.fsc.org

Verlagsgruppe Random House FSC-DEU-0100
Das für dieses Buch verwendete FSC®-zertifizierte Papier
Holmen Book Cream liefert Holmen Paper, Hallstavik, Schweden.

Originalausgabe 07/2012

Redaktion: Eva Philippon
Printed in Germany 2012
Umschlaggestaltung: Eisele Grafik-Design, München
Umschlagillustration: © 68images/Vario Images; iStockphoto
Satz: Greiner & Reichel, Köln
Druck und Bindung: GGP Media GmbH, Pößneck
ISBN 978-3-453-59027-4

www.heyne.de

Für Dirk und Florian. Ihr wisst, wofür.

Für alle Exfreundinnen von Piloten. Seid tapfer, Mädels! (Ich kenne mindestens zwei, die bei den Guten sind: Benedikt und Tobi.)

Und für Werner, meinen Kopiloten – gefangen im Körper eines Zahnarztes. ♥

Prolog

»Was machen Sie denn beruflich?«
»Ich bin Stewardess.«
»Aha, dann wollen Sie also keine Familie.«
»Wie kommen Sie denn darauf?«
»Na, wenn Sie immer weg sind, dann sind Sie ja nie da.«

Perfectly Pharao's Pedicure/Manicure »Gizeh«. Amaranth Spa Hyatt Cairo says Thank you!	-90,00 €
Emotionale Terroristen erkennen und entwaffnen. Tipps & Tricks für Servicekräfte Flughafenbuchh. Hannover	-12,99 €
Spesensaldo:	-19,03 €

1.

So hatte ich mir meinen Besuch bei Münchens renommiertester Gynäkologin nicht vorgestellt. Ich dachte, ich hüpfe kurz rein, überfliege im Wartezimmer drei Ausgaben von *Mein Baby & ich* oder *PMS leicht gemacht* und bin wie immer ruckzuck wieder draußen. Aber weil ich neuerdings über dreißig bin, geht dieser Plan nicht auf.

Mir gegenüber an ihrem Schreibtisch sitzt Frau Doktor Söllberg-Habermann und mustert mich mit stoischer Ruhe, als sei ihr Wartezimmer leer. Dermaßen besorgt hat mich nicht einmal meine Mutter angeguckt, als ich die Masern aus der Nordseefreizeit mitbrachte und an meinen Vater weitergab, der wiederum den Vorstand und das gesamte Controlling eines großen deutschen Automobilkonzerns ... – Okay, das ist eine andere Geschichte.

»Wie steht es denn mit Ihrem Kinderwunsch, Frau Loos?«

Oh nein. Das war ja klar, dass das Thema kommen muss. Allein die Frage klingt irgendwie vorwurfsvoll. Ich schätze es grundsätzlich sehr, wenn sich Ärzte über die akute Problematik hinaus *ganzheitlich* mit der Situation ihrer Patienten befassen. Aber diesbezüglich habe ich so *gar* keinen Gesprächsbedarf! Außerdem muss ich Koffer packen für Dubai und säße sowieso überhaupt nicht hier, wenn nicht alle möglichen Leute mich mit ihrer Brustkrebs- und Papillomaviren-Hysterie angesteckt hätten. Kürzlich bin ich sogar zur Darmspiegelung gegangen, als hätte ich nichts Besseres zu tun an einem Donnerstag.

Ich vermisse meinen alten Gynäkologen.

Ein sehr netter, unaufdringlicher Mann, der keine unnötigen Fragen auf Eigeninitiative hin stellt, kommentarlos Abstriche macht und viel von seinen Reiseplänen nach der Pensionierung erzählte, die leider dann auch recht schnell kam. Und der meine Situation kannte und nicht viel Aufhebens darum machte. Meine seltenen Besuche bei ihm glichen mehr einer netten Begegnung im Supermarkt, bei der man zwanglos plaudert und nebenher vorwiegend festkochende Speisekartoffeln der Sorte *Selma* in den Einkaufswagen legt. Das dramatischste Thema, das wir je besprochen haben, ist die Keimbesiedelung auf Flugzeugtoiletten. Ein Vorgang, der mich weitaus mehr betrifft als Fortpflanzung. Aber gut, hier sitze ich nun mal bei meiner neuen Ärztin, und sie möchte das offensichtlich gerne ausdiskutieren.

»Grundsätzlich möchte ich schon Kinder. Aber akut ist das jetzt nicht«, antworte ich, wobei es klingt, als würde ich meine Steuererklärung um ein weiteres Jahr hinausschieben. Zum Ausgleich schlage ich selbstbewusst und elegant die Beine übereinander. Wenn das nicht diplomatisch ist! Ich bin eben keine dieser verzweifelten jungen Frauen, die sich erst lebendig fühlen, wenn ihnen morgens der Chef auf die Schulter klopft und abends ein Baby darauf sabbert. Zudem vereine ich als Frau von Welt Kind und Karriere sowieso spielend. (Vor allem, da ich weder das eine noch das andere habe.)

Die Hälfte meines Lebens hatte ich Angst davor, ungewollt schwanger zu werden. Und da will man ja nicht gleich im Anschluss Panik bekommen, es nicht mehr zu werden. Außerdem sehe ich mir gerade die Welt an. Ich bin nämlich Stewardess.

Böse Zungen bezeichnen unsere Berufsgruppe gerne als *Saftschubsen*, und ich finde, das ist okay. Immerhin schubse ich wirklich die meiste Zeit über an Bord Saft auf einem Trolley umher und bin froh, wenn keine meiner anderen Fähigkeiten zum Einsatz kommt. Zum Beispiel evakuieren oder reanimieren. Wirklich, ich liebe meinen Job über alles. Aber von *Karriere* im Sinne von Firmenwagen, Diensthandy und Schmiergeldaffäre würde ich jetzt nicht sprechen. Genau genommen von gar keiner Affäre. Aber das nur so am Rande.

Frau Doktor blättert in meiner neu angelegten Akte. »Sie sind jetzt … einunddreißig Jahre alt.«

»Richtig.« Ich komme mir vor wie bei einem Lügendetektortest. »Aber gerade erst geworden«, füge ich schnell hinzu. Nun ja, das war im November. Jetzt ist es März. Aber ich erinnere mich noch so genau daran, als wäre es gestern gewesen: Meine beste Freundin Felizitas hat mich mit einem Ronald-McDonald-Kindergeburtstag überrascht, den mir meine Eltern zeitlebens verweigert haben.

Als wir mit einer kleineren Gruppe Freunde in der Filiale einfielen, fragte die verblüffte Mitarbeiterin: »Und wo sind die Kinder?«

Und Feli rückte selbstbewusst ihr Partyhütchen zurecht, griff sich vergnügt unseren Strauß heliumgefüllter Luftballons und sagte: »Wir haben keine Kinder. Wir haben Spaß! Und jetzt möchte ich bitte ein Happy Meal.«

Später hat sie dann mit Ronald McDonald rumgeknutscht, und auch für mich wurde es ein rundum gelungener Tag – der sich kein bisschen nach über dreißig anfühlte. Eher nach dreizehn …

»In Ordnung. Dann werde ich Sie jetzt untersuchen. Dort hinüber, bitte!«

Frau Doktor macht eine einladende Geste in Richtung Nebenzimmer und bedeutet mir, meine Sachen hinter einem schicken asiatischen Paravent abzulegen.

»Bitte erst mal nur oben rum, damit ich Ihre Brust abtasten kann.«

Ach so, Mist. Jetzt habe ich in aller Eile die Hälfte meiner Klamotten schon abgelegt, natürlich die falsche Hälfte. Seufzend schlüpfe ich wieder hinein und entledige mich meines Pullovers, der statisch aufgeladen ist.

Meine Haare fliegen und knistern, und als sie meine Brust berührt, bekommen wir beide heftig eine gewischt, was die Gesamtsituation nicht weniger peinlich macht.

»Haben Sie und Ihr Partner sich denn schon Gedanken über Familienplanung gemacht?«

»Nein«, gebe ich so gleichgültig zurück, als hätte mein Bankberater mich gefragt, ob ich nicht ein Topzinskonto eröffnen möchte.

»Ich frage deshalb, weil viele meiner Patientinnen Flugbegleiterinnen sind und sich der Schichtdienst in Ihrem Beruf erfahrungsgemäß ungünstig auf das Schwangerwerden auswirkt.«

Okay, das erstaunt mich jetzt nicht. Zumal sich der Schichtdienst auch äußerst ungünstig auf meinen Schlaf, meine Freundschaften und den regelmäßigen Konsum von Fernsehserien auswirkt. Bei *Pan Am* bin ich eine komplette Staffel hintendran.

»Im Gegensatz zu Frauen in anderen Berufen brauchen Sie vermutlich sehr viel länger, um schwanger zu werden. Und auch die Rate der Fehlgeburten ist vielfach höher. Das müssen Sie einkalkulieren.«

Auch das ist mir nicht neu. Hier und da veranstaltet Skyline, die Airline, bei der Feli und ich arbeiten, Infotage und klärt uns über alle möglichen Risiken der Fliegerei auf: von der Höhenstrahlung bis hin zu Vergiftungserscheinungen durch verdampfendes Kerosin. Aber da es nun mal unser Beruf ist, versuchen wir diese Fakten geflissentlich zu verdrängen. Durch Sport, gesunde Ernährung und eine allgemein positive Lebenseinstellung. Besonders Feli ist in Letzterem Meister.

Ich wechsele nach Anweisung mein Outfit hinter dem Paravent und nehme erneut auf dem Untersuchungsstuhl Platz. Frau Doktor Söllberg-Habermann bereitet den Ultraschall vor und hantiert mit etwas Gel und einem langen Stab herum.

»Eine andere Sache, auf die ich Sie hinweisen möchte, ist, dass durch die verbreitete Einnahme und Ausscheidung der Pille große Mengen Hormone in unser Leitungswasser gelangen. Das ja dann auch Kühe trinken, von wo aus es in die Milch gelangt.«

Ich begebe mich in die entwürdigende Waagerechte, stelle meine Füße in die Steigbügel und bin gespannt auf den Zusammenhang, der jetzt folgt.

»Das führt nach neuesten Erkenntnissen dazu, dass besonders wir Frauen, die ja oft Latte macchiato und so weiter konsumieren, einen stark erhöhten Hormonspiegel haben und verfrüht in die Menopause kommen.«

Okay, das sind jetzt mal Neuigkeiten. Ich überschlage grob die Anzahl der Liter Milch, die ich in den letzten Jahren weltweit in meinen Kaffee gekippt habe. Demnach müsste ich spätestens nächste Woche in die Wechseljahre kommen.

Ich muss zugeben, dass dieses Gespräch hier nicht so abwegig ist, wie es mir vorkommt. Das sieht man an Altersgenossen, über deren Leben ich minutiös informiert bin: der Prominenz.

Kate zum Beispiel, alias Käthe Mittelstand (wie Feli sie nennt) ist jünger als ich und nicht nur schon verheiratet, sondern ganz England wartet bereits sehnsüchtig auf einen Thronfolger. Auch Sarah Connor ist jünger als ich, hat zwei Kinder und ist sogar schon geschieden, und Katy Perry … – okay, vielleicht sollte ich mich nicht unbedingt an denen orientieren. Gut, ich habe keinen Partner, keinen Scheidungsanwalt und kein Kleinkind, aber dafür auch keine Probleme! Trotzdem: Ich bin im gebärfähigen Alter. Und wäre die Monarchie auf mich angewiesen, wäre sie schon zugrunde gegangen, so viel steht mal fest.

Aber was soll ich zu den beunruhigenden Ausführungen der Ärztin sagen?

Ich bitte Sie, wer kriegt Kinder denn heutzutage noch selber? Ich halte es da wie Sandra Bullock. Oder Prinz Frederik, der adoptiert doch auch immer irgendwas, nicht wahr? Oder: *Ach wissen Sie, die demographischen Probleme hinsichtlich der Rentenpyramide werden überbewertet. Ich denke, Fortbildung ist viel wichtiger für die Gesellschaft als Fortpflanzung.*

Letzteres würde zumindest zeigen, dass ich mich noch für

andere Dinge interessiere als fürs Kinderkriegen. Neulich hat mich ein Kopilot ernsthaft gefragt, ob ich *Arte* kenne. Ich war tödlich beleidigt, hatte aber keine Lust meinen Bildungsstand unter Beweis zu stellen und habe dann einfach bekundet, dass ich *Teleshopping* total toll finde.

Tja, aber zurück zur Wahrheit: Ja, ich bin alt genug dafür, um mit einem dicken Bauch durch die Gegend zu laufen und Essiggurken mit Smarties zu verzehren. Nur leider fühle ich mich nicht so. Und es beunruhigt mich auch nicht, dass ich jeden Monat ein weiteres limitiertes, befruchtungsfähiges Ei verliere. Mich beunruhigt höchstens, dass es mich *nicht* beunruhigt.

Vielleicht ist meine biologische Uhr stehen geblieben? Und dauerhaft dem Jetlag zum Opfer gefallen? Ja, das könnte doch sein! Irgendwo zwischen Bangkok und Berlin kannte sich mein Körper nicht mehr aus und denkt jetzt, er hätte noch ein paar Dekaden, um aus mir eine Fruchtbarkeitsgöttin zu machen.

Interessiert starre ich auf den grau-weißen Monitor neben mir, als würde ich auch nur im Entferntesten irgendein Organ erkennen. Unwirsch führt Frau Söllberg-Habermann den Schallkopf hin und her, bis ihr schließlich ein zutiefst genervtes Seufzen entfährt.

»Mein Gott, das macht ja keinen Sinn bei Ihnen, Sie haben zu viel Luft im Bauch. Ich vermute, Sie kommen gerade erst von einer Langstrecke?«

Verblüfft nicke ich und nehme das graue Zellstofftuch entgegen, das sie mir abrupt hinhält.

»Ja, ich war in…« Mein Gott, wo war ich zuletzt? »Chicago!«, lüge ich, während ich fieberhaft überlege, wohin mein letzter Flug in Wahrheit ging. Erinnerungen an chinesische

Märkte mit gefälschten Gürteln und Sonnenbrillen, portugiesische Hotelzimmer und das nostalgische Karussell am Santa Monica Pier blitzen in mir auf. Und an einen hässlichen Sonnenbrand aus dem Oman, weil ich mich nicht getraut hatte, einen der umliegenden Gäste am Pool zu fragen, ob er mir den Rücken eincremt.

Venedig – ja, natürlich!

Ich hatte es mir extra im Rahmen einer Mehrtagestour durch Europa gewünscht, um dort die Espressomaschine zu bestellen, auf die Feli und ich seit Monaten unsere Spesen sparen. Denn:

Sie und ich, wir ziehen bald zusammen!

»Bitte machen Sie Untersuchungstermine frühestens achtundvierzig Stunden nach einem Flug aus, ich kann da sonst nichts sehen«, reißt mich Frau Doktor unfreundlich aus meinen Gedanken zu unserer neuen glamourösen WG. Huch, jetzt ist sie stinkig. Aber wenigstens scheint das Thema Kinderwunsch vorerst abgeschlossen zu sein.

Ich ziehe mich wieder an und bin jetzt auch beleidigt. Schließlich gibt es Dinge, die selbst ich nicht übers Fliegen weiß, zum Beispiel, wie unvorteilhaft sich berufsbedingte Luftansammlungen in körperlichen Hohlräumen auf bildgebende Verfahren auswirken. Sonst wäre ich kaum hergekommen und hätte die gute Frau belästigt, und nebenbei wäre es mir erspart geblieben, über Themen zu sprechen, die kein Thema sind in meinem Leben.

Ich folge ihr zurück zu ihrem Schreibtisch.

»Gut, wenn also kein Kinderwunsch besteht – was tun Sie in Sachen Verhütung?«

Oh nein. Das ist ja wirklich, als käme man vom Regen in die Traufe. Ich wollte einfach nur zur Krebsvorsorge, wofür mir ihre Praxis wärmstens empfohlen wurde. Ob ich sie mal daran erinnern soll, dass ich seit geraumer Zeit in ihrem Behandlungszimmer bin und draußen eine Menge launische Schwangere warten? Wie Feli jetzt wohl reagieren würde? Sie hat eine unvergleichliche Art, sich aus unliebsamen Situationen zu befreien oder gar nicht erst hineinzugeraten. Ganz im Gegensatz zu mir.

Mein Blick streift einen kleinen, schräg stehenden Bilderrahmen auf dem Schreibtisch der Ärztin. Auf dem Foto sind zwei Babys in identischen Stramplern zu sehen. Womit klar wäre, dass sie selbst in letzter Zeit eher nicht verhütet hat.

»Ich tue nichts«, antworte ich mit Unschuldsmiene.

Sie starrt mich so entsetzt an, als hätte ich verkündet, Analverkehr mit häufig wechselnden Geschlechtspartnern in Entwicklungsländern sei unbedenklich.

»Aber Sie wissen doch wohl, dass *nichts* keine sichere Methode ist?« Schockiert zieht sie eine Augenbraue hoch.

Ich habe das sehr sichere Gefühl, dass ich etwas sagen sollte, um meine Antwort zu präzisieren und meine Zurechnungsfähigkeit zu rehabilitieren. Es ist ja nicht so, dass ich in Ermangelung eines Medizinstudiums nicht doch ein Mindestmaß an biologischem Basiswissen besäße. Wovon offenbar nur ich überzeugt bin, denn Frau Doktor belehrt mich erneut in hormonell verseuchtem Milchkuhtonfall:

»In neun von zehn Fällen führt Geschlechtsverkehr mit der Methode *Coitus Interruptus* hundertprozentig zu einer unerwünschten Schwangerschaft!«

»Nein, nein, da haben Sie mich missverstanden!«, winke ich ab. »Also, was ich sagen wollte ist, ich verhüte *gar nicht*.«

»Gar nicht?!«

Schon wieder habe ich mich blöd ausgedrückt, und die Pupillen meiner neuen Gynäkologin weiten sich noch mehr. Ich kann ihr ansehen, dass sie alle Intelligenz-Klischees über Stewardessen bestätigt sieht.

»Aber gerade in *Ihrem Alter* ist die Wahrscheinlichkeit einer Befruchtung sehr hoch!«

Mir gefällt nicht, wie sie *in Ihrem Alter* sagt. Außerdem, dachte ich, bin ich nach neuesten Erkenntnissen der Milchindustrie doch besonders schwer bis gar nicht zu befruchten?

Ich hätte ihr einfach ins Wort fallen und ihren Satz vollenden sollen: »Aber bei mir ist die Wahrscheinlichkeit einer Befruchtung gleich *null*.«

Frau Doktor Söllberg-Habermann beugt sich entschlossen über ihren Rezeptblock und bereitet unserem erniedrigenden Dialog ein Ende.

»Da Sie Stewardess sind, kommt die klassische Pille aufgrund der Zeitverschiebung für Sie nicht infrage. Und wegen des Thromboserisikos. Ich verschreibe Ihnen den NuvaRing, den Sie einmalig einführen und der dann kontinuierlich Hormone abgibt …«

»Aber – ich brauche kein Rezept!«, protestiere ich lautstark und verschränke mit Nachdruck die Arme vor der Brust, wie ein trotziger Teenie oder ein Businessclassgast, wenn die Spätbeerenauslese alle ist.

Ich mustere ihre restlos verstörte Miene, die unter ihrer engelsgleichen blonden Mähne hervorlugt. Sie ist ungefähr Mitte dreißig, wirkt gute vier Kilo schlanker als ich, was ich der sagenhaften Länge ihrer Beine als eine Art optische Täuschung zuschreibe, und trägt einen zierlichen goldenen Ehering mit einem kleinen Brillanten darin am Finger.

Ein für mich ähnlich abstrakter Gegenstand wie das Lichtschwert eines Jediritters.

Übrigens sieht sie Feli erstaunlich ähnlich.

Es herrscht eindeutig Klärungsbedarf. Ich atme tief ein, nicht ohne einen gewissen Neid auf die Selbstverständlichkeit, mit der vermutlich ihr Leben verlaufen ist (Studium, Ärztekongress, Eheschließung mit dem Chef der Kardiologie, Fünftürer), und bereite mich darauf vor, das Unaussprechliche in aller Deutlichkeit zu formulieren. Mein Problem, mein Manko, mein schmutziges, kleines Geheimnis. Das offenbar mal wieder so unvorstellbar ist, dass ich alle Welt explizit darauf hinweisen muss. Und das, obwohl wir Saftschubsen nach Zahnärztinnen die begehrteste Berufsgruppe bei Männern in Sachen Partnerwahl sind, was eine offizielle Erhebung ergeben hat, die Feli und ich ganz zufällig mal aus dem Internet … – nun ja.

Ich räuspere mich bestimmt. »Ich habe *keinen* Freund!«

Frau Dr. Söllberg-Habermanns Mund verzieht sich zu einem nachsichtigen Lächeln. »Oh, Entschuldigung – ich verstehe.«

Na, endlich. Die Frau scheint doch schon einmal von meiner Spezies gehört zu haben.

»Aber auch in homosexuellen Beziehungen besteht natürlich immer ein gewisses Risiko sexuell übertragbarer …«

Das darf doch wirklich nicht wahr sein! Noch während ich die traurige Wahrheit leicht hysterisch hinauskreische, weiß ich, dass Münchens renommierteste Frauenärztin und ich uns so schnell nicht wiedersehen werden.

»Ich bin SINGLE! Ich habe *gar keinen* Sex!«

Skyline – Meet the Angels
Rundschreiben

Liebe Kolleginnen und Kollegen des Bordpersonals,

hiermit möchten wir Sie offiziell darüber informieren, dass wir den Produktauftritt unserer Airline neu gestalten. Unsere Werbeabteilung möchte Sie auffordern, aktiv dazu beizutragen! Als Bindeglied zwischen Mensch und Marketing agieren Sie in unmittelbarer Nähe zum Kunden und erhalten ungefiltertes Feedback über die Bedürfnisse des Einzelnen über den Wolken. Wir würden uns freuen, wenn Sie diesen Erfahrungsschatz mit uns teilen und in einen neuen Claim einfließen lassen! Der Slogan »Meet the Angels«, der vor allem Ihre Leistungen an Bord hervorhebt, hat uns lange begleitet, nun möchten wir neue Märkte und neue Herzen erschließen – mit Skyline als Komplettprodukt, vom Check-in bis zum Kofferband.
In diesem Sinne: Wir freuen uns auf Ihre Vorschläge! Selbstverständlich bleiben Sie weiterhin ein offizieller Skyline-Engel.

Always happy landings!

Ihre

Cosima-Fee Makjewitz
Skyline Marketing & PR

Skyline – Meet the Angels
Rundschreiben

Sehr geehrte Mitarbeiter,

wir freuen uns sehr, Ihnen verkünden zu dürfen, dass wir Zuwachs bekommen! Im Zuge unseres neuen Airline-Auftritts erhält unser allseits beliebtes Maskottchen Kerosinchen ab sofort Verstärkung von … Turbinchen!
Bitte kommunizieren Sie dies unterwegs, insbesondere Kindern gegenüber. Entsprechende Spielzeugbeladungen werden ab dem kommenden Beladungsturnus an Bord vorhanden sein. Neben dem beliebten Kerosinchen-Puzzle werden Sie ein Plüsch-Turbinchen vorfinden.

Viel Spaß beim Fliegen mit diesen munteren Gesellen!

Ihr
Enno Rost
Skyline Produktentwicklung

Grande Rose-Lemon-Berry-Zizzle-Cooler/ no caffeine/no ice/no soy milk Coffee King Abu Dhabi/Airport	-3,12 €
Wann kommt endlich der blöde Prinz mit seinem dämlichen Gaul? Flughafenbuchh. Düsseldorf Rhein-Main	-8,99 €
Spesensaldo:	-79,45 €

2.

»Ach, komm schon, bitte, Charlotte! Nur noch einmal!« Feli taucht ihre Hand in eine Schale voll Gummibärchen.

»Nein, ich will nicht mehr! Das ist so demütigend!«

»Dann fasse ich zusammen: Erst war deine Frauenärztin besorgt, weil du nicht verhütest. Und dann, weil du noch keine Kinder hast?«

»Umgekehrt. – Aber ja.«

Sie grinst mich fröhlich an und stopft sich rund zwanzig Bärchen in den Mund. »Okay, positiv betrachtet heißt das, dass sie dir eher eine lesbische Beziehung andichtet, als dir zuzutrauen, dass du Single bist.«

Wie gesagt, Feli ist die Meisterin des Optimismus, und ich liebe sie dafür. (Platonisch!)

Es ist Sonntagabend, und wir haben es uns in meiner kleinen Wohnung gemütlich gemacht, eigentlich um *Der Bachelor* zu sehen, aber seit ich Feli meinen Arztbesuch mit großen Gesten geschildert habe, stellt mein Schicksal die dramatischen Versuche der Frauen sich einen Mann zu angeln, den eigentlich keine will, in den Schatten. Für Feli gibt es kein Halten mehr. Zwar bemüht sie sich redlich, mich für meine Blamage zu bedauern, wird aber immer wieder von heftigen Lachern geschüttelt.

»Charlotte, mach es nur noch *einmal*!«

»Na schön, aber das ist jetzt das *allerletzte* Mal!«

Ich richte mich auf der Couch auf, verschränke die Arme und schlage elegant die Beine übereinander, sodass ich aussehe wie ein indischer Knotenkünstler. Dann stoße ich theatralisch hervor: »Ich bin *Siiiiiiiiingle!*«

Wieder rollt sich Feli mit lautem Gelächter auf meiner Couch zusammen, während ich mich für meine Darbietung mit den letzten Wasabi-Chips belohne.

»Charlotte, ehrlich – lass es raus! Du solltest eine Art Urschrei-Therapie machen. Wenn du willst, fahren wir mal ins Fichtelgebirge, da hört dich keiner.«

»Haha. Ich weiß deinen Vorschlag sehr zu schätzen, aber nicht das Singleleben an sich macht mir Probleme, sondern diese ätzende Ärztin! Ich bin noch nie von medizinischer Seite so missverstanden worden.«

»Ihr habt eben einfach kein gutes Karma miteinander. – Kann ich die leer machen?« Sie deutet auf die letzten Speckmäuse, die wir im Rahmen unseres Süßigkeiten-Buffets aufgetischt haben.

»Greif zu, dann kann ich endlich die Schüssel wegnehmen. Und bitte krieg dich endlich ein, jetzt werden die Rosen verteilt.« Wir stecken mitten im Umzug und kommen kein bisschen voran, weil wir in einer Tour quatschen. Aber es ist herrlich! Fernsehidylle vom Feinsten, und endlich sitzt mal keine von uns schlaflos in Seattle, Peking oder Seoul. Wir beide haben frei und das dank offizieller Umzugstage.

Ich blicke mich in meiner Minibleibe nach dem nächsten greifbaren Gegenstand zum Einpacken um. Ein typisches

Single-Apartment, aber eigentlich hasse ich den Ausdruck. Und das nicht erst seit meinem traumatischen Bekenntnis in der Praxis. Felis Meinung dazu lautet: »Man sagt doch auch nicht *Verheirateten-Wohnung* oder *Geschiedenen-Lodge*. Am Ende heißt es noch *Hetero-Villa* oder *Homosexuellen-Reihenhaus*! Wo kommen wir denn da hin?!«

Feli ist nicht nur Optimistin, sondern auch sehr direkt. Was ein bisschen peinlich werden kann, wenn sie es in Gegenwart eines Maklers ist, der versucht, seine Immobilien bestmöglich anzupreisen, und ich unmittelbar danebenstehe. Worauf ich nämlich nicht besonders stehe, sind Konflikte.

Ich finde es schon unangenehm, wenn *Zwei bei Kallwass* unterschiedlicher Auffassung sind. Und wenn früher Herr von Bödefeld in der *Sesamstraße* rumgemosert hat, habe ich einfach den Fernseher ausgeschaltet.

Auf jeden Fall habe ich immer geglaubt, wenn ich hier mal ausziehe, dann zu meinem Freund und zukünftigen Ehemann, vermutlich einem Piloten. Nicht, weil ich besonders scharf auf einen wäre, sondern weil die meisten Beziehungen nun mal am Arbeitsplatz entstehen. Und meiner auch noch mehr Romantik bietet als der Kopierer eines mittelständischen Unternehmens in Bottrop, an dem man sich beim Papierstau näherkommt. Es geht einfach schneller, wenn man nach einer heiklen Landung in Athen die gemeinsam ausgestandene Todesangst bei einem Ouzo am Strand ausklingen lässt.

Gottlob gibt es solche Landungen äußerst selten und außerdem immer mehr Kopilotinnen, sodass in meinem Privatleben alles ganz anders kam.

Zum Thema Männer muss ich noch sagen: Feli und ich

sind weder verbittert noch frustriert. Gott behüte, nein. Wir sind einfach vorübergehend *kuriert*. Und das aus gutem Grund! Meine letzte Beziehung zu Kopilot Malte Breuer, inklusive Sex an Orten wie dem Basiscamp des Kilimandscharo, war so unnötig wie der Kauf meiner Polarausrüstung auf lange Sicht. Und Feli ist es mit einem »Übrigens, ich bin verheiratet – wusstest du das etwa nicht?!«-Kapitän nicht wesentlich besser ergangen als mir. Was haben wir gelitten, was sind wir denen hinterhergereist! Was haben wir nicht alles getan, um nach einer anstrengenden Rückkehr aus Korea binnen weniger Stunden wieder auszusehen wie aus der Yogurette-Werbung – epiliert, sportlich und fröhlich. Man darf es echt keinem erzählen, aber wir haben uns sogar den Wecker gestellt, um den Großen Preis von Melbourne live zu sehen. (Man will ja nicht als Motorsport-Muffel dastehen und sich dennoch positiv von den Boxenludern absetzen.)

Heutzutage täuschen Frauen eben keinen Orgasmus mehr vor, sondern gesteigertes Interesse an Länderspielen, Hedgefonds und Paintball. Und was haben wir davon? Dass sich Männer für uns interessieren, die *uns* im Grunde nicht interessieren (quasi das *Bachelor-Syndrom*). Also machen wir das alles nicht mehr.

Stattdessen sehen wir lieber zu, wie Heidi Klum im Fernsehen Fotos und Bussis verteilt oder Narumol auf dem Bauernhof im Dirndl rumläuft, lungern dabei in rosa Trainingshosen, die noch nie ein Fitnessstudio von innen gesehen haben, auf dem Sofa herum und nutzen das Waxing-Studio je nach Budget und nicht nach ins Ohr gehauchten Sonderwünschen. Und der Nachwuchs der Bundesliga interessiert uns vorläufig so wenig wie der eigene. Alles andere ist auf

Dauer einfach zu anstrengend, und ich bin heilfroh, dass statt eines weiteren Mannes Felizitas Yvonne Cecilia Rauh in mein Leben trat. Auch wenn ihr voller Name es nicht vermuten lässt: Es war Freundschaft auf den ersten Blick. Oder vielmehr, auf den ersten *Dieb* …

Vor rund zwei Jahren stiegen wir mit dem Rest unserer Crew abends in der Türkei aus dem Flieger, um ins Hotel zu fahren. Wie so oft waren wir auch an diesem Tag neu zusammengewürfelt worden. Wir hatten uns frühmorgens einander kurz im Briefing vorgestellt, und die große blonde Schönheit im Raum war mir sofort aufgefallen. Sie bestach einfach jeden sofort mit ihrer rundum positiven Ausstrahlung.

Feli hatte auch an diesem ersten Tag ein offenes, herzliches Lachen, ohne den geringsten Anflug von abschätziger Musterung oder jener Prise Neid auf Gott weiß was, die bei manchen Kolleginnen und Kollegen mitschwingt. Und sie war wahnsinnig lustig. Ich meine, wie oft geben makellose Frauen sich schon für selbstironische Scherze her, ziehen Grimassen und imitieren gekonnt Politiker auf Kommunalebene? Sie schon, denn sie hatte es eben nicht nötig durch puppenhaftes Auftreten Männern zu gefallen. Weiter hatten wir während der vollen Flüge tagsüber kaum Gelegenheit gehabt, auch nur ein Wort miteinander zu wechseln.

Bis wir abends gemeinsam am Gepäckband standen. Ich wollte sie gerade fragen, wie das Drama mit dem Gast in der letzten Reihe ausgegangen war, der ihr vorgeworfen hatte, sie hätte das Glas mit dem Tomatensaft zu nah an seinem Jackett abgestellt, als eine Einheimische meinen eindeutig mit einem silbernen Metallanhänger als *Crew-Baggage* gekennzeichneten Koffer vom Band zerrte und damit zu verschwinden drohte.

Noch bevor ich reagieren konnte, stellte sich ihr Feli entschieden in den Weg.

»*Excuse me, Ma'm – this is not your luggage*!«

Die Frau, die außer meinem Eigentum noch diverse Pfannen, Töpfe, Kissen und eine zusammengerollte Kaltschaummatratze mit sich führte, versuchte, unbeeindruckt an uns vorbeizukommen, bis auch ich den Entführungsversuch bemerkte und den Ort des Geschehens erreichte.

»Ähm … *I think, you've mixed up our luggage.*«

Ich lächelte versöhnlich und hob eine Coladose auf, die der Frau aus ihrem Rucksack gepurzelt war. Schnurstracks griff sie danach und wandte ohne Dank den Kopf ab, als seien wir lästige Händler, die ihr Schnabelschuhe andrehen wollten. Mit zusammengekniffenen Augen fixierte sie über unsere Köpfe hinweg die Drehtür nach draußen und umklammerte stur meinen Koffer, bereit, ihren Weg notfalls auch mit Kollateralschaden fortzusetzen.

Und wieder war Felizitas da, wie ein genialer Fußballer, der kein Vordringen Richtung gegnerisches Tor duldet.

»*Oh no, lady*!«, schimpfte sie der Alten ins Gesicht und hob drohend ihren Zeigefinger. »*You are stealing a suitcase right now! You are committing a crime!*«

Ich war höchst beeindruckt von Felis autoritärer Art und muss gestehen, dass ich der Frau, falls nötig, sogar bis zum Bosporus gefolgt wäre und ihr meinen eigenen Koffer für viel Geld wieder abgekauft hätte. So ließ ich mich darauf ein, ihr in aller Öffentlichkeit zu beweisen, dass der Inhalt des vierrädrigen Gefährts mir gehörte, was Feli wie ein Bodyguard mit Argusaugen beaufsichtigte.

Mitten in der Ankunftshalle öffnete ich auf Knien meinen über die letzten sieben Jahre meiner Berufstätigkeit als Schubse schon reichlich ramponierten *Sky Wheeler* und zog triumphierend meine Hello-Kitty-Wärmflasche, meine Green-Tea-Bodylotion für *sehr* trockene Haut und eine saubere Uniformbluse mit Skyline-Aufdruck hervor.

Eine Aktion, die wenig Wirkung zeigte.

»*I have same*!«, wetterte die Alte lapidar.

»Jetzt reicht's aber!«, schimpfte Felizitas, klappte kurzerhand meinen Koffer wieder zu, packte ihn fest am Griff und ging damit zurück zur Crew.

Das nenne ich Zivilcourage!

Ich trottete hinter ihr her, beschämt, dass ich nicht selber in der Lage war, mein Hab und Gut zu verteidigen.

»Du kannst ruhig ein bisschen forscher mit den Gästen sein, wenn sie ausgestiegen sind«, meinte meine Retterin locker.

Während mein Herz noch immer vor Aufregung raste, schoben wir uns erhobenen Hauptes an der Diebin vorbei zum Ausgang. Sie schimpfte uns etwas hinterher, das in meinen Ohren wie ein Fluch klang und die Blicke der halben Ankunftshalle auf uns lenkte.

Ich zog vor Scham den Kopf ein, während Feli die Show regelrecht genoss. Allerdings kann sie es sich auch leisten, Aufmerksamkeit auf sich zu ziehen.

Mit einer Größe von einem Meter achtzig, Rapunzelzopf und smaragdgrün schimmernden Augen entspricht sie äußerlich vollkommen dem Klischee einer Stewardess, oder von mir aus auch einer Elfe aus einem Fantasyfilm, die digital nachbearbeitet ist.

»Früher war ich so wie du«, meinte sie tröstend zu mir,

als wir draußen in den Crewbus stiegen. »Ich meine das jetzt nicht böse, aber damit meine ich *lieb*, ein wenig *naiv* und zu allem und jedem *nett*.«

»Ach ja?«, hauchte ich ein bisschen beleidigt, aber voller Hoffnung, auch noch eine so charismatische Persönlichkeit wie sie werden zu können, der man ohne Weiteres die Moderation des G8-Gipfels übertragen würde.

»Ja. Und das sind ja nicht generell schlechte Eigenschaften.«

So wie sie das sagte, klang es leider danach.

»Aber irgendwann lernst du, wann sie angebracht sind und wann nicht.«

»Okay. Bei Tomatensafttypen und Kofferkriminellen also nicht?«

»Genau.«

Wir sahen uns in die Augen und lachten beide laut auf.

»Als Faustregel kannst du dir merken: Diese Eigenschaften nie bei den Leuten anwenden, die meinen, *Stewardess* steht für *stehen*, *warten*, *essen*.«

Wieder lachten wir, und Feli ergänzte: »Im Übrigen lautet mein persönliches Motto längst: Stell dich nicht so an, warte nicht auf den Richtigen, Essen gehen kannst du auch alleine!«

Ich schnaubte vergnügt, was mir missbilligende Blicke der Chefstewardess einbrachte, die vor uns im Bus saß.

»Na, wenn das so ist, lade ich dich eben nicht zum Dank zum Essen ein«, flüsterte ich ihr zu.

»Ich denke, ich sollte es dir noch einmal genau erklären – und zwar *beim Essen*«, flüsterte sie zurück, als säßen wir im Lateinunterricht und wären gerade ermahnt worden.

Es wurde ein fantastischer Abend. Ohne ausgestandene

Todesangst, ohne Ouzo und ohne Strand, aber im märchenhaften Hamam des Hotels und mit einer Person an meiner Seite, mit der ich mich auch auf einer Eisscholle wohlgefühlt hätte.

Seither sind wir Freundinnen.

Es tut wahnsinnig gut, sich mit ihr über einzelne Flüge auszutauschen – sofern wir nicht ohnehin zusammen fliegen und dasselbe erleben. Was uns in letzter Zeit leider nur selten gelingt. Feli wird ziemlich häufig das Opfer unliebsamer Dienstplanänderungen und muss dann plötzlich nach Kiew oder Zürich, statt mit mir unseren lang ersehnten Flug nach Singapur anzutreten.

»Wollen wir den trinken?« Sie hält eine angestaubte Flasche Sekt hoch, die sie hinter meinem TV-Möbel gefunden hat, und mustert dabei angetan Michelles fünftes Outfit.

»Klar. Je weniger wir in den *Flight Club* schleppen müssen, umso besser.«

Der *Flight Club*. Ich liebe das Wort, und mir wird ganz warm ums Herz. Denn das ist keine neue Disco, in der die Schickeria feiert, sondern unser neues Zuhause.

Feli lässt mit voller Wucht den Korken knallen, was sich im Übrigen kein bisschen schickt, wie wir in der First-Class-Schulung gelernt haben. Kenner öffnen die Flaschen ganz diskret, so, dass nur ein leises Zischen hörbar ist. Alles andere ist Formel 1.

»Stopp!«, schreie ich, denn mein Glas Perlwein läuft bereits über, weil Feli gießt und gleichzeitig fernsieht.

»Turbulenzen«, sagt sie entschuldigend und blickt auf den Sektsee, der sich auf meinem Couchtisch ausbreitet.

»Felilein, du kannst gerne weiter das Einzeldate der Großbusigen verfolgen, aber wir müssen hier mal vorankommen!« Beherzt greife ich mir eine neue Rolle Luftpolsterfolie.

»Schon gut, was hast du auch für Unmengen Krusch?« Stirnrunzelnd stopft sie einen Stapel meiner Blu-Rays in einen Karton.

»Ich bitte dich, *Pretty Woman*, *Dirty Dancing* und *Top Gun* sind ja wohl Gebrauchsgegenstände des Primärbedarfs!«

»Okay, und was ist das?« Sie hält meine beleuchteten Pyramiden von Gizeh in Miniaturform hoch.

»Internationale Souvenirs und … Taschenlampen für Notfälle«, verteidige ich mich, nicht ohne innerlich zugeben zu müssen, dass ich über die Jahre ganz schön viel Reisekram angesammelt habe. Damit könnte ich eBay-Millionärin werden.

»Kann ich wenigstens das in die Isar werfen?«

Feli streckt mir beide Hände entgegen, in denen ein kleiner Haufen Schneckenhäuser und Steine liegt.

»Bist du irre?! Das ist meine als Kind mühsam zusammengestellte Sammlung seltener Wattbewohner und Kalkablagerungen auf Helgoland!«

»Charlotte, im Ernst …«

»Schon gut.« Trotzig schiebe ich die Unterlippe vor. »Wirf sie unten auf den Komposthaufen.«

»Ach was, wenn sie dir was bedeuten, nehmen wir sie mit. Außerdem haben wir demnächst so viel Platz, da kriegen wir alles unter, ohne es täglich ansehen zu müssen.«

An einem ganz ähnlichen Abend wie heute, vor drei Monaten, als meine Wohnung noch nicht im Chaos versank und ich meine Ticks noch niemandem offenbaren musste, hatte Feli die zündende Idee gehabt.

»Überleg doch mal, Charlotte-Schatz, wenn jede von uns zwei Hunderter drauflegt, könnten wir uns zusammen eine wirklich große Hütte leisten, statt einzeln das typische … *Studio* zu bewohnen, in das eine zweite Person fast nur reinpasst, wenn sie auf dir liegt.«

»Du und ich in einer WG? Ist das dein Ernst?«

»Ich bitte dich, das wäre doch nicht einfach eine *WG*! Wir sind Stewardessen. Wir sind erwachsen, wir haben Stil, und wir verfügen über etwas mehr Startkapital als BAföG-Empfänger.«

Sofort begann es in meiner Magengegend zu kribbeln. Daran hatte ich nie gedacht! Wir mochten uns sehr und verstanden uns prima, aber für das Kapitel Mitbewohner hatte ich mich tatsächlich schon langsam zu alt gefühlt. Entweder sah ich mich mittlerweile, umgeben von diversen Katzen, alleinlebend im Lehnstuhl sitzen, oder neben dem abgelegten Ehemann einer anderen, der ihr selbst mit seinen Geheimratsecken zu langweilig geworden war.

»Ich meine, was *Pit Cock* kann, können wir schon lange!«, ergänzte Feli ihre Idee.

»*Pit Cock*? Wer soll das sein?«

»Na, die legendäre Piloten-WG!«

Wie immer schienen wesentliche Dinge aus unserem Berufsfeld an mir vorbeigegangen zu sein.

»Charlotte, das ist nicht dein Ernst, dass du noch nie von *dem Pit Cock* gehört hast?« Feli richtete sich mit einem Schwung auf. »Nun gut …«, begann sie in einem verschwörerischen Tonfall, als würde ich den Illuminati beitreten. Sie genoss meine Unwissenheit sichtlich und war voller Vorfreude, mich in das letzte große Geheimnis der Menschheit einzuweihen, oder zumindest der Fliegerei.

»*Pit Cock …*«, formte sie erneut das magische Codewort und nahm einen Schluck von ihrem Lieblingsgetränk, Cola light. Ich hing an ihren Lippen wie ein Kleinkind, wenn vom Christkind die Rede ist.

»Das sind zwei holländische Piloten, die eine Art Geheimbund gegründet haben.« Sie machte eine dramatische Pause. »Die Herren besitzen ein reetgedecktes Haus auf Sylt, die *Casa Pit Cock*. Dagegen kannst du das Szenelokal Sansibar vergessen.«

»Verstehe.«

»Stell es dir eher vor wie die Playboy Mansion von Hugh Hefner. Man nennt es deswegen auch die *Pilot Mansion.*«

Ich verzog skeptisch das Gesicht, zumal in den letzten zehn Sätzen rund sieben Mal das Wort *Pilot* vorgekommen war, über das ich noch weniger gerne spreche als über Methoden zur Verhütung und Fortpflanzung.

Feli ließ sich nicht beirren und senkte weiter geheimnisvoll die Stimme. »Es wird gemunkelt, dass es dort genauso zugeht. Du weißt schon – mit Whirlpool-Grotte, SingStar, Pferden und Trampolinen, Jet-Skis und sogar Wasserbetten, an die du deine E-Gitarre anschließen kannst.«

Spontan gab ich ein belustigtes Prusten von mir. Feli und ich können nicht einmal Blockflöte oder Triangel spielen, geschweige denn singen. Tadelnd sah sie mich an, als hätte ich das Medium einer sensiblen Geisterbeschwörung gestört.

»Och Feli, nicht beleidigt sein. Oder ereilt mich jetzt der Cruciatus-Fluch?«

»Dann erzähl ich's dir halt nicht!« Gespielt zickig machte sie einen Schmollmund.

»Ach, komm schon! Ich musste mir nur gerade vorstellen, wie ich mit Pony und Instrument Trampolin springe.«

Gnädig fuhr sie dann doch fort. »Jedenfalls haben sie Dependancen in der Toskana, in Saint Tropez, Kitzbühel und auf Maui. Und natürlich auf den niederländischen Antillen – es sind ja Holländer. Und zu alledem hast du nur Zugang, wenn du bei einer Airline arbeitest.«

»Wow«, machte ich ehrfürchtig, was eher ihrem Vortrag als der Sache an sich galt. Feli sollte echt Kaffeefahrten moderieren. Sie versteht es meisterhaft, die Zuhörer mit ihren Erzählungen in Bann zu ziehen. Aber obwohl ich sofort eine Mitgliedschaft unterschrieben hätte, konnte ich die Sache nicht ernst nehmen. Aus reiner Höflichkeit bekundete ich dennoch näheres Interesse.

»Und wie kommt man in den Club?«

Feli nahm guruhaft den Schneidersitz ein und hielt ihr Sektglas wie ein Zepter vor sich. »Das weiß im Grunde keiner. Aber ich fürchte, das kannst du vergessen. Du musst zuerst mal einen Piloten treffen, der dich für würdig erachtet. Und sie lassen fast nur Frauen rein, die aussehen wie Covergirls. Beziehungsweise auch nebenher welche sind.«

»Pah«, machte ich und lehnte mich entschieden zurück. »Über mich entscheidet kein Pilot mehr!« Die Sache ist noch immer ein ganz wunder Punkt.

»Weiß ich doch, Charlotte-Schatz. Aber wer drin ist, dem liegt quasi die Welt zu Füßen. Die Mitglieder unterhalten coole Connections. Zu den Geissens, Golfprofis, Ölscheichs, James Blunt und sonstigen Promis. Du kannst dich das ganze Jahr über in der feinen Gesellschaft aufhalten – auf ihren Yachten, in Ferienhäusern, Suiten und Pools. Als *Pit-Cock-*

Girl hast du ausgesorgt, du brauchst nicht einmal mehr eine eigene Wohnung!«

»Aber ich mag meine achtundzwanzig Quadratmeter!«

»Ich auch, aber stell dir doch nur mal vor: Das hier wäre das Wohnzimmer auf einer Yacht.«

Nun ja, mit diesem Bild hatte sie mich natürlich.

»Bei denen fliegst du durch die Gegend und führst vor Ort jeweils ein Luxusleben. *Networking* für Reiche!«

Sie schloss ihren Vortrag, und es hätte mich nicht gewundert, wenn sie noch eine PowerPoint-Präsentation und ein Handout hervorgezaubert hätte. Zweifelsohne übte die Sache eine gewisse Faszination aus, sofern es überhaupt mehr als ein Gerücht war. Andererseits weiß man ja, dass eine Sektenmitgliedschaft am Ende nicht so attraktiv ist, wie man anfangs denkt.

»Das *Pit-Girl* ist also das neue *It-Girl*«, resümierte ich und konnte es nicht lassen, mich irgendwie über die Sache lustig zu machen. »Ehrlich, Feli, ich weiß nicht. Klingt für mich mehr nach Legende als nach Realität. Oder zumindest mehr nach einem Sex-Camp für Männer, als alles andere. Da kannst du auch gleich bei italienischen Politikern anheuern und bei Gelegenheit aus der Torte springen. Und wie du weißt, liegt meine Zeit als Piloten-Bunny endgültig hinter mir.«

Nach allem, was ich erlebt habe in meinem Liebesleben, sorge ich bis heute für größtmöglichen Abstand zum Cockpit und arbeite vorzugsweise ganz hinten im Flugzeug. Das letzte Mal, dass ich einen Piloten aus der Nähe sah, war, als mich Malte auf einem Parkplatz des Frankfurter Flughafens aussetzte und anmerkte, dass ich nicht die Richtige für ihn sei:

»Charlotte, um es mit einem Begriff aus der Branche zu sagen: Du bist bei mir quasi durch den Final-Check gefallen.«

Also, da wird man ja wohl noch ein wenig ausgeprägten, politisch unkorrekten Hass auf Piloten entwickeln dürfen!

Feli legte mir besänftigend die Hand auf die Schulter.

»Hör mal, du Ex-Bunny. Wie du siehst, bin ich auch keins dieser Girls. Aber du hast gefragt, und da musste ich dir wenigstens die Vorzüge schmackhaft machen, damit du die Faszination begreifst. Fest steht, es *gibt Pit Cock*, glaub mir! Wolf-Dieter war drin. Und seine Frau leider auch.«

Ihre Miene verfinsterte sich, trotz ihres gelungenen Vortrags. Ihr Blick wanderte nachdenklich auf meinen Minibalkon, auf dem nicht einmal William und Kate sich hätten küssen können.

Wolf-Dieter ist ihr verflossener Kapitän, ihre Achillesferse sozusagen. Ich schwieg an diesem Abend ausnahmsweise dazu, sonst hätte ich ihr einmal mehr sagen müssen, dass bei älteren Männern namens *Wolf-Dieter* ja wohl grundsätzlich Vorsicht geboten ist.

Feli ist nicht besonders kritikfähig.

»Einzig faszinierend daran ist, dass das ein weiterer Verein ist, in dem sich Frauen *ohne* eigene Fähigkeiten jemanden *mit* Fähigkeiten suchen«, versuchte ich, sie aus ihren düsteren Gedanken zu reißen. Doch sie starrte weiter ins Leere, und ich fürchtete, uns stünde eine neuerliche »Wolf-Dieter, und es war ja nicht alles schlecht an ihm«-Sitzung bevor. Zu meiner Überraschung aber wurden ihre Wangen knallrot, und sie hüpfte aufgeregt vom Sofa, wobei mein Couchtisch nachgab und umfiel. Es erinnerte mich stark an den Auftritt von Tom Cruise bei Oprah, als er öffentlich von

Katie Holmes schwärmte und man ihm Drogenmissbrauch unterstellte.

»'tschuldigung«, murmelte Feli und richtete rasch den Tisch wieder auf. »Mir kommt da gerade eine grandiose Idee: Lass uns doch einen Gegenclub gründen! Und wir entscheiden, wer da reinkommt, in den … *Schubsen-Club* oder so.«

Gespannt sieht sie mich an.

Die Vorstellung, wir wären quasi geschäftsführende Gesellschafterinnen einer ähem … *geschlossenen Schubsengesellschaft*, verstärkte das spontane erste Kribbeln in meiner Magengrube noch.

Die Sache war beschlossen.

Ich hob mein Glas zum Toast. »Fürs Erste kommen an der Tür nur zwei geladene Gäste vorbei, und das sind wir«, strahlte ich übers ganze Gesicht. »Die Sache soll ja möglichst exklusiv sein.«

Feli strahlte zurück und hob auch ihr Glas. »Dann ziehen wir also zusammen? In die … ähm – *Casa Schubse*?«

»Aber nur, wenn ich kein Instrument lernen und auf keinem Wasserbett schlafen muss«, entgegnete ich.

»Versprochen. Auch nicht Triangel?«

»Nicht mal Trillerpfeife. Prost!«

Gleich am nächsten Tag stürzten wir uns in die Suche nach einem standesgemäßen Domizil.

Es wurde eine Wohnungssuche, die erstaunlich unproblematisch verlief. Da meist nur eine von uns flog, hatte die andere Luft für Besichtigungstermine, wodurch wir uns in kürzester Zeit erstaunlich viele Objekte ansahen und uns gegenseitig Fotos und Grundrisse aufs Smartphone schickten. Und ein paar klärungsbedürftige Fragen zur jeweiligen Immobilie:

»Legst du Wert auf einen Südbalkon?«, »Beabsichtigst du, dir ein Kleintier anzuschaffen?«, »Wie wichtig ist dir, dass unser Kellerabteil Tageslicht hat?«, »Stört es dich, dass unten im Haus ein indisches Restaurant namens *Palast der Winde* ist?«

Begünstigend kam hinzu, dass »Stewardess« und »fest angestellt bei Skyline« bei den Vermietern überwiegend gut ankam. Entweder, so vermuteten wir, verbanden die meist männlichen Hausbesitzer damit Pornofantasien, die uns ihre Gunst einbrachten, oder aber unser Arbeitgeber, immerhin eine der größeren Airlines, ließ regelmäßige Zahlungseingänge aufs Mietkonto vermuten. Nur einmal wurde ich bei einem Besichtigungstermin höchst vehement abgewiesen: »Sie san ja a Preiß und koa Bayer, des ham mir jetzat net so gern!«

Dabei hatte ich nur per Zufall auf meine nordrhein-westfälischen Wurzeln aufmerksam gemacht, als der Hausherr mit Pinselhut und Lederhose uns anpries, bei Föhn könne man vom Balkon aus die Zugspitze sehen, ich aber nur ein Industriegebiet sah, das mich doch sehr an meinen heimatlichen Ausblick auf die Zeche Ewald erinnerte. Was ich vielleicht nicht direkt hätte aussprechen müssen, okay. Felizitas hatte dann eine Weile der Einbauküche ohne Ablöse nachgetrauert, bis zur Abwechslung ich mal ein Machtwort sprach.

»Wenn es den Mann bereits überfordert, dass ich aus einem anderen Bundesland stamme, wie willst du ihm dann bitte erklären, dass du zur wöchentlichen Flurwoche in Tokio bist?«

Das hatte sie überzeugt.

Im Übrigen versicherte sie mir als gebürtige Starnbergerin, dass nicht alle Einheimischen so seien. Trotzdem nenne ich sie seither scherzhaft einen »Bayorigine« – einen (leicht rückständigen) Ureinwohner Bayerns. Und sie bedenkt meine Arbeiterklassewurzeln im Gegenzug mit »Ruhrpottputtel!«

Nach drei Wochen Suche, in denen wir uns einbildeten, mindestens zwei Wohnungen und drei Makler aus *Mieten, Kaufen, Wohnen* wiedererkannt zu haben, unterschrieben wir den Mietvertrag für eine lichtdurchflutete Dachgeschosswohnung im begehrten Glockenbachviertel.

Hundertzwanzig Quadratmeter mit Eckbadewanne, beheizbaren Handtuchhaltern und solarbetriebenem Aufzug hatten es uns beiden angetan.

»So verliebt wie in diese Wohnung war ich zuletzt in … – Robbie!«, quietschte Feli, als wir sie zum ersten Mal besichtigten. Es war wie in einem New Yorker Loft: Der Aufzug endete in einem eigenen kleinen Hausflur vor der Wohnung und auf dem obersten Knopf im Fahrstuhl stand tatsächlich *Penthouse*.

»Das ist wie in *Pretty Woman*, nur ohne den pummeligen Pagen im Aufzug!«, juchzte ich.

An den langen Flur schloss ein riesiges Wohnzimmer mit offener Wohnküche und einem frei stehenden Küchenblock an, wie ich ihn schon immer hatte haben wollen. Feli und ich könnten dort sitzen, Gäste bekochen und uns beim Schnippeln von Gemüse bei einem guten Glas Primitivo unterhalten, während ich meine berühmte Fenchel-Pfanne kochte. Es gab nicht nur ein weiß gefliestes Bad mit eingelassenen Lampen im Boden, die für eine indirekte Beleuchtung sorgten, sondern auch ein süßes Gäste-WC, das uns stilistisch in die Provence versetzte. Die Handtuchhalter darin waren schmiedeeisern, und irgendwie duftete es nach Lavendel. Außerdem gab es zwei fast gleich große Zimmer für jede von uns und einen kleinen Raum mit bodentiefen Fenstern, in dem wir spontan unsere Uniformen, Koffer und Schminksachen aufgehoben sahen.

»Ich will sie!«, hauchte ich, und wir waren uns sofort einig, dass wir auf Einkäufe wie Schuhe, Taschen und Klatschzeitschriften ab sofort verzichten könnten, wenn wir nur hier wohnen und unser Geld in die Miete investieren dürften. Als wir tatsächlich die Zusage erhielten, war unser Glück perfekt.

Dummerweise musste nun jede von uns zusätzlich vier Hunderter pro Monat drauflegen statt der angedachten zwei, aber das nahmen wir in Kauf. Alleine der Aufzug war es wert. Denn während die meisten Menschen nur einmal im Jahr ihre Koffer aus dem Keller holen, schleppen wir die Übersee-Ausführung unserer Schmuckstücke alle drei Tage rauf und runter – noch dazu in High Heels.

»Charlotte, wir sind *Loft*!«, verkündete Feli, als wir die Schlüssel erhielten und andächtig im Türschloss herumdrehten. Wir liefen kreuz und quer durch alle Räume und schmiedeten Einrichtungspläne, bis wir uns selig auf der Dachterrasse niederließen. In geringer Entfernung lagen die Türme der Frauenkirche kitschig-schön in der Abendsonne.

»Feli, wir sind *Postkarte*«, hauchte ich voller Ehrfurcht für unseren ab jetzt alltäglichen Panoramablick. Der Vormieter hatte achtlos seine Hängematte zurückgelassen, in die ich überglücklich hineinsank. Und Feli adoptierte liebevoll einen Ficus, den er offenbar auch nicht mehr benötigte.

Seither sind drei Wochen vergangen. Wir kündigten unsere Wohnungen und fanden schnell Nachmieter, weswegen wir vorzeitig aus unseren Mietverträgen entlassen wurden. Umzüge sind zwar nicht besonders prickelnd, vor allem nicht, wenn man beruflich tagelang unterwegs ist, statt abends nach einem Bürojob noch packen zu können, aber wir halfen dem anderen, wo es nur ging. Trotzdem reichte die Vorbereitungszeit kaum, vor allem nicht, weil wir durch Enteisen der Maschinen und Verspätungen durch Schnee ständig Überstunden flogen. Also entschieden wir uns endlich, offiziell Umzugstage in Anspruch zu nehmen. Alleine um sie zu beantragen, hätte man allerdings Urlaub gebraucht, so umständlich war das Ganze. Aber jetzt haben wir es fast geschafft.

Felis Wohnung ist bereits übergeben, und in drei Tagen ist meine dran. Und sobald die Vorschau auf die nächste Folge *Bachelor* nach der Werbung vorbei ist, können wir uns auch wieder auf das große Ereignis konzentrieren. Leider dauert der Werbeblock ewig, inzwischen haben wir sogar die verstaubte Flasche Freixenet geleert.

»Wie bist du überhaupt zu dieser begriffsstutzigen Frauenärztin gekommen?«, fragt Feli und sieht mich kauend an. Beherzt hat sie sich das letzte essbare Stück in meiner Wohnung in den Mund geschoben, ein Bounty. Wo lässt sie das alles nur? Manchmal glaube ich, sie ist immun gegen Kalorien. Ich bin zwar insgesamt auch nicht gerade dick, aber in meinem weißen Empirekleid ist mir schon ein paarmal auf offener Straße zum freudigen Ereignis gratuliert worden.

»Die hat mir eine Passagierin empfohlen, die auch an Bord war, als eine andere mitten über dem Atlantik entbunden hat und mit der ich so ins Gespäch kam«, sage ich, während ich einen weiteren Umzugskarton zusammenbaue.

»Was? Das hast du mir noch gar nicht erzählt!« Gespannt hält Feli mit dem Seidenpapier in der Hand inne.

Bei der Erinnerung an meine erste Geburt an Bord beziehungsweise überhaupt an die erste Geburt in meinem Leben, die ich live erleben durfte, verziehe ich das Gesicht, als hätte ich eine Gallenkolik.

»Feli, was soll ich dir sagen? Es kam sehr plötzlich, war blutig, irgendwie unschön, und ich fürchte, es hat mich in meinem Kinderwunsch nochmals um Jahre zurückgeworfen.«

»War es eine dieser Frauen, die kurz vor der Entbindung in die Staaten fliegen, damit ihr Kind die amerikanische Staatsbürgerschaft bekommt?«

»Glaub schon. Wo ist denn der Kleberoller abgeblieben?«

»Auf dem Küchentisch. Ist es nicht ab der achtundzwanzigsten Schwangerschaftswoche verboten zu fliegen?«

»Ja, aber mit einer der Fluggesellschaft vorgelegten ärztlichen Genehmigung geht es. Und in diesem Fall kam das Kind auch noch zu früh! Die Frau hat später allen Ernstes behauptet, eine Turbulenz habe die Wehen ausgelöst, und will nun klagen.«

»Ach, du meine Güte! Aber man darf doch auch Sex haben, wenn man schwanger ist – und das ist ja wohl auch eine ziemliche Wackelei«, resümiert Feli.

Wir kichern, als hätten wir heimlich die Ratschläge des Dr.-Sommer-Teams gelesen.

»Und, wie war das, hast du alles hingekriegt?«

»Weniger ich, mehr der Arzt, der Gott sei Dank an Bord war – aber der hat die erste halbe Stunde verschlafen, und kurz bevor ich den Damm stützen sollte, hat er dann übernommen.«

»Oh Gott, da wäre ich umgefallen.«

»Bin ich quasi auch. Aber so eine Geburt findet ja meist im Liegen statt, da konnte ich mich einfach daneben setzen und unauffällig an einen Trolley lehnen.«

Felizitas und ich genießen bei Skyline zwar eine gute Ausbildung in Erster Hilfe, die auch die wichtigsten Dinge bei Geburten umfasst, aber wirklich darauf gefasst ist man nie. Besonders ich war es nicht, als die werdende Mutter beim Getränkeservice abrupt an meinem Arm zerrte, sehr filmreif was von »Hello, Miss, Señorina – *fruit bubble*!«, schrie und das Ganze seinen Lauf nahm. Ich verschüttete die Cola und sie andere Flüssigkeiten. (Für den Fall, dass ich mal in eine solch prekäre Lage komme, habe ich recherchiert, dass die korrekte Redewendung beim Platzen der Fruchtblase lautet: »*My water just broke*.« Ich möchte mich zusätzlich zu der Tatsache, dass ich womöglich einen Flugzeugsitz flute, nicht auch noch mit meinem Englisch blamieren.)

Drei Stunden später landeten wir in Chicago O'Hare – mit einem Passagier mehr an Bord. Ich war unglaublich stolz, dass mir am Ende wenigstens noch die »Fritzsche Lagerung« mit überkreuzten Beinen eingefallen ist, um die Nachblutung der Mutter zu reduzieren. Alles andere hat ein Trauma hinterlassen, das ich mir vermutlich bis zum heutigen Abend nicht eingestanden habe und das wohl der Grund ist, warum ich ausnahmsweise darauf verzichtet habe, Felizitas meinen Einsatz freiwillig und mit großen Gesten zu schildern. Es ist wirklich keine schöne Sache gewesen, von einem *Wunder der Natur* mal ganz zu schweigen. Und ob das Kind nun letzten Endes die amerikanische Staatsbürgerschaft erlangt hat, weiß ich auch nicht. Ich weiß gerade mal, dass ein Flugzeug, solange die Türen zu sind, deutsches Hoheitsgebiet ist. Sogar, wenn es mitten vorm Weißen Haus geparkt stünde.

»Keine Frau sollte das sehen, bevor sie selber entbindet, sonst überlegt sich jeder halbwegs intelligente Mensch, diesen Vorgang aus seiner Vita zu streichen«, beende ich meinen Bericht, von dem Feli immerhin auch mal so gefesselt ist, dass sie meine doppelt verglaste Freiheitsstatue versehentlich wieder auspackt.

»Stimmt es eigentlich, dass als Geburtsort die Koordinaten des Flugzeugs im Moment der Geburt im Pass eingetragen werden?«

»Och Feli, was weiß denn ich?«

Ich möchte die Themen Piloten, Frauenärzte, Geburten und Kinder jetzt gerne so endgültig beenden wie der Bachelor angeblich sein Single-Dasein. Doch da fällt mir noch ein Highlight ein.

»Sie hat ihren Jungen nach dem Kapitän benannt!«

»Wow! Und der hieß?«

»Johannes. Hätte schlimmer sein können.«

»Durchaus. Zum Beispiel Malte«, feixt Feli.

Ich bin ihr wirklich dankbar für die Solidarität, die sie in ihren Kommentaren über meinen Ex an den Tag legt, obwohl sie ihn nur aus Erzählungen kennt.

»Oder Kevin-Korbinian«, ergänze ich.

»Oder Justin-Robin.«

»Oder Leon-Konstantin-Dagobert.«

»Oder Leonie-Shakira ...«

»Oder Wolf-Dieter.« Na gut, auch ich muss das Thema noch hin und wieder anschneiden.

»Haha, sehr witzig. Hast du Spachtelmasse für deine Dübellöcher?«

Den Rest des Abends verbringen wir damit, uns möglichst exotische Kindernamen auszudenken, die Wände zu streichen (Feli besteht mehrfach auf dem bayerischen Ausdruck *weißeln*) und mein baldiges Ex-Domizil auf Hochglanz zu bringen. Wir fühlen uns unglaublich wohl, fast privilegiert, dass unser Leben so luxuriös und aufregend ist – oder zumindest im Begriff ist, es zu werden. Statt unser mit muffeligen Businessgästen sauer verdientes Geld für Milchpumpen und Krippenplätze rausschmeißen zu müssen, freuen wir uns auf einen groß angelegten Einkauf bei Ikea – und darauf, bei Gravad Lax und Köttbullar dem Lautsprecher zu lauschen, welche Kinder mit absurden Namen während unseres Besuchs aus Småland abgeholt werden möchten.

»Wir erweitern eben erst mal unseren Horizont statt unseren Bauchumfang«, bringt Feli es auf den Punkt, während sie, in Latzhose gekleidet, fachmännisch die Fußbodenleisten abklebt.

Gegen Mitternacht ist der letzte Pinselstrich getan, und ich montiere stolz die Steckdosenverkleidungen wieder an. Ganz ohne männliche Hilfe, was einen gewissen Nervenkitzel darstellt. Denn ich traue Felizitas nur bedingt, als sie mir von der Trittleiter im Flur aus versichert: »Ich schwöre, die Sicherungen *Küche, Bad, Flur* sind unten. Und unten heißt, sie sind gezogen. Da bin ich mir seit Simon sicher.«

Simon ist ihr vorletzter Ex. Ein Jungspund, der sicher der Grund war, warum Feli sich im Anschluss nach etwas mehr Reife gesehnt und Wolf-Dieter auserkoren hatte. Er war ein netter und gut situierter Junge, der sich aus reiner

Rebellion seinen betuchten Eltern gegenüber nach dem abgebrochenen Studium der tropischen und subtropischen Forstwirtschaft gegen eine Karriere im elterlichen Betrieb und für eine praktische Lehre zum Elektroinstallateur entschieden hatte. Was nicht ganz das gewesen war, was Feli sich vorgestellt hatte. Nicht, dass sie eine von denen wäre, die es auf den Status eines Mannes abgesehen haben, oh nein. Vielmehr sorgte sie sich um ihren eigenen Komfort. Und sie hatte nicht ganz unrecht, wie ich fand, als sie mir am Ende der Beziehung erklärte:

»Wie sieht das denn bitte aus – ich tippele mit Köfferchen und chanelroten Lippen zur Arbeit, und mein Mann verabschiedet sich von seiner Püppi mit der *Bild* unterm Arm und einem Schlag auf ihren Allerwertesten? Rührt keine Wäschetrommel an, verbarrikadiert aber alles mit seinen Kabeltrommeln? Der Mann macht gerade seinen *Master of Proll*. Nein danke, auf die Art von Spannung kann ich verzichten!«

Zu guter Letzt verschwindet auch meine Uniform in einer Kiste, da ich sie erst in ein paar Tagen wieder brauchen werde.

»Ist der frisch aus der Reinigung?«, fragt Felizitas mit Blick auf meinen himmelblauen Skyline-Blazer.

»Nein, wieso?«

»Na, weil dein Namensschild nicht dran ist.«

Ich starre auf die kleine Brusttasche, an der sonst ein goldenes Schild mit geschwungener Gravur prangt: »*C. Loos*«. Es ist tatsächlich weg.

»Oh nein, bitte nicht schon wieder! Es dauert Wochen, bis die Dinger nachbestellt sind«, sage ich und stöhne auf.

Bei meiner Firmeneinstellung hatte es sogar Monate gedauert, bis ich welche erhalten hatte, die mich nicht fälschlicherweise als »C. Lo« oder »K. Lo« titulierten. Erst als ich mich zusätzlich für die First Class qualifiziert hatte, war es korrigiert worden. Ein zeitlich begrenzter Rang, den ich inzwischen nicht mehr innehabe. Und meine Lust, mich erneut dafür zu bewerben, hält sich stark in Grenzen. Denn wer vorne arbeitet, der muss auch das Cockpit versorgen. Und wer nachts über dem Atlantik schon mal achtzehn Cappuccino für einen sexistischen Kapitän aufgeschäumt hat, stellt diese hauptberufliche Tätigkeit mitunter doch sehr infrage. Genauso wie ich nun den überaus günstigen Hersteller unserer Anstecknadeln in Pakistan. Ständig verlieren wir sie, weswegen wir Flugbegleiter einen gewissen Vorrat davon horten, der bei mir nun endgültig zu Ende ist.

»Bestellst du mir welche nach, wenn du morgen auf der Basis bist?«

»Aber klar, Frau Namen-*Loos*.«

»Haha, sehr lustig.«

Als sie den zusammengelegten Blazer in den Karton packen will, sagt sie: »Mein Gott, was ist denn das hier drin?«

Ich luge ihr über die Schulter, und Feli zieht eine DVD-Sammelbox hervor.

»Das ist *Bonanza*«, sage ich stolz und lächle voller Nostalgie vor mich hin.

»Ach, ist das mit Hoss und der Ponderosa-Ranch?«

»Ja, genau!«

»Hm, das hab ich nie geguckt.«

»Na, dafür kennst du dich aber gut aus!«, kontere ich. »Nun ja – ich gebe zu, ich hatte eine Schwäche für die Pferde. Und möglicherweise für Little Joe.«

Für einen Moment lang scheint sie sich in Erinnerungen an ihren vier- und zweibeinigen Schwarm zu verlieren, doch nur Sekunden später hat sie einen Einfall.

»Aber weißt du was? Wir könnten die *Casa Schubse Glamourosa* nennen!«

Ich überlege kurz. »Also, ich will dich nicht bremsen in deiner Euphorie, Feli, aber klingt das nicht ein bisschen ... mädchenhaft? So nach Pferdezeitschrift?«

Feli zieht beleidigt die Mundwinkel nach unten. »Dann schlag was Besseres vor, Frau Vorsitzende!«

Hm, gar nicht so einfach. Es müsste cooler klingen. Männlicher. So wie der *Lions Club*. Natürlich, das ist es!

»Ha, ich hab's!«, verkünde ich strahlend. *»Flight Club!«*

Felis Miene hellt sich auf. »Na gut, das klingt wirklich deutlich besser – ha, die Jungs werden noch neidisch sein!«

Wir beschließen die Diskussion und kleben den letzten Karton zu. Erschöpft und vollgekleckert mit Farbe sehen wir uns um: Wir haben wirklich ganze Arbeit geleistet.

»Das ist es also, das Ende meiner *Single-Apartment-Ära*«, sage ich und seufze theatralisch.

»Genau. Denn jetzt ziehst du mit mir ins superduper Single-Spaß-*Loft*!«

Feli legt den Arm um mich und ich den letzten Pinsel zum Trocknen.

»Aber komm bloß nicht nach zwei Monaten an und erzähl mir, du ziehst wieder aus und in irgendeine mallorquinische *Ich habe den Mann meines Lebens getroffen-Finca*!«

»Ach Feli, ich mag deinen Humor wirklich.«

Mal abgesehen von meinem peinlichen Dialog mit der Ärztin, finde ich meinen Beziehungsstatus tatsächlich ganz angenehm. Alleine so ein Umzug wäre mit jedem meiner

Verflossenen ein Riesenstress gewesen. Entweder weil sie nicht pünktlich zum Packen aufgelaufen wären oder mich beschuldigt hätten, schlecht vorbereitet zu sein oder den Lattenrost beim Tragen falsch anzufassen. Oder, weil ich keine Schnittchen gemacht oder ihnen den falschen Inbusschlüssel angereicht hätte … Nun ja, die Liste weiblicher Unzulänglichkeiten kann unendlich lang sein. Da lobe ich mir Feli.

Mit ihr fühle ich mich wohl. Und im Moment ist es das, was für mich zählt.

Skyline – Meet the Angels.
Rundschreiben

Liebe Kolleginnen und Kollegen des Bordpersonals,

wir möchten uns hiermit sehr herzlich für Ihre rege Beteiligung in Sachen <u>*Neuer Produktauftritt*</u> *bedanken. Besonders aus dem Cockpit erreichten uns zahlreiche Vorschläge, um unseren alten Claim »Meet the Angels« abzulösen. Leider müssen wir Ihnen mitteilen, dass Slogans wie »Skyline – Wo wir sind, ist oben« und »Skyline – Wo wir sind, ist vorne« nicht optimal zur Philosophie unserer Airline passen. Vielleicht ist es Ihnen möglich, noch ein wenig kundenorientierter zu denken und auch die anderen Abteilungen (Boden, Kabine usw.) in Ihre Ideen mit einzubeziehen?*

Wir freuen uns weiterhin über jeden Ihrer Vorschläge!
Danke für Ihren kreativen Einsatz.

Ihre
Cosima-Fee Makjewitz
Skyline Marketing & PR

Liebes Airline,

mein Name ist Monica Alvarez, und ich habe bekommen Baby auf ihre Flugzeug. Sein Name Johannes, wie der Commandante von Flug. Ich danke ihnen, ihre Charlotte und anderes Kellnerinen sehr für liebes Geburt!
Der Doktor in Los Angeles mir gesagt, die Wehen kamen nicht wegen Turbulenzo, sondern ganz normal. Ich werde also doch nicht machen Ärger.
Bitte sagen sie ihre Charlotte, dass sie immer kann kommen nach Kalifornien und besuchen uns und Bebe Johannes-Miguel!
(Wir auch haben großes Pool und können suchen gutes Mann für sie, weil sie mir gesagt, sie im Momento keinen und auch nicht wollen Geburt, aber muss keine Angst haben, nicht so schlimm wie aussah.)
Muchas gracias!!!

Monica Alvarez

P. S. Sie mir senden für ich nicht klagen viele von ihre Turbinchen und Kerosinchen?
Gracias!!!

Skyline – Meet the Angels.
Rundschreiben

Liebe Kolleginnen und Kollegen des Bordpersonals,

aus gegebenem Anlass möchten wir noch einmal an den Verfügungsrahmen Ihres Spesenkontos erinnern.
Darin enthalten sind bereits 100,00 Euro Bordverkaufswechselgeld, das Sie bitte auf jedem Flug als Kleingeld mit sich führen, um unseren Gästen bei Bedarf passend herausgeben zu können und sowohl Karten- als auch Barzahlung zu ermöglichen.
Wir möchten noch einmal betonen, dass es sich hierbei um Firmengelder zu Ihrer Verpflegung handelt und wir Ihnen leider kein »kleines Darlehen für eine größere Anschaffung« gewähren oder die »vorübergehende Finanzierung eines Orientteppiches« ermöglichen können.

Henriette Reger
Skyline Finanzbelange

Eyes to kill Eyeshadow / Glamourazzi Lipgloss -39,00 €
»You might meet Jonny Depp today-Red«
Duty-free IAD – Int. Airport Washington Dulles

Spesensaldo: -149,09 €

3.

»Großartig! Wenn wir erst mal ausgepackt haben, kann *Pit Cock* einpacken!« Feli vollführt vor Freude eine sexy Variante der Sicherheitsdemonstration, die weniger an Notausgänge als an John Travolta in *Saturday Night Fever* erinnert.

Wir stehen inmitten von riesigen Kartonbergen in unserer neuen Bleibe und sehen uns hochzufrieden um. Einen Tag nach dem Einzug sieht es zwar noch immer wüst aus, aber dafür laufen die Vorbereitungen für die Einweihungsparty bereits auf Hochtouren. Unser gesellschaftliches Ansehen ist uns nämlich erst mal wichtiger, als die Gästehandtücher nach Farben zu sortieren.

Als vollkommenes Computer-Legastheniker-Duo haben wir es irgendwie geschafft, mit einem vorsintflutlichen Clip-Art-Programm auf meinem alten PC Einladungen zu designen, die aussehen wie Bordkarten. *Zwei Skyline-Engel ohne Charlie* lautet das offizielle Motto des *Flight Club*. Wir haben sogar extra unseren Fußabstreifer mit dem Schriftzug bedrucken lassen.

Feli kann sich gar nicht sattsehen am wirklich sehr gelungenen Hochglanzpink, das surrend aus dem Drucker kommt. Ebenfalls ein Wunder, dass es uns gelungen ist, ihn zu installieren – aber unser weiblicher Sachverstand hat uns zu Höchstleistungen angetrieben. Und womöglich die Tatsache, dass unser Vermieter bis zwölf Uhr mittags Ausdrucke der fehlenden Gehaltsbescheinigungen haben möchte. Als der Drucker sie ausspuckt und ich danach greifen will, kommt mir Feli zuvor.

»Lass nur, ich gehe runter und bringe sie ihm.«

»Im Ernst – du willst freiwillig zu dem Griesgram?«

Feli scheint ziemlich nervös zu sein, was nur verständlich ist. Xaver Ludwig ist nicht gerade ein Sonnenschein.

»Klar, du hast schon so viel für uns geregelt, Charlotte – jetzt bin ich mal dran!«

Während ich mich noch über Felis plötzlichen Großmut wundere, ist sie auch schon zur Tür raus. Zugegeben, ich bin nicht scharf auf eine neue Unterredung mit dem Münchner Original, der einige Etagen unter uns wohnt, konsequent Tracht trägt und bei jeder Begegnung neue Grundsatzdiskussionen anfängt. Bei der Besichtigung meinte er, mit skeptischem Blick auf meine Selbstauskunft: »Da geben'S aber deutlich mehr als ein Drittel des Gehalts für die Miete aus.«

»Da sind die Spesen ja noch nicht drin. Und außerdem, in einer Großstadt rechnet man die Hälfte!«, erwiderte ich altklug.

»Aber Sie leben doch ständig aus dem Koffer und san sowieso nie da?«

Wie ich diese Behauptung hasse.

»*Gerade* wenn man so viel unterwegs ist, braucht man ein besonders schönes Zuhause, um sich zu erholen – ein Nest, in dem man sich wohlfühlt, wenn man dann da ist«, korrigierte ich seine Bayorigine-Ansichten.

»Mei, ihr Mädels wisst's scho, wos ihr zum tuan habts …«, verfiel er dann vollends trotzig in seinen angestammten Dialekt zurück, bevor er wieder in seine Erdgeschosswohnung stapfte.

Natürlich nicht, ohne sich noch mal umzudrehen und die Hausordnung klarzustellen.

»Dass ihr mir ja net mit de Rollen von dem Packerlzeig und den hohen Hacken den Flur verkratzt! I hob was gegen Stöckelwild, gell?«

Unser Verhältnis ist also von vornherein nicht das Beste. Und so gesehen bin ich auch ganz dankbar dafür, dass Feli es heute mit ihm aufnimmt.

»Alles klar«, keucht sie, als sie nach einem beachtlich flotten Treppenspurt wieder in die Wohnung kommt.

»Hat er nicht wieder wegen unserer Gehälter gemeckert?«, frage ich argwöhnisch.

»Nö. Los, lass uns weitermachen und die Kuverts frankieren!«

Sie schnappt sich einen der pinken Umschläge und klebt eine Retro-Briefmarke mit Doppeldeckerflugzeug drauf, die wir extra bestellt haben. Schon in einer Woche soll die Feier steigen.

Nachdem wir fertig und ich vom Briefkasten zurück bin, packen wir unser Allerheiligstes aus: den Porsche unter den Kaffeemaschinen – die *Bugatti Diva Roma, limited edition* beziehungsweise *edicione* in pink-metallic.

»*Amore, que bello*!«

Ich quieke beim Anblick des bei Inbetriebnahme blau leuchtenden Displays und umarme unseren nigelnagelneuen Quell von Anti-Jetlag-Kaffee und italienischer Lebensfreude.

»*Benvenuti*!«, säuselt Feli und befreit die Milchschaumdüse von letzten Styropor- und Folienresten.

Wieder ist es Liebe auf den ersten Blick bei uns beiden. Eine sehr ungesunde Liebe leider, wie wir um vier Uhr früh feststellen müssen, nachdem wir alle *functione* und *aromi* getestet haben und nicht schlafen können. Unsere Lebensfreude hält sich nun stark in Grenzen. Besonders Feli bekundet lautstark ihren Missmut über die ihr fehlenden acht Stunden Mindestschlaf vor einem Interkontinentalflug, der ihr bevorsteht, und überdeckt ihre Augenringe am Vormittag murrend mit einem halben Liter Concealer. Ich verspreche ihr aufmunternd, die Wohnung bis zu ihrer Rückkehr partyklar zu haben.

Als ich allein bin, fällt mir zum ersten Mal die Größe der Räume auf. Ich laufe ziellos durch alle Zimmer und weiß gar nicht, wo ich überhaupt weiterräumen soll. Schließlich lasse ich mich ermattet auf mein Bett fallen und vom fehlenden Schlaf übermannen.

Als ich gegen einundzwanzig Uhr wieder aufwache, bin ich topfit und voller Elan. Bis in die frühen Morgenstunden putze ich die Küche und räume unser Geschirr, Besteck, Felis dreihundert Tupperdosen und meine Kollektion *Starbucksbecher dieser Welt* nach Kontinenten geordnet ein, bevor ich gegen acht Uhr früh endlich wieder einschlafe. Eine Zeit, zu der Feli nach ihrem langen Flug in Washington sicher auch gerade in die Federn fällt.

Mein Handy piept. »*Netter Flug, nette Gäste, nie wieder so viel Kaffee! F.*«, simst sie mir aus den Staaten.

Klasse, für einen handfesten Jetlag braucht man also nichts weiter als eine Espressomaschine …

Die Party ist ein voller Erfolg.

Fast alle, die wir eingeladen haben, sind da. Wer nicht mit uns feiert, ist entweder auf Kuba oder ernsthaft an einem tropischem Virus erkrankt.

Feli und ich sind unglaublich stolz auf unsere *Geheimclub-aber-alle-sollen-kommen-Housewarming-Party*. Dank Felis regionaler Bindung sind jede Menge erfolgreiche Menschen anwesend, mit denen sie früher aufs Starnberger Gymnasium gegangen ist.

»Das da ist der Sohn vom Peter Kraus – eigentlich Mike, aber ich nenne ihn Mickey. Und die da …«, sie deutet auf eine typische München-Blondine, »ist die Alleinerbin der *Schuh & Du*-Kette«, erklärt sie mir Teile der aufgekratzten Gesellschaft, die sich zu den Klängen eines Wies'n-Hits gut gelaunt durch unseren Flur bewegt. Ich selber habe relativ wenig zur Gästeliste beigetragen, zumal Piloten ja ausdrücklich nicht eingeladen sind – und die machten bis zu meiner Trennung von Malte rund fünfzig Prozent meines Bekanntenkreises aus. Leider eben auch seines.

Meine Schwester Katinka, kurz *Inka*, wie ich sie als kleines Kind nannte, und ihr Mann Justus sind bei Weitem das glamouröseste Paar, das mein soziales Netzwerk zu bieten hat. Gefolgt von Julian, der extra aus Norddeutschland eingeflogen ist. Bevor ich beschloss, mein Leben zu ändern und ein Skyline-Engel zu werden, verdiente ich meine Brötchen in einer Hamburger Werbeagentur, und wir waren Arbeitskollegen. Allerdings muss man sagen, dass in der Regel *ich* die Arbeit machte und Julian der Kollege war. Er zeichnete sich vor allem dadurch aus, dass er jeden Tag Punkt achtzehn Uhr die Agentur verließ. Noch dazu ohne seinen Dobermann, den er mir gerne aufs Auge drückte. Dennoch habe ich mit beiden zwei Jahre meines Lebens verbracht, weswegen ich Julian bei Großereignissen wie heute trotz allem gerne bei mir habe.

»Hui, hui, hui, Schal-Lotte«, spottet er auf altvertraute Art (seinerzeit war ich häufig erkältet, was ich auf meine damals nicht sehr glückliche berufliche Situation zurückführe.)

»Da hast du dich aber ganz schön hochgeschubst!«

Für Julian zweifelsfrei ein Kompliment.

»Danke dir, sehr freundlich.«

Anerkennend lässt er bei der Wohnungsführung den Blick durch unser Ankleidezimmer wandern und untersucht fachmännisch die Konstruktion eines beleuchteten Schminktischs, wie man ihn in Garderoben von Theaterbühnen findet. Feli hat ihn vom Flohmarkt und liebt ihn heiß und innig, seit sie in einem alten Film gesehen hat, wie Romy Schneider sich vor genau so einem die Haare bürstet.

Gegen dreiundzwanzig Uhr stürzt Justus ins Planschbecken, das wir aufgestellt haben, um auch ein Mindestmaß an »Playboy-Grotte-Flair« zu erzeugen. Darin wollten wir zwar nicht unser nicht vorhandenes Silikon baden, sondern das Bier kühlen, aber da es abends noch immer saukalt ist, fror die Wasseroberfläche ziemlich schnell ein. Man musste ein bisschen ackern, bis man ein Helles losbekam und genau dabei war er hineingefallen. Als er ausrutschte, hat er auch gleich die blonde Schuherbin mitgerissen, was mir Sorgen macht, denn sie sieht recht klagefreudig aus in ihrem nassen Kleidchen.

Ansonsten läuft alles top: Gegen Viertel nach zwölf beginnen mehrere Gäste versehentlich das Neue Jahr zu feiern, und um zwei Uhr zehn stellen wir fest, dass bei den in Felis Schlafzimmer abgelegten Jacken zwei fehlen, dafür einmal Unterwäsche zu viel vorhanden ist.

Während ich meinen Schwager ins Bad geleite und mit Handtüchern und Föhn versorge, erklärt mir Julian lallend, warum er es in seiner Werbekarriere zwar geschafft hat, jeder Menge rechtsdrehender Joghurts, Alkopops und Waschmittel Namen zu geben, ihm aber bis heute keiner für seinen Hund eingefallen ist: »*Dobermann* ist eben einzigartig für einen Dobermann!«

»Sehr schön, Julian, aber reichst du mir bitte mal das Halsband ähm … Handtuch? Danke.«

Offiziell lässt sich gegen drei Uhr dreißig sagen, dass die Eröffnungsfeier des *Flight Club* seiner würdig war. Zu guter Letzt erklärt Julian dem Ficus, dass er sich nicht fest binden will, dennoch offen ist für Outdoor-Sex.

Feli und ich packen den Betrunkenen aufs Sofa und lösen sanft unser argloses Schatten-Gewächs aus seinen wollüstigen Armen. Er leistet im Halbschlaf intensiven Widerstand und verschüttet dabei einen halben Liter Erde aufs Parkett, die wir müde und halbherzig zusammen mit ein paar Flaschen einsammeln. Dann schleppe ich mich zum Zähneputzen ins Bad.

Ermattet setze ich mich auf den Klodeckel. Mir tun alle Knochen weh, und kurz weicht meine bisherige Einrichtungs-Euphorie dem Grauen darüber, wie viel in unserer Wohnung noch zu tun ist. Plus den bevorstehenden Aufräumarbeiten.

Während ich nach der Zahnpasta greife, fällt mein Blick nach rechts unten neben die Toilette. Feli hatte doch versprochen, längst eine Klobürste zu besorgen, aber offenbar ist sie noch nicht dazu gekommen. Wo ist denn eigentlich der Deckel unseres neuen Mülleimerchens hin? Ich hasse ja nichts mehr, als wenn ich meine Tage habe, und dann gibt es keine Möglichkeit ... Abrupt stoppe ich meine Zahnputzbewegung.

Zwischen drei Wattepads und benützter Zahnseide liegt eine Art riesiges Wattestäbchen mit einem Fenster darin, wie man es oft in Filmen sieht ... Ein Schwangerschaftstest!

Wer bitte macht denn so was auf einer Party?! Ich meine, meistens trägt ja so eine Feier überhaupt erst zur Entstehung eines Kindes bei (ich sage da nur Stichwort »Weihnachtsfeier«, »Besenkammer« und so weiter ...).

Es sei denn, jemand fühlt sich hier so wohl, dass er glaubt, unsere Toilette sei der richtige Ort, um der Wahrheit ... Oh mein Gott, ist Inka etwa schwanger? Mein Schwesterherz? Vielleicht werde ich Tante! Eigentlich will sie keine Kinder, aber sie hat auch nie mit einem Mann zusammenleben wollen, bis Justus in ihr Leben trat. Seither kocht sie Aufläufe, bastelt herbstliche Fensterdekorationen und bucht Pauschalurlaube. Insofern wäre es schon möglich, dass sie ihr Lebensmodell komplett überdacht hat. Dennoch kann ich mir geeignetere Orte vorstellen, um einen möglicherweise lebensverändernden Test zu machen, zum Beispiel eine todschicke Honeymoon-Suite auf Bora Bora oder auch ein Dixie-Klo, was insofern romantisch sein könnte, wenn der Vater Bauarbeiter ist.

Oh, vielleicht ist es ja passiert, als ich die beiden Weihnachten in Singapur dabeihatte? Sie waren so begeistert von dem Trip und turtelten verliebt herum, dass ...

»Charlotte?«

Felizitas steht plötzlich neben mir, und ich schlucke vor

Schreck meine Zahnpasta runter, wobei ein Teil in die Luftröhre gerät. Ich huste, bis mir die Augen tränen.

»Du, es gibt da ein Problem.«

Neben meinem Erstickungstod und meiner neuen Rolle als Tante mache ich mich darauf gefasst, dass einer ihrer Gäste meine Schminktasche geklaut oder Brandlöcher in meine Uniform gesengt hat.

»Hm?«, gluckse ich und ringe nach Luft.

Auch Feli atmet tief ein. »Charlotte, ich bin schwanger.«

An: Frau Charlotte Madeleine Loos/Postfach
Flugbegleiter »L-P«

Sehr geehrte Frau Loos,

uns hat folgendes Schreiben erreicht, das wir bereits beantwortet haben und lediglich zur Kenntnisnahme an Sie weiterleiten möchten. Sie finden die gesamte Korrespondenz in Kopie.

Ihre Skyline Personalbetreuung

CC: C. Loos

Sehr geehrte Damen und Herren,

als Statuskunde fliege ich viel und bislang gerne mit Ihnen. Allerdings kann ich dies seit meinem letzten Flug nicht mehr sagen. Stattdessen muss ich mich ausdrücklich über Ihre Flugbegleiterin Frau C. Loos beschweren.
Unmittelbar vor dem Start äußerte ich dieser gegenüber den simplen Wunsch nach einem Glas Wasser, welchem sie nicht nachkam.
Wahrlich traurig für eine Airline wie Ihre.

Ihr – ansonsten sehr zufriedener – T. Remscheid

Sehr geehrter Herr Remscheid,

wir bedauern, dass Sie Unannehmlichkeiten hatten.
Jedoch hat Frau Loos gemäß unserer Sicherheitsbestimmungen gehandelt. Sobald das Flugzeug seine Parkposition verlässt, darf die Besatzung nur noch sicherheitsrelevante Aufgaben übernehmen, wie z. B. die Sicherheitsdemonstration. Das Bringen von Zeitschriften, Decken, Kissen oder Getränken gehört nicht dazu. (Der Mitarbeiter wäre nicht versichert, sollte er z. B. stürzen, falls das Flugzeug beim Rollen abbremst.)
Wir hoffen jedoch, dass Ihr Getränkewunsch sofort erfüllt wurde, nachdem der Flieger in der Luft und das Personal abgeschnallt war.

Herzlichst, Ihre Skyline

Schöner Wohnen mediterran/Dachterrassen & Chalets ansprechender gestalten/Luxus-Lofts in gemäßigten Breiten/Der kleine Innenarchitekt Special: Hohe Decken optimal in Szene setzen Flughafenbuchh. Münster, Presseerzeugnis	-21,03 €
Spesensaldo:	-201,64 €

4.

Die Leute sagen ja immer, es sei völlig ungefährlich, Tenside zu schlucken. Oder Zahnpasta. Das kann ich so nicht bestätigen. Nachdem meine Atmung wieder normal ist, sitze ich mit Durchfall auf dem Klo. Was vielleicht auch nur durch den Schreck kommt, der mir gerade in die Glieder gefahren ist.

Felizitas und ich halten Krisenrat durch die Tür. Unsere vorläufigen Erkenntnisse beziehen sich jedoch darauf, dass wir keine Zahnpflegeprodukte mit aggressiven Whitening-Substanzen mehr aus den USA importieren und uns wichtige Sachen nicht mehr erzählen, wenn eine von uns trinkt, isst, sich die Zähne putzt oder sonst wie ersticken könnte.

Noch immer starre ich in den Mülleimer mit dem Teststäbchen. Der Punkt im Sichtfenster ist dermaßen knallrot, dass kein Zweifel am Ergebnis besteht. Zumal es nach Felis eigenen Angaben schon der dritte Test des Tages ist. Und der zweite Testdurchlauf innerhalb von zwei Monaten. Als ihre Tage überfällig waren, schob sie es ganze drei Wochen lang auf die ständige Zeitverschiebung.

»Warum hast du mir denn nicht eher was gesagt?«, rufe ich durch die verschlossene Tür.

»Ich wollte erst ganz sicher gehen, bevor ich die Pferde scheu mache. Und dich. Vor allem dich! Und außerdem waren wir doch mitten im Umzug und in den Partyvorbereitungen!«

Felis Stimme klingt zerknirscht.

Ich muss an die Flasche Freixenet denken, die wir noch vor ein paar Tagen geleert haben. »Gott, Feli – der Sekt bei unserer Pack-Arie!«

»Jaja, da hab ich auch schon dran gedacht. Aber da hab ich noch nicht dran geglaubt, dass ich *wirklich* schwanger bin! Du hast doch selbst gesagt, wie schwierig es für Stewardessen ist, schwanger zu werden, und dass man heutzutage praktisch mit Zeitverschiebung und Milch verhütet!«

Wo sie recht hat, hat sie recht.

Immerhin erklärt das, warum Feli, die sonst slowenische Hafenarbeiter unter den Tisch trinkt, heute Abend eine seltsame Abstinenz an den Tag gelegt hat. Wir konsumieren zwar grundsätzlich nicht viel Alkohol – außer angestaubtem Sekt, der wegmuss, und hier und da mal einem Glas, wenn wir es uns auf meiner Couch gemütlich gemacht haben … (okay, also hin und wieder trinken wir tatsächlich was.) Aber natürlich nur, wenn keine von uns in den nächsten vierundzwanzig Stunden fliegen muss. Aber der Punkt ist, dass Feli Alkohol unglaublich gut verträgt und es sich im Gegensatz zu mir leisten kann, bei einem echten Anlass wie unserer Einweihungsparty vier Mojitos zu kippen, ohne selber ins Wanken zu geraten. Daher war es im Nachhinein wirklich ungewöhnlich, dass sie sich die ganze Party über an einer

Grüntee-Holunderschorle bei Zimmertemperatur festgehalten hat.

Ich traue mich kaum in die Stille hinein die nächste, *die* zentrale Frage zu stellen. Zumal das Bad noch recht leer ist und die Kacheln einen unschönen Hall erzeugen. Vom Hardcore-Single zur Mutter ist eine Entwicklung, die für mich so schwer verstehbar ist wie die Relativitätstheorie. Und es drängt sich die Frage auf, wer dafür verantwortlich ist. Oder zumindest mitverantwortlich, um genau zu sein.

Ich raschele geräuschvoll mit dem Klopapier, drücke die Spülung, und während ich mir die Hände wasche, rufe ich ganz beiläufig: »Wer ist denn eigentlich der Vater?«

Auf der anderen Seite der Tür herrscht Stille. Was auch bedeuten kann, dass sie eingeschlafen ist.

»Feli?«

»Ja.«

Pause.

»Kannst du vielleicht rauskommen, bevor ich es dir sage?« Sie klingt auf einmal wahnsinnig bedrückt. Oh mein Gott, ihr ist doch wohl nichts zugestoßen unterwegs? Es hat in letzter Zeit einige Fälle in Dubai und Mosambik gegeben, in denen nachts männliches Hotelpersonal im Zimmer stand und sich etwas mehr als Trinkgeld erhoffte. Gottlob haben sich alle Mädels – und auch unser Kollege Phillip – sehr erfolgreich zur Wehr setzen können. Uns wurde an diesen Orten sogar vom Rezeptionspersonal selbst geraten, immer von innen einen Stuhl vor die Tür zu stellen und niemals die echte Zimmernummer anzugeben, wenn man zum Beispiel am Pool Handtücher leiht. Und dann ist da noch diese *Rape Drug* in Bangkok im Umlauf … – ich darf gar nicht weiterdenken.

Ich stürze hinaus. »Oh Gott, Feli – dir hat doch keiner was angetan?«

»Hm?« Sie sitzt im Schneidersitz an die Wand gelehnt und sieht mich mit großen Augen an.

»Ich meine, dir ist doch nichts passiert, oder?« Ich lasse mich vor ihr auf die Knie fallen und nehme ihre Hände.

Sie begreift. »Nein, nein, um Gottes willen, Charlotte! Keine Sorge. Ich bin quasi freiwillig schwanger. Also nicht, dass das geplant war, nur die Sache an sich … war auf freiwilliger Basis.«

»Und?«, bohre ich jetzt doch nach, nicht ohne Neugier in der Stimme.

Feli atmet so schwer, als wären wir beim Yoga. »Er ist … also, es ist …« Beschämt schlägt sie die Augen nieder.

»Feli, mir kannst du es doch sagen«, ermuntere ich sie und füge lächelnd hinzu: »Vergiss bitte nicht, dass du hier mit der Frau redest, die deine Benjamin-Blümchen-Kinderkassetten hier raufgeschleppt hat und weiß, dass du Frotteeschlüpfer mit den Muppets drauf besitzt!«

Mit einer Mischung aus Misstrauen und noch etwas anderem, das ich nicht einzuordnen weiß, sieht sie mich an. Fast würde ich sagen, es ist Mitleid. Dabei ist eindeutig *sie* diejenige, die hier in wenig atemberaubenden Umständen steckt.

»Es ist Kermit.«

»Der Vater heißt Kermit?«

»Nein, das ist der *einzige* Muppet auf meinen Slips. Der Vater heißt … – Charlotte, das ist mir jetzt wirklich unangenehm. Ich kann das nicht …«

»Hör mal, ich verurteile dich nicht, Feli. Egal, wer es ist – immer raus damit.« Ich bete dennoch, dass es nicht Wolf-Dieter ist.

»Okay, der Vater ist …« Wieder stockt sie.

»Na los.«

»Es muss ein Typ sein, den ich im *Night Flight* in Hongkong kennengelernt habe.«

Feli stößt diese Mitteilung hervor, wie wenn sie einen Kaugummi ausspuckt, und ich frage mich, was daran jetzt so megadramatisch war. Klar, kein Mensch gibt gerne zu, dass er einen One-Night-Stand hatte, aber man stirbt ja nicht daran. Außer, man benutzt kein Kondom und infiziert sich …

»Gott, Feli! Ist ja nicht so schlimm, aber ungeschützter Sex? Mit einem Fremden?!«

Irgendwie scheint sie mein Gedanke zu überraschen. Sie scheint kurz zu überlegen. »Nein, nein, der wirkte total … seriös. Ich glaube, er hieß … Brian. Er ist Brite und war auf einem Kongress oder so.«

»Er ist also so seriös, dass er sich dir nicht mal richtig vorgestellt hat?«

»Siehst du, und schon verurteilst du mich!«

»Quatsch, Feli, ich bin nur erstaunt. Als ich im Urlaub war und du auf meine Wohnung aufgepasst hast, musste meine Mutter dir ihren Personalausweis unter der Tür durchschieben, als sie einmal vorbeigeschaut hat.«

Sie verdreht bei der Erinnerung daran die Augen.

»Feli, irgendwie passt das Ganze nicht zu dir.«

»Was passt nicht zu mir? Dass sich mal jemand für mich interessiert?«

Auf die Sache mit meiner Mutter ist sie echt nicht gut zu sprechen. Okay, ich muss das schnell wieder geradebiegen. Immerhin hat sie sich mir anvertraut, da soll sie nicht das Gefühl kriegen, dass ich sie auch noch kritisiere in ihrer Lage.

»Feli, jetzt mal kein *Fishing for compliments*!«, sage ich streng. »Die ganze Welt interessiert sich für dich! Wenn du durch den Flughafen läufst, vergessen die Männer einzuchecken. Das weißt du doch! Du müsstest nur auf den erstbesten Millionär zeigen, und schon kauft er dir, was du willst!«

Sie lächelt unwillkürlich. »Davon merke ich aber nicht viel.«

»Jetzt stell bitte nicht deinen Rapunzelzopf so unter den Scheffel! Du kriegst doch auf jedem Flug mindestens drei Visitenkarten zugesteckt, oder?«

»Nur ein bis zwei.«

»Na also. Und im Gegensatz zu mir hast du nur keine Beziehung, weil du wirklich keine willst. Was ich nach Simon und Wolf-Dieter nur zu gut verstehe.«

»Stimmt.«

»Wie kam es also dazu, dass dieser nebulöse Brian dich im *Night Flight* aufreißen konnte?«

»Na ja, ich war ein einziges Mal da«, verteidigt Feli ihren Besuch in dem asiatischen Aufreißerschuppen schlechthin. »Hongkong war einfach so ein megacooler Umlauf!«

Endlich beginnt sie auszupacken.

»Die ganze Crew war Wasserskilaufen, und dann in der höchsten Bar der Welt – und als wir diese Lichtershow am Hafen sahen, war ich einfach so … so *berauscht* von allem, und meine Gedanken setzten irgendwie aus. Ich meine, immer nur nachdenken und das Richtige tun und alles bewerten und beurteilen – ich brauchte davon mal eine Pause! Ich wollte einfach locker lassen und Spaß haben. Wie alle anderen auch.«

»Verstehe.«

Tatsächlich weiß ich ziemlich genau, wovon sie spricht. Ich kenne die Euphorie, die einen packt, wenn man an einem Dienstagmorgen über die Golden Gate Bridge radelt oder mal eben den Fuji besteigt. Oder ein Kasino in Las Vegas betritt, während Otto Normalverbraucher bei Aldi seinen Wocheneinkauf erledigt. Und das Gefühl, das einem suggeriert, alles was unterwegs passiert, hätte keinerlei Auswirkungen auf das »echte Leben« zu Hause.

»Und immer diese Etikette! Ich wollte einfach mal meinen Dutt lösen, die Perlenohrringe ins Meer schmeißen und leben.«

»Felilein, das ist dir gelungen! Jetzt hast du sogar neues Leben in dir.«

Trotz oder gerade wegen der Misere müssen wir lachen. Ich setze mich neben sie an die Wand, und eine ganze Weile sagen wir gar nichts.

Ihr Bedürfnis, sich der strengen Skyline-Etikette und den genormten Rocksaumlängen mal entziehen zu müssen, kann ich ebenso nachvollziehen. Ich persönlich rebelliere da gerne mal mit zwei Kilo mehr auf den Rippen dagegen. Aber ob ich so weit gehen würde, mich sorglos auf einen wildfremden Typen einzulassen, bezweifle ich.

Sie muss wirklich unbedingt einen HIV-Test machen. Weiß der Himmel, wo dieser Brian sonst noch verkehrt. Ausgerechnet in Hongkong!

Aber es ist nun mal passiert. Felis erstes Kind, unser neuer Mitbewohner. Sofern sie es überhaupt behalten möchte? Über solche Themen haben wir in den drei Jahren, seit wir uns kennen, nie gesprochen. Kein Wunder, die meiste Zeit waren wir viel zu sehr mit unserem Singledasein beschäftigt. Ich persönlich finde ja, dass es mit über dreißig keine Ausrede mehr sein kann, dass man sich erst noch die Hörner abstoßen oder die Schule zu Ende machen möchte.

»Willst du es denn ... ich meine – also, es *behalten*?«, frage ich zaghaft.

Zwar ist Feli eine moderne Frau, aber ich weiß, dass ihre Familie sehr konservativ und Bayern auch heute noch sehr katholisch ist, und ich möchte nicht ins Fettnäpfchen treten und sie direkt fragen, ob sie eine Abtreibung in Erwägung zieht.

»Ich hab schon hin und her überlegt«, gibt sie zu meiner Erleichterung zu. »Du weißt, eher würde ich ins *Dschungelcamp* gehen, als schwanger zu werden. Aber jetzt, wo ich es tatsächlich bin ... Es gibt ja eigentlich nichts, was dagegen spricht, oder? Auf jeden Fall bin ich alt genug, Mama zu werden. Vielleicht ist es sogar bald schon zu spät ...«

Wieder schweigen wir, und es herrscht eine merkwürdige Stimmung zwischen uns. Es ist, als hätte sich unser Leben mit einem Schlag komplett gedreht, wie eine Fahne im Wind.

Ich denke an meinen Termin bei Frau Doktor Söllberg-Habermann, und da ist es wieder: Alle Welt hört diese ominöse biologische Uhr ticken, nur ich nicht. Und wenn sogar Feli sie hört, sollte ich mir langsam ernsthaft Sorgen machen. Wobei sie mit ihren sechsunddreißig noch fünf Jahre älter ist als ich und bloß aussieht wie achtundzwanzig.

Ich stehe ächzend auf und laufe mit auf dem Rücken verschränkten Armen auf unserem Flur auf und ab wie Sherlock Holmes bei laufender Ermittlung. Oder wie ein Profiler aus *CSI* sonst wo.

»Also gut, noch mal von vorne. Was wissen wir über diesen Brian?« Fast brauche ich ein Flipchart, um mir Notizen zu machen. »Hast du seine Nummer?«

»Nein. Charlotte, das war eine völlig einmalige Sache! Ich weiß nichts über ihn! Außer, dass er gerne Mai-Tai-Cocktails trinkt und im Herbst immer einen Berg besteigt. Den Annapurna, oder so. Davon hat er ständig geredet.«

»Immer im Herbst, sagst du? Wann genau?«

»Oktober, glaub ich. Aber ich will ihn gar nicht wiedersehen, Charlotte! Ich würde ihn nicht einmal … *wiedererkennen*, denke ich.«

Sie schlägt die Augen nieder, und ich stelle mir vor, wie ich eine Art polizeilicher Gegenüberstellung zwischen ihr und einer Reihe britischer Bergsteiger in Hongkong organisiere.

»Du meine Güte, ihr zwei seht ja düster aus – ist jemand gestorben?«, tönt es durch den Flur.

Julian steht mit ein paar trockenen Ficusblättern im Haar vor uns und muss offensichtlich dringend aufs Klo. Kein Wunder, nachdem er etwa drei Liter Bier vom Fass getrunken hat.

Feli blickt zu ihm auf und ringt sich ein gequältes Lächeln ab. »Nein, im Gegenteil. Jemand wird geboren!«

Skyline – Meet the Angels
Rundschreiben

Liebe Kolleginnen und Kollegen des Bordpersonals,

in letzter Zeit gehen bei uns vermehrt Nachbestellungen zu Namensschildern ein. Wir wissen, dass die Qualität der Anstecknadeln ein Problem darstellt, und suchen aktuell nach einem alternativen Anbieter. Wir verstehen Ihren Unmut hierzu. Allerdings möchten wir Sie dennoch bitten, sich nicht eigenmächtig Namensschilder im Ausland oder beim Juwelier anfertigen zu lassen und uns diese in Rechnung zu stellen. Insbesondere nicht in den Häusern Cartier und Chanel, mit denen wir nun in einem langwierigen Rechtsstreit klären müssen, dass dies zu keinem Zeitpunkt von unserer Kleiderkammer autorisiert war!

Bianca Süßmuth
Skyline Kleiderkammer

Skyline – Meet the Angels
Rundschreiben

Liebe Kolleginnen und Kollegen des Bordpersonals,

wir bedauern, dass es derzeit zu einer erhöhten Krankheitsquote kommt, wie wir sie ansonsten nur zu Zeiten des Oktoberfests verzeichnen. Grund hierfür sind indirekt unsere neuen Ziele, wie z. B. Lagos, für die eine Malaria-Prophylaxe erforderlich ist. Obwohl wir uns hierbei für das am besten verträgliche Präparat »Malarin« entschieden haben, kommt es bedauerlicherweise vereinzelt zu Unverträglichkeiten. Nichtsdestotrotz müssen wir betonen, dass die möglichen Nebenwirkungen des Präparates keine annähernd so große Gefahr darstellen wie eine potenzielle Infektion mit Malaria, die auch Ihre Flugtauglichkeit grundsätzlich gefährden würde. Wir bitten Sie daher, die Präparate für die betreffenden Strecken weiterhin präventiv einzunehmen.

Bei dieser Gelegenheit möchten wir auch darauf hinweisen, dass Erkrankungen wie Karies und das Honeymoon-Syndrom definitiv nicht von diesem Medikament hervorgerufen werden und von Ihrem Hausarzt behandelt werden können.

Always healthy landings!

Dr. Monika Sandberger
Skyline Medizinischer Dienst

Pay-TV »Movie Package Women« – P. S. I love you/ The Notebook/Bridesmaids/The Devil wears Prada	-19,39 €
Grand Hyatt Oslo – Takk! God reise!	
Spesensaldo:	-287,33 €

5.

Feli ist schwanger.

Ich kann es immer noch nicht fassen. Gerade noch standen wir in meiner alten Wohnung, und ich musste ihr versprechen, nicht mit dem Mann meines Lebens anzukommen, und jetzt? Bekommt *sie* ein Baby. Und da sie selbst noch nicht richtig weiß, wie sie das finden soll, weiß ich es erst recht nicht.

Natürlich freue ich mich, klar. Es ist ja auch ein *freudiges Ereignis*. Vor allem, wenn es wirklich so schwierig für unsere Berufsgruppe ist, schwanger zu werden. Da hat Feli quasi Glück im Unglück gehabt. Oder wie Julian es wenig taktvoll formulierte, nachdem er den Grund unseres trübseligen Herumsitzens vor dem Badezimmer kannte:

»Ein Schuss, ein Treffer.«

Irgendwie ist es surreal. Ich meine, Feli und ich waren sogar spaßeshalber auf *Facebook* in dieser Gruppe »Alle heiraten und sind schwanger, nur ich nicht. Habt ihr alle nichts Besseres zu tun?« Weil es nämlich neuerdings eine schiere Flut unserer Kontakte gab, die ihre Profilbilder plötzlich exzessiv gegen Hochzeitsbilder und Babyfotos getauscht hatten. Die, die früher Belegfotos einer Schaumparty in Ibiza hochluden, schrieben jetzt nur noch Meldungen wie »Penelope-Philippas erster Zahn ist da!«

Einmal haben wir aus Protest unsere Koffer fotografiert und gepostet: »Der kleine Samsonite-Simon kann schon rollen!« Aber es haben nicht besonders viele den *Gefällt-mir*-Button angeklickt. Die Liste derer, die solche Sachen mit Humor sehen können, ist eben kurz.

Feli und ich, wir waren keine bemitleidenswerten Singles, wir waren glückliche Mädels in den Dreißigern, unabhängig, eben weil ohne Beziehung. Und gerade sie war mein Vorbild in Sachen Unabhängigkeit. Vermutlich wäre ich alleine an dem einen oder anderen Abend heulend und wie ein kleines Häufchen Elend noch vor zweiundzwanzig Uhr im Hotelbett geendet, mit einer Box Kleenex und einem alkoholhaltigen Getränk aus der Minibar bewaffnet. Ich hätte mir Fragen gestellt wie »Warum liebt mich keiner?«, »Warum gerate ich immer nur an uniformierte Vollidioten?« oder »Kann ich Disney für dieses ganze beknackte Prinzessinnen-Gedankengut verklagen?« Mit ihr jedoch landete ich immer mitten im Abenteuer, in dem solche Sätze nicht vorkamen und auch nicht ein Einwand wie: »Da muss ich erst meinen Freund fragen.«

Mit ihr zusammen brachte ich es sogar problemlos fertig, meine gleichaltrigen Cousinen zu besuchen, die sozusagen chronisch schwanger sind. Sie sahen uns dann neidisch und mit großen Augen an und lauschten gespannt, was wir so zu berichten hatten von unseren Reisen. Während wir von irgendeinem Emirat mit Poolbar schwärmten, wechselten sie meist gerade eine Windel, seufzten dann sehnsuchtsvoll und sagten so etwas wie: »Ach, da möchte ich auch mal hin!«

Und wenn wir dann anboten, sie mal mitzunehmen für zwei Tage, fast gratis noch dazu, hatte schon wieder irgendein Kind was angestellt, und sie schafften es nicht einmal, uns Kaffee nachzuschenken. Sie erzählten uns von ihren Sorgen, ob nun der Waldorf- oder der Waldkindergarten der richtige zur Stärkung körperlicher und seelischer Abwehrkräfte für den Nachwuchs sei, und Feli wehrte gerne mal trocken ab:

»Pah, in diese albernen Kindergärten kommt man ja heute so schwer rein wie früher ins P1.«

In ihrer Gegenwart haftete meinem Solistendasein nichts Trauriges an, nichts Verlorenes. Ich habe mich nie so gefühlt, als müsse ich samstags Arm in Arm durch Ikea schlendern und auf Stühlen namens *Torbjörn* Probe sitzen. Dank meiner Freundin konnte ich mehr um mich herum wahrnehmen als potenzielle »Boyfriend-Kandidaten«. Zum Beispiel die Weltnachrichten und einen VHS-Kurs für Aquarellmalerei. Ich konzentrierte mich auf die Gegenwart und nicht auf ein imaginäres Haus in der Provence, in dem ich *vielleicht* eines Tages mit meinem Mann, einem schicken Tierarzt, und seinem Golden Retriever wohnen würde.

Wir dachten viel nach, aber nicht über verflossene, wackelige oder sich anbahnende Beziehungen. Und litten nicht darunter, dass ein Mann nichts von uns will oder zu viel, oder dass keiner da ist, der überhaupt etwas von uns will. Nein, wir waren zufrieden! Ehrlich, richtig zufrieden. Auch, wenn dieser Zustand nicht lange angedauert hat.

Vor dieser Zeit waren auch wir ständig bestrebt gewesen, Mister Right zu finden oder uns die Zeit mit Mister Wrong zu vertreiben. Aber dank Feli erkannte ich, dass man mitunter alleine wesentlich glücklicher und gesünder lebt als in einer Partnerschaft. Wir gingen unbelastet auf unsere Flüge, freuten uns über das schöne Wetter in Boston, lagen in Los Angeles am Strand und lasen einen spannenden Thriller, in dem wir vollkommen versanken, und bemitleideten Kolleginnen, die in Erwartung eines Anrufes von ihrem »Noch nicht-/Fast- oder Wieder-Schatz« zwei Tage lang in San Francisco im Hotelzimmer neben dem Hörer festsaßen.

Wir taten nicht nur so, als seien wir emanzipiert, wir *waren* es. Feli zeigte mir ein anderes Lebensmodell als die Freundinnen, mit denen ich aufgewachsen war und die fast nur noch mit ihren Beziehungsproblemen beschäftigt sind beziehungsweise damit, sich nonstop über ihren einstigen Traummann zu beschweren.

Oft saßen wir in Cafés, lasen Politik und Feuilleton, und bildeten uns neben unserem heiß geliebten Promiklatsch natürlich nur, um auch eine Meinung zur Großen Koalition, Guantanamo und zur Erderwärmung zu haben. Wir gingen ins Fitnessstudio, weil wir Spaß an Zumba hatten und nicht, um bis zum nächsten intimen Ereignis abzunehmen. Und wir entsagten Depiladoras, die meinten, nur mit Hollywood-Cut könne man im Bett bestehen. Feli war sich selbst genug. Zumindest, bis sie im *Night Flight* war.

Die düstere Bar mit Livemusik im Hafen von Hongkong ist der Inbegriff dessen, was wir bis dato *nicht* waren. Ein Treffpunkt für Crewmitglieder aller Airlines und gestrandete Existenzen, die verhältnismäßig kurzfristig jemanden suchen, um die Leere ihres Lebens oder zumindest die des Hotelzimmers zu füllen. Natürlich bin auch ich schon dort gewesen. Da man sich allerdings keinen Meter durch den Raum bewegen kann, ohne von einem zweifach geschiedenen vereinsamten Cargo-Kapitän der El Al, dessen sabberndem Kopiloten oder einem homosexuellen Steward, der es in schlechten Zeiten auch mit Frauen treibt, angebaggert zu werden, habe ich meist eine DVD, ein Clubsandwich und ein Sanddorn-Peeling dem Nachtleben vorgezogen. Zumal sich inzwischen rumgesprochen hat, dass man dort prima Stewardessen abgreifen kann und der eine oder andere zu diesem Zweck notfalls mit ein paar K.-o.-Tropfen im Caipirinha nachhilft.

Was offenbar bei Feli gottlob nicht der Fall gewesen ist, immerhin. Dennoch hat es ein gewisser Jemand (nennen wir ihn der Einfachheit halber *Banker Brian aus Birmingham*), scheinbar recht leicht bei ihr gehabt.

Ich stelle mir unwillkürlich vor, wie er die arme Feli abgefüllt und in den sechzehnten Stock seines Hotels geschleppt hat, um sie dann bei schwacher Beleuchtung auf einem Doppelbett zu schwängern, zwischen der surrenden Minibar, einer angeknabberten Käseplatte vom Room-Service und zwei Paar Hotelfrotteepantoffeln. Aber irgendetwas sperrt sich bei diesem Gedanken in mir. Feli versteht es nämlich inzwischen außerordentlich gut, Männern schon im Anflug zu vermitteln, dass sie an weniger als einem wirklichen Traummann nicht interessiert ist und bis dahin gerne auf jegliche Art männlicher Bespaßung verzichtet.

Eine Frau wie Feli macht man nicht so einfach an. Ich muss regelmäßig lachen, wenn sie wie eine blonde Giraffe würdevoll die Steppe einer Tanzfläche mit jeder Menge brünstiger Erdmännchen überblickt und sich dann einer der Herren nähert, mit gedrungener Figur, türkischem Buffalo-Schick und drei verschiedenen Handy-Verträgen, um sie anzulallen. Unvergessen, wie ein Achtzehnjähriger es ungeniert bei ihr versuchte und meinte: »Ich will dich f*****.« Und Feli darauf gelassen konterte: »Dafür bist du noch ein bisschen klein«, bevor sie sich mütterlich zu ihm hinunterbeugte, an seinem Kragen herumnestelte und mit Blick auf seine lässig gebundenen Sneakers sagte: »Mach erst mal dein Schildchen rein und binde dir die Schuhe zu.«

Ach ja – Feli, wie sie leibt und lebt. Und jetzt wird ausgerechnet diese Frau Mutter! Meine beste Freundin und der ganze Stolz von Skyline wird allem Anschein nach eine alleinerziehende Enddreißigerin.

Auf den Abend der Einweihungsfeier und die Enthüllung im Bad folgt ein Morgen mit vielen Bananen, jeder Menge Zwieback, Salzstangen und Fencheltee und langen Gesprächen, bei denen Julian sich die Teilnahme nicht nehmen lässt.

»Habe ich das richtig verstanden? Man muss gleich die Schwangerschaft bei eurer Fluggesellschaft melden und darf dann neun Monate lang bei vollem Gehalt zu Hause bleiben, weil die Strahlung in den höheren Luftschichten dem Kind schaden könnte?«

»Korrekt.«

»Okay, wo kann ich mich schwängern lassen?«

»Julian, du schaffst es nicht mal, deinen Dobermann zu taufen oder regelmäßig zur Hundeschule zu bringen – wie willst du denn bitte Vater sein?«

»Das wäre ja ganz was anderes! Und im Gegensatz zu euch könnte ich als Grafiker fantastisch von zu Hause aus arbeiten.«

»Zu dumm, dass es nicht dich getroffen hat«, mache ich seinen wenig hilfreichen Thesen ein Ende und ergreife mitfühlend Felis Hand. »Möchtest du noch einen Milchkaffee – oder lieber einen Tee? Oder etwas anderes? Darfst du überhaupt Kaffee trinken? Willst du dich wieder hinlegen?«

Man fängt tatsächlich automatisch an, Schwangere wie rohe Eier zu behandeln.

»Ja, noch mal hinlegen wäre gut, glaube ich.«

Meine Fürsorge scheint Feli ein wenig unangenehm zu sein. Kein Wunder, sie ist ja wirklich mehr der unabhängige Typ. Und so verabschiedet sich auch Julian. Er muss wieder nach Hamburg zurück, angeblich um an einer Kampagne zu arbeiten – wovon ich ihm kein Wort glaube. Aber ich bin froh, dass er da war. Wenn man fliegt und ständig neue Leute kennenlernt, wachsen einem altvertraute Bekannte einfach sehr ans Herz.

Den Rest des Tages verbringe ich damit, mein Zimmer weiter einzurichten, bevor ich abends auf eine Fünftagestour quer durch Russland und Europa gehen muss. Feli wird die nächsten Tage alleine verbringen müssen. Nur gut, dass sie so viele Interessen jenseits des Fliegens hat und unser *Flight Club* noch immer eine riesige Baustelle ist, mit jeder Menge kleiner Aufgaben.

Im Flur stapeln sich die restlichen Kartons. Man müsste mal gründlich wischen, sonst können wir die Teppiche nicht ausrollen. Dank Julians technischem Geschick und meinem rosa Akkubohrer steht inzwischen wenigstens unser gesamtes Mobiliar an seinem Platz. Sicher schafft Feli eine Menge, während ich weg bin, sodass wir uns nächste Woche schon unserem Lieblingshobby widmen können: der Dekoration.

Liebevoll betrachte ich die Bilderrahmen, die an die Wand gelehnt im Flur stehen. Es sind alles Einzelstücke, gekauft von Straßenkünstlern in Berlin und Südkorea. Ich freue mich schon darauf, sie endlich aufzuhängen.

Stunden später sitze ich im Briefing für den Flug nach Stockholm und werde prompt von der Chefstewardess angesprochen: »Hast du denn kein Namensschild, Charlotte?«

»Doch, natürlich. Ich habe es verloren, aber schon ein neues bestellt!«, beeile ich mich, mein mangelhaftes Auftreten zu rechtfertigen.

»Hm, das ist ja nicht so schön, du siehst ein bisschen unvollständig aus.«

Tatsächlich fühle ich mich nicht so perfekt wie sonst in meiner Kluft, aber ich kann es vorerst nicht ändern. Die Purserette offenbar schon, wie sie mir kurz darauf im Flieger zu verstehen gibt.

»Hier, nimm das!«

Ich arbeite gerade meine Checkliste ab, mit der ich das gesamte Equipment an Bord überprüfe, als mir meine Chefin einen Button reicht, auf den sie liebevoll mit einem Glitzerstift meinen Namen geschrieben hat.

»Habe ich immer zur Not dabei, aus dem Kindergarten meiner Tochter!«

»Oh, äh … danke.«

Widerwillig nehme ich das Provisorium entgegen und stecke es an meine himmelblaue Skyline-Uniform. Ich sehe aus, als würde ich Wahlkampf machen.

»Hübsch!«, betrachtet die Purserette selbstzufrieden ihr Werk, und auch die Gäste lassen meinen Anstecker nicht unkommentiert: »Machen Sie ein Praktikum als Stewardess?«

»Ja, genau, ich gucke erst mal, ob es mir gefällt hier

oben«, antworte ich einem fröhlichen kleinen Mann in der Businessclass hoch über Malmö.

»Ach, das finde ich gut. Ich sag nämlich immer: Augen auf bei der Berufswahl! Dann mal alles Gute für Ihren *Beverage-Bachelor*! Heißt doch heute sicher so, oder?«

Skyline – Meet the Angels
Rundschreiben

Liebe Kolleginnen und Kollegen des Bordpersonals,

immer wieder erreichen uns Anfragen zum Thema Kuraufenthalt. Leider müssen diese, sofern sie den tropischen Raum betreffen (z. B. auch Bora Bora, die Malediven, Seychellen und Guadeloupe), generell von uns abgelehnt werden. Natürlich verstehen wir, dass Sie die »durchs Fliegen total vertrockneten Schleimhäute mal wieder richtig durchfeuchten« möchten, und können Ihnen gerne eine Empfehlung für die Klinik Dr. Dirnbach auf Norderney aussprechen. Entsprechende Antragsformulare erhalten Sie jederzeit bei uns.

Dr. Monika Sandberger
Skyline Medizinischer Dienst

(Bitte beachten Sie: Auch der Club Med Serengeti wird leider nicht von den gesetzlichen Krankenkassen unterstützt!)

Cup Pope/Plates Pope/Postcards Pope/Candle Pope + BENEDIKT XVI-Stamps Vatikan Bless you-Souvenir Shop	-13,12 €
Grande iced decaf Latte to go/I like Jesus! Flavour (We donate 1€ to the church!) Starbean Coffee Vatikan – Amen!	-6,12 €
Spesensaldo:	-369,57 €

6.

»*Your wake-up call, Miss Loos*!«

»*Thank you*«, nuschele ich verschlafen ins Telefon und weiß im Moment ehrlich nicht, wo ich bin. Es ist vier Uhr fünfzehn und Tag drei meiner fünftägigen Tour. Immerhin daran erinnere ich mich sofort beim Anblick der grellroten Zahlen auf dem Display des Hotelweckers. Mir steckt die Müdigkeit tief in den Knochen, und das, obwohl ich gestern bereits um achtzehn Uhr Ortszeit im Bett war.

Ich rolle mich aus dem riesigen Kingsize-Bett und angele mit den Füßen nach meinen Badeschlappen (wer weiß, was sich alles im Plüsch des Teppichbodens verbirgt). In rund einer Stunde ist Pick-up, meine Augenringe werden immer tiefer und – Feli ist schwanger. Dieses Gedankenkarussell ist jeden Tag dasselbe seit der Party vor fünf Tagen.

Es kommt mir wie eine pure Ironie des Schicksals vor, dass Feli erst vor vierzehn Tagen zu mir sagte: »Über dreißig zu sein und heutzutage noch kein Kind zu haben, ist, wie wenn du sieben bist und ohne Schneidezähne dastehst… Es sieht eben komisch aus.«

Als sie mir diese Weisheit ins Ohr flüsterte, saßen wir zusammen in einem Seminar, das den Titel trug »Fliegende Mütter – Leben zwischen Spesen und *SpongeBob*«, wo wir in der Vorstellungsrunde skeptisch gemustert worden waren. Aber einmal pro Jahr müssen wir bei Skyline einen Qualifikationstag absolvieren, um in die nächste Gehaltsstufe zu kommen. Und wie immer hatten wir es versäumt, uns rechtzeitig für Kurse wie »Business-Yoga« oder »Wein über den Wolken« anzumelden und mussten Restplätze belegen. Nun ja.

Heute wäre zumindest Feli sehr willkommen dort.

Der Gedanke an das Baby beschäftigt mich Tag und Nacht. Die Sache ist eben ziemlich elementar. So ein Baby lässt sich nicht umtauschen oder reklamieren, man kann es nicht an- und abstellen, oder sagen: »Ich hätte gerne das da mit dem niedlichen Haarschopf, der Sprachbegabung und dem Hang zu klassischem Ballett.« Wenn man Pech hat, kriegt man nämlich das mit der Leserechtschreibschwäche und der Schwäche für Death Metal. Und egal, welches es ist: Es ist da, und es bleibt da, wenigstens für die nächsten achtzehn Jahre im Leben. Und ich persönlich sträube mich ja schon gegen Zweijahresverträge in Sachen Handy oder Fitnessstudio. Worin mir Feli in nichts nachsteht. Sie mag es schon nicht, wenn der Kellner von ihr die Bestellung verlangt, weil sie sich während der Wartezeit auf die Pizza Quattro Stagione ja kurzfristig noch für Lasagne entscheiden könnte.

Mir bereitet auch der Gedanke an die schlaflosen Nächte mit einem Säugling leichtes Unbehagen. Als Stewardess habe ich nämlich ein sehr empfindliches Verhältnis zum Thema Schlaf und Durchschlafen. Gleichzeitig komme ich mir furchtbar spießig vor, so was auch nur zu denken. Aber das permanente Geweckwerden zu unmöglichen Zeiten so wie heute, macht mich fertig. Und die Vorstellung, an meinen freien Tagen auch nicht mehr … – okay, stopp. Das ist jetzt wohl das geringste Problem.

Abgesehen von diesen Dingen macht sich in mir ein leises Gefühl breit, das ich seit Felis Geständnis mit aller Kraft zu unterdrücken versuche, denn es fühlt sich falsch an, nahezu albern. Aber ich fühle mich ein bisschen wie das letzte Einhorn. *Der letzte noch lebende Single.* (Dabei fällt mir ein Buch ein, das ich neulich in der Hand hatte: *Noch nicht einmal alleinerziehend*. Mann, war das traurig!)

Wie wollen wir das alles handeln? Und was, wenn Feli plötzlich doch den Vater finden will und er bei uns ein und aus geht, oder sogar ein*zieht*?

Vielleicht ist es ganz gut, dass ich jetzt erst mal unterwegs bin. So kann Feli in Ruhe für sich ihre Gedanken ordnen, und wir reden über alles, wenn ich zurück bin. Aber egal, wie es kommt: Ich werde für sie da sein. Soviel steht schon mal fest. Was immer sie von mir braucht, soll sie bekommen. Im Übrigen bin ich mir sicher, dass Feli umgekehrt dasselbe für mich tun würde.

So, wie ich einst an ihrem Bett campiert habe und es nur das Thema Wolf-Dieter gab, hat sie mich mal eine ganze Woche gesund gepflegt, als ich aus Bangalore irgendein Magen-Darm-Todesvirus eingeschleppt hatte und kaum noch zum Klo kriechen konnte vor Schwäche.

Vielleicht sollte ich ihr das noch einmal deutlich sagen? Oder schreiben?

Ich greife nach meinem Handy. Gestern Nacht ist noch eine Nachricht von ihr gekommen.

»Nirgends war ein Frauenarzttermin zu kriegen – außer bei deiner Söllberg-Habermann ... – gehe morgen hin. (Vielleicht sind das jetzt schon die Hormone, aber ... DANKE, dass du meine Freundin bist!!!)

Kuss, Feli«

Ich freue mich. Sieht nicht so aus, als hätte sie beschlossen, unser Münchner Loft der *Flight-Club*-Jetset-Girls gegen ein britisches Eigenheim zu tauschen – obwohl ich es verstehen könnte, verstehen *müsste*. Ich will wirklich, dass sie glücklich wird und es ihr gut geht. Und dem Baby auch. Auch wenn es bedeuten würde, dass ich wieder in ein Single-Apartment zurück muss.

Bei dem Gedanken daran stellt sich erneut dieses absurde Bauchgefühl ein. Es ist wie ein kleiner Stich, als hätte Feli unsere Single-Idylle verraten. Und mich irgendwie betrogen. Rational betrachtet weiß ich natürlich, dass das völliger Quatsch ist! Und ich wette, wenn Feli es sich aussuchen könnte, würde sie alles drum geben, nichts an ihrem Stand zu ändern.

Aber natürlich wäre es auch toll, wenn das Baby einen richtigen Vater hätte und Feli eine Familie gründet! Wenn es nämlich darum geht, dem Spross beizubringen, was *Abseits* ist, eine Carrera-Bahn aufzubauen oder an Silvester Knallfrösche zu zünden, bin ich persönlich raus. (Ich überlasse es bis heute vor lauter Schiss gerne meinem Vater, den Gasherd bei meinen Eltern anzuzünden oder die Gasflasche am Grill zu wechseln. Und an Bord würde ich bei einer Bombendrohung durchaus der männlichen Besatzung den Vortritt bei der Entschärfung lassen, obwohl wir sogar für solche Fälle trainiert sind.) Ich finde, Emanzipation hat Grenzen.

Hoffentlich fühlt sich Feli bei Frau Doktor Doppelname

wohler als ich mich. Ich schätze, Spätgebärenden gegenüber ist sie aufgeschlossener als potenziell Gar-nicht-Gebärenden wie mir.

Nur noch dreißig Minuten bis Pick-up. Verdammt, morgens läuft einem wirklich die Zeit davon! Ich betrachte mich im Badezimmerspiegel – kleine gerötete Augen und fiese Knitterabdrücke vom Bettlaken im Gesicht, das ich gestern Abend samt Zudecke erst mal ringsum unter der Matratze hervorgerupft habe. In fast allen Hotels muss man die Betten immer erst von etlichen Kissen befreien, um sich überhaupt hineinlegen zu können, und dann das akkurat gespannte Bettzeug lockern, damit man nicht nachts das Gefühl bekommt, jemand zerrt am anderen Ende der Bettdecke. Was mir gestern vor dem Einschlafen nicht sehr gut gelungen ist. Außerdem habe ich schlecht geträumt, von Flamencotänzerinnen, die an Bord gebären. Und gefroren, da sich die Klimaanlage nicht regulieren, geschweige denn abstellen ließ.

Dank einem kräftigen Schwarztee mit Zucker und *MTV Svenska* stehe ich eine halbe Stunde später geschniegelt und gestriegelt als erstes Crewmitglied in der Lobby. Übrigens bin ich in Stockholm, was mir beim Öffnen der Vorhänge mit Blick auf jede Menge Nadeltannen wieder eingefallen ist. Und ich befinde mich auf einer *Hopper-Tour*. Dabei reist man die komplette Zeit über alleine durch die Gegend und »hüpft« von Crew zu Crew und von Flugzeug zu Flugzeug, je nachdem, wo zwei Hände zusätzlich gebraucht werden – zum Beispiel durch eine hohe Passagierauslastung, oder weil ein größeres Flugzeugmuster ein Crewmitglied mehr erfordert.

Ich bin gespannt auf meine neue Crew, mit der ich zwei

Kurzflüge haben werde (ein wunderbar kurzer Arbeitstag!) –, bis ich heute Nachmittag wieder alleine in London aussteige. Der Rest der Crew wird dann nach München weiterfliegen, und morgen werde ich einer neuen zugeteilt.

»*Checking out*?«, fragt mich der nette Rezeptionist, und ich erkenne die Stimme wieder, die mich eben geweckt hat.

»*Good morning, yes, please*!« Lächelnd gebe ich ihm meinen Zimmerschlüssel zurück.

»*Anything from the minibar*?«

»*No, just tea.*«

»*Okay, have a safe flight, Miss Loos*!«

Artig wünsche auch ich ihm einen schönen Tag, und als ich gerade zur Seite treten will, landet ein Arm mit vier Streifen am Ärmel neben mir auf der Theke.

»*Good morning, capt'n! Was everything alright*?«

Also wirklich – kann der Gute sich vielleicht mal zwei Sekunden gedulden, bis ich … – ich erstarre.

Neben mir steht Malte Breuer.

»Ach – Charlotte!«, sagt er grinsend, im Gegensatz zu mir kein kleines bisschen verlegen. Klar, *er* stand ja auch hinter mir und hat mich eher erkannt als ich ihn. Nie war ich wacher als jetzt. Meine Pulsfrequenz steigt unvermittelt in eine Höhe, die sie zuletzt bei den Bundesjugendspielen 1987 erreicht hat, als ich mit Werfen dran war. Nicht etwa vor Anstrengung, sondern vor Panik, weil ich es selten schaffte, den kleinen Lederball überhaupt bis zur Fünf-Meter-Markierung zu werfen und mich Jahr für Jahr hoffnungslos vor Matthias Völler aus der 4c blamierte.

Malte ist erschreckend gealtert. Das ist das Zweite, was mir auffällt. Das Erste ist, dass hier Moment X eingetroffen ist. Oder besser: Moment *Ex*.

»Ach, du bist jetzt Kapitän?«, frage ich unbeholfen.

Malte zahlt seine Rechnung sehr lässig mit einer privaten goldenen Kreditkarte.

»Yep, war an der Zeit.«

Zum Kotzen diese lässige Arroganz. Mein Gott, Malte Breuer! Kommandant, Kotzbrocken und dummerweise mein Chef des Tages. Der mein Selbstwertgefühl seinerzeit für mindestens fünf Monate nachhaltig gemindert hat. Als würden wir uns nicht gerade zum ersten Mal seit damals wiedersehen, schieben wir lässig unsere Rollkoffer rüber zu dem kleinen Buffet, das das Hotel für früh abreisende Crews aufgebaut hat. Wo bleiben nur die anderen?

»Möchtest du einen Kaffee?«, frage ich höflich, um die unangenehme Situation zu überbrücken, während ich mir selber aus einer großen silbernen Thermoskanne einschenke.

Er sieht mich an, als hätte ich ihm den Rötelvirus angeboten.

»Charlotte …« Er seufzt mit dem mir altvertrauten Unterton, der mir zu verstehen gibt, dass ich, warum auch immer, ein hoffnungsloser Fall bin.

Ich zucke unmerklich zusammen bei der Art, mit der er meinen Namen ausspricht. Verdammt, ich fühle mich furchtbar. Ich will weg! Nur gut, dass ich mir heute beim Schminken so viel Mühe gegeben habe. Und dass ich mir erst letzte Woche die Haare gefärbt und meinen Blazer habe enger machen lassen. Das hätte mir gerade noch gefehlt, dass ich zu allem Übel nicht gut aussehe. Man weiß beim Fliegen schließlich nie, was der Tag so mit sich bringt (oder *wen*). Und dieser bringt mir doch noch eine späte minimale Genugtuung. Malte kennt mich nämlich nur vom Wind zerzaust auf irgendwelchen Berggipfeln, mit Gänsehaut, mäßiger Laune und Muskelkater. Und natürlich in Uniform, nur mussten wir damals, als ich anfing, noch alle einen furchtbaren Gouvernanten-Einheits-Dutt tragen und denselben hellblauen Skyline-Lidschatten. Heute dürfen wir uns »typentsprechend« zurecht machen und ich muss sagen, dabei kann man nur gewinnen. »Du weißt doch, dass ich keinen Kaffee trinke!«, erklärt er nun seinen verärgerten Tonfall.

»Wie dumm von mir«, reagiere ich leicht verächtlich, aber ihm entgeht mal wieder jegliche Ironie. Wie kann ein Mensch, den ich Jahre nicht mehr gesehen habe, es schaffen, dass ich mich binnen drei Minuten wieder fühle wie damals? Unfähig, klein, dumm, naiv. Gott, wie ich ihn dafür hasse. Wie ich *mich* dafür hasse!

Endlich taucht sein Kopilot auf, dicht gefolgt von der Purserette und zwei anderen Stewardessen. Ich stelle mich allen vor und schüttele reihum ihre Hände, dann zücke ich mein Handy, um einen kurzen Notruf abzusetzen:

»Feli – ich fliege mit MB! Katastrophe.«

Ihre Antwort bleibt aus – natürlich, um die Uhrzeit. Während der Crewbusfahrer unser Gepäck im Heck des Kleinbusses verstaut, bin ich darauf erpicht, als Erste einzusteigen und mich ganz hinten in den Van zu setzen. Mir graut vor der fast einstündigen Fahrt zum Flughafen. Ich werde einfach die Augen schließen und versuchen zu schlafen oder zumindest, so zu tun. Im Übrigen kriege ich Halsschmerzen. Vermutlich wegen des Schocks in Kombination mit der nächtlichen Klimaanlage. Mein Plan geht vorerst auf, und Malte nimmt pilotentypisch vorne Platz. Als ich die Augen schließe, beginnt jedoch die quietschfidele Purserette lautstark ein Gespräch mit ihm. Offenbar sind sie bereits seit zwei Tagen gemeinsam unterwegs und kennen sich schon ganz gut.

»Ist das dein Sohn?«, fragt die Chefstewardess.

Sohn? Ich schlage meine Augen blitzschnell wieder auf. Malte ist inzwischen Vater?! Okay, ganz ruhig, ist doch egal. Muss ich das wissen? Oh Gott, ja – ich muss es wissen! Malte Breuer ist *Vater*. Vermutlich sogar verheiratet? Ich luge über die Rückenlehne. Tatsache – an seinem Ringfinger prangt ein klassisch goldener Ehering und auf seinem Smartphone ein etwa ein Jahr alter Junge auf einem pädagogisch wertvollen Holzschaukelpferd.

»Melchior«, kommentiert Malte. »Und das hier ist Theodor.«

Er klickt weiter, und der gleiche Junge erscheint noch mal. Zwillinge?! Ich fasse es nicht. Einzig die Namen verblüffen mich nicht. Malte war schon immer spießig.

»Was macht denn deine Frau beruflich?«, fragt die Purserette beiläufig, und ich muss mich zwingen, mich wieder zurückzulehnen, damit nicht auffällt, dass ich vor Spannung platze. Obwohl mein Stolz mir selbstverständlich gebietet, größtmögliches Desinteresse vorzutäuschen.

Wieder zücke ich mein Handy.

»Feli, er hat Kinder! Zwillinge! Melchior und Theodor – sagt ja schon wieder alles, oder?;-)«

»Hier!« Malte zeigt stolz ein Foto seiner Angetrauten.

Ich strecke meinen Hals so sehr, dass ich kurzfristig befürchte, mir einen Nerv einzuklemmen. Dummerweise nimmt der Busfahrer nun so stürmisch die Auffahrt zur Autobahn, dass Maltes Oberkörper aufgrund der Fliehkraft genau vor das Display seines Handys rutscht. Dennoch kann ich einen Blick auf einen blonden Pferdeschwanz erhaschen – das ist mit Sicherheit Sandra! Er hat tatsächlich Pessimismus-Barbie geheiratet!

Sandra und ich lernten uns damals bei der Aufnahmeprüfung für Skyline kennen, und sie war alles andere als ein Teamplayer. Man hat sie auch nicht genommen. Mir war noch zu Ohren gekommen, dass sie und Malte sich kennengelernt hatten, als sein Flieger liegen blieb und man die Crew aus dem unplanmäßigen Stopp in Island mit *Horizon-Express* ausflog – einer kleinen Airline, bei der sie seinerzeit arbeitete. Keine Frage, Sandra war eine Schönheit mit formschönem Schmollmund. Aber das war es dann auch schon. Wegen ihrer permanenten und unerträglichen Nörgelei taufte ich sie damals im Stillen *Pessimismus-Barbie*.

»Sie ist im medizinischen Bereich tätig. Heilpraktikerin.«

Heilpraktikerin? Sandra hat also aufgehört zu fliegen? Und *therapiert* jetzt Menschen? Zudem ist Malte Breuer der naturwissenschaftlichste Mensch, den ich kenne. Damals wollte er nicht einmal wahrhaben, dass mein Sternzeichen Krebs ist, vielmehr, dass ich überhaupt ein Sternzeichen habe, wodurch er sich meinen Geburtstag auch viel besser hätte merken können. Ich schwanke zwischen dem Bedürfnis, die Purserette für ihre Fragerei zu küssen, oder sie aus dem Bus zu stoßen und mir alternativ meinen iPod mit »*Highway to hell*« in die Ohren zu stöpseln.

»Sie ist wirklich gut in ihrem Job und hat sogar die Beschwerden meiner Mutter kuriert«, ergänzt Malte stolz. Na, das nenne ich romantisch! Es war also einmal mehr die liebe Frau Mama im Spiel. Vermutlich muss die arme Wunderheilerin nun anstelle meiner jeden Sonntag bei ihr auf der Couch sitzen und die Enkel zwischen antik-muffigen Möbeln vorführen, während sie selbst mit Napfkuchen gemästet wird.

Ich kann nicht widerstehen und muss Feli voll ins Bild setzen.

»Hat tatsächlich Pessimismus-Barbie geehelicht! Sie ist jetzt Heilpraktikerin! Wann sind wir endlich am Airport?! Alles Gute für deinen Termin bei S.-H. heute!

Bussi aus der Crewbus-Hölle, C.«

Malte hat offensichtlich beschlossen, das Thema zu wechseln, und dreht sich abrupt nach hinten. »Und, habt ihr euch alle schon einen hübschen neuen Slogan für unsere Firma überlegt? Charlotte – du warst doch früher Werbetexterin! Du müsstest das doch können!«

»Hm«, mache ich gelangweilt. Oh Gott, ich wünschte, mir würde jetzt etwas total Geniales einfallen, das ihm zeigt, welch begnadetes Genie in seiner Exfreundin steckt. Tut es natürlich nicht. Draußen fliegt ein Schild vorbei – 18 MIL Airport. Das dauert ja noch ewig! Ich bemühe mich, gelassen zu wirken.

»*Every mile … a smile*!«, bringe ich plötzlich hervor, ohne groß darüber nachzudenken.

»Joooa …«, macht Malte gedehnt. »Gibt's da nicht was Besseres? *Höher*, *schneller*, *weiter*, oder so?«

Spontan springt die Purserette mir bei: »Also ich finde ihren Vorschlag super. Reich das doch mal ein, Charlotte! Man kann zwei Flugtickets gewinnen. Businessclass, egal wohin!«

»Na, ich weiß nicht …«, wimmele ich verlegen ab. Meine Karriere als Werbetexterin liegt aus gutem Grund hinter mir. Ich wollte meine Tage nicht mehr von morgens bis nachts in Agentur-Lofts fristen, unter der Schreckensherrschaft bekiffter Berufsteenager. Und außerdem – Flüge hin, Flüge her –, wenn man bedenkt, wie viel Geld Skyline einer Agentur für die Entwicklung eines Slogans zahlen müsste, finde ich es nicht richtig, dass eine Idee, die maßgeblich zum Unternehmenserfolg beiträgt, vom Konzern auf diese Weise quasi zum Nulltarif erworben wird. Gemessen an den Rechnungen, die meine alte Ideenfabrik dafür gestellt hat, sind Flugtickets, als würde man einem Profifußballer für ein Länderspiel ein Eis versprechen.

»Also, mir gefällt's auch«, pflichtet selbst der Kopilot bei. Und die Kollegin neben ihm, die optisch eine präzise Nachbildung von Paris Hilton darstellt, meldet sich ebenfalls zu Wort: »Ich hab auch schon was eingereicht! Skyline – *Das Wohnzimmer in den Wolken*.«

Eine halbe Stunde später verschwindet Malte endlich im Cockpit. Natürlich nicht, ohne zuvor ein strenges Briefing zu halten, um abschließend mit einem seiner Lieblingswitze die Stimmung wieder anzuheben:

»Kommt ein Pilot in den Himmel und steht vor drei Toren. Fragt ihn Petrus: ›Wo willst du hin?‹ Der Pilot öffnet Tür Nummer Eins und sieht ein Cockpit, in dem gerade durchgestartet wird. ›Puh, das ist mir zu stressig auf Dauer‹, sagt er und öffnet Tür Nummer zwei, wo ein Cockpit durch Turbulenzen fliegt. ›Puh, da wird mir übel auf Dauer‹, sagt er und öffnet Tür Nummer drei. In diesem Cockpit ist es ruhig, die zwei Piloten sitzen vor einem Tellerchen mit Kaviar, der Steward bringt gerade den Hauptgang und fragt, ob sie noch einen Wunsch haben, zum Beispiel einen Cappuccino? ›Hier ist es toll – hier will ich hin‹, sagt der Pilot. Doch Petrus antwortet: Das geht nicht. Das ist die Hölle – für Flugbegleiter.«

Während die Purserette und der Kopilot sich vor Lachen ausschütten, verziehe ich nur kurz den rechten Mundwinkel.

»Charlotte kannte den schon«, löst Malte ungerührt die Runde auf.

Du musst ihn nur noch einmal zum Abschied sehen. Du schüttelst ihm die Hand und gehst, sage ich mir selber und husche auf meine Arbeitsposition ins Heck des Fliegers.

Der Flug verläuft ruhig – wenn man mal davon absieht, dass es ausnahmslos Schinkensandwiches gibt und Dreiviertel der Passagiere Vegetarier sind, die mich alle zwei Reihen beschimpfen oder zumindest beanstanden, dass ich keine entsprechende Auswahl anzubieten habe. Ich verziehe rund hundertmal entschuldigend das Gesicht und wiederhole zerknirscht: »*I'm sorry, there is no choice. No, I just have a ham-sandwich. Otherwise I would have asked you, which one you want. No, there is no choice … I honestly apologize. Yes, I'm terribly sorry for that, sir*!«

Ein Gast mit Erich-Honecker-Brille erklärt mir, dass ich eine *rude person* ohne Anstand und Manieren sei und Skyline das Allerletzte. Manche wiederholen hartnäckig »*fish*«, auch wenn es keinen gibt, und bestellen Getränke bei mir, obwohl ich gut sichtbar nur den Essenswagen vor mir herschiebe. »Paris« und die Purserette sind mir mit ihren Getränketrolleys ebenso sichtbar dicht auf den Fersen.

Als wir in Frankfurt landen, bin ich völlig erledigt, meine Halsschmerzen sind stärker, und ich bin heiser. Ich merke, dass ich Schnupfen bekomme, und bete, dass mein Körper noch bis zum Ende der Tour durchhält. Allein aus finanziellen Gründen, denn der Erwerb unseres *Bugatti-Diva-Roma-Profi-Gastronomie-Kaffeeautomaten* verlangt, dass sich an meinen Einnahmen diesen Monat nichts mehr ändert. Da wäre eine Krankschreibung fatal, immerhin fielen so Flugstunden und Spesen weg, und mir bliebe nur mein Grundgehalt. Zu allem Übel wäre durch eine Krankmeldung auch mein ganzer schöner Dienstplan ruiniert, und ich müsste mich nach der Genesung mit den restlichen Flugrouten begnügen, die sich niemand gewünscht hat, oder schlimmstenfalls mit Bereitschaftsdienst. Summa summarum eine mittlere Katastrophe.

Im Transit in Frankfurt beaufsichtige ich das Cleaning-Personal und plaudere kurz mit dem Caterer, als Malte von seinem Outside-Check kommt, der nach jedem Flug stattfindet – natürlich steigt er über die hintere Treppe wieder ein, an der *ich* die Aufsicht habe.

»Und, Charlotte? Was machst du denn jetzt so?«

Na, toll. Ich habe nun die Wahl, ihm wahrheitsgemäß zu erklären, dass mein Leben nach wie vor dasselbe ist, nur ohne ihn, oder ihn anzulügen und ihm von meinen zwei Kindern, einem Verlobten und ein bis drei Golden Retrievern vorzuschwärmen. Zu dumm, dass ich meinen Fake-Ehering ausgerechnet heute mal nicht trage! Ich habe ihn mir vor Jahren angeschafft, um lästige Anmachen von Passagieren und aus dem Cockpit abzuwehren, leider aber schnell gemerkt, dass es die meisten gar nicht interessiert, dass man verheiratet ist. Jedenfalls wäre ich so nicht in der Verlegenheit, mir Lügen zu überlegen, sondern könnte einfach besonnen schweigen und ihn selbst seine Schlüsse ziehen lassen.

Noch bevor ich mich für eine Strategie entscheiden kann, fährt er fort: »Machst du denn noch Werbung? Du wolltest doch nebenher freiberuflich arbeiten?« Damit hat er zwar nicht ganz unrecht, aber im Grunde hatte ich diesen Plan damals nur gefasst, weil er mir ständig das Gefühl gab, eine *Saftschubse* sei ihm nicht gut genug als Freundin, und ich müsse nebenher noch eine Diplomarbeit, einen Marathon und zwei Hilfsprojekte bestreiten.

»Nein, das mache ich gar nicht mehr.«

»Das ist aber schade – das ist doch Kapital, das du nutzen solltest! Ich meine, du kannst doch nicht nur durch die Gegend fliegen?«

Ich beginne innerlich zu kochen. Was heißt hier *nur*? Und außerdem: Was tut er denn bitte schön den lieben langen Tag? »Malte, das ist mein Beruf!«

»Fühl dich doch nicht immer gleich angegriffen!«

»Was macht denn deine Frau noch nebenher?«, entfährt es mir unkontrolliert.

Irritiert sieht er mich an, als dürften andere Frauen außer mir tun und lassen, was sie wollen. »Sie ist Mutter von Zwillingen und hat eine eigene Praxis. Und ich meine ja nur, dass du mehr aus dir machen könntest.«

»Warum kann eine Frau nicht einfach *nur* Stewardess sein?!«

»Kannst du ja. Aber wenn du zusätzlich noch in der Werbung ...«

»Malte, es war *furchtbar* in der Werbung – ich bin keine Nacht vor ein Uhr zu Hause gewesen! Und wie soll ich denn bitte noch nebenher arbeiten, wenn ich doch hier einen *Beruf* habe, der mich nicht nur erfüllt, sondern auch zeitlich komplett einnimmt? Soll ich in den sieben Stunden Ruhezeit zwischen zwei Flügen nachts noch dasitzen und Filtertüten betexten?«

»Ja, das gäbe dir ein zweites Standbein.«

Ich bin nahe dran, vor Wut zu explodieren. Dass ich diese

Diskussion überhaupt führe, grenzt an Irrsinn. Aber jetzt ist es zu spät.

»Und was ist *dein* zweites Standbein, bitte?!«

»Ich bin Familienvater *und* Pilot.«

»Eben. Du fliegst doch auch *nur* durch die Gegend!«

»Ja, aber im *Cockpit* und nicht in der *Kabine*!«

Mir bleibt die Luft weg.

»Aber *du*, Charlotte, hättest doch genug Zeit, du hast keine Kinder und …«

»Malte, du weißt doch gar nichts über mich! Ich habe sehr wohl einen Freund, und wir wollen jetzt noch keine Kinder.«

Er sieht mich an und runzelt die Stirn.

Ich bin kurz davor, sehr laut zu werden, sehr unschöne Sachen zu sagen oder vor lauter Wut in Ohnmacht zu fallen. Ich fühle mich wieder ganz genauso hilflos wie damals, als ich mich unwissentlich als seine Freundin disqualifiziert habe. Damals hatte er mir einen ähnlichen Vortrag gehalten, inklusive der schönen Metapher, ich solle im Leben doch nicht immer nur durch die Lüneburger Heide spazieren wollen, wo ich doch auf den Fuji rauflaufen könnte. Und jetzt, da ich nicht einmal mehr etwas mit ihm zu tun habe, ärgert es mich noch mehr, dass er sich weiterhin anmaßt, mir Lebenstipps zu geben. Und dass ich einen Freund erfinde, nur, um Malte Breuer die Stirn bieten zu können. Dabei brauche ich den so wenig wie Zwillinge und einen Zweitjob! Ich muss das Gespräch unbedingt beenden.

»Weißt du, Malte, es gibt Männer, die schätzen mich als Mensch und nicht für das, was ich beruflich tue«, gebe ich betont ruhig von mir.

»Na, da habe ich aber was anderes …«

»Entschuldigen Sie bitte«, werden wir von der Ramp-Agentin unterbrochen, die Malte die Papiere für unseren Flug nach London reicht. Ins Gespräch über die Beladung vertieft, geht er mit ihr nach vorne Richtung Cockpit.

Voller Wut, vor allem über mich selber, starre ich ihnen durch den schmalen Flugzeuggang nach. Meine Halsschmerzen sind schlagartig unerträglich geworden. Und was wollte er gerade sagen? »Da hab ich aber was anderes …« *Gehört*? Woher? Wir haben keine gemeinsamen Bekannten, die über meine tatsächliche Lebenssituation Bescheid wüssten. Ich schalte mein Handy ein, auch wenn der Treppenfahrer inzwischen die Treppe abzieht und mir ein Zeichen gibt, dass jede Sekunde vorne die Passagiere nach Heathrow einsteigen werden. Inzwischen ist es elf, aber noch immer habe ich keine Antwort von Feli.

Schnell schalte ich es wieder aus, als sich auch schon die ersten Gäste nähern und mich mit britischem »*Good morning*!« begrüßen. Meine Nase ist inzwischen total zu. Ich schiebe mich ein Stückchen vor in den Gang zu einer kleinen Box, in der Nasentropfen verstaut sind.

»*Will we be on time*?«, tönt es hinter mir in schönstem Oxford-Englisch.

»*As far as I know, yes, Sir.*«

»*What do you mean by ›as far as I know‹?*«

Meine Güte, wir sind noch nicht mal losgeflogen! Und vermutlich müssen wir uns an Stelle dreiundzwanzig in eine Lange Warteschlange aus Flugzeugen an der Startbahn einreihen. Was weiß denn ich? Ich erkläre dem Fragenden geduldig, dass es bislang keinen Grund gibt, warum wir uns verspäten sollten, aber sich das nicht definitiv sagen lässt, da wir ja noch nicht in der Luft sind. Es könnte sogar gut sein, dass wir überpünktlich ankommen, aber dann in London noch ins Holding müssen, weil der Luftraum dort mittags sehr voll ist. Oder unsere Parkposition dann noch besetzt ist. Ziemlich unzufrieden verschwindet er auf seinen Platz.

Als sich der Druck in der Kabine aufbaut und wir starten, merke ich, dass meine Ohren beide zugehen, wie beim Schwimmen als Kind, wenn ich Wasser drin hatte. Nur dass es in diesem Fall kaum helfen wird, wenn ich auf einem Bein herumhüpfe und versuche, es herauszuschütteln. Mist, ich werde krank. Ein wenig Sekret rutscht mir beim Steigflug in der Nase herum und stört mein Gleichgewichtsorgan. Mir wird schwindelig und sterbensübel. Als ich mich mit Erlöschen der Anschnallzeichen abschnalle, kann ich kaum die Balance halten und drifte in der kleinen Bordküche permanent nach rechts, während ich die Getränketrolleys für Paris und mich aufbaue.

»Alles in Ordnung mit dir?«, fragt sie mich prompt, als sie dazustößt. »Du siehst ganz schön blass aus.«

»Ich fürchte, ich bin erkältet.«

»Oh je – dann solltest du aussteigen und dich krank melden!«

»Ich steige ja sowieso gleich in London aus und kann mich erholen bis morgen.«

»Wenn du meinst.«

Während Paris mitleidig nickt, weiß ich, dass ich mich niemals bis morgen erholen, sondern vermutlich mit einer satten Nasennebenhöhlenentzündung aufwachen werde.

»Na, dann bringen wir das hier mal schnell hinter uns«, ermuntert mich die Platinblonde mit Blick in die brechend volle Kabine, und wir machen uns daran, die durstigen Gäste zu versorgen. Ich reiße mich enorm zusammen, um die

Übelkeit und meinen Ärger über Malte zu unterdrücken. Als es an die Landung geht, bekomme ich Höllenschmerzen in der Stirnhöhle und beiden Ohren, sodass ich mich heulend auf einen Crewsitz setzen muss.

Paris betrachtet mich nun höchst besorgt. »Gleich sind wir unten, Charlotte. Ich sage mal der Purserette Bescheid. Falls wir dort evakuieren müssten, wärst du ja nicht zu gebrauchen.«

»Nein, das geht schon«, protestiere ich halbherzig, doch sie ist schon auf dem Weg nach vorne. Der Druck auf meinen Ohren wird unerträglich, und ich bete, dass mein Trommelfell nicht reißt. Dann bekomme ich auch noch Nasenbluten. Als Paris mit unserer Chefin zurück nach hinten kommt, kauere ich wie ein Häufchen Elend auf der Crewbank und presse ein rot verfärbtes Kleenex aus der Toilette in meine Nasenlöcher.

»Ach herrje«, kommentieren beide meinen erbärmlichen Anblick.

»Wir melden dich jetzt über Funk krank, und dann steigst du aus und gehst zum Arzt – am besten noch heute in London.«

Ich gebe meinen Widerstand auf und nicke ergeben. Nach der Landung bin ich förmlich taub und schleiche geknickt ins Cockpit, um den vorgeschriebenen Abschied von Malte möglichst schnell hinter mich zu bringen. Er sitzt gut gelaunt im Kapitänssitz, nippt an einem stillen Mineralwasser und hält ein Fax für mich bereit.

»Hier, ich habe dich *out of order* gemeldet und veranlasst, dass du morgen über Dover und Calais mit der Fähre und dann mit dem Zug zurück nach München fährst – übermorgen bist du zu Hause.«

»Was?! Wieso mit dem Zug? Erst *übermorgen?*«

Ich bin kurz davor, ihm etwas anzutun. Abgesehen davon, dass Gegenstände wie Triebwerke und Aufzüge *»out of order«* sein können, aber doch keine Menschen!

»Charlotte, bitte sei vernünftig. Du bist *unfit to fly*, und wenn dir durch einen weiteren Flug das Trommelfell reißt, bist du berufsunfähig.«

Dummerweise hat er recht. Trotzdem kann er nicht so ohne Absprache über mich und meine Rückreise verfügen! Doch bevor ich protestieren kann, fügt er energisch hinzu: »Charlotte, als Kapitän habe ich eine Fürsorgepflicht. Dir und der Firma gegenüber. Und damit du uns nicht komplett ausfällst, fliegst du mit dieser Erkältung nicht weiter! Das ist eine Dienstanweisung.«

Ich wünschte, er würde endlich mal aufhören, mich so penetrant beim Vornamen zu nennen. Das hat so etwas Oberlehrerhaftes, wie meine Mutter, wenn sie mich als Kind kritisiert hat. Fehlt nur noch das »Frollein«, oder mein voller Name: »Charlotte Madeleine Loos, komm doch bitte mal her!« Da wusste ich, was es geschlagen hat. So, wie jetzt.

Zerknirscht nehme ich das Fax meiner Dienststelle entgegen, auf dem Wünsche zur schnellen Genesung und meine Daten für die morgige Heimreise stehen. Die Nacht darf ich nach wie vor in London verbringen.

Als ich endlich allein im Flughafengebäude bin und meinen Koffer vom Band nehme, fühle ich mich ein ganz klein wenig besser. Wahrscheinlich aufgrund der Tatsache, dass Malte wieder weit weg ist, auf dem Weg zurück nach Deutschland, vermutlich schon hoch über der Nordsee. Was für ein furchtbarer Tag! Endlich im Hotel angekommen, beschließe ich, den hiesigen Vertragsarzt von Skyline, der in irgendeinem District außerhalb des Zentrums seine Praxis hat, nicht mehr aufzusuchen, sondern das Ganze auf zu Hause zu vertagen. Eine Fahrt durchs regnerische London ist das Letzte, was ich jetzt brauche. Stattdessen versuche ich lieber, mit dem Wasserkocher und Wick Vaporub so etwas wie ein Inhaliergerät zu basteln. Leider mit mäßigem Erfolg. Zu allem Unglück sind die zwei Halsschmerztabletten, die ich immer im Koffer habe, irgendwann feucht geworden und kleben an ihrer silbernen Aluminiumfolie wie Kaugummi an Schuhsohlen, was sie ungenießbar macht. Erschöpft und mit einer ordentlichen Portion Kopfschmerzen falle ich ins Bett.

Kurz vorm Einschlafen sehe ich noch einmal auf mein Handy. Noch immer keine Nachricht von Feli. Ich hoffe nur, dass es ihr gut geht. Ob der Besuch bei der Frauenärztin irgendetwas Unangenehmes ergeben hat? Ansonsten kann ich mir kaum erklären, warum sie auf eine so bahnbrechende Nachricht wie die, dass ich mit dem schrecklichen Malte Breuer fliege, so gar nicht reagiert. Was konnte ich nur jemals an ihm finden? Anrufen will ich Feli nicht, mit Rücksicht auf meine ohnehin schon Furcht einflößende Handyrechnung und die Vermutung, dass sie jetzt einfach Wichtigeres im Kopf hat als Klatsch und Tratsch. Also schreibe ich ihr noch einmal:

»Liebste Feli, ich hoffe, dir geht's gut und bei Frau Dr. war alles ok? Hat du sie wegen der Flasche Freixenet gefragt? MB hat mich geschafft – es war furchtbar! Bin außerdem erkältet und krank gemeldet, muss nun mit Fähre & Zug zurück!!! Big Bussi, C.«

Ich döse ein und träume, dass die Söllberg-Habermann bei mir im Ultraschall sieht, dass das Kind leider ein Dobermann wird und Feli mir ein Fax reicht, auf dem steht, dass ich in meiner alten Werbeagentur arbeiten muss, solange ich krank bin.

Im Halbschlaf nehme ich wahr, dass gegen drei Uhr früh mein Handy piept.

Skyline – Meet the Angels
Rundschreiben

Liebe Kolleginnen und Kollegen des Bordpersonals,

aufgrund aktueller Ereignisse müssen wir leider erneut das leidige Thema »Namensschilder« aufgreifen.
Neben der Bitte, sich diese nicht eigenmächtig beim Juwelier anfertigen zu lassen, müssen wir Ihnen hiermit auch offiziell untersagen, sich Namensschilder mit »Mrs Clooney«, »A. Jolie-Pitt« oder »The next Mrs Bieber« in Delhi anfertigen zu lassen. Abgesehen davon, dass dies gegen Ihre im Arbeitsvertrag vereinbarte Namensnennungspflicht verstößt, haben uns hierzu unzulässige Rechnungen der Apu Ashbaijh Singh Company for International Airline Stuff & Mobile Phones erreicht. Eine Firma, die wir mit Verlaub als nicht vertrauenswürdig erachten.

Bianca Süßmuth
Skyline Kleiderkammer

Hendrik von Metzingen-Miller
Skyline Rechtsabteilung

Verehrte Airline,

für gewöhnlich halte ich nicht viel von schriftlichen Beschwerden, sehe mich jedoch gezwungen, Sie über das Verhalten Ihrer Angestellten »C. Loos« zu informieren.

Auf meinem letzten Flug in die Vereinigten Staaten verlangte ich eine Virgin Bloody Mary. Im Gegensatz zu Deutschland ist die Institution der Cocktailstunde dort noch hoch angesehen und derlei Begrifflichkeiten dem dortigen Personal geläufig. Auf meine Bitte hin antwortete Ihre Mitarbeiterin jedoch: »Das wäre dann also ein Tomatensaft.« Ich entgegnete nochmals, ich wolle eine Virgin Bloody Mary. Und Frau Loos sagte: »Eine Bloody Mary ohne Vodka ist in meinen Augen ein Tomatensaft.«

Für den Preis, den ich für mein Ticket bezahle, kann ich auf derartige Belehrungen verzichten. Bitte teilen Sie dies der oben genannten Angestellten mit.

Hochachtungsvoll, M. Kunert (Dipl.-Ing.)

Skyline – Meet the Angels
Rundschreiben

Liebe Kolleginnen und Kollegen des Bordpersonals,

erneut möchten wir uns für die hohe Anzahl an Vorschlägen für einen neuen Slogan bedanken, die täglich bei uns eingeht. Leider müssen wir Ihnen sagen, dass wir die besonders häufig eingereichten Ideen »Skyline. Hier fliegen die Besten!« und »Top Gun war gestern!« nicht in die engere Auswahl nehmen können. Dadurch würde ein stark auf die Leistung der Cockpitbesatzung (die wir natürlich sehr schätzen!) reduziertes Image unserer Airline entstehen. Bei letzterem Vorschlag befürchten wir zudem ungewollte Fehlassoziationen bezüglich unserer in der Regel doch sehr ruhigen und komfortablen Flüge.

Wir freuen uns weiterhin über jeden Ihrer Vorschläge!

Danke für Ihren kreativen Einsatz.

Ihre Cosima-Fee Makjewitz
Skyline Marketing & PR

Room Service: Cafe Latte/Clubsandwich & Fries/ Dessert »Chocolate Tower«/Still water (Incl. 10% CREW DISCOUNT)	-29,30 €
The Lobby Cafe: Petit fours/Double mint chocolate praliné with pistachio-topping (Incl. 10% CREW DISCOUNT)	-5,07 €
Teşekkür ederim – Ankara Hilton	
Spesensaldo:	-450,29 €

7.

Am nächsten Morgen erwache ich ohne Übertreibung mit *der* Erkältung meines bisherigen Lebens. Der Druck auf den Ohren ist genauso stark, als befände ich mich noch immer im Landeanflug auf London. In Windeseile packe ich meine Sachen, putze mir die Zähne und möchte so schnell wie möglich nach Hause. Und die Rückreise wird dauern.

Ich darf gar nicht daran denken, dass mir eine Zugfahrt nach Dover, das Übersetzen auf einer schaukelnden Fähre nach Calais und eine weitere Endlos-Zugfahrt von Frankreich bis nach Bayern bevorsteht, mit zigmal Umsteigen, wie ich vermute. Mit der von Malte ausgearbeiteten Reiseroute habe ich mich noch nicht weiter befasst, als dass ich weiß, dass ich erst mal aus England raus muss. Schon aus reinem Trotz nicht. Unfassbar, dass mir diese Odyssee durch einen nur einstündigen Flug erspart bleiben könnte! Wieder einmal wird mir bewusst, welche Distanzen man im Flieger ständig überwindet, ohne es zu merken. Auf dem Weg hinunter in die Lobby tut allein das Aufzugfahren so weh in meinen Ohren, dass an Fliegen tatsächlich nicht im Traum zu denken ist und ich noch vor Erreichen der Rezeption beginne, von HNO-Ärzten und Antibiotika zu fantasieren. Sogar Frau Doktor Söllberg-Habermann mit ihrem Rezeptblock würde ich jetzt noch lieber sehen als Britney Spears in meiner Jugend. Ich muss zugeben, dass Malte mit der Einschätzung meines Gesundheitszustandes ins Schwarze getroffen hat.

Wenig später hieve ich mein Gepäck in King's Cross in den Zug Richtung Dover. Als ich mit Mühe und Not und unter bedrohlich dramatischem Husten zwischen einem Rudel Pendler einen Sitzplatz ergattert habe, fällt mir die nächtliche SMS auf meinem Handy wieder ein. Ich krame es hervor. Endlich – ein Lebenszeichen von Feli!

»Hey Charlie, – sorry, mein Akku war leer. Baby tiptop, wird sich letztlich aber erst 100% bei der Geburt zeigen, ob es Schaden genommen hat wg Alk. ☹ Ärztin war echt nett zu mir! Vielleicht hatte sie bei dir nur einen schlechten Tag? Vergiss Malte! F.«

Ich bin unheimlich erleichtert, dass es ihr und dem Mini-Banker in ihrem Bauch soweit gut geht. Auch wenn ein Restrisiko bleibt, dass Feli ihm mit den drei Gläsern Sekt bei meinem Auszugsabend geschadet hat. Oh Gott, ich darf gar nicht daran denken, dass es behindert sein könnte, nur weil ich irgendwo noch diese blöde verstaubte Flasche rumstehen hatte! Aber wir hatten ja beide noch keine Ahnung zu der Zeit. Ich hoffe inständig, dass der kleine Haufen Zellen es gut verpackt hat und die Gummibärchen das Meiste aufgesogen haben.

Ich bin ein ganz kleines bisschen beleidigt, dass man offenbar erst schwanger werden muss, um von Frau Doktor nett behandelt zu werden. Aber wirklich stören mich an der SMS die letzten zwei Worte: »Vergiss Malte.«

Zwar hat sie vollkommen recht – aber … ist das alles?

Ich denke an die zahllosen Tage und Nächte meines Lebens, die ich damit verbracht habe, ihr Wolf-Dieter auszureden, mir anzuhören, was er jetzt wieder verbrochen hat, sie zu trösten, wenn er nicht anrief, sie zu besänftigen, wenn er angerufen hatte, um mal wieder ein Treffen abzusagen oder etwas ganz und gar Unmögliches von sich zu geben. Und nicht zuletzt daran, dass ich drei Tage neben ihr geschlafen und tonnenweise Tempos besorgt habe, als herauskam, dass er verheiratet ist. (Was scheinbar außer uns alle bei Skyline wussten.)

Nicht im Traum hätte ich mir in einer dieser Situationen ein simples »Vergiss Wolf-Dieter« erlaubt. Ich meine, klar: Das mit Malte ist jetzt Jahre her. Und ja, auch Feli hat Lebenszeit geopfert, damit ich mich über ihn hinwegreden konnte. Aber das hier sind nun mal völlig neue Entwicklungen! Wenigstens über die antiquierten Namen seiner Kinder hätte sie sich per SMS ein bisschen mit mir lustig machen können. Im Übrigen habe ich ihn *längst* vergessen, oder zumindest aus meinen Gedanken gestrichen, wenn auch nicht aus meiner Erinnerung, da das ja leider nicht geht (außer in diesem Film, wo Jim Carrey Kate Winslet aus seiner Großhirnrinde löschen lässt. Eindeutig eine Marktlücke!). Aber wenn er nun mal plötzlich vor mir steht? Und mich außerdem kurzerhand auf dem *Landweg* wieder zurückschickt? Da wird man wohl ein bisschen aufgewühlt sein dürfen!

Wieder blinkt ein kleines Briefchen auf meinem Handy.

»Sorry, sehe erst jetzt das mit der Erkältung und der Rückreise am Boden. Nicht ärgern! Wenn du krank bist, bist du krank! (Klingt doch, als sei er als Chef ganz brauchbar?) Gute Besserung aus dem Flight Club!«

Also jetzt wird sie aber langsam unverschämt. Auch wenn sie erneut recht hat, so habe ich mir doch etwas mehr freundschaftliche Entrüstung im Allgemeinen erhofft. Ein paar kleine solidarische Schimpfworte oder Verwünschungen Richtung Pest, Cholera oder zumindest Malaria wären mir willkommen. Kurznachrichten, die anfangen mit »Wie kommt der dazu? Spinnt der?« oder »Hatte er dein Einverständnis?« Stattdessen nimmt sie ihn auch noch in Schutz!

Pikiert stecke ich mein Handy wieder ein. Vielleicht bin ich einfach nicht in der Verfassung, klar zu denken und faire Urteile über andere zu fällen. Ich beschließe, für eine Weile weder an Malte noch an Feli und/oder das gottlob gesunde Baby zu denken und die nächste Stunde Zugfahrt einfach still vor mich hin zu leiden. Was gäbe ich jetzt für eine Wärmflasche und einen Schal! Sogar wenn ihn Julian mir mit seinen üblichen Wortwitzen reichen würde. Meine Nase ist komplett verstopft, läuft aber unkontrollierbar trotzdem vor sich hin, sodass ich ständig mein Taschentuch dagegenpressen muss. Und durch meine Ohren höre ich wie durch drei Lagen Watte. Das Mindeste, was ich jetzt bräuchte, wäre ein anständiges Erkältungsbad. Oder zumindest ein ansteigendes Fußbad!

Stattdessen zwingt mir ein Inder, der in Hammersmith mein Abteil betritt, ein Gespräch auf. Er stellt sich als Rashid vor und arbeitet in einem Callcenter, der 24-Stunden-Hotline eines deutschen Telekommunikationsanbieters, bei dem auch Feli und ich unseren neuen Anschluss haben (und nichts als Ärger!)

Obwohl ich mich auf wenig mehr konzentrieren kann als auf eine heiße Zitrone mit Honig, amüsiert mich die Vorstellung, dass man glaubt, man riefe irgendwo in Köln an und landet in Wahrheit in einem outgesourcten Servicecenter voller Inder in Glasgow. Wir plaudern eine Weile über die Unterschiede im deutschen, englischen und indischen Bahnverkehr (ich habe mich mal für Zugreisen durch Rajastan erwärmt, dann aber von der Idee Abstand genommen), bevor er in Ashford kurz vor Dover aussteigen muss. Nicht ohne mir freundlich seine Visitenkarte zu überreichen. Aus reiner Höflichkeit stecke ich sie noch vor seinen Augen in mein Skyline-Bordverkaufs-Portemonnaie, was bei ihm für spontane Begeisterung sorgt.

»Oh, *you work for an airline?*«, fragt er aufgeregt.

Ich erinnere mich an mein interkulturelles Training und daran, dass Berufe in Indien nicht frei gewählt werden können, sondern in Abhängigkeit von der Kaste, in die man hineingeboren wird. Im Gegensatz zu Deutschland oder Amerika ist Flugbegleiter dort ein hoch angesehener Job. Diejenigen Inder und Inderinnen, die bei uns als regionale Stewards und Stewardessen arbeiten, haben zu Hause eigenes Personal.

Vom Bahnsteig aus winkt er mir nach, während der Zug seine Fahrt Richtung *Dover Priory* fortsetzt. Ich bin irgendwie richtig gerührt von seiner Herzlichkeit mir gegenüber, einer schniefenden, hustenden, heiseren Fremden, die Gott weiß was haben könnte.

Als der Zug nach rund zwei Stunden Fahrt die kleine englische Hafenstadt erreicht, erstehe ich im Hafengebäude als Erstes völlig überteuerte Taschentücher und stopfe Fish & Chips in mich hinein, obwohl ich kaum noch etwas rieche oder schmecke. Aber ich wollte schon immer mal aus diesen Tüten essen, die aussehen wie Zeitungspapier. Dann finde ich eine kleine *pharmacy*, in der ich verzweifelt alles Mögliche kaufe, was meinen Zustand lindern könnte und von dem ich überzeugt bin, dass man es am besten gar nicht nimmt, und wenn doch, dann keinesfalls auf nüchternen Magen. Wenigstens heißen Tee bekomme ich an jeder Ecke.

Ich drücke mich in zugigen Stehcafes herum und habe entweder Hitzewallungen oder friere erbärmlich. Von Schüttelfrost würde ich noch nicht reden, aber weit kann er nicht sein. Eine Bistroangestellte hat solches Mitleid mit mir, dass sie mir gleich eine ganze Thermoskanne Tee kocht – »*on the house*«. Ich bin ihr zutiefst dankbar.

Die verbleibende Zeit bis zur Abfahrt vertreibe ich mir mit ein paar britischen Klatschzeitschriften an der Hafenmole. Und es sagt viel über meinen Zustand aus, dass ich sie nach drei Seiten wieder zuklappe, da es mir sogar zu anstrengend ist, Fotos von Johnny Depp zu betrachten.

Gegen achtzehn Uhr kann ich endlich aufs Schiff. Mittlerweile ganz ohne Stimme quetsche ich mich mit meinem Gepäck zwischen parkenden Autos und Reisebussen hindurch und suche mir einen Fensterplatz im Upperdeck, zwischen jeder Menge Touristen. Nur gut, dass ich schon gegessen habe – die Aussicht auf die hier einzig verfügbaren Snacks (trockenes Scones-Gebäck und Weißtoast mit Gurkenscheiben für ein halbes Monatsgehalt), lässt meinen kalorienreichen Snack von vorhin als Gourmetmahlzeit erscheinen.

Als die Fähre nach knapp zwei Stunden in Calais anlegt, schrecke ich vom Geschaukel und Brummen der manövrierenden Maschinen hoch. Ich muss auf meiner plüschigen Eckbank eingeschlafen sein. Ich bin im Norden Frankreichs und das Schlucken wird langsam unerträglich vor Schmerzen. Wie ein Junkie stopfe ich mir hastig eine weitere Halslutschtablette in den Mund.

Als ich versuche, mir am Automaten mit meiner Kreditkarte ein Bahnticket zu organisieren, ist es bereits stockdunkel. Meine Rückreise zahlt gottlob Skyline. Aber da ich mich mit den Tarifen nicht auskenne und die Franzosen keine andere Sprache als eben Französisch ins Display-Menü eingespeist haben, gebe ich schnell auf und reihe mich in die lange Schlange ein, die sich vor dem einzig geöffneten Bahnschalter gebildet hat. Während ich geduldig warte, betrachte ich zum ersten Mal genau das Fax, das mir Malte in die Hand gedrückt hat. Darauf ist eine Zugverbindung über Paris vermerkt, die über Nacht nach Stuttgart und München geht. Da ich allerdings mindestens einmal umsteigen muss, kann von Nachtruhe wohl kaum die Rede sein.

Am Rand des Papiers fällt mir eine kleine handschriftliche Notiz von ihm auf: *955 37106 P.* Die Nummer kommt mir irgendwie bekannt vor. Ich überlege kurz – es ist keine interne Skyline-Nummer, da die alle mit *333* beginnen. Vielleicht ist es eine Personalnummer? Die umfassen zwar gewöhnlich nur sechs Ziffern, aber da Skyline stark expandiert hat, kann es sein, dass die Nummern inzwischen achtstellige Kombinationen erreicht haben. Auch der Buchstabe am Ende deutet daraufhin.

Allein im letzten Jahr wurden zweitausend neue Skyline-Engel eingestellt. Was meiner Seniorität und den damit verbundenen Privilegien, wie den Vorrang bei den begehrten Zielen, sehr gutgetan hat. Meistens stehe ich ziemlich weit oben auf der Crewliste. Feli im Übrigen auch – sie ist bereits seit zehn Jahren dabei und in Gehaltsstufe neun von dreizehn, worum ich sie unverhohlen beneide.

»Pro Kilometer Saft, den ich schubse, bekomme ich fünfundzwanzig Cent mehr als du«, sagte sie mal und wir haben berechnet, dass ein Skyline-Pilot pro Meile, die er fliegt, ganze einhundert Euro mehr bekommt als wir beide zusammen. Es war ein sehr deprimierender Nachmittag gewesen. Aber uns beiden ist auch klar, dass wir nicht im Mindesten dazu geeignet sind, ein Flugzeug zu steuern, da es uns bereits überfordert, uns die andere, nicht sichtbare Seite eines Würfels vorzustellen. Und räumliches Vorstellungsvermögen ist nun mal eine entscheidende Fähigkeit bei Geräten wie Flugzeugen, die sich um drei Achsen drehen, das muss man leider sagen.

Als ich endlich an der Reihe bin, befindet sich der *Eurostar Alexander Fleming* durch den Ärmelkanaltunnel kurz vor der Abfahrt und ich mich knapp davor, zu kapitulieren und mir einen Arzt und ein Hotel zu suchen, in dem ich mich eine Woche lang verkriechen kann. Welche Ironie des Schicksals, dass dieser Zug nach dem Mann benannt ist, der das Penicillin erfunden hat – das ich jetzt liebend gerne hätte. Ich bin ein wandelndes Riesenbakterium. Und obwohl ich Stewardess bin, bekomme ich insgesamt gerade einen ausgeprägten Hass aufs Reisen. Ich will nach Hause! In meiner verzweifelten Lage nehme ich noch einmal Kontakt zu Feli auf. Beleidigt sein erscheint mir in Anbetracht unserer beider Umstände kaum noch angebracht. Und vor allem gibt es wirklich Wichtigeres in ihrem Leben als sich mit mir über einen Ex aufzuregen. Aber ich brauche Trost! Und ich brauche jemanden, der ein heißes Bad und frische Bettwäsche für mich organisiert und einen Krankenschein von mindestens einer Woche in die Wege leitet.

»Machst du mir bitte einen Termin beim HNO? Irgendeinem! Bin jetzt im Zug ex Calais – habe so schlimme Halsschmerzen!:-(C.«

Sie ist noch wach und antwortet prompt.

»Charlotte-Schatz, direkt am Bhf. MUC ist »Das Ärztezentrum« – da war ich auch schon (Blasenentzündung), da kannst du 24 Std. hin! Halte durch! Denke an dich, F.«

Na toll. Auch sie schiebt mich ab, während ich sie sogar spontan wegen ihrer bereits ausgeheilten Blasenentzündung bedaure. Gottlob habe ich damit nichts mehr am Hut, seit Malte sich von mir getrennt hat. Einer der vielen Vorteile dieser Entwicklung. Zwar hat er es immer hartnäckig bestritten, aber ich bin sicher, dass er irgendwelche fiesen Bazillen mit sich herumtrug, die dann bei mir im Quartals-Rhythmus für ein Urogenitalinferno sorgten. Woraufhin er dann immer sagte, dass Frauen im Allgemeinen … ach, was soll's. *Vergiss Malte!* Okay, mache ich.

Als ich in letzter Minute den ersten Waggon des Zuges nach Paris erreiche, lande ich in der Ersten Klasse. Ermattet lasse ich mich auf den erstbesten Sitz fallen. Er ist weich, hier ist es warm und angenehm leise und leer.

Als der Schaffner kommt, erwerbe ich kurzerhand ein *billet de train première classe*, ohne auf den Aufpreis zu achten. Natürlich werde ich dieses Upgrade privat bezahlen müssen, aber bis ich zum ersten Mal umsteigen muss, vergehen einige Stunden, und inzwischen ist mir alles egal. Ich will nur noch in mein Bett! Und das Letzte, was ich bis dahin brauche, sind weitere Gespräche mit Mitreisenden, auch wenn Rashid wirklich nett war. Außerdem ist mir, als hätte ich am Bahnsteig vorhin eine Gruppe Hooligans einsteigen sehen.

Bevor ich einschlafe und wirklich mal für drei Stunden

alles vergesse, hasse ich Malte nochmals ausgiebig und fantasiere im Halbschlaf davon, Flottenchefin zu werden und ihn mit einem maroden Tanker von den Fidschi-Inseln aus auf dem Seeweg nach Hause zu schicken.

Der Rest der Reise wird eine Tortur aus Gleiswechseln, Verspätungen, Fieber und Hustenanfällen. Irgendwann am nächsten Vormittag fahre ich endlich in den Münchner Hauptbahnhof ein. Ich werde so schnell in keinen Zug mehr steigen, geschweige denn jemals wieder Interrail-Urlaub machen oder durch Rajastan reisen. Vermutlich hat Agatha Christie die Inspiration zu *Mord im Orientexpress* bekommen, als sie auch krank damit durch die Gegend fuhr.

In einer Art Delirium steige ich aus und schleppe mich zum Ärztezentrum, das mir bei Eintritt wie das gelobte Land vorkommt. Unaufgefordert und tonlos reiche ich mein Versichertenkärtchen und die erforderlichen zehn Euro über den Tresen und sehe offenbar so schlecht aus, dass ich sofort drankomme.

»Sie haben eine Mandel- und Mittelohrentzündung beidseits.« Die Diagnose des jungen blonden Arztes, der vermutlich am Wochenende Marathon läuft, ist nicht gerade eine Überraschung für mich. »Ich schreibe Sie zwei Tage krank und Sie bekommen Antibiotika.«

»Zwei Tage?!«, entfährt es mir entsetzt.

Er sieht mich verständnislos an.

»Ich bin Stewardess«, füge ich erklärend hinzu. »Und ich habe gerade eine Odyssee auf dem Landweg durch drei Länder hinter mir!«

»Na, dann drei Tage.«

Also irgendwie habe ich kein Glück mit Ärzten.

»Ähem … aber in drei Tagen kann ich doch noch nicht wieder fliegen?«

Kritisch betrachtet er mich, bevor er von seinem Untersuchungsschemel aufsteht und zur Tür geht. »Also, wenn ich Sie noch länger krankschreiben soll, muss ich Ihnen unterstellen, dass Sie Ihren Job nicht gerne machen.«

Obwohl ich ohnehin nur noch ein tiefes Krächzen herausbringe, verschlägt es mir die Sprache. Was für eine unverschämte Unterstellung! Erstens fliege ich wirklich gerne, und zweitens brauche ich aktuell jeden Cent meines Gehalts, was er natürlich nicht wissen kann. Aber wenn man ernsthaft krank ist, sollte man sich auskurieren. Und dass ich es bin, musste sogar ich mir irgendwo hinter Sussex eingestehen. Zudem weiß ich nur zu gut, dass eine solche Erkältung locker eine Woche dauert.

»Sie können doch sagen, Sie wollen was Kurzes und nicht nach Amerika«, erbarmt er sich im Hinausgehen noch zu einem letzten Rat.

Mir schwant, das wird ein Söllberg-Habermann-Moment.

»Hören Sie, entweder ist man flugtauglich oder nicht. Wenn ich mich gesund melde, bekomme ich einen beliebigen Einsatz zugewiesen und den muss ich dann fliegen!«

»Deswegen sollen Sie ja sagen, Sie möchten nur nach Düsseldorf.« Mit diesen Worten weht er endgültig hinaus und lässt mich sitzen.

Vollidiot. Als ob ihm meine Krankheit nicht gepasst hätte! Egal, fürs Erste habe ich ein Rezept für ein verschreibungspflichtiges Antibiotikum – Hallelujah!

Fix und fertig beschließe ich, mich mit allem, was über ein heißes Erkältungsbad und einen dreizehnstündigen Erholungsschlaf hinausgeht, frühestens morgen wieder zu beschäftigen. Auf dem Heimweg decke ich mich in der Apotheke nochmals ausgiebig mit frei verkäuflichen deutschen Mittelchen ein.

Als ich die Tür zum *Flight Club* aufschließe, ist Feli nicht zu Hause. Auf dem Küchentisch liegt ein Zettel.

»Liebste Charlotte – armes Hascherl! Willkommen! Bin babytechnisch unterwegs. Erhol dich gut! F.«

Aha, vermutlich ist sie losgezogen, um kleine Strampler für Brian Junior zu kaufen. Oder Fläschchen. Oder was man sonst so braucht. Vielleicht sollte ich mal meine Cousinen danach fragen? Wow, ich hätte nie gedacht, dass ausgerechnet Feli mal irgendwas mit ihnen gemeinsam haben könnte.

Oh je, demnächst sitzt sie einträchtig mit ihnen zusammen, sie diskutieren in meiner Anwesenheit über Milchschorf und Stilleinlagen, und ich bin die Einzige, die sich noch für das Wetter in Dubai interessiert. Ich habe nicht mal einen Freund, und Hardcore-Single-Feli hat diese Stufe sogar gleich mal übersprungen.

Wieder versuche ich, diese egoistischen kleingeistigen Gedanken wegzuschieben. Was bin ich denn für eine Freundin, die sich nicht aufrichtig für sie freuen kann? Und es gibt momentan ja nicht einmal so viel zum Freuen und Beneiden. Sie hatte einen One-Night-Stand, ist schwanger, vielleicht hat das Baby bereits seine erste Alkoholvergiftung hinter sich, und das Ergebnis des HIV-Tests steht ihr auch noch bevor – ob sie den bei der Ärztin gemacht hat? Ich will sie nicht schon wieder danach fragen und ihr Angst machen. Sie wird selber sicher oft genug dran denken. Ich sollte sie vielmehr ermutigen!

Bei nächster Gelegenheit bringe ich ihr ein *Happy-Mom-Starter-Kit* aus den USA mit – dort gibt es wirklich die ultrasüße Erstausstattung für Kinder!

Ich zerknülle den Zettel und werfe ihn in unsere Altpapierbox, die schon überquillt. Auf dem Weg ins Bad schweift mein Blick durch die Räume. Es sieht nicht so aus, als hätte Feli auch nur einen Finger krumm gemacht. Ich bin ein wenig enttäuscht. Andererseits ist gerade Ausnahmezustand – sie ist schwanger und ich todkrank –, möglicherweise sieht die Welt morgen schon wieder anders aus. Oder wenigstens in drei Tagen, wenn ich gemäß der Prognose von »Doktor Ahnungslos« wieder wie neugeboren bin.

Liebe Skyline-Airlines,

vor Kurzem sind mein Mann und ich mit Ihnen von Alaska nach Deutschland geflogen. Da mein Mann für einen deutschen Automobilhersteller tätig ist, wohnen wir seit Jahren in Anchorage. Auf diesem Flug nun, den wir außerdem mit unseren zwei Kindern antraten, wurde nach dem Abendessen das Licht gelöscht, mein Mann und ich beschlossen, uns einen Film anzusehen, die Kinder schliefen.
In dieser Zeit kam Ihre Angestellte Frau C. Loos zu unseren Plätzen, in der Hand ein Tablett mit zwei Gläsern Champagner und – wie sie uns erzählte – Pralinen aus der Business- und Baccara-Rosen aus der First Class. Damit wolle sie meinem Mann im Namen Ihrer Airline zum Geburtstag gratulieren. Ich war höchst irritiert und fragte sie, woher sie denn bitte unsere Daten habe. Sie sagte, Geburtstage von Fluggästen würden auf der PDL, der Passenger Data List, aufgeführt. Während mein Mann – vermutlich aus reiner Müdigkeit – spontan nach den Gläsern griff, sah ich auf die Uhr. Zwar war es kurz vor null Uhr deutscher Zeit, wir leben wie gesagt allerdings nach Alaskazeit. Ich verdeutlichte Frau Loos, dass mein Mann keineswegs jetzt schon Geburtstag habe, und bat sie, uns in Ruhe zu lassen. Wenn es unbedingt sein müsse, könne sie gerne wiederkommen, wenn es in Anchorage Mitternacht wird. Frau Loos kam allerdings nicht wieder.
Ich finde ein derart beleidigtes Verhalten sehr bedauerlich und unprofessionell. Des Weiteren möchte ich Sie bitten, unsere Geburtstage aus Ihren Stasi-Listen zu streichen!

Ihre Exfluggäste M. & R. Kunert

An: Frau Charlotte Madeleine Loos/Postfach
Flugbegleiter »L-P«

Sehr geehrte Frau Loos,

in der letzten Zeit kommt es gehäuft zu Beschwerden über Ihre Person. Wir haben uns Ihre Personalakte angesehen und können sagen, dass Sie sich in den letzten sieben Jahren, die Sie bereits für uns tätig sind, nie etwas haben zuschulden kommen lassen. Im Gegenteil, wir haben einige Belobigungen von Gästen über Sie vorliegen und sehr gute Beurteilungen Ihrer Vorgesetzten, insbesondere bzgl. Ihrer ehemaligen Tätigkeit als First-Class-Stewardess.
Daher möchten wir die Dinge vorerst auf sich beruhen lassen.
Wir hoffen, uns erreichen keine weiteren Schreiben zu Ihrem Verhalten an Bord, wegen derer wir ansonsten in Zukunft disziplinarische Maßnahmen einleiten müssten.

Ihre Skyline Personalbetreuung

William & Kate Wedding Picture framed/Madame T.-Café: William & Kate-Weddingcake (original receipt!)/ Kitchen-Needs: Salt & Pippa Madame Tussauds London says Thank you!	-21,00 €
Cold Medication: Anti-Flu, Anti-Nausea, Anti-Cough, Nose-Spray, Get healthy overnight!-Juice/ Lemon Drops, Honey-Drops Harbour-Pharmacy Dover – Get well soon!	-97,12 €
Spesensaldo:	-505,94 €

8.

Ein paar Tage nach meiner Rückreise-Odyssee stehen Feli und ich mit Kaffeetassen – meine enthält noch immer Kräutertee mit fünf Löffeln Honig – im Flur und unterhalten uns.

»Hast du schon eine Idee, wie du das Baby nennen möchtest?«

»*Sie*.«

»Sie?«, staune ich. »Du weißt das Geschlecht schon?«

»Ja. Also, na ja nicht hundertprozentig, aber ziemlich sicher. Ich wollte es bei der Untersuchung erst nicht wissen, aber dann habe ich es vor lauter Neugier nicht mehr ausgehalten, und gestern hat die Söllberg-Habermann angerufen.«

»Ach so.« Wow. Kaum ist man mal ein paar Tage weg … ein Mädchen also. »Gratuliere, Feli!«

Ich lege meine Hand auf ihren Bauch, der sich zart zu wölben beginnt. »Willkommen im *Flight Club*, kleine Fliegerin!«, gluckse ich in Richtung ihres Bauchnabels.

Feli stemmt stolz die Hände in die Hüften. »Bin schon in der sechzehnten Schwangerschaftswoche!«

»In der sechzehnten? Mensch Feli – dann bist du ja schon

im vierten Monat!« Ich rechne kurz zurück. »Warst du denn im Januar überhaupt in Hongkong? Ich dachte, da hast du so eine Art Abo auf die USA gehabt?«

»Nein, das war im ... Dezember, oder so. Und ich dachte namenstechnisch übrigens an Eugenie. Oder Oktavia.«

Ich muss ein spontanes Lachen unterdrücken. Um Feli nicht zu verletzen, aber auch, um meinen Kehlkopf zu schonen, denn meine Erkältung stagniert hartnäckig, was voraussehbar war. Ich wette – hätte ich mir nicht einen Tag und eine ganze Nacht auf zugigen Bahnsteigen vertrieben –, ich wäre längst auf dem Wege der Besserung. So aber habe ich trotz Antibiotika gerade den Höhepunkt erreicht.

Es gelingt mir, eine ernste Miene aufzusetzen, als ich Felis Blick entnehme, dass es ihr mit diesen Vornamen vollkommen ernst ist. Dabei war es bislang eines unserer Hobbys gewesen, uns über ausgefallene Kindernamen lustig zu machen, oder gar welche zu erfinden. (*Luca-Nepomuk* und *Casimir-Merlin* waren unsere Lieblinge.) *Oktavia* und *Eugenie* jedenfalls hätten bis dato dazugehört. Also mache ich nur nachdenklich »Hm«, während Felizitas feierlich ergänzt: »Oder Kriemhild«. Noch immer warte ich auf ein Zeichen von ihr, dass das ein Scherz ist. Doch nichts in ihrem Gesicht deutet darauf hin. Zumal ich weiß, dass sie mit ihrem eigenen Rufnamen nicht besonders glücklich ist (ganz abgesehen von ihren Zweitnamen *Yvonne* und *Cecilia*). Sie findet ihn hölzern, streng und altmodisch.

»Es hört sich an, als hätte ich zur Jahrhundertwende gelebt: ›Felizitas, bitte tragen Sie die Speisen auf!‹«, hat sie mal bemerkt. Daher stellt sie sich aller Welt bloß als »Feli« vor, was wiederum ihren Eltern nicht besonders gut gefällt. Eltern denken sich ja in der Regel etwas bei der Auswahl von Namen und möchten dann nicht, dass ihr über Jahrzehnte sorgsam gehegter Spross *Maximilian-Herkules von Spreewald* nach Schweizer Internatsausbildung und frühkindlicher Mandarin-Spracherziehung immer nur *der Maxl* bleibt. Aber nun sieht es aus, als würde Feli selbst eine Oktavia/Eugenie/Kriemhild ins Rennen schicken. Sie registriert meinen leicht verstörten Blick.

»Was denn? Es sind keine Doppelnamen!«, verteidigt sie sich.

»Nein, da hast du natürlich recht«, entgegne ich besänftigend und lasse mich auf einem Karton nieder. Seit meiner Rückkehr ist sie unnatürlich gereizt, was ich der hormonellen Entwicklung in ihrem Körper und der Gesamtsituation zuschreibe.

»Charlotte, das sind sehr schöne deutsche Namen!«

»Absolut«, erwidere ich ruhig.

»Ach komm, ich sehe dir doch an, wie furchtbar du meine Vorschläge findest!«

»Felilein, das stimmt doch gar nicht«, lüge ich. »Außerdem steht es mir überhaupt nicht zu, mir dazu eine Meinung zu bilden! Namen sind reine Geschmackssache, und wenn du das Gefühl hast, dass es eine … *Kriemhild* wird, dann freue ich mich für dich und für die Kleine.« Der Name geht mir wirklich nicht leicht über die Lippen.

Feli sieht beleidigt zur Seite und ich hoffe doch stark, dass das nur eine vorübergehende Stimmungsschwankung ist. Sie verhält sich, als müsste sie ein Löwenjunges verteidigen. Das noch gar nicht auf der Welt ist!

Wir schweigen, und sie sieht mir weiter in die Augen, als erwarte sie eine offizielle Entschuldigung. Ich hasse es, wenn Menschen das tun, beziehungsweise nein, eigentlich hasse ich Menschen für die Fähigkeit, so gucken zu können. Leider bin ich der Typ, der eine solche Atmosphäre so wenig ertragen kann wie einen Atomkrieg, sodass ich einfach munter weiterplaudere und auch noch Sachen sage, die ich eigentlich nie sagen wollte. Man muss mich einfach nur lange genug scharf angucken und erfährt intime und vertrauliche Details zu meinem jahrelangen Verliebtsein in meinen Sportlehrer Herrn Lüders und zum Umtausch meines Prada-Kleides, das bereits mehrfach getragen war.

»Feli?«, setze ich vorsichtig wieder an.

»Ja, bitte?«, sagt sie, als gewährte sie mir eine Audienz. Herrje, es kommt mir vor, als sei es nicht gerade mal zwei Wochen her, sondern Lichtjahre, dass wir uns euphorisch auf die Party und unser neues Jetset-Leben hier vorbereitet haben. Noch vor Kurzem war das hier unser Single-Loft, und nun ist es eine humorfreie Baby-Burg. Dabei sollte *ich* ihr nicht mit einer Traummann-Finca ankommen, und nun ist *sie* es, die sogar … ach, egal.

Du wolltest sie unterstützen!, erinnere ich mich selbst.

Gut, dann sage ich es gerade heraus. Ein paar quersitzende Hormone können wohl kaum unsere Freundschaft gefährden, die ja nicht zuletzt auf Ehrlichkeit basiert. »Der Name ist … untypisch für dich.«

»Woher willst du das denn wissen?«, schnaubt sie entrüstet. »Als ich dir gesagt habe, dass ich einen One-Night-Stand hatte, da hast du mir auch schon so was gesagt wie: ›Das passt gar nicht zu dir‹.«

Jetzt gibt es kein Zurück mehr. »Tut es ja auch nicht«, beharre ich. »Ich kenne dich immerhin so gut, dass ich behaupten kann, dass du ein Kind Nina, Anke oder bestenfalls Jan-Peter nennen würdest.«

Felis Lippen verschmälern sich, genau wie ihre Augen. »Mein Meerschweinchen hieß Augustus!«, erwidert sie trotzig und ist endgültig beleidigt. Vor meinem geistigen Auge sehe ich mich drei Wochen lang alleine den Abwasch machen.

Aber plötzlich schaut sie traurig zu Boden und sagt ganz leise: »Du weißt eben nicht alles über mich.«

»Okay, das mit Augustus wusste ich jetzt nicht«, gebe ich zu und hoffe, ihr ein Lächeln zu entlocken. Doch auch davon herrscht keine Spur in ihrem Gesicht. Muss ich etwa wieder das Kermit-Slip-Argument bringen, um ihr zu beweisen, dass wir uns nicht ganz fremd sind?

»Vielleicht hast du ein ganz falsches Bild von mir?« Wieder guckt sie so komisch, wie kürzlich nach der Party, als wir gemeinsam vor der Badezimmertür saßen und sie zuerst nicht damit rausrücken wollte, dass der Vater ein Brite auf Durchreise war.

Ich hätte wirklich den Mund halten sollen, zumal die Namensgebung ja noch gut fünf bis sechs Monate hin ist. Ich greife nach ihrer Hand, doch sie zieht sie weg.

»Och, Felilein. Du hast doch gesagt, dass Abtreibung für dich nicht infrage kommt! Und jetzt ist es ja auch ein bisschen zu spät dafür.«

»Ja, kommt es ja auch nicht. Es ist nur … die Sache ist … so komplex.«

»Okay, leicht wird das alles nicht. Aber ich bin für dich da! Und das mit dem Namen war nur so ein spontaner Gedanke, weil … du bist doch cool und modern und eigentlich vom Typ her eine jugendliche Mutter.« So, damit sollte ich die Sache wieder geradegebogen haben.

Doch zu meinem Erstaunen sagt sie nur matt: »Sei doch

einfach froh, dass *du* dir keine Gedanken über Kindernamen machen musst!« Dann dreht sie sich um und geht ohne ein weiteres Wort in ihr Zimmer.

Ich bleibe zurück und weiß nicht, wie mir geschieht. So habe ich sie noch nie erlebt! Ihr Abgang gibt mir einen kleinen Stich ins Herz. Was hat sie bloß? Immerhin bin ich der letzte Mensch auf Erden, der ihr irgendetwas Böses will! So ähnlich muss sich meine Mutter gefühlt haben, wenn ich als Teenager bockig war. Also reagiere ich, wie auch sie es früher getan hat. Ich trinke in Ruhe meinen Tee aus, lasse noch ein paar Minuten vergehen und klopfe dann vorsichtig an ihre Zimmertür.

»Feli – ist alles okay? Ich wollte dich wirklich nicht kränken. Kann ich irgendetwas für dich tun?«

Ziemlich bedröppelt öffnet sie, in der einen Hand ein Kleenex und in der anderen eine Tafel Schokolade.

»Tut mir leid, Charlotte-Schatz«, haucht sie geknickt. »Aber kannst du bitte machen, dass ich nicht in einem halben Jahr Mutter werde? Ich bin ja schon jetzt so gar nicht mehr ich selbst.«

Ich lege ihr freundschaftlich die Hand auf die Schulter. »Ich fürchte nein. Aber ich werde versuchen, dir dabei zu helfen, dass du einfach die alte Feli bleiben kannst – nur mit Baby, okay?«

»Okay.« Sie putzt sich kräftig die Nase. Wir gehen ins Wohnzimmer und setzen uns an unseren neuen großen Esstisch, der in meiner Abwesenheit geliefert worden ist. Er ist wunderschön, genauso wie im Katalog. Mit der Hand streiche ich über die helle, glatte Tischplatte. Er könnte aus einem schwedischen Astrid-Lindgren-Film stammen oder einer Werbung für Knäckebrot mit Großfamilie.

»Wir müssen mal ein bisschen reden, wie du dir das alles vorstellst in Zukunft, okay?«

»Ja, da hast du recht«, sagt Feli und trocknet sich die Tränen. »Aber wir haben ja noch ein halbes Jahr Zeit! Und das will ich noch möglichst sorgenfrei mit dir in unserem babyfreien *Flight Club* genießen. Können wir ein andermal reden, kannst du das verstehen?«

Sie sieht mich bittend an.

»Okay, einverstanden. Wollen wir denn ein bisschen was in der Bude tun?« »Ja!« Feli sieht sich um. Immerhin unsere Essecke ist schon ziemlich fertig.«Hast du nicht neulich noch in Paris eine Obstschale und diese kleine Etagere für den Tisch gekauft?«, frage ich sie.

»Oh ja!« Felis Augen leuchten auf, und ihre komische Stimmung scheint tatsächlich prompt zu verfliegen. »Die müssen in der Kiste mit den restlichen Handtüchern sein«, überlegt sie schnell und stürzt sich ins Karton-Chaos. Kurz helfe ich ihr beim Suchen, aber ich merke schon beim Anheben zweier Berge Verpackungsmaterial, dass ich noch zu schlapp bin und ins Bett gehöre. Weswegen ich in den letzten beiden Tagen auch lediglich ein paar Vorhänge gewaschen und in wohldosierten Etappen mein Zimmer zu Ende eingeräumt habe.

Feli wird fündig und beschließt auch gleich, Plätzchen zu backen, um die Etagere bestücken zu können. Ich mache ihr einen Milchkaffee und mir noch einen Tee. Eigentlich habe ich weder Durst noch Hunger und will schnell wieder ins Bett, aber nach der Szene gerade möchte ich auch unsere Mini-Versöhnung begießen. Und unsere neue Wohnung versetzt mich nach wie vor in so große Begeisterung, dass ich mich normal verhalten, Harmonie ausstrahlen und wieder fit sein will. Es ärgert mich wahnsinnig, dass ich ausgerechnet jetzt krank bin. Zum Hausarzt werde ich auch noch einmal gehen müssen, da der Krankenschein von Doktor Blond abgelaufen ist.

Während ich die Milch schäume, fällt mir auf einmal ein, dass Feli seit meiner Rückkehr immer noch kein Sterbenswörtchen über mein Zusammentreffen mit Malte verloren hat, geschweige denn über seine Aktion, mich auf dem Landweg quer durch Europa zu verschicken, während er vermutlich drei Stunden nach unserer Verabschiedung schon wieder mit Sandra, Melchior und Theodor über einem Feierabend-Puzzle vorm Kamin saß.

»Was sagst du eigentlich zu Malte und allem?«, schneide ich das Thema locker an.

Feli hat den Kopf in einen unserer Küchenschränke versenkt und sucht nach dem Backzeug. Gottlob war die Einbauküche schon drin. Hätten wir die auch noch kaufen und einbauen lassen müssen, könnten wir es uns wirklich nicht leisten, hier zu residieren. Sie antwortet hinter der Schranktür hervor.

»Wie ich dir schon schrieb – ich halte es für einen weisen Kapitänsentscheid, dass du deine Ohren keine Minute mehr dem Druck ausgesetzt hast. Ah – *hier* ist meine Muffinform! Oder soll ich Kuchen backen?«

Ich gieße unsere Getränke in riesige französische Boles, die Feli ebenfalls aus der Stadt der Liebe importiert hat. Es sind mehr Müslischalen als Tassen, aber genau richtig für die Menge an Kaffee oder Tee, die wir täglich konsumieren.

»Ich esse alles, wie du weißt. Und sonst sagst du nichts dazu?« Wieder bin ich leicht beleidigt über ihre verhaltene Reaktion.

Sie kommt mit einem Stapel Utensilien hervor und stellt alles auf die Arbeitsfläche. »Charlotte«, beginnt sie ernst, »ich denke, dass du endgültig mit dem abschließen solltest, was zwischen euch war. Offensichtlich hat er das auch getan. Wenn er dich ärgern wollte, hätte er dich im Flieger mit zurückgenommen, damit du einen Trommelfellriss riskierst und ordentlich Schmerzen hast. Oder berufsunfähig bist, und er dich nie wieder sehen muss. Hat er aber nicht, oder?«

»Nein.«

»Sag mal, haben wir keinen Pinsel, um die Form auszustreichen?« Wieder taucht sie in einen der Schränke ab.

Okay, was sie da sagt, birgt eine gewisse Logik, wenn auch eine sehr sadistische.

»Ah hier, in der untersten Schublade … Merk dir, Pinsel sind hier unten! Und nun tu dir selbst einen Gefallen und denk nicht mehr daran. Ohne emotionale Altlasten lebt es sich viel freier! Das sagt dir eine Wolf-Dieter-Überlebende.« Sie lächelt mich an und holt die Butter aus dem Kühlschrank.

Ich höre ihr aufmerksam zu, und es kommt mir in Anbetracht ihrer erwachsen klingenden Worte mit einem Mal furchtbar kindisch vor, dass ich ihr unbedingt eine Lästerattacke abringen wollte. Vielleicht machen sich so doch die fünf Jahre Altersunterschied zwischen uns bemerkbar? Sie hat eben ein Quäntchen mehr Lebenserfahrung als ich. Außerdem kennt sie ihn ja nicht einmal persönlich, wie soll sie also über einen Wildfremden herziehen? Zumal meine Berichte nicht gerade neutral waren.

»Okay, vermutlich hast du recht«, gebe ich mich geschlagen und beschließe, das Thema ruhen zu lassen. »Dann lass uns heute doch mal unserem Schwangerschafts- beziehungsweise Erkältungselend frönen und die Kisten noch etwas rumstehen lassen! Hast du Lust?«

»Au ja – wir machen einen Gammeltag! Du krankes Entchen legst dich mit mir auf die Couch, wir machen uns Wärmflaschen und laben uns an deiner DVD-Sammlung, okay? Aber bitte kein *Bonanza*!«

»Okay«, lache ich. Wir schmeißen uns in unsere Jogginghosen und cremen uns durch unser gesamtes Repertoire an Aloe-Vera-Masken und Anti-Aging-Seren mit zweifelhafter Wirkung. Und ans Telefon darf keiner gehen außer unserem Anrufbeantworter.

Prompt klingelt es, und dann muss ich doch abheben, weil eine Personalarbeiterin von Skyline wissen möchte, wann ich vermutlich wieder einsatzbereit bin. Aber als Julian anruft, lassen wir ihn draufquatschen. Er will wissen, ob wir irgendwo seine Armbanduhr gefunden haben.

Die einzigen Dinge, die wir noch auspacken, sind drei Sofakissen und zwei Kuscheldecken, damit wir es wenigstens in einer Ecke der Wohnung gemütlich haben. Dann gucken wir *Der Pferdeflüsterer*, und Feli heult sogar mehr als ich, was ein Wunder ist, da es sie bislang nicht einmal zu Tränen rührte, wenn Bambis Mutter starb. Nicht nur ihr Körper, sondern auch ihr Wesen scheint sich wirklich zu verändern.

Den krönenden Abschluss des faulen Wintertages soll eigentlich *Bodyguard* bilden, aber bevor Whitney zu *»I will always love you«* ansetzen kann, klingelt wieder das Telefon. Der AB springt an, und wir hören eine mir vertraute Stimme: »Hallo Frau Rauh, hier ist Frau Dr. Söllberg-Ha…«

Wie von der Tarantel gestochen, springt Feli auf und rennt Richtung Flur, noch bevor Frau Doktor erklären kann, was der Grund ihres Anrufes um zwanzig Uhr abends ist. Ich höre, wie Feli den Hörer vor lauter Hektik erst mal fallen lässt und er aufs Parkett aufschlägt. Und dann flüstert sie abwechselnd »Hm« und »Ja gut, mach ich.«

Verblüfft sehe ich sie an, als sie zurückkommt. »Alles in Ordnung?«

»Ja«, entgegnet sie betont unverkrampft. »Es ging um meine Blutwerte, aber alles ist bestens.«

»Das freut mich, aber bist du neuerdings privatversichert, oder warum ruft sie dich nach Praxisschluss zu Hause an?«, frage ich neugierig. Ich bin ziemlich sicher, dass die Ärztin mich nur bei einer Blutvergiftung unter meiner Privatnummer kontaktieren würde, und das vermutlich auch nur werktags. Und sowieso nur via Sprechstundenhilfe.

»Nein, ich bin genau wie du bei der Schubsenkasse. Aber ich hatte Sie explizit darum gebeten, mich anzurufen, wenn die Ergebnisse da sind. Ich hab immer noch ein sauschlechtes Gewissen wegen dem Sekt, weißt du?«

»Ich verstehe.«

»Na, und da hab ich ein bisschen Druck gemacht.«

Okay, das kann ich mir vorstellen. Einer Feli schlägt auch eine Frau Doktor Söllberg-Habermann nichts ab. Ich grinse bei dem Gedanken daran, wie sie die halbe Praxis aufmischt.

»Charlotte-Schatz, hast du einen Clown gefrühstückt?«

»Aber nein. Ich mag einfach nur deine resolute Art! Und was sollst du jetzt machen? Ich meine, weil du gesagt hast: ›Ja gut, mach ich.‹«

»Mich schonen.«

»Aus einem besonderen Grund?«, frage ich besorgt.

»Nein, einfach so.«

»Jetzt schon?«

In meinen Gedanken ploppen unweigerlich Bilder von Hollywood-Moms auf, die im neunten Monat noch eine Yoga-DVD rausbringen und durch TV-Shows tingeln, was ich natürlich auch für übertrieben halte. Im Übrigen kann ich mir eh kein Urteil erlauben. Aber als mein Brüderchen unterwegs war, sagte meine Mutter ständig zu meinem Vater: »Ich bin schwanger, nicht krank!« Und Feli scheint mir, abgesehen von den Launen und Tränen heute, bisher noch sehr unbeeinträchtigt von ihrer Schwangerschaft. Sie klagt nicht einmal über Morgenübelkeit, und dabei bekommt man die vor allem im ersten Schwangerschaftsdrittel, wie ich im Internet gelesen habe. Als Freundin will man ja gut informiert sein.

»Ja, *jetzt* schon. Du, ich bin auf einmal total müde, gehen wir ins Bett und gucken *Bodyguard* wann anders zu Ende?«

»Äh … klar.«

Als wir die Decken zusammenfalten und unser Essgelage abräumen, klingelt das Telefon wieder. Es ist wie im Großraumbüro heute.

»Hier ist der Anschluss des Flight Club von Felizitas Rauh und Charlotte Loos – Take-off für Ihre Nachrichten nach dem Piep!«

»Hallo Frau Rauh, hier Söllberg-Habermann noch mal …«

Feli bleibt wie vom Donner gerührt stehen. Ich merke, dass sie wieder losrennen will, aber sie ist voll beladen mit Geschirr, und bis zum Telefon sind es doch gut ein paar Meter durch den Flur. Sie versucht es trotzdem, aber noch bevor sie den Hörer erreicht, plappert Frau Doktor munter drauflos.

»Mir fiel noch ein, Ihr Pap-Abstrich war auch in Ordnung. Und nehmen Sie sich das alles nicht so zu Herzen. Da waren schon viele Frauen in Ihrer Situation, zum Beispiel Annette Fröhlich oder Angela Ermakova! Also, schönen Abend noch!«

Feli fällt ein Teller runter und zerspringt auf dem glatten Parkett mit lautem Scheppern in tausend Teile. Ich starre irritiert zu ihr rüber.

»Wieso waren denn Seehofer- und Becker-Geliebte in deiner Situation?!«

Ohne mich anzusehen, trägt sie ihre restliche Last schnurstracks in die Küche und holt einen Handfeger.

»Na, weil sie auch … alleinerziehend sind«, ruft sie, während sie alles auffegt.

Irgendwie finde ich den Kommentar unserer Frauenärztin eigenartig, aber vielleicht ist das ja ihre ganz spezielle Art, Singlemütter aufzubauen? Während Feli die Scherben in den Müll kippt (gottlob war es nur ein billiger Teller und nicht etwa mein tolles neues »William & Kate«-Service), fällt mir etwas ein, und sofort weiß ich, warum sie sich so verhält. Gott, die Ärmste! Auch ich werde richtig nervös bei dem Gedanken und folge ihr in die Küche.

»Feli, du musst keine Angst haben! Egal, wie es ausgeht, egal, was sie gesagt hat – ich werde immer zu dir halten!«, bekunde ich dramatisch, noch unter dem Einfluss der großen emotional-amerikanischen Kinounterhaltung stehend.

»Äh … Angst wovor denn?«

Sie scheint wirklich nicht zu wissen, wovon ich rede. Oder stellt sich dumm vor Scham.

»Ich weiß es.«

Sie starrt mich erschrocken an.

»Du weißt es?!«

»Es ging um deinen HIV-Test, oder?«

Sie ist immer noch wie erstarrt. »HIV?«, fragt sie ungläubig und beginnt, sich wieder normal zu bewegen.

»Nun ja, ich will diesem Brian ja nichts Böses unterstellen, aber wir hatten doch schon kurz darüber gesprochen. Ich meine, wildfremde Männer auf Geschäftsreise in Asien … und da du schwanger bist, habt ihr ja wohl kein …«

»Ach so!« Feli winkt energisch ab. »Keine Sorge, der Test ist negativ. Alles ist gut!«

Ich bin wahnsinnig erleichtert. Fast sogar mehr als sie, so scheint mir. Wir haben zwar seit dem Toiletten-Geständnis nicht mehr darüber gesprochen, aber das wäre das Thema, das mir persönlich vorläufig die meisten Sorgen gemacht hätte. Sicher hat sie vorhin Todesängste ausgestanden. Arme Feli. Sicher will sie nicht immer wieder an ihren Fehltritt erinnert werden, und schon gar nicht, dass ich irgendwelche intimen Details mithöre, die sie der Ärztin mitgeteilt hat und für die sie sich schämt.

»Na, dann ist ja alles gut«, sage ich und belasse es bei diesem Satz. Ohnehin tut mir der Hals wieder so weh, dass ich über jede Silbe froh bin, die ich heute Abend nicht mehr sprechen muss.

Ich mache das Inhaliergerät startklar, und Feli reibt mir vor dem Zubettgehen netterweise noch den Rücken mit Mentholpaste ein. Wir streiten uns im Spaß darüber, wo denn eigentlich die Lunge genau ist, damit sie das Gel gezielt verteilen kann.

»Mein Nacken atmet doch nicht!«

»Viel hilft viel«, bestimmt Feli resolut.

Dann schlage ich vor, einen Plan zu machen, wie wir weiterhin mit dem Auspacken und Einrichten vorgehen wollen. Denn so allmählich geht mir das Chaos doch auf die Nerven.

Zum Beispiel habe ich keine Ahnung, wo meine Zahnseide ist, und keine Lust, neue zu kaufen, solange ich irgendwo in den Kartons zwei Großpackungen vermute. Was auch fehlt, ist die Fernbedienung. Wir mussten heute den ganzen Tag zum Fernseher rennen und von Hand umschalten, Zustände wie im alten Rom!

»Also ich finde, ein Gammeltag ist okay, aber sobald ich wieder fit bin und frei habe, sollten wir richtig loslegen!«

Entschlossen schiebe ich wahllos drei Kartons aus meinem Zimmer in die Wohnzimmermitte, die von uns beiden sein könnten und die wir als Nächstes ausräumen sollten. Da fällt mir auf, dass auf einem *Flohmarkt* steht. Wieso ist der denn nicht gleich im Keller gelandet?

Feli verfolgt meine Aktion mit wenig Begeisterung.

»Na, komm schon!«, stichele ich scherzhaft. »Ich hab genauso wenig Lust wie du – aber watt mutt, datt mutt! Demnächst herrscht hier ein anderer Wind!«

»Charlotte?«

»Ja?«

»Hast du mir vorhin nicht zugehört?«

Ich habe keine Ahnung, worauf sie hinaus will.

»Ich soll mich ab sofort *schonen*!«

Sehr geehrte Frau Loos,

wieder hat uns ein Beschwerdeschreiben über Sie erreicht. Da wir Ihre Ansicht(en) jedoch halbwegs teilen und wissen, dass es nicht immer leicht ist, unsere Sicherheitsbestimmungen bei den Gästen durchzusetzen, möchten wir letztmalig so verbleiben, dass Sie sich bitte im Ton gegenüber unseren Kunden mäßigen.
Den Gast werden wir durch eine Meilengutschrift entschädigen.
Das Schreiben finden Sie in der Anlage zur Kenntnisnahme.

Ihre Skyline Personalbetreuung

Anlage

Sehr geehrte Damen und Herren,

leider muss ich mich als Ihr Statuskunde in regelmäßigen Abständen beschweren! Würde ich meine Firma so leiten wie Sie Ihre, wäre ich längst pleite! Da ich offenbar nicht viel zu Veränderungen in Ihrem Hause beitragen kann, will ich Sie doch wenigstens über die Missstände an Bord nicht unaufgeklärt lassen:
Auf meinem Flug nach Madrid saß ich auf 1C – per se eine bodenlose Unverschämtheit, da ich immer auf 1A sitze. Offenbar eine Inkompetenz des Check-in. Als ich Ihre Mitarbeiterin Frau Loos beim Einsteigen damit konfrontierte, entgegnete sie, dass sie gerne bereit sei, den Herrn auf 1A zu fragen, ob er tauscht. Angeblich weigerte sich dieser. Ich betonte, dass ich extra früh eingecheckt hätte. Mit Blick auf meine Bordkarte maßregelte mich besagte Stewardess, ich hätte als Nummer 189, also als Vorletzter eingecheckt. Das sei an der »Boarding-Nummer« auf der Bordkarte erkennbar. Sie schlug vor, dass ich in Zukunft eher einchecken solle, um meinen Wunschplatz zu erhalten. Eine Frechheit!
Als sie vor dem Start vorbeikam, um mir diverse Zeitschriften anzubieten (wenn Sie mich fragen eine hanebüchene Auswahl an Titeln!), bestellte ich in meiner Not die Wirtschaftswoche, Gala, Bunte, Stern und Focus, mit deren Herausgabe Ihre Angestellte offensichtlich überfordert war. Sie antwortete, dass sie kein Kiosk sei und sich auch noch andere Gäste an Bord befänden. Wieder eine bodenlose Frechheit!
Dann ging es ans Verteilen des Essens. Auf den Tabletts befand sich eine kleine Broschüre, die ich als blanken Hohn empfinde! Ich ließ Ihre Kollegin zu mir kommen und bat sie, sich auf der Stelle durchzulesen, was Sie uns da vorsetzen. Ich erklärte ihr parallel dazu, dass die ekelhafte Qualität des Essens das eine sei, aber eine Broschüre beizulegen, in der behauptet wird, irgendein Sternekoch habe die Pampe sorgfältig zubereitet, das Letzte! Vielleicht lassen Sie sich mal was anderes einfallen als Scampi, Trüffel und Lachskrevetten. Das esse ich schon den ganzen Tag in Meetings!

Frau C. Loos stellte erneut unter Beweis, dass sie völlig falsch in ihrem Job ist, indem sie in Tränen ausbrach.
Die absolute Höhe war dann, als sie mich zur Landung bat, mein iPad auszuschalten. Wie von der Dame gewünscht – die ja aus unerfindlichen Gründen bei Ihrer Airline irgendeine Form von Autorität besitzt –, legte ich es beiseite. Frau Loos blieb jedoch stehen und sagte, offenbar aus purer Schikane: »Ich muss Sie leider bitten, Ihr elektronisches Gerät vollständig auszuschalten.« Ich fragte, ob sie mich auf den Arm nehmen wolle, denn das hätte ich ja schließlich getan. Sie erdreistete sich zu sagen: »Ich besitze auch ein iPad und weiß, dass Ihres nicht aus ist. Sie haben lediglich den Bildschirmschoner eingeschaltet. Sie müssen, wie bei einem iPhone, lange auf den Knopf drücken, dann erscheint eine Schaltfläche »Ausschalten« und dann tun Sie dies, indem Sie den virtuellen Schieberiegel bedienen.«
Ich würde vorschlagen, die Dame fristlos zu entlassen, wenn Sie mich als Kunden behalten wollen.

Dr. Alexander von Bergwelt-Renzenburg

Skyline – Meet the Angels
Rundschreiben

Liebe Kolleginnen und Kollegen des Bordpersonals,

endlich ist es so weit! Wir sind stolz, Ihnen und der Öffentlichkeit unseren neuen Claim verkünden zu können, auf dem für die nächsten Jahre der gesamte Werbeauftritt unserer Airline basieren wird. Noch stolzer sind wir darauf, dass es ein Mitarbeiter aus Ihren Reihen – genauer aus dem Cockpit – ist, der sich einen Slogan hat einfallen lassen, der die Philosophie unserer Airline in einem Satz vereint.

Wir danken Herrn KAPITÄN MALTE BREUER für unser neues Motto:

Skyline. Every mile a smile!

Ihre Cosima-Fee Makjewitz
Skyline Marketing & PR

Billet Première classe – Bon voyage! Royal Rail – TGV	-211,00 €
Travel-Kit/Fragrance-Duo »First Lady« for her and »Oval Office« for him Washington D.C. Duty-free (incl. 7% Airliner Discount) – Thank you!	-16,00 €
Spesensaldo:	-552,17 €

9.

Jetzt ist es offiziell: Feli verhält sich merkwürdig.

Leider habe ich keine Erfahrungen im Bereich »Schwangere Freundinnen, die vorher irgendwie anders waren« und kann schwer einschätzen, ob ihr Neurosegrad normal ist oder an den von Woody Allen heranreicht. Dass Putzen und Einrichten nicht ihre Hobbys sind, habe ich langsam gemerkt. Dabei sah ihre Wohnung immer tipptopp aus, aber sie hat mir inzwischen gestanden, dass sie eine Putzfrau hatte. (Okay, ich wusste wirklich nicht alles über sie, aber das ist ja wohl Kleinkram.)

Dass sie sich aber schonen soll, habe ich ihr nicht abgekauft, und mit ein bisschen Nachbohren hat sie mir dann gestanden, dass sie einfach ein furchtbar schlechtes Gewissen der kleinen Kriemhild gegenüber hat, ihr mit der halben Flasche Umzugssekt vielleicht schon *den* Schwips ihres jungen Lebens verpasst zu haben.

»Ich kann meiner Tochter wohl kaum einen Vorwurf machen, wenn sie mit sechzehn sturzbetrunken nach Hause kommt oder später gar Alkoholikerin wird!«

»Felilein, die Söllberg-Habermann hat dich doch bei der

Erstuntersuchung beruhigt, dass der kleine Haufen Zellen die paar Promille *höchstwahrscheinlich* gut verkraftet hat, oder?«

»Ja, schon …«

»Na also. Ab jetzt meditierst du, trinkst nur noch San Pellegrino aus Glasflaschen, und ich glaube, du darfst ruhig hier und da mal ein bisschen Altglas wegbringen, ohne Angst haben zu müssen, dass die Kleine später auch vom Pfandflaschensammeln leben wird.«

»Haha.«

So oder ähnlich verlaufen unsere Unterhaltungen seither. Ich versuche, ihre kleinen Launen mit Humor zu sehen und nachsichtig zu sein. Felis Einsätze schwanken zwischen übervorsichtiger Zurückhaltung bis zu fast fahrlässigen Aktionen ganz nach dem Motto: »Guck mal, was ich alles noch kann, obwohl ich schwanger bin.« Und soll ich ehrlich sein? Es geht mir ein kleines bisschen auf den Keks.

Inzwischen ist ein weiterer Monat vergangen, und soweit ich das sehe, schafft sie es mit ihrem inzwischen deutlich gerundeten Bauch zwar nicht mehr, ihre leeren Tassen vom Couchtisch in die Küche zu tragen, aber sehr wohl, mit riesigen Einkaufstüten beladen nach Hause zu wanken. Oder ganz alleine einen schneeweißen Jette-Joop-Kinderwagen aufzubauen und runter in den Hausflur zu bringen. Worüber sich unser Vermieter, der Griesgram Herr Ludwig, natürlich bei *mir* beschwert hat. Ich musste das Ungetüm dann unverzüglich wieder rauffahren, obwohl ich auf dem Sprung zum Zahnarzt war, und ihm hoch und heilig versprechen, dass der Wagen bis zur Geburt des Kindes in der Wohnung bleibt.

Und ganz nebenbei bemerkt, habe auch ich persönlich das

eine oder andere Problem, mit dem ich mich allerdings gerade sehr zurückhalte. In Anbetracht von Felis Lage kommt mir das meiste in meinem Leben nämlich neuerdings banal vor. Zum Beispiel die Tatsache, dass Malte Breuer *meinen* Werbeslogan für die Airline als seinen ausgegeben hat. Als ich davon las, dachte ich, das sei ein schlechter Scherz, aber überrascht hat es mich irgendwie nicht. Aber wenn ich wieder von ihm anfange, unterstellt mir Feli sicher, ich würde mich an dem Thema aufhängen und nicht weiterkommen im Leben. Und grundsätzlich bin ich sogar ihrer Ansicht, ganz abgesehen davon, dass alleine mein Stolz mir gebietet, so zu tun, als sei das Thema für mich wirklich ein für alle Mal gegessen.

Das Zusammentreffen mit ihm in London hat mir jedenfalls einmal mehr gezeigt, wie froh ich sein kann, dass er nur noch Gastauftritte hat in meinem Leben. Und wegen der Sache mit dem Claim: Ich kann so was von gut auf die zwei gewonnenen Flugtickets verzichten. So ein Städtetrip ist nämlich so ziemlich das Letzte, wovon eine Stewardess träumt. Also werde ich einfach stillschweigend darüberstehen, jawohl. Ich meine, *ich* weiß ja, dass Malte in seinem naturwissenschaftlich angelegten Gehirn keine fünf Worte in eine Reihe kriegt. Und er weiß das so gut wie ich, sonst hätte er meine Idee nicht klauen müssen. Und überhaupt, was wäre die Alternative? Ihn zu kontaktieren und zu beschimpfen wie ein hysterische Furie? Auf gar keinen Fall. Wahrscheinlich würde ihm das nur wieder Gelegenheit geben, mir zu erklären, dass mir der Spruch ohne seine inspirierende Gegenwart nie eingefallen wäre. Und dann würden wir zur Schlichtung wie ein geschiedenes Promipaar in einem Konferenzraum von Skyline stehen, und er würde arrogant lächeln und dem Flottenchef zuraunen: »Das ist meine Ex – kommt nicht über unsere Trennung hinweg, die Gute …«

Besten Dank, darauf kann ich verzichten!

Ich werde einfach komplett gegenteilig reagieren, als er es von mir erwartet, und gar nichts machen. Denn das sagt ja auch was. Wie heißt es doch so schön? Man kann nicht *nicht* kommunizieren, genau. Der einzige Wermutstropfen bei der Sache ist, dass ich ein wenig positive Publicity bei Skyline gerade gut hätte gebrauchen können. Denn das ist mein anderes Problem …

Neuerdings bekomme ich Beschwerdebriefe von Passagieren über mich weitergeleitet, was ich anfangs nicht so ernst genommen habe. Ich fliege ja so viel, und da ist es nicht unüblich, dass sich von tausend Gästen gerne mal einer bis fünf ganz regulär über Skyline beschweren. Egal, wie korrekt man sich ihnen gegenüber verhält. Chronische Meckerer eben. Aber dass sie es schriftlich und im Nachhinein tun, ist ungewöhnlich. Und dass alle sich meinen Namen merken, auch.

In der Regel verwechseln die Gäste das Bordpersonal und glauben, in der gesamten Economyclass hätte nur eine einzige Stewardess Dienst, und das sei ich. Ich kann weit und breit die einzig Dunkelhaarige in einer Crew voller Rotschopfe und Blondinen sein und werde aus heiterem Himmel im Vorbeigehen angemotzt, ich sei bereits dreimal vorbeigelaufen und hätte schon wieder Kopfhörer und Gin Tonic vergessen, wovon ich aber zum ersten Mal im Leben höre. Wenn Leute sich den Namen notieren, müssen sie sich schon gewaltig über jemanden ärgern. Für die meisten bin ich einfach nur »die Stuse«, und das ist auch gut so, denn im

Stopover von Gästen in der Hotelsauna wiedererkannt zu werden, ist wirklich kein großes Highlight.

Feli hatte mal eine ganz ähnliche Beschwerdeserie am Hals. Allerdings lag das zum einen daran, dass sich ein Gast in sie verguckt hatte, es aber nicht anders auszudrücken wusste, als sie schriftlich niederzumachen in der Hoffnung, so mit ihr in Kontakt zu kommen. Und zum anderen daran, dass sie sehr direkt ist. Was eben nicht immer angebracht ist.

Ich hingegen hätte gar nicht die Courage, mich mit den Fluggästen anzulegen, sondern versuche letztlich immer, professionell zu bleiben, damit ich am Ende nicht meinen freien Tag im Büro meiner Vorgesetzten verbringen muss, um zu erklären, warum es Professor Stinkstiefel auf 7A zu kühl war. Es ist sogar so, dass ich mir inzwischen ein richtig dickes Fell zugelegt habe, was Bord-Choleriker angeht. Schließlich geht es immer um dieselben Dinge: den falschen Sitzplatz, verbotenes Handgepäck am Notausgang, als Muffeligkeit getarnte Flugangst – und nicht selten um knatschige Typen im Unterzucker, die zwischen Frühstück und geschäftlichem Abendessen nicht mehr als einen Kaffee getrunken haben. Das alles ist für mich Alltag, und deshalb kann ich mich kaum an konkrete Wortwechsel erinnern.

Was allerdings das jüngste Schreiben von einem gewissen *Alexander von Hastenichgesehen* angeht, bin ich irritiert. Klar stehen auch mir schon mal die Tränen in den Augen, wenn ich zum achten Mal an nur einem Tag einem renitenten Businesstyp erklären muss, dass er bitte bei Start und Landung sein iPad auszuschalten hat. Das Bordessen stellt ja die wenigsten zufrieden, und Statuskunden meinen fast immer, sie hätten Anspruch auf bestimmte Plätze (mich wundert fast, dass die Leute noch nicht wie im Urlaub Handtücher über die Sitze legen). Aber ein Flug nach Madrid? Dort bin ich ewig nicht mehr hingeflogen!

Ich muss Feli davon erzählen. Vielleicht freut sie sich dann sogar, dass sie gemütlich zu Hause sitzen kann und nicht mit solchen Miesepetern durch die Gegend fliegen muss, denn ich glaube, so langsam fehlt ihr das Unterwegssein.

Nach meiner Rückkehr finde ich sie frühmorgens in der Küche sitzend, mit einer *InStyle* und einem Magnum in der Hand.

»Guten Morgen, Charlotte-Schatz! Wie war dein Nachtflug nach Ankara?«

»Frag nicht«, brumme ich todmüde und lasse mich noch in Uniform auf einen Küchenstuhl fallen. Sie sieht gut gelaunt von einer reich illustrierten *Home Story* über Sarah Jessica Parker auf. Mein Blick fällt auf unseren überquellenden Pushboy. »Felilein, magst du nicht vielleicht mal den Müll mit deinen ganzen Eisverpackungen runterbringen?«

Zwar komme ich mir vor wie eine nörgelnde Mutter, die bei jeder Begegnung mit ihrem Kind sagt: »Räum dein Zimmer auf!«, aber ich kriege wirklich langsam die Krise in Anbetracht unserer Küche, die ständig chaotisch aussieht. Seit unserem Gammeltag und Felis Ansage, dass sie sich schonen muss, habe meistens ich in den letzten Wochen die anfallenden Arbeiten im *Flight Club* erledigt, und das, obwohl ich alle zwei Tage fliegen muss.

Kaum dass ich nach einem Dienst ausgeschlafen bin, schnappe ich mir entweder den Essigreiniger, um mich überhaupt in der Wanne wohlfühlen zu können, oder bringe leere Umzugskartons in den Keller. Was ja echt kein Akt ist mit dem Aufzug. Und kaum dass wieder alles glänzt und man durch den Flur laufen kann, ohne über den Staubsauger steigen zu müssen, muss ich wieder arbeiten und habe nichts von der aufgeräumten Wohnung. Drei Wochen nach ihrem Putzfrauengeständnis haben wir dann doch einen WG-Putzplan gemacht, und diese Woche ist Feli dran.

Dummerweise klagt sie neuerdings über alle möglichen Beschwerden (sie haben sich dann doch noch zeitverzögert bei ihr eingestellt), und seit ich ihr morgens mehrfach die Haare über der Toilette hochgehalten habe, weil sie ihr Frühstück wieder von sich gegeben hat, ist mein Mitleid größer als mein Groll. Und so bin wieder ich es, die ihre Aufgaben erledigt.

Aber heute scheint es ihr gut zu gehen, und ich finde, sie könnte das ausnutzen und wenigstens als kleine Geste mal was tun in unserer Bude.

»Mach ich gleich, Charlotte-Schatz … Guck mal, Pashminaschals sind wieder in! Und wusstest du, dass es Kinderwagen von Burberry gibt?«

»Nein, wusste ich nicht. Du hast doch schon einen von Jette Joop.« Ich gehe zum Kühlschrank, um mir einen Orangensaft einzuschenken. »Wo ist denn das ganze Gemüse hin, das ich eingekauft habe?«

»Aufgegessen.«

»Was!?«

Wenn ich mal was anderes als Fleisch für uns koche, verzieht sie beim Anblick einstmals von ihr heiß geliebter Gerichte angewidert das Gesicht und konfrontiert mich mit allerlei neuen Erkenntnissen der Lebensmittel- und Schwangerenforschung, nach denen praktisch alles Essbare Gift für sie ist. Sogar Basics wie Kaffee, Zwiebeln und Knoblauch sind tabu, in Vorbereitung auf die Produktion von Muttermilch oder so. Genau wie Haare färben, da die Giftstoffe über die Kopfhaut in den Blutkreislauf des Babys gelangen. (Ziemlich erschreckend übrigens, was so alles in meinen Blutkreislauf gelangt. Zum Beispiel unfruchtbar machendes Bisphenol A aus Plastikflaschen.) Und sie hat alle möglichen Intoleranzen entwickelt, sodass meine Toleranz ihren Intoleranzen gegenüber langsam aber stetig sinkt.

Und gleichzeitig fühle ich mich ganz schön schlecht dabei. Aber es ist einfach nervig, wenn jemand, mit dem du dich noch bis vor Kurzem auf USA-Reisen hemmungslos ungesund von Brownies, Cupcakes und Chips in Sharing-Size-Tüten ernährt hast, mit einem Mal zum Ernährungsapostel mutiert. Meine Empathie für die Männer schwangerer Frauen steigt jedenfalls zurzeit beträchtlich. Dagegen wäre das Besorgen von Essiggurken harmlos. Aber schließlich habe ich ihr versprochen, dass ich für sie da bin. Also bin ich es auch.

»Oh Gott, mein Magnum kommt wieder hoch …«

Abrupt lässt Feli die *InStyle* fallen und rast in Richtung Bad. Ich seufze tief und schnappe mir die Mülltüte aus dem Pushboy.

Eine Stunde später sitzen wir gemütlich auf der Couch. Ich würde gerne meinen Nachtflug ausschlafen, aber ich hasse es, erst abends wieder aufzuwachen, und so halte ich lieber durch, bis sagen wir achtzehn Uhr, und gehe dann ins Bett. Ich hülle mich in eine hübsche graue Fleecedecke und löffele stillschweigend einen weitgehend schadstofffreien Obstsalat. Ich frage Feli lieber nicht, ob sie etwas davon abhaben will und außerdem bereit wäre, auf die Wiederholung von *Medicopter 112* umzuschalten. (In der letzten Folge ging es um ein ertrunkenes Kleinkind, und sie hatte einen einstündigen Weinkrampf.) Seitdem meide ich Arztserien in ihrer Gegenwart. Meistens gucken wir *Phoenix*-Dokumentationen über Höhlenbrüter an Archipelen. Außer dass hier und da ein Vogeljunges aus dem Nest fällt, erscheint mir das recht unbedenklich.

»Charlotte, du fliegst doch nächste Woche wieder nach Amiland, oder?«

»Ja. Erst nach Washington und dann nach Delhi«, sage ich und schiebe mir verstohlen einen Schokokuss in den Mund (ganz trocken schmeckt der Obstsalat dann doch nicht).

»Kann ich dir eine Liste für *BabyGap* mitgeben? Ich hab sie schon fertig ...«

»Äh ... klar. Also, wenn sie nicht zu lang ist.«

Das Thema »Sachen aus dem Ausland mitbringen« gehört von jeher zu unseren kollektiven Hassthemen. Abgesehen davon, dass die Bittsteller in der Regel völlig abstruse Vorstellungen von den Entfernungen zwischen unseren Crewhotels und Schuhläden in Alabama haben, aus denen sie ein paar bestimmte Turnschuhe wollen, haben sie auch noch nie von Jetlag gehört und schätzen die Länge unserer frei verfügbaren Aufenthaltsdauer vor Ort generell falsch ein. Die reicht nämlich meistens gerade so aus, um sich vom Hinflug zu regenerieren. Außerdem lohnt es sich finanziell kaum noch, im Ausland einzukaufen. Heute kriegt man alles auch in Deutschland oder online, und zu allem Überfluss dürfen wir als Flugpersonal lediglich Waren im Wert von nicht einmal hundert Euro einführen, also deutlich weniger als der normale Tourist. Umso erstaunter bin ich, dass ausgerechnet Feli mich nun darum bittet. (Und beunruhigenderweise auch noch von einer ganzen »Liste« spricht.)

Sie sieht mir meine Panik an. »Ach komm schon, Charlotte-Schatz. Es ist ja nicht für mich, sondern für Kriemhild!«

»Schön. Gib her.«

Sie reicht mir einen ellenlangen Zettel, auf dem nicht nur *BabyGap* aufgeführt ist, sondern auch *Rock Star Baby*, *Petit Bateau*, *bellybutton* und so weiter.

»Ähem, Felilein – das ist aber ganz schön viel. Wann soll ich das denn bitte besorgen?«

»Ich erwarte doch nicht, dass du das alles nächste Woche machst. Ich dachte, du nimmst dir auf jedem deiner Flüge *ein* Geschäft vor!«

Na toll. Ich wollte eigentlich wenigstens unterwegs mal von ihren Aufgaben entbunden sein.

»Okay. Und wie machen wir das mit dem Geld?«

Ich bin mit meinem Spesenkonto ganz schön im Minus und möchte nicht noch weitere Überziehungen verursachen, wenn ich im Ausland mit meiner Skyline-Kreditkarte für eine andere Person Geld auslegen muss.

»Na, das kriegst du natürlich von mir wieder!«

»Kannst du es mir vielleicht vorher mitgeben?«

»Hast du denn gar kein Geld übrig, dass du mir vorschießen kannst?«

»Nein, nicht direkt.«

Feli zieht die Augenbraue hoch. »Ich hoffe nur, du hast unterwegs nicht wieder so viel Souvenir-Krusch gekauft.«

»Quatsch.«

Okay, hier und da habe ich vielleicht das eine oder andere im Sonderangebot … Ich meine, wie oft heiraten William und Kate? Und wie oft haben wir einen deutschen Papst? Aber das ist ja wohl meine Sache. Ich muss doch für meine Mitbewohnerin keine finanziellen Reserven horten.

»Feli, du weißt doch in welcher Gehaltsstufe ich bin!«, protestiere ich. »Die Wohnung hier kostet uns viel mehr als je geplant war, du schuldest mir immer noch die Hälfte des Dekokrams, den wir gekauft haben, ich habe den Esstisch ausgelegt, und im Übrigen zahlen wir immer noch die Espressomaschine ab!«, platzt es aus mir heraus. Sie guckt betroffen von den Promi-News auf, in denen gerade Carmen Geiss Monaco leer shoppt.

»Entschuldige bitte, daran habe ich gar nicht mehr gedacht. Und ich hätte es dir auch längst zurückgezahlt, aber ich bin auch gerade ein bisschen knapp bei Kasse.«

»Du?« Ich staune. Feli weiß meistens gar nicht, welche ihrer vier Kreditkarten sie benutzen soll.

»Na ja, der ganze Kinderkram!«

Bisher habe ich als einzige Anschaffung in der Richtung nur das Jette-Joop-Gefährt gesehen. Wobei der sicher deftig ins Geld ging. Eigentlich steht Feli auch gar nicht so auf Marken, wobei ich mich in der Kinderwagenszene natürlich nicht so auskenne und nicht weiß, was da die »*Must Haves*« sind.

»Lass mich raten, der Kinderwagen?«

»Das ist doch kein *Kinderwagen*!«, korrigiert sie mich. »Das ist das *Jette-Joop-Travelsystem, Modell Jerome, mit integriertem Teleskop-Buggy in Alabaster*! Und willst du wissen, was der Scheiß kostet? 499 Euro.«

»Verstehe.« Ich muss mich sehr zusammenreißen, diesen Betrag nicht in Lebensmittel, Strom und … okay, kleine Freiheitsstatuen und Eiffeltürme umzurechnen.

»Ich kriege ja zurzeit nur Schwangerengeld.«

»Schwangerengeld?« Daran habe ich wiederum nicht gedacht.

»Ja, das ist bloß eine Art Grundgehalt. Und die Krankenkasse zahlt ein paar Prozent dazu.«

Davon habe ich noch nie gehört und bin ein wenig beschämt, dass ich mir über Felis Verdienstausfall gar keine Gedanken gemacht habe. »Oh, das wusste ich ja gar nicht. Feli, warum redest du nicht mit mir über so was?«

»Ich dachte, ich komme aus – aber jetzt ist es doch ein wenig knapp. Ach ja, und gestern kam die Nebenkostenabrechnung vom letzten Jahr. Die Stadtwerke haben unsere Abschlagszahlungen erhöht. Wahrscheinlich noch basierend auf dem Vormieter, denke ich …«

»Herrje, und wann wolltest du mir das sagen?«

»Tue ich doch gerade! Außerdem kam der Brief erst gestern. Und da warst du schon auf dem Weg in die Türkei.«

Sie steht auf, läuft in den Flur und zieht die betreffende Post aus einem Stapel neben dem Telefon hervor.

Ich sehe sie flüchtig durch. »Puh, das sind ja Raten, als würden hier drei Leute leben!«

»Also, um ehrlich zu sein … Ich bade schon recht viel. Wegen der Schwangerschaftsstreifen und so. Wenn du willst, zahle ich mehr. Aber die Habermann hat gesagt, ich soll regelmäßig Ölbäder machen.«

»Sei nicht albern, das ist schon okay. Ich dusche ja viel in Hotels, das gleicht sich schon wieder aus. Aber du hast doch gar keine Streifen?«

»Doch, das fängt jetzt schon an, guck mal!«

Feli zieht ihr Oberteil hoch und zeigt auf eine winzige Stelle, die ein bisschen schuppig ist.

»Felilein, das ist einfach nur trockene Haut! Kannst du da nicht schnöde Penatencreme draufmachen?«

»Spinnst du? Da sind Giftstoffe drin, die dann über die Haut ...«

»Schon gut.«

Ich denke unruhig an meine kläglichen Ersparnisse, die noch auf irgendeinem Sparbuch herumliegen (ich glaube, es ist ein altes »Jeanskonto«, ein Girokonto für Sparer bis zwölf).

»Okay, pass auf – ich bringe dir was von der Liste mit und lege dir was aus. Aber dann bringe ich dir erst wieder etwas Neues mit, wenn du mir die alten Sachen bezahlt hast, okay?«

Sie grinst. »Jetzt klingst du wie die strenge *Super Nanny*, aber danke, du bist ein Schatz!«

Zufrieden greift sie nach der Fernbedienung, die ich vorgestern endlich zufällig in meiner Trockenhaube für Lockenwickler im Bad gefunden habe.

»Willst du *Medicopter* sehen?«, fragt sie mich.

Ich lächle und nicke. Ich glaube, das Rumsitzen bekommt Feli einfach nicht. Sie hat den ganzen Tag frei und ist nicht gerade der Lesetyp. Und der Haushaltstyp ja auch nicht. Also isst sie oder streunt durch die Stadt und kauft ein. Und ab und zu fährt sie zu ihren Eltern raus. Und ihre Starnberger Clique von der Einweihungsparty scheint nicht allzu viel Zeit für sie übrig zu haben. Nur die Schuhketten-Blondine hat uns seitdem einmal besucht, aber ich bin nicht so richtig warm mit ihr geworden und fand, auch Feli und sie hatten sich nicht allzu viel zu sagen, nachdem die Lebensläufe alter Klassenkameraden abgeklappert waren und ihr Mops in Felis Zimmer gepinkelt hatte.

»Wie ist es eigentlich gerade so in der Firma?«, fragt sie mich unvermittelt und erinnert mich daran, dass ich ihr ja zur Abwechslung auch von meinen Problemen erzählen wollte.

»Ich schlage mich mit einem *Flaker* rum!«

»Mit einem was?«

»Na, wie du damals – mit einem *Flying Stalker*«, beginne ich ihr, meine Misere zu erzählen. »Oder vielmehr: mit mehreren.«

»Was? Erzähl!«

Ich zeige ihr die Skyline-Kopien der Briefe, und es tut wahnsinnig gut, mal wieder etwas von mir erzählen zu können. Ohne immer Angst haben zu müssen, versehentlich ein Thema anzuschneiden, das ihr Gemüt und damit ihr Fruchtwasser in Wallung bringt. Wir haben schon länger nicht mehr so dagesessen und geredet, und wehmütig denke ich an die Zeit zurück, als wir das vor Monaten alle paar Abende in meinem kleinen Apartment gemacht haben. Auf meinem Couchtisch vor uns liegen jetzt keine Bärchen mehr, sondern Dinkelriegel und Bücher über Schwangerschaft und Geburt. Aber jetzt hört sie mir konzentriert zu, stellt ab und zu eine Frage und liest sich die Schreiben durch.

»Wow, Charlotte, das sieht aber nach ein paar mehr Problemen aus, als ich sie damals hatte.«

»Wirklich? Ich dachte, dieser Typ damals hätte dir auch …«

»Ja, ganze *zweimal*. Und der hatte völlig wirres Zeug geschrieben – aber das hier? Dieser Dr. Alexander von Nervmichnicht? Das halte ich aber mal für handfeste Job gefährdende Kritik! Und dann noch so konkret mit deinem Namen!«

»Aber ich war definitiv nie in Madrid!«, verteidige ich mich lautstark. »Also, zumindest nicht in letzter Zeit.«

»Sicher nicht?«

»Todsicher.«

»Charlotte, ich fürchte, das musst du beweisen können – zeig mal deine Dienstpläne!«

Na, wenigstens einen Vorteil hat es, dass Feli die Couch kaum noch verlässt und jeden Tag *Richter Alexander Hold* guckt.

Ich flitze in mein Zimmer und hole einen Karton hervor, in dem ich meine Einsatzpläne sammle. Eigentlich nur für die Steuererklärung am Ende des Jahres, aber man weiß ja nie.

»Siehst du, in Madrid war ich das ganze letzte Jahr nicht mehr!«, triumphiere ich, als ich zurück ins Wohnzimmer komme.

»Super, dann kannst du das doch schon mal widerlegen. Es sei denn, der Typ hat sich im Flugziel geirrt. Und dieses Pärchen aus Anchorange, das nicht wollte, dass du ihnen zum Geburtstag gratuliert?«

»In Alaska war ich zuletzt … vermutlich 2007!«

Die restlichen Schreiben beziehen sich leider nicht auf konkrete Flüge, aber ich bin froh, dass ich zumindest etwas in der Hand habe, um mich zu verteidigen, falls Skyline möchte, dass ich persönlich zu all dem Stellung nehme. Was nicht mehr lange dauern kann.

Eine Träne kullert mir unvermittelt über die Wange.

Feli nimmt meine Hand und drückt sie tröstend. »So was ist total Scheiße, ich weiß – tut mir ehrlich leid für dich, Charlotte. Kopf hoch! Aber du musst auch irgendwann mal lernen, ein paar Konflikte auszutragen.«

»Ich weiß«, schniefe ich.

»Was wäre zum Beispiel, wenn … wenn wir mal schlimmen Streit hätten?«

»Warum sollten wir den haben?«

»Weil du zum Beispiel etwas über mich erfährst, dass du vorher noch nicht wusstest?«

Geht das schon wieder los. »Felilein, du weißt, ich halte nichts von Hypothesen! Wenn es da etwas gibt, dann sag es mir oder lass es, aber diese Andeutungen nerven mich echt langsam.«

»Ich meine ja auch nur, du solltest deine Angst vor Streitigkeiten überwinden!«

»Ich bin eben ein Scheidungskind«, erwidere ich. (Und vermute tatsächlich, dass das der Grund für meine Scheu vor Streit ist. Die Atmosphäre bei uns zu Hause war einfach immer zum Bersten.) Ich erhebe mich, bringe mein Obstschälchen in die Küche und beschließe, mir einen starken Kaffee zu machen. Die Ankara-Müdigkeit gewinnt nämlich langsam die Oberhand über meinen Körper, und es ist gerade mal Mittag.

»Feli!«, entfährt es mir vorwurfsvoll beim Anblick der gähnend leeren Kühlschranktür. »Hier ist schon wieder keine Milch mehr!«

»Ich trinke nur noch Sojamilch, Charlotte!«, ruft sie zurück. Komisch, bis gestern Abend scheint sie noch welche getrunken zu haben, denn da stand noch ein Rest Vollmilch in unserem freistehenden Retro-Sechzigerjahre-Kühlschrank. Verärgert schnappe ich mir unseren Carrycruiser, eine Art Trolley-Einkaufskörbchen. Hat man sich nämlich erst mal daran gewöhnt, ständig einen Koffer hinter sich herzuziehen, möchte man eigentlich gar nichts mehr tragen. Und mein Rücken freut sich auch, dass ich den Kasten Wasser ab jetzt bequem bis in den Aufzug rollen kann. Natürlich muss man es ertragen können, dass man im Supermarkt angeguckt wird, als sei man um die achtzig. (Obwohl die Teile eigentlich ganz flott aussehen heutzutage, wie ich finde.) Einmal heftete sich am Ausgang prompt ein Dackel an meine Fersen, wohl weil er mich mit seiner Besitzerin verwechselt hat.

»Brauchst du was vom REWE?«, rufe ich im Gehen.

»Nein! Ach doch, ein neues Fensterleder! Ich wollte nachher Fenster putzen.«

Okay, darüber sollte ich mich jetzt eigentlich freuen. Aber das ist eine Tätigkeit, die ich ihr nun wirklich nicht zumuten will. Am Ende kippt sie mit ihrem Vorbau noch vornüber. Ich werde ihr vorschlagen, den Boden zu wischen.

Als ich im Hausflur bei den Briefkästen ankomme, leere ich unseren, der randvoll ist. Wir müssen unbedingt so einen »Bitte keine Werbung!«-Aufkleber anbringen, sonst denkt der faule Prospektjunge von Ginos Pizzaservice weiterhin, er könnte alle seine Prospekte bei uns reinstopfen.

Ich fische die Telefonrechnung heraus und reiße noch im Hausflur den Umschlag auf. Beim Anblick des Endsumme stockt mir der Atem: »Sehr geehrte Frau Loos … werden wir den Betrag über 321,12 € von Ihrem Konto abbuchen.«

In null Komma nichts stehe ich wieder in der Wohnung und stürme völlig außer Atem in Richtung Couch.

»Feli, sieh mal! Das darf doch wohl nicht wahr sein!«
»Wolltest du nicht Milch holen?«, tönt es mir entgegen.

»Vergiss die Milch, die können wir uns nicht mehr leisten! Wir haben eine Telefonrechnung über dreihundert Euro bekommen. Feli, *dreihundert Euro*!« Meine Stimme überschlägt sich fast so hysterisch wie damals, als ich der Söllberg-Habermann nachdrücklich erklären musste, dass ich nicht aus freien Stücken im Zölibat lebe.

»Lass mal sehen.« Feli nimmt mir die Rechnung aus der Hand, und beim Anblick des Betrags beginnen auch ihre Hände ein wenig zu zittern. »Ich dachte, wir haben eine Flatrate?«, fragt sie entsetzt.

»Haben wir auch! Zumindest in Deutschland!«

»Deutschland?« Sie wird ganz blass. »Ich dachte, wir hätten dieses *Worldwide-Package* abgeschlossen, damit wir auch miteinander telefonieren können, wenn eine von uns unterwegs ist! Falls mal was mit der Wohnung ist, oder so …«

»Nein, ich hab gedacht, das brauchen wir nicht und dann doch für dieses andere Paket unterschrieben! Sorry, ich dachte, ich hätte es dir erzählt.«

»Ist da eine Einzelauflistung dabei?«

»Nein. Das hätte auch extra gekostet. Feli, du hast doch nicht etwa so oft ins Ausland telefoniert?«

»Ganz ruhig, Charlotte. Wir rufen da an und klären das, okay? Beziehungsweise, ich mach das für uns.«

Na bravo. Und die Telefonkosten werden natürlich von *meinem* Konto abgebucht. Strom und Wasser von ihrem. Wir hielten das für eine faire Aufteilung, aber jetzt kommen mir ziemlich große Zweifel daran.

Ich hole das Telefon von seiner Station im Flur, und Feli wählt die Nummer der Hotline.

»Hör mal, geh du doch einkaufen inzwischen. Ich regele das, versprochen!«

»Na schön.«

Sie presst ihr Ohr erwartungsvoll an den Hörer, und ich bleibe hartnäckig neben ihr stehen.

»Nun geh schon, ich mach das!« Sie macht mir eine winkende Geste zu verschwinden. Okay, wenn sie schon mal Initiative ergreift, sollte ich sie wohl auch machen lassen.

Ich bin gerade in der Tür, als ihr doch noch etwas einfällt: »Ähem … kannst du mir vielleicht noch laktosefreien Kakao mitbringen?«

Als ich vom Einkaufen zurückkomme, sehe ich sie erwartungsvoll an.

»Da war permanent besetzt. Ich hab's echt zwanzig Mal probiert. Ich versuche es später wieder, okay?«

»Gut, aber bitte vergiss es nicht!«

»Wofür hältst du mich?« Sie beugt sich über den Carrycruiser. »Hast du den Minus-L-Kakao bekommen?«

»Ja, hier! So, und jetzt kapituliere ich und gehe schlafen. Dann bin ich halt wieder die ganze Nacht wach, was soll's«, murre ich.

»Charlotte-Schatz, du bist ganz schön launisch in letzter Zeit!«

Noch bevor ich etwas entgegnen kann, klingelt es an der Tür. Feli flitzt hin, und ich höre eine Männerstimme, die nach einer Unterschrift fragt. Neugierig komme ich näher und vergesse für Sekunden ihren Kommentar. Sie macht sich daran, einen riesigen Karton übers Parkett zu schieben.

»Was ist denn das bitte?«

»Das …«, Feli dehnt die Worte wie ein Quizmoderator, der es spannend machen will, »sind … unsere … neuen Balkonmöbel von … Rolf Benz!«

»Was?!« Ich bin einer Ohnmacht nahe. »Wieso *unsere*?«

Feli schiebt die Lippe vor und zieht tief beleidigt einen

Schmollmund. »Aber ich dachte, du freust dich! Und zusammen können wir sie uns auch leisten.«

»Feli!«, unterbreche ich sie harsch. »Wir haben noch nicht einmal die Kaffeemaschine abbezahlt – geschweige denn die Waschmaschine! Oder die Telefonrechnung, die sich hoffentlich als falsch erweist! Du kannst doch nicht irgendwelche Sachen bestellen, ohne es vorher mit mir zu besprechen, und mich dann die Hälfte zahlen lassen! Abgesehen davon, dass wir den Balkon frühestens in ein paar Monaten nutzen!« Ich bin geladen wie eine Kalaschnikow.

»Aber sie waren im Sonderangebot, gerade *weil* ja jetzt Winter ist!«

Wir stehen uns gegenüber wie ein Stier und sein Torero, inmitten Hunderter Styroporkügelchen, die Feli beim überschwänglichen Öffnen des Kartons flächendeckend auf dem Parkett verteilt hat. Sogar in ihren Haaren haben sie sich verfangen. Sie sieht aus wie die Rachegöttin aus einem tschechischen Märchenfilm.

»Charlotte-Schatz, abgesehen davon, dass du wohl besonders launisch bist wegen deinem Nachtflug: Ich bin nicht die Einzige, die findet, unsere Bude könnte etwas mehr Stil vertragen!«

Mehr Stil vertragen? Ich bin ja schon froh, dass inzwischen wenigstens alle Sachen in den richtigen Zimmern gelandet sind und man nichts mehr aus Kisten zerren muss, wenn man es braucht.

»Feli …«, zische ich drohend und versuche wirklich, mich zusammenzureißen. Aber irgendwie steigt gerade die ganze unterdrückte Wut der letzten Wochen in mir auf. Ich bin müde, ich bin genervt, ich bin pleite, und vor allem bin ich es leid, ewig Rücksicht auf sie zu nehmen!

»Wenn du und … diese *Schuh & Du*-Millionenerbin meint, unsere Wohnung könnte mehr Stil vertragen, dann würde ich mal mit Putzen und Müll Runterbringen anfangen!«

»Hast du eigentlich kein anderes Thema mehr?« Feli funkelt mich wütend an.

»Hätte ich ja gerne! Aber ich schmeiße hier seit Wochen den Haushalt und räume hinter dir her, während du bloß den ganzen Tag … hier bist.«

»Sag ich doch, du bist launisch!«

»Feli, ich bin *nicht* launisch! Wenn hier einer Launen hat, dann du!«

Hilfe, wir klingen ja wie ein streitendes Ehepaar! Ich, der Marketingmanager, der es keinen Tag vor acht Uhr nach Hause schafft, und sie, die gestresst-gelangweilte Hausfrau und Mutter, die Streit sucht, um den Tag wenigstens noch mit ein bisschen gemeinsamer Kommunikation spannend zu machen.

»Weißt du, was ich glaube, Charlotte?«

Ich funkele wütend und zu allem entschlossen zurück. Wenigstens kann mir jetzt kein Mensch mehr vorwerfen, ich sei konfliktscheu.

»Ich glaube, du bist bloß neidisch, weil du die ganze Zeit durch die Gegend fliegen musst, und ich nicht!«

»Was? Darauf soll ich neidisch sein? Auf dein Leben auf der Couch?«

»Nein, aber vielleicht darauf, dass *mein* Leben vorangeht, ich ein Baby kriege und … in deinem Leben seit Malte gar kein Mann mehr aufgetaucht ist!«

Ich bin baff und höre mich selber atmen. Ich sinke auf einen Küchenstuhl.

Es ist eine Sache, laut zu werden, aber eine andere, die Schwachpunkte des anderen als Waffe zu benutzen. Ich habe es Feli gegenüber nie explizit erwähnt, aber ja, seit sie schwanger ist, ist es nicht mehr ganz so lustig wie vorher, Single zu sein. Ehrlich gesagt, habe ich das bis jetzt nicht einmal mir selbst gegenüber zugeben wollen. Und ich habe tatsächlich Angst. Davor, dass in meinem Leben nichts mehr passiert. Kein Mann und erst recht kein Baby. Niemals. Dass es einfach so weitergeht wie in den letzten Jahren. Dass sich Dienstplan an Dienstplan reiht und eine oberflächliche Begegnung an die nächste, und zack, sitze ich wieder bei der Sölllberg-Habermann in der Praxis, und sie teilt mir mit, dass ich wirklich in der Menopause bin. Während sich auf ihrem Schreibtisch drei weitere Kinder in Bilderrahmen tummeln. Weil das alles bei anderen Frauen ja einfach so am laufenden Band passiert: Freund finden, zusammenziehen, heiraten, Kinder, aus die Maus. So natürlich wie ein Gewitter. Während ich hingegen es sogar schaffe, meine schwangere Mitbewohnerin zu vergraulen.

Trotzdem beneide ich sie nicht! Kein Stück! Denn wenn ich es mir irgendwie aussuchen kann, würde ich gerne eine *intakte* Familie gründen, so mit allem Drum und Dran. So eine, wo sich der Vater an Heiligabend als Weihnachtsmann verkleidet und die Kinder an Ostern Schmunzelhasen und ungesunde Sahnebonbons vom Opa kriegen und dann über Felder und Wiesen im Bergischen laufen.

Es ist nur so, dass Feli bis jetzt in Ermangelung einer eigenen Familie die Konstante in meinem Leben war, mein Anker. Und nun kann ich nicht einmal mehr mit ihr Scherze über blöde Kindervornamen machen oder darüber, dass meine Cousinen ungeniert eine Familienfeier mit intimen

Berichten ihres Dammschnittes sprengen, weil ihnen das so normal vorkommt, als rede man über einen Stau auf der A3.

»Und wo wir schon dabei sind, Charlotte …«

Auch bei Feli scheint sich einiges an Wut angestaut zu haben, auch wenn ich mir nicht sicher bin, ob die sich wirklich gegen mich richtet oder nur gegen ihre Gesamtsituation.

»Ich habe wirklich keine Lust mehr so zu tun, als sei ich nicht schwanger und noch die alte Hardcore-Single-Feli! Nur, damit *du* nicht schmerzlich daran erinnert wirst, dass du es nicht bist und dich gut fühlst! Und soll ich dir noch was sagen? Das war doch alles Lug und Trug!«

»Was?«

»Das ganze lustige Solistendasein! *Jeder* Mensch sehnt sich am Ende nach einem Partner. Sogar ich! Und man tut bloß so, als täte man es nicht, solange man keinen hat! Das merkt man einfach als werdende Mutter.«

Ich fühle mich, als sagte sie mir, dass es die Mondlandung nie gegeben hat.

»Und soll ich *dir* was sagen, Feli?«

»Nur zu! Heute ist ja offenbar der Tag der Wahrheit.«

Sie verschränkt die Arme und schießt wütend ein paar der Styroporkügelchen durch die Gegend. Ich greife automatisch nach unserem Handfeger.

»*Ich* habe keine Lust mehr so zu tun, als ob ich nicht vogelfrei wäre und jederzeit auf Partys gehen kann und in Dubai am Pool liegen, damit *du* nicht schmerzlich daran erinnert wirst, dass du das eben nicht mehr kannst und dich gut fühlst als Schwangere!«

»Tja, dann haben wir uns wohl eindeutig auseinandergelebt!«

Ich fühle Tränen in mir aufsteigen. Mir schwant, wir haben uns beide viel zu sehr auf unsere Rollen konzentriert in letzter Zeit, als dass wir noch authentisch waren. Und das ist jetzt die Quittung. Mit einem Mal verfliegt meine Wut, und ich fühle mich leer. Das hier sollte unser neues tolles Zuhause werden, zumindest für zwei, drei Jahre, bis jede von uns hoffentlich ihr Glück findet, über das wir uns dann gegenseitig freuen. Und bei Sonntagsbesuchen könnten wir von unserer wilden Singlezeit erzählen.

Und jetzt kommt alles anders.

»Und nur damit du es weißt, Charlotte: Ich habe mein Profilbild bei *Facebook* gegen das Ultraschallbild von Kriemhild getauscht, jawohl!«

Okay, Felis Wut scheint nicht verraucht.

»Und ich finde es einfach nur traurig, wenn man mit fünfzig noch Tabletts über dem Atlantik verteilt, statt sich etwas aufgebaut zu haben!«

Jedes ihrer Worte trifft mich. Aber sie muss nicht meinen, dass ich immer und um jeden Preis einlenke und man mich nach Belieben kränken kann. Ja, Konflikte machen mich fertig, vor allem die privaten. Bei denen an Bord schlage ich mich mittlerweile ja ganz gut. Aber das Bedürfnis mich zu verteidigen, ist diesmal größer als meine Angst vor den Konsequenzen.

Und so schreie ich auf demselben Niveau zurück: »Pah! Lieber verteile ich Tabletts bis zur Rente, als mich in einem Aufreißerschuppen besoffen von irgendeinem Loser-Typen schwängern zu lassen!« Nach diesem verbalen Inferno rausche ich in die Küche und drücke vor Wut mehrfach auf die Espressotaste. Der Lärm, den unsere Bugatti macht, entspricht genau meiner Stimmung. Es ist fast, wie Metallica zu hören. Meine Rede wiederum veranlasst Feli, mir nachzueilen. Ich mache mich auf einiges gefasst.

Doch als ich zu ihr hinsehe, steht sie bloß schweigend im Türrahmen. Mit Tränen in den Augen und den Händen schützend auf ihrem Bauch, der allmählich zur Kugel wird. Sie sieht unglaublich verletzlich aus, wie ein verstoßener Welpe. Kein bisschen mehr nach Rachegöttin. Bei ihrem Anblick möchte ich prompt im Boden versinken für das, was ich zuletzt gesagt habe. Klar, ihre Worte waren genauso happig, aber ich kann mir wirklich in irgendeinem sonnigen Hotelpool den Frust von der Seele schwimmen, während sie hier hockt. Und ich glaube ihr nicht wirklich, dass sie den Mutterpass ihrem Reisepass vorzieht. Oder zumindest nicht ausschließlich.

»Feli, ich …«

Doch sie kommt meinem Friedensangebot zuvor.

»Charlotte, ich kann so was echt nicht gebrauchen.«

Ihr Tonfall ist so kühl wie ein sibirisches Sturmtief.

»Stress wie dieser hier gerade ist laut Statistiken das stärkste Gift für Ungeborene überhaupt. Kannst du bitte für eine Weile ausziehen?«

Sehr geehrte Mitarbeiter,

wie Sie sicherlich der Presse entnehmen konnten, hat eine konkurrierende Airline Bonuskarten an Bundestagsabgeordnete verschenkt. Wir nutzen diese Situation, um eine Sonderkampagne zu starten. Darauf möchten wir Sie als unser schönstes Produkt abbilden, zusammen mit der Headline:

»Wir schenken jedem etwas – unser Lächeln!«
Skyline. Every mile a smile.

Wir freuen uns, wenn Sie dabei sind!
Ihre Bewerbung mit Foto richten Sie bitte an:
SKYLINE/PR
Hauspost

Sex & the City-Tour Deluxe incl. Carrie-Chain, Mr. Big's Office + Charlotte's Apartment Upper Eastside *New York CITY-TOURS NY – Have a good one!*	-99,99 €
Chinese Wall Excursion & sliding down (Big fun package) *Mr. Chow Chinese Wall Tourist Tours Peking*	-77,00 €
Spesensaldo:	-613,55 €

10.

Unser erster großer Streit in drei Jahren. Ich fühle mich furchtbar.

Ich habe schon von Frauen gehört, die zu Beginn einer frischen Beziehung dieses Ereignis nahezu brennend erwarten und dann, sofern sie und der neue Partner es überstanden haben, triumphieren, als sei ein Bürgerkrieg zu Ende gegangen. »Jetzt sind wir beide *wirklich* zusammen!« Aha, und was war vorher? Als würden schöne Tage, stundenlange gemeinsame Vollbäder, geflüsterte Kosenamen und leidenschaftlich-harmonische Wochenenden im Bett nicht zählen. Krisen gemeinsam zu meistern, gehört zu jeder Beziehung, egal ob in der Liebe oder einer Freundschaft. Es schweißt zusammen. Und prinzipiell gebe ich diesen Frauen recht: Erst wenn der Partner dich mal von deiner fiesen, nicht epilierten Seite gesehen hat, deine hässlichen Charakterzüge wie Neid, Eifersucht oder schlicht und einfach nur grobe Faulheit in Sachen Buntwäsche trennen kennt, aber dennoch bei dir bleibt, kannst du dir seiner sicher sein.

Dummerweise können solche Tiefpunkte aber auch der Anfang vom Ende sein oder ein frühzeitiger Hinweis darauf – wie zum Beispiel in diesem Film *Der Rosenkrieg*, in dem Michael Douglas seiner Ehefrau in den Auflauf pinkelt und am Ende beide im Kronleuchter des Foyers hängen und gemeinsam abstürzen. Seither folge ich ungern der Einladung von wenig kompatiblen Pärchen. Und es ist nur gut, dass Feli und ich uns für Halogenfluter entschieden haben. Zu Bruch gegangen ist bei uns trotzdem so einiges, finde ich.

Dass sie mich nun bittet, eine Weile auszuziehen, toppt allerdings alles. Nie, niemals wäre *ich* so weit gegangen. Okay, schon allein weil sie schwanger ist. Aber auch sonst nicht! Zwar lässt sich seit geraumer Zeit schwer sagen, ob man ihre Meinung oder ihre Hormone zu hören bekommt, aber jemanden vor die Tür zu setzen, ist trotzdem eine reife Leistung. Und mit welchem Recht überhaupt? Wir sind beide gleichberechtigte Hauptmieter, und wäre ich an ihrer Stelle, würde ich mir für eine Weile was anderes suchen, um Ruhe und Frieden zu finden, zum Beispiel ihr Elternhaus. Ich würde im Streit der gegnerischen Partei sogar keine Mühe mehr machen wollen. Vermutlich würde ich bei einer Scheidung sogar noch dem Anwalt meines Mannes die Benzinkosten zum Amtsgericht erstatten. Immerhin wäre ich ja mitschuld daran, dass sich die deutsche Justiz vielfach mit der Aufteilung von Doppelgaragen herumschlagen muss, statt mit echten Straftätern.

Gott, ich hoffe Feli und ich enden nicht vor Gericht! Ein kurzer Schauer läuft mir über den Rücken. Mir wird bewusst, wie viel Geld wir zusammen in die Wohnung gesteckt haben und wie sehr sich unsere Besitztümer jetzt schon vermischen. Ich selbst könnte nicht einmal mehr sagen, wem eigentlich die Edelstahlhalterung für Flüssigseife im Bad gehört. Oder der Pizzaroller aus Neapel. Es wäre schier unmöglich, das Ganze wieder aufzuteilen oder aufzurechnen. Wer bekäme die Starbucks-Tassen, wer den legendären Ficus?

Ich versuche, diese Gedanken zu verdrängen.

Es war ein heftiger Streit, und das ist alles. Und sie hat es ganz sicher nur im Affekt gesagt. Hoffe ich zumindest. Oder in einem ihrer Baby-Beschützerinstinkt-Anfälle. Es hat einfach mal geknallt, und das war überfällig. Und dafür, dass wir Frauen sind, war es ja fast schon zu harmonisch. Außerdem sind wir es seit Jahren gewohnt alleine zu leben. Die ganze Aktion barg also per se ein gewisses Risiko. Bin ich wirklich zu spießig? Sollte ich doch alles lockerer sehen und mein Bedürfnis nach ausgeglichenen Konten, sauberem Geschirr und schöner deutscher Geranien-Idylle zurückstellen und mich auf Inhalte konzentrieren? Noch mehr Kompromisse machen? Aufhören darüber nachzudenken, dass ich ständig Biogemüse kaufe, selber aber an einem Sonntagnachmittag nach einem anstrengenden Kairo-Trip wieder nur Cola light im Kühlschrank finde? (Genauso gut könnte man mir Rattengift vorsetzen. Auch ohne Baby im Bauch bin ich überzeugt, dass das Zeug schädlich ist!)

In mir tobt ein richtiges Gefühlschaos. Ein paar der Dinge, die Feli gesagt hat, sind wahr. Aber das gibt ihr noch lange nicht das Recht, sie mir so rücksichtslos ins Gesicht zu schreien. Und auch ich dürfte ihr meinen Frust wohl kaum so entgegenbrüllen. Darf man einer Schwangeren überhaupt die Meinung sagen? Oder löst das wirklich unschöne Flutwellen in der Fruchtblase aus? Ich will für Feli da sein, aber das erfordert, dass ich mich verstelle oder zumindest ganz schön zurücknehme. Und was wiederum das auslöst, haben wir ja heute erlebt. Ich hasse das Gefühl in mir ja selber, zu sehen, dass meine beste Freundin sich direkt vor meiner Nase in eine Glucke verwandelt! Aber es ist da. Rational gesehen freue ich mich für sie, und emotional nervt mich das ganze Schwangerending einfach!

Während mir all diese Gedanken durch den Kopf schießen, steuere ich das nächstbeste Café an. Nach Felis unfassbarer Forderung habe ich mir nämlich wortlos meine Jacke geschnappt und erst mal das Weite gesucht. *Vincenzo* ist ein zweckmäßig eingerichteter Italiener zwei Straßen weiter in unserem Viertel, der einen jedes Mal mit unglaublicher Arroganz bedient, dafür aber den besten Kaffee der Welt macht. Ich bestelle einen Espresso macchiato, obwohl nur drei Meter Luftlinie entfernt unsere Bugatti-Barrista steht, die mich mit ihren Raten schier auffrisst. Ich beobachte Mütter mit Kindern, die sich angeregt unterhalten und glücklich aussehen, auch wenn die Wortfetzen, die ich aufschnappe, sich darum drehen, was der Partner daheim verbessern könnte – in Sachen Kleidungsstil, Kommunikation, Wickeltechnik oder Aufmerksamkeit bei gemeinsamen Mahlzeiten. Da ist er also wieder, Volkssport Nummer Eins unter den Liierten: »Beschwerdegruppen über Mister Right zu gründen.« Probleme, die Feli und ich nie wollten und jetzt trotzdem haben. Und das sogar ohne Männer. Beziehungsprobleme ohne Beziehung. Das soll uns mal einer nachmachen.

Der Kellner wirft mir im Vorbeigehen meinen Bon hin, der durch seinen künstlich gehetzten Gang direkt wieder vom Tisch weht, sodass ich mich danach bücken muss. Während er mich konsequent keines Blickes würdigt, tauche ich erniedrigt aus der Versenkung auf und bedenke ihn mit Trinkgeld. Derart unfreundliche Kellner möchte man ja nicht noch zusätzlich verärgern.

Während er alles achtlos vom Tisch in sein Portemonnaie wischt, frage ich mich, wie es jetzt weitergehen soll. Ich schwanke zwischen der Verlockung, einfach wieder heimzugehen, mit einem lockeren Spruch auf den Lippen, der unseren Disput zu einem lächerlichen kleinen Zickenintermezzo degradiert, oder aber einer Radikallösung, die das Hinzuziehen eines echten Anwalts nicht ausschließt. Ich könnte zur Tür reinkommen, lässig sagen: »Ich gehe zu Meier & Partner, und wer vertritt dich?« Und eine Trennlinie durch die Wohnung ziehen.

Leider gewinnt Variante Eins äußerst schnell die Oberhand. Ich bin eben auch furchtbar harmoniesüchtig, sonst wäre ich wohl kaum Stewardess geworden. Und Lächeln hilft unserer Spezies bekanntlich in allen Luft- und Lebenslagen. Vor der schlecht gelaunten Feli habe ich allerdings seit unserer Auseinandersetzung ähnlich viel Angst wie vor brummigen Geschäftsmännern am Montagmorgen, die nur darauf warten, dass ich keinen *Spiegel* mehr habe, um mich dann zusammenzufalten. Ein Gefühl, das Feli gar nicht kennt.

»*I don't like you*«, hat ihr mal ein Fluggast ins Gesicht gesagt. Doch statt – wie ich es tun würde – diese Beleidigung höflich zu ignorieren oder zu versuchen, ihn milde zu stimmen und zu fragen, was man denn tun könne, um seinen Zustand angenehmer zu gestalten, hat sie ihm knallhart das Essenstablett weggenommen und gesagt: »*And I don't like your manners.*« Tatsächlich ist ihr dieser Gast kurze Zeit später in die Bordküche gefolgt und hat sich entschuldigt, sodass sie ihm brav sein Hühnchen wieder aushändigte. Zu sagen »*I don't like cold chicken*«, hat er sich dann nicht mehr getraut.

Das Einzige, was ich noch lieber tue, als mich in Rekordzeit zu versöhnen, ist flüchten. Möglicherweise wäre es doch eine gute Lösung, mal etwas Abstand zwischen Feli, mich und unseren Designer-Wischmopp zu bringen? Allerdings braucht man ein Ziel, wohin man flüchten kann. Einen Ort, oder wenigstens einen Menschen. Meine Eltern scheiden da aus, man will ja nicht vom Regen in die Traufe kommen. Im Gegensatz zu Felis Familie, die ihr Einzelkind am liebsten den ganzen Tag verwöhnt, spannen mich meine nur zu gern in alle möglichen Arbeiten ein. Und der Stress ginge ja schon mit der Überlegung los, ob ich als Erstes zu meiner Mutter oder meinem Vater gehe und ob das dann den anderen nicht kränkt und so weiter. Prinzipiell wird in solchen Lebenslagen ja gerne zur besten Freundin geflüchtet, was in meiner Situation blöd ist, da ich ja ausgerechnet vor ihr flüchten will.

Als ich aus Vincenzos kleinem Lokal trete, beschließe ich spontan, in die Stadt zu fahren. Dank Streit und Kaffee spüre ich von meiner Ankara-Müdigkeit nichts mehr, und nur wenig später stehe ich in meiner Lieblingsbuchhandlung, mehr ein Buchkaufhaus, das sich über fünf Stockwerke erstreckt. In meiner Lage kommen allerdings nur zwei Etagen infrage: Lebenshilfe und Reiseführer. Von der Ecke mit Titeln wie *Sie kennen einen Menschen nie wirklich* und *Wenn aus Liebe Hass wird*, zieht es mich jedoch schnell zu den prall gefüllten Regalen mit verführerisch bunten Bildern der Lombardei, Toskana und tropischer Inseln.

Verreisen, das wär's doch!

Es wäre eine Flucht, aber gleichzeitig kein offensichtliches Weglaufen oder gar Eingehen auf Felis anmaßende Forderung. Allerdings … finanziell gesehen, ist jetzt der denkbar schlechteste Zeitpunkt. Es würde schon noch gehen, aber ich müsste mein privates Girokonto überziehen und die Dispozinsen sind ja bekanntlich die fiesesten. Aber ich glaube fast, das ist es mir wert. Und wieso nicht mal den Jahresurlaub in der Nebensaison nehmen?

Mal sehen, wohin ich überhaupt fahren könnte.

Beim Anblick südindischer Aussteigerziele habe ich ad hoc Probleme, mir mich an einem Lagerfeuer im Mondschein von Goa zwischen Altachtundsechzigern auf LSD-Trips sitzend vorzustellen – ein Henna-Tattoo auf und einen Surfer im Arm. Also weiter. Auf den Kanaren war ich schon (auf Fuerteventura hat mich ein Animateur entjungfert, von dem ich später herausfand, dass er mit der Clubchefin drei Kinder hat). Und die Balearen sind mir zu stressig und irgendwie auch zu nah. Wenn ich schon in meiner Freizeit in ein Flugzeug steige, dann soll es sich bitte auch lohnen. Auf Ibiza träfe ich womöglich zwischen zwei Schaumpartys noch auf *Pit Cock* und James Blunt, der dort regelmäßig seine Songs schreibt, und ende in meiner labilen Seelenlage doch noch als heimatloses It-Girl im Jacuzzi von einem ergrauten Unternehmer, igitt.

Nein, ich brauche was zum Relaxen. Ohne mir Sorgen darüber machen zu müssen, ob ich dazu auch passend angezogen bin, wodurch Sylt auch ausscheidet. Ein Ziel, an dem man sich weder schminken noch um soziale Kontakte bemühen muss, wo es ruhig ist und ich in der Natur bin. Fernab der Metropolen, in die ich ständig fliege und die mir dank Hotel- und Kaffeeketten und *Deutscher Welle* alle gleich vorkommen. Oh ja, Natur – das ist es. Kanada vielleicht, oder Island. Mein Blick fällt auf die Bergsteiger-Ecke. Im Grunde ein rotes Tuch für mich, seit Malte mich regelmäßig genötigt hat, wahlweise ihn oder einen Zweitausender zu besteigen, oder am besten den einen auf dem anderen. Aber sollte man sich die Schönheiten der Welt von einem Adrenalin-Junkie mit Geltungsdrang vermiesen lassen? Wohl kaum.

Ich greife nach dem Buch eines Geschwisterpaares, das den Annapurna erklommen hat. Die Bilder aus Nepal mit bunten Fahnen und Einwohnern in Landestracht gefallen mir auf Anhieb. Allein beim Blättern habe ich das Gefühl, in eine fremde Welt einzutauchen, mit frischem Wind um die Nase. Keine Fluggäste, keine Probleme, keine Feli. Nur ich und das Geräusch des pfeifenden Windes. Dazu glasklare Luft, die nach Schnee riecht. Und vielleicht ein handzahmes Alpaka, das meinen Rucksack trägt. Die Kassiererin packt mir das Buch in ein schönes Tütchen, zusammen mit weiterer Literatur zum Himalaya-Gebirge. Mir fällt ein, dass Kathmandu zu den schwierigsten Landeanflügen der Welt gehört. Mal sehen, welcher Airline ich zutraue, mich dort hinzubringen. Yeti-Airlines fliegt einmal wöchentlich nonstop von Frankfurt nach Nepal, wird im Anhang eines Buches erklärt. Alleine das finde ich schon aufregend – ich meine, wer kann schon von sich behaupten, mit Yeti Airlines befördert worden zu sein? Klingt nicht gerade nach bundesdeutschem Durchschnitt.

Ich bekomme ein aufgeregtes Kribbeln im Bauch. Wow, ich werde zum majestätischsten Gebirge der Welt fliegen. Und zwar ohne Sorgen im Gepäck! Ich brauche sowieso mal dringend eine Auszeit. Und, Moment – da kommt mir noch eine ganz andere Idee. Könnte das nicht sogar *der* Grund sein, ausgerechnet in diese Gegend zu fliegen? Hatte Feli nicht erwähnt, dass der Kindsvater jedes Jahr im Oktober dorthin reist? Ich könnte versuchen, ihn zu finden und zu informieren, und vielleicht wäre sie mir so dankbar, dass sie mich zur Taufpatin macht und unsere Streitereien vergessen wären. Und dann wäre sie womöglich auch wieder besser drauf, wenn sich außer mir mal jemand anderes um sie kümmert. Vielleicht hat sich Brian ja auch seinerseits unsterblich in sie verliebt und bereut es, nicht mehr über sie zu wissen? Diese Möglichkeit besteht ja immerhin. Feli ist weiß Gott nicht der Typ Frau, der seine Nummer auf dem Badezimmerspiegel hinterlässt. Ich könnte mir sogar gut vorstellen, dass sie dem armen Kerl gesagt hat, er solle gefälligst rücken, sie schlafe immer auf der rechten Seite des Bettes und brauche überdies beide Kopfkissen. Falls sie überhaupt über Nacht bei ihm geblieben ist.

Ich bin ganz beseelt von der Idee meiner Urlaubsreise mit kombinierter Familienzusammenführung und fühle mich wie in einer dieser Sendungen *Vermisst* oder *Bitte melde dich*! Ich kann es kaum erwarten, nach Hause zu kommen und im Internet nach Übernachtungsmöglichkeiten zu suchen. Zu verreisen wäre dann ja praktisch wie »eine Weile ausziehen«. Noch immer wirkt der Gedanken an Felis Bitte wie ein Schlag in meine Magengrube.

Als ich vorsichtig und mit eingezogenem Kopf die Wohnungstür öffne, steht Feli im Flur und hält sich den Telefonhörer ans Ohr. Vermutlich versucht sie es weiter bei *Cheapfonic*.

»Charlotte – gottlob bist du nicht über alle Berge!« Sie legt abrupt den Hörer auf, unwissend, wie recht sie mit dieser Aussage hat. »Es tut mir so leid, was ich alles gesagt habe – alles, ehrlich!«

Feli stürzt auf mich zu. Ihre Umarmung ist so intensiv, wie ihr Gefühlsausbruch zuvor. Ich bin unglaublich erleichtert, aber schaffe es auch nicht, ihre Umarmung zu erwidern. Etwas ungelenk löse ich mich aus ihrem Griff.

»Schon gut. War ein heftiger Streit, oder?«

»Ja – und als du weg warst, hab ich plötzlich richtig Panik bekommen! Charlotte, ich weiß doch, was du alles für mich tust! Und es tut mir echt leid, dass ich so schlampig bin mit der Wohnung und dem Geld ...«

Wir gehen in die Küche.

»Ich mache uns erst mal einen Kakao«, sage ich.

(Kakao ist fast untertrieben. Wir besitzen nämlich feinste Schweizer Trinkschokolade aus dreierlei Kantonen, die Feli aus Zürich importiert hat und die nur zu besonderen Anlässen aufgebrüht wird.)

Inzwischen ist es Abend geworden. Friedlich sieht sie mir dabei zu, wie ich die leicht geschäumte, zart duftende Flüssigkeit in die Bols schütte, und stützt seufzend ihr Kinn auf die rechte Handfläche.

»Charlotte, ich bin einfach überfordert mit allem. Mein Bauch wird immer dicker, und ich sehe mit jedem Tag deutlicher, was da auf mich zukommt. Du weißt, wie freiheitsliebend ich bin – und so kriege ich manchmal Panik! Und dann werde ich fies und ungerecht. So wie vorhin. Kannst du mir noch mal verzeihen?«

»Du warst echt fies«, sage ich und setze mich zu ihr an unseren Bistrotisch, der aussieht, als käme er geradewegs aus einem kleinen Cafe im Pariser Quartier de la Sorbonne, dem Viertel rund um die berühmte Universität. Sogar wackeln tut er, weil entweder ein Bein etwas zu kurz oder unser Küchenboden leicht uneben ist. Allerdings sind wir zu vornehm, um in unseren eigenen vier Wänden Bierdeckel darunter zu legen. »Aber ich war genauso fies. Und vielleicht hast du gar nicht so unrecht«, eröffne ich die Unterbreitung meiner Reisepläne.

Sie verschüttet erschrocken ihren Kakao. »Doch, hatte ich! Ich hab das mit dem Auszug doch nur so dahingesagt! Weißt du, im Grunde bin ich es inzwischen, die keinen Funken Konflikt abkann. Da steigt sofort mein Blutdruck, und das ist echt schlecht fürs Baby. Und außerdem, sieh mich an: von der Knallerblondine zur Gebärmaschine. Am liebsten wäre mir, niemand sähe mich in diesem Zustand, nicht einmal du, verstehst du?«

»Nun mach aber mal einen Punkt, Feli, du siehst wunderschön aus!«

Und das stimmt wirklich. Alle Härte an ihr ist verschwunden, und jede Faser ihres Körpers scheint sich gerundet zu haben, sie hat richtige Pausbäckchen und würde Weihnachten als waschechter Rauschgoldengel durchgehen.

»Wunderschön *dick*, ja! Hier – meine Füße sind geschwollen und meine Brüste und … einfach alles an mir.«

Der unglückliche Ausdruck in ihren Augen erweicht mich. Sie meint es ernst. Mich überkommen selbst nahezu mütterliche Gefühle, und ich lege meine Hand beruhigend auf ihren Unterarm.

»Ich meine, vielleicht hast du recht damit, dass uns ein bisschen Abstand gut tun könnte.«

»Meinst du? Oh je, das klingt ja reichlich nach altem Ehepaar.«

»Schubsenpaar«, korrigiere ich, und wir lachen erleichtert auf. Für wenige Sekunden ist es, als wäre zwischen dem Tag am Gepäckband in Istanbul und heute Abend keine Sekunde vergangen. Dann werde ich wieder ernst.

»Ich dachte an eine kleine Reise, einen Urlaub …«

»Oh«, macht Feli und pustet leicht über den Rand ihrer Tasse hinweg.

»Ich habe zwar keine geschwollenen Füße, aber sie könnten mal woanders langlaufen als durch die Eco oder zum Supermarkt. Und ich bin ja zugegebenermaßen auch kein Sonnenschein, wenn ich von einem Zwölf-Stunden-Flug nach Hause komme. Und während du ganz alleine die Bude und den laktosefreien Kühlschrank genießen darfst, werde ich einen Berg besteigen!«

Felis Augen weiten sich erstaunt. »Einen Berg? Im Ernst? Ich dachte, du hasst alles, was höher als eine Trittleiter ist?«

»Ist auch so. Aber eigentlich nur wegen Malte und seiner exzessiven Bergsteigerei. Und ich finde auch, dass ich das endlich hinter mir lassen muss. Und vielleicht gefällt es mir ja sogar, wenn ich keinen im Nacken habe, der mir nach acht Stunden Aufstieg verbietet, in mein Brötchen zu beißen, weil das Geräusch die Stille des Gipfelglücks zerschneidet.«

Feli schweigt, also fahre ich fort und lasse die Bombe platzen. »Genauer gesagt will ich auf den Annapurna.«

Gespannt sehe ich sie an. Sie setzt die Tasse an ihre Lippen und schaut dabei auf den Keksteller. Der Name des Berges scheint keinerlei Assoziation bei ihr hervorzurufen.

»Nach Nepal«, füge ich hinzu.

»Ich weiß, dass der in Nepal liegt«, sagt sie gleichmütig. »Ehrlich, *da* willst du hin?« Unbekümmert beißt sie in einen Florentiner.

»Feli!«

»Ja?« Ihre Augen zeigen noch immer keinerlei Reaktion auf die Tatsache, dass ich gedenke, in eine Region zu reisen, in der sich höchstwahrscheinlich zur selben Zeit der Kindsvater aufhält und sich damit die vielleicht lebenslang einzige Gelegenheit bietet, ihn darüber zu informieren, dass er in Kürze Papa einer Tochter wird.

»Feli – ich dachte, ich könnte dort vielleicht *Brian* für dich finden!«, helfe ich ihr auf die Sprünge.

»Oh.« Feli wird knallrot, als habe man ihr minutenlang mit einem Heizlüfter ins Gesicht geblasen. Offensichtlich ist ihr noch immer unbehaglich bei dem Thema. »Ach so.«

»Hast du denn nie ernsthaft daran gedacht, ihn dort wiederzufinden? Möglichst noch vor der Geburt?«

»Doch, natürlich – schon immer mal wieder. Aber ich kann ja schwanger nicht fliegen. Charlotte, ich will nicht, dass *du* dir deswegen Umstände machst.«

»Keine Sorge, ich fahre ja nicht nur deshalb dorthin. Aber womöglich ist das die einzige Chance, dass du keine alleinerziehende Mutter wirst, sondern eine Familie gründest!«

»Ach, Charlotte, das klingt doch nach Pilcher-Romantik.« Sie macht eine Pause und überprüft das wackelige Tischbein, als habe sie es eben erst entdeckt. »Weißt du, genau genommen fand ich ihn gar nicht so toll.«

Zwar hat sie noch nie vom mutmaßlichen Erzeuger der kleinen Kriemhild geschwärmt, aber wenn eine Frau wie Feli sich herablässt, gleich am ersten Abend mit jemandem ins Bett zu hüpfen, dann muss er schon verdammt viel Eindruck auf sie gemacht haben.

»Also, na ja er war schon ganz süß …«

Ausdauernd zu schweigen, gelingt mir leider mal wieder nicht, sonst würde ich womöglich mehr erfahren. Stattdessen falle ich ihr ins Wort.

»Na siehst du – vielleicht ist er bei Tageslicht betrachtet gar nicht so übel? Wir haben doch diesen tollen Film gesehen, *Beim ersten Mal*, wo dieser Loser-Typ die heiße TV-Produzentin schwängert, und am Ende raufen sie sich zusammen! Und wer weiß, vielleicht ist er ja auch gewillt sich fest zu binden und Vater zu werden? Du sagtest doch, er sei so Mitte dreißig, oder?«

»Ja, das klingt alles toll, aber wenn nicht?« Betreten sieht sie zu Boden.

»Ach, ich glaube, Brad Pitt ist mit der Vorstellung auch erst richtig warm geworden, als er mit Maddox im Garten Gokart fuhr. Ihren Sohn hatte Angelina ja da auch schon…«

Feli schweigt. Ich scheine ihren Pessimismus nicht verscheuchen zu können. Unruhig rutscht sie auf ihrem Stuhl hin und her.

»Kann sein. Sag mal, willst du da auch unabhängig von dem Ganzen Urlaub machen, ja? Nicht, dass du da wegen mir hinfährst!«

»Nein, ich will da wirklich hin. Aber stell dir vor, nebenbei fände ich ihn! Dann wäre doch alles viel leichter für dich – auch mit Alimenten, falls ihr euch doch nicht versteht«, füge ich hinzu. Wenigstens darüber muss sie doch schon mal nachgedacht haben!

Sie starrt weiter gedankenverloren zu Boden. »Ja, natürlich.«

»Also heißt das, ich habe grünes Licht?«

»Wie bitte?«, fragt sie, als sich unsere Blicke wieder treffen.

»Ich meine, grünes Licht im Sinne von *Ich befinde mich nicht nur im Urlaub, sondern auch auf Mission Daddy Cool*?«

»Von mir aus, ja. Und ich bin dir irre dankbar – aber bitte entschuldige, ich bin auf einmal unglaublich müde. Wir können ja alles Weitere noch besprechen, nur jetzt muss ich ins Bett. Der Tag hat mich echt geschafft.«

Hastig räumt sie unsere Tassen ins Spülbecken und drückt kurz meine Schulter im Gehen. Kurz darauf höre ich ihre elektrische Zahnbürste im Bad.

Auch ich möchte eigentlich schnell in meine Laken huschen und die Ereignisse des Tages am liebsten wegträumen, verliere mich aber in meinen neuen Reiseführern und kann anschließend vor lauter Aufregung bis drei Uhr morgens nicht schlafen. Obwohl die Wogen geglättet scheinen und ich mich immer mehr auf meinen Abenteuertrip freue, mich bereits in subtropischen Tälern, ewigem Eis, dem tiefsten Durchbruchstal der Erde und am Fuße der höchsten Berge der Welt sehe, habe ich ein ungutes Gefühl. Irgendwie unheilvoll und als ob es nicht damit zusammenhängt, dass ich mich meinem Bergtrauma stelle oder wir heute derart heftig gestritten haben.

Ich finde, Feli hat wirklich mehrere Gründe, die Sache zu begrüßen, ganz abgesehen davon, dass sie eine Weile Ruhe vor meinen Hausfraunörgeleien hat. Immerhin hat sie mich ständig ermahnt, über Malte hinwegzukommen. Und ich finde, das beinhaltet auch, dass ich wieder Sachen mache, die *er* mir verleidet hat. Bergwandern zum Beispiel. Aber irgendetwas an ihr ist nach wie vor komisch. Etwas, das nicht mit unserem Streit oder ihrem Körper im Ausnahmezustand zu tun hat. Was immer es ist, es wird sich hoffentlich geben, spätestens, wenn sie Hand in Hand mit Brian eine Wickelkommode aussucht. Immerhin ist Feli eine Hammerfrau, und allein rein optisch (rundlich oder nicht) wird es wohl kaum einen Mann geben, der nicht stolz darauf wäre, sie zur Freundin oder gar zur Frau zu haben.

Ich finde, die Chancen auf ein Happy End stehen von Haus aus gar nicht so schlecht. Und ihr täte es sicherlich gut, sich mal mit jemandem außer sich selbst arrangieren zu müssen. Jemand, der sie liebt, natürlich. Vielleicht würde sie dadurch auch innerlich wieder ein wenig weicher werden. An Feli kann man nämlich sehr gut beobachten, dass Menschen, die lange allein sind, eine Beziehung immer weniger vermissen statt mehr. Sie sind gewohnt, permanent tun und lassen zu können, was sie wollen, und mich erschrickt oftmals, wie strikt Feli das im Gegensatz zu mir durchzieht. Wenn wir ins Kino gehen und ihr der Film nicht gefällt, steht sie einfach auf und lässt mich sitzen. Um kurzerhand etwas zu tun, das ihr gerade mehr zusagt.

Einmal habe ich sie nach so einem Kinoabend auf dem Heimweg beim Italiener gefunden. Sie saß ganz allein inmitten von Paaren und Familien, trank Rotwein und starrte wie hypnotisiert auf ihren Tablet-PC, sodass ich mich nicht einmal getraut habe, gegen die Scheibe zu klopfen. Seither bete ich, dass ich nicht genauso werde oder umringt von Katzen ende, die ich menschlicher Gesellschaft vorziehe. So gesehen, sollte ich vielleicht lieber in einen *Robinson Club* fahren, als mich auf die Spuren von Luis Trencker und anderen Eigenbrötlern zu begeben. Aber neben der nicht ganz uneigennützigen Aussicht, Kriemhilds Papa zu finden, reizt mich ein Land wie Nepal weitaus mehr als ein Buffet mit Eisbombe, Beachvolleyball und Tontaubenschießen im Badeanzug.

Cupcake Factory NY Greenwich Village/ Praliné-Box »Forrest Gump« (Surprise-Box)	-18,00 €
The Book Store near White House/ Annapurna for dummies	-23,99 €
Spesensaldo:	-699,25 €

11.

Vorerst aber muss ich noch nach Delhi, denn mein Jahresurlaub beginnt erst in drei Wochen. Mit dem hätte ich ohnehin irgendetwas anstellen müssen. Denn obwohl ich am liebsten zu Hause bin in meiner Freizeit, ist das ja dann doch ein bisschen trostlos. Und die günstigen Skyline-Reisetarife sollte man wirklich ab und zu mal nutzen. Das haben Feli und ich uns eigentlich auch mal geschworen und davon fantasiert, wie wir um die Welt reisen, es dann aber an unseren freien Tagen höchstens mal ins Freibad geschafft.

In Indien war ich jedenfalls erst einmal in den letzten Jahren und finde es verhältnismäßig schrecklich. Nicht wegen Indien, um Gottes willen. Nur das Geschehen rund ums Hotel ist wenig anheimelnd. In der Regel stürzen die anderen Mädels aus der Crew, kurz nach der Landung um sieben Uhr morgens Ortszeit, aufgeregt zum Schneider, der gegenüber vom Hotel in einer ärmlichen Hinterhofsiedlung haust und internationalem Flugpersonal Lederjacken und Oktoberfest-Dirndl auf den europäischen Wohlstandsleib schneidert. Beziehungsweise Haute Couture, wenn ein Rudel zahlungskräftiger Stewardessen mit herausgerissenen

Bildern aus dicken Hochglanzzeitschriften bei ihm einfällt wie eine biblische Heuschreckenplage. Ich habe diese Faszination nie verstanden und hege auch leichte Skepsis gegenüber Aussagen wie: »Guck mal, wie weich das Kalbsleder ist!«

Ich habe wirklich herzlich wenig Ahnung von Mode und Textilien, aber ich weiß, wie sich Synthetik anfühlt und dass bei einer Echtledertasche keine weißen Striche in den Falten entstehen, wenn man sie abstellt. Aber wenigstens ist man durch den Erwerb von Dingen, die man eigentlich nicht braucht, im Stopover (Feli sagt immer »Shopover«) beschäftigt, hat was zum Mitbringen für zu Hause und leistet in einer strukturschwachen Region Hilfe zur Selbsthilfe, wenn auch oft fadenscheinige.

Statt Neues zu kaufen, habe ich einen Haufen Altkleider von Feli und mir dabei, die ich an der Rezeption abgebe, und kann darauf hoffen, dass die Sachen wirklich bei Bedürftigen ankommen. Immerhin ist die Chance so größer, als wenn ich sie in einen Altkleidercontainer in Deutschland werfe, aus dem sie womöglich nach Polen weiterverkauft werden.

Der Hinflug ist wie so oft ein Nachtflug, und wie immer, wenn ich erst abends zur Arbeit gehe und einen achtstündigen Flug vor mir habe, rebelliert mein Körper. (Ich bin nicht gerade gemacht für den Schichtdienst.) Die indischen Gäste sind sehr fordernd, und die deutschen regen sich wie so oft über den »Fraß« auf. Eine Umschreibung, die dem liebevoll in kleinen Schälchen angerichteten *Ceasar's Salad*, den Rigatoni mit Schafskäse- und Tomatenfüllung und Brownies mit Sahneklecks und Erdbeere wirklich nicht gerecht wird. Zu gerne würde ich jedem Einzelnen erklären, dass die mangelnde geschmackliche Qualität von Flugzeugessen weniger mit dem Essen als dem Luftdruck zu tun hat, der den menschlichen Geschmacksknospen in dieser Höhe einen Streich spielt. Aber nach nur zwei Sitzreihen sehe ich ein, dass mich diese Gespräche gegenüber der Verteilgeschwindigkeit meiner Kollegin im linken Flugzeuggang um Längen zurückwerfen. Und ich mir stattdessen auch noch Beschwerden zu den Wartezeiten einhandele.

Während meiner zwanzigminütigen Pause falle ich gegen vier Uhr früh in einen kurzen komatösen Schlaf, der ein jähes Ende findet, als ein Kollege gefühlte Sekunden später den Vorhang meiner Koje im Unterdeck mit lautem »Ritsch« zur Seite zieht und penetrant fröhlich »Guten Morgen!« brüllt. Blanker Hohn um diese Uhrzeit.

Schnell schiebe ich mich aus dem kleinen Spalt zwischen Pritsche und Containerdecke hinaus in das winzige Quadrat, das die Kojen bilden und in dem man nicht einmal aufrecht stehen kann. Ein anderer Kollege, Damien, befindet sich auch bereits in der Senkrechten und versucht sich anzuziehen, ohne dabei versehentlich jemanden aus nächster Nähe zu erschlagen. Dann sprüht er sich ein aggressivblumiges Parfüm auf jeden Zentimeter seiner perfekt gebräunten Haut, sodass mir spontan übel wird und mich ein heftiger Niesreiz packt. Ich flüchte Richtung Küche und erhasche einen Blick in den Spiegel. Meine einstmals elegante Hochsteckfrisur würde jeden Höhlenbrüter umgehend zum Nisten einladen, meine Augen sind gerötet und mein Kajalstift hartnäckig verschmiert, so als käme ich aus einem Braunkohlestollen.

»Na, du siehst ja vielleicht fertig aus. Hast du PMS?«, kommentiert Damien mitleidig meinen Anblick. Was für eine unverschämte Bemerkung! Den möchte ich mal verschlafen sehen, und zwar ohne Monatskarte fürs Solarium und mit wasserlöslicher Mascara, die Männer beneidenswerterweise ja nicht tragen müssen bei Skyline. Aber wie war das? Wenn man nichts Nettes sagen kann, dann soll man lieber schweigen. Und auch wenn es mir neulich im Flur Feli gegenüber so gar nicht gelungen ist, klappt es hier ganz ausgezeichnet.

Als wir das Frühstück servieren, ist der Großteil der Leute wie immer hochgradig verstimmt und moniert, dass man sie für weiteren unzumutbaren »Fraß« aufweckt. Wer aber weiterschläft, während ich extra leise in seiner Reihe Frühstück verteile, beschwert sich hinterher lautstark bei mir, dass ich ihn zum Essen *nicht* geweckt und damit um ein wesentliches Element seines teuer bezahlten Fluges gebracht habe.

Vollkommen erschöpft komme ich in Indien an und nehme nach der üblichen Odyssee durch Zoll, Einreisebehörde und Gepäckbänder total übermüdet im feuchtwarm klimatisierten Crewbus Platz. Es ist noch dunkel in Delhi, und ich träume von dem Moment, in dem ich mein ruhiges, parfüm-, kommentar- und fluggastfreies Zimmer betreten und mich in ein richtiges Bett fallen lassen kann.

Kurze Zeit später ist es endlich so weit. Mit letzter Kraft erreiche ich die Matratze und bin auf der Stelle weg.

Um ein Uhr mittags bin ich mit zwei Kolleginnen verabredet – Lily-Marie und Fabienne. Obwohl ich mich unter Aufbietung aller Reserven aus dem Halbschlaf quälen muss, bin ich Minuten später schon sehr froh, es geschafft zu haben. Die fröhlichen Mädchen warten schon in der Lobby auf mich, und bei ihrem lauten, unbeschwerten Geschnatter merke ich, wie sehr ich in letzter Zeit auf Feli konzentriert war, und wie gut es tut, mal wieder andere Menschen um mich herum zu haben.

Als Erstes holen wir uns einen Kaffee. Die kleine Patisserie des Hotels hat in raffiniert ausgeleuchteten Glasvitrinen wahre Meisterwerke aus *Mousse au chocolat*, *Petit Fours* und Kuchen ausgestellt. Ich kann nicht widerstehen und genehmige mir trotz meines solidarisch anwachsenden Bäuchleins (man könnte sagen, ich bin mit den Schokoküssen inzwischen im dritten Monat) einen Würfel aus weißer Schokolade mit Edelmarzipanfüllung. Zu meiner Begeisterung machen die gertenschlanken Mädels voller Wonne mit und lassen sich jede ein Cassis-Törtchen zum Kaffee reichen.

Über den Tresen aus weißem Marmor hinweg sehe ich durch bodentiefe Fenster hinaus in einen prachtvoll gepflegten grünen Garten. Obwohl Skyline uns ausschließlich in Luxushotels unterbringt, übertrifft dieses hier die meisten anderen noch bei Weitem. Ich fühle mich wie in Tausendundeiner Nacht und bedaure, dass ich mal wieder bloß eine Nacht an einem solchen Ort verbringen darf.

Als wir hinaus in die Hotelauffahrt treten, überkommt mich sofort das schlechte Gewissen. Von der Anhöhe aus, auf der die Taxis halten, überblicke ich die Gegend jenseits des Grand Hotels. Eine karge Landschaft mit rotem Sand, ein paar verdörrten Büschen, jeder Menge Plastikmüll und ein paar Indern, die sich in Regentonnen zwischen Hütten aus Wellblech waschen. Ein Hotelpage mit einem imposanten schwarzen Turban winkt uns ein Taxi heran.

Fabienne hat bei ihrem letzten Aufenthalt einen Markt entdeckt, für den man zwanzig Rupien Eintritt zahlt und dafür unbehelligt herumlaufen kann.

»Wir können auch gerne zu einem öffentlichen Markt fahren, aber ich kann euch aus Erfahrung sagen, dass wir danach alle Besitztümer los sind! Entweder dir wird alles geklaut, was du am Körper trägst, oder du verschenkst es selbst aus Mitleid. Und die bettelnden Hände würden trotzdem nicht weniger.«

Lily-Marie und ich beschließen, auf sie zu hören und zu dem ersten, abgeschirmten Markt zu fahren.

Als der Taxifahrer uns beim Eingang rauslässt, bietet er an, auf uns zu warten, um uns dann zwei Stunden später wieder einzusammeln. Wir verhandeln kurz mit ihm über den genannten Fahrpreis, doch er bleibt hart, und schließlich geben wir nach. Vermutlich weiß er ganz genau, was wir in Deutschland verdienen. Als ich mein Portemonnaie zücken will, um die Hinfahrt zu bezahlen, sind Lily-Marie und Fabienne bereits aus dem Auto gestiegen.

»Will er das Geld denn erst später?«, frage ich sie verwundert. »Wenn wir fertig sind, könnten wir doch theoretisch auch einen anderen Taxifahrer bemühen, und er ginge leer aus?«

»Glaub mir«, antwortet Delhi-Profi Fabienne, »der fängt uns schon ab, wenn wir hier wieder rauskommen.«

Nachdem wir am Kassenhäuschen gründlich auf Waffen untersucht worden sind, schlendern wir über das kleine, mit Kopfsteinpflaster asphaltierte Gelände. Stände mit bunten Taschen, Schals und Gewürzen reihen sich an Tische mit bunten Elefanten aus Stoff und bemaltem Holz und sonstige Schnitzereien. Sogar Möbel gibt es zu kaufen.

Obwohl mir ein indischer Verkäufer voller Elan auf Englisch die Vorzüge eines biegsamen Elefantenrüssels aus integriertem Draht vorführt, habe ich keine Lust, Geld auszugeben. Abgesehen von meinen finanziellen Schwierigkeiten und meinem bevorstehenden Trekking-Trip, habe ich vor Jahren die Erkenntnis gewonnen, dass man spanische Espandrillos, zu Reggaezöpfen geflochtene Haare und seidene Kimonos nur im Aus- beziehungsweise Urlaubsland gerne trägt (bei zeitlosen Deko-Souvenirs ist das etwas anderes). Ich versuche heute noch in regelmäßigen Abständen, meine orientalischen Schnabelschuhe und einen XXL-Sombrero für mehr als einen Euro auf eBay loszuwerden. Mir genügt es inzwischen, einfach die Atmosphäre zu erleben.

Fabienne ersteht einen Teppich. Unter der kiloschweren Last der blau-roten Gabbeh-Fasern, die man ihr auf wundersame Weise so zusammengefaltet hat, dass sie in eine große Tüte passen, holt sie in gebückter Haltung Lily-Marie und mich an einem Stand für Süßspeisen wieder ein. Leider fürchten wir etwaige Bakterien in den Teebonbons, die uns ans Klo fesseln und den Rückflug gefährden könnten, sodass wir uns auch hier nur aufs Angucken der bunten Tütchen beschränken. Natürlich wollen wir aber Fabiennes Beute, die immerhin einen mal zwei Meter misst, sofort in Augenschein nehmen, sehen aber schnell ein, dass ein Entfalten den weiteren Transport erheblich gefährden würde.

»Den kriege ich doch nie wieder so klein!«, protestiert die stolze Besitzerin. Lily-Marie ersteht eine Flickentasche mit angeblich heiligen Affen darauf, und ich wünschte, mein Geschmack wäre auch alternativer, dann hätte ich sicher mehr Spaß an den unterschiedlichsten Artikeln um uns herum.

Am Ende unseres Rundgangs fällt dann aber auch mein Blick auf etwas, das mir gut gefällt: Wunderschöne Bilder von hinduistischen Göttern, in Neonfarben gemalt. Die würden so toll in mein Zimmer passen!

Ich verweile bei Ganesha, dem Elefantengott, und bei Shiva, der Gnädigen, und habe prompt drei geschäftstüchtige Inder um mich herum, die mir einen Plastikschemel unter den Allerwertesten schieben, damit ich es mir so richtig gemütlich machen kann: »So that you can watch comfortably!«

Abgesehen von dieser freundlichen Einladung, verstehe ich ansonsten nur die Hälfte von dem, was sie mir alles erzählen, aber das Papier ist angeblich handgeschöpft. Nahezu jeder Inder spricht ein so gutes Englisch, dass die meisten Oxford-Stipendiaten vor Neid erblassen würden. Dummerweise erschwert aber ihre Aussprache das Verständnis.

Ich suche vier kleine Bilder aus – in Farben, von denen ich mir sicher bin, dass sie Feli auch gefallen würden. Wer weiß, vielleicht hängt ja eins davon eines Tages über der Wickelkommode?

Lily-Marie rät mir darauf zu achten, dass die abgebildeten Elefanten den Rüssel immer nach oben tragen, denn das bringe Glück. Die Preisverhandlungen gestalten sich auch hier wieder zäh. So zäh, dass ich in der sengenden Hitze schnell die Lust verliere und in Erwägung ziehe, dass mein Lebensglück womöglich doch nicht vom Besitz dieser Kunstwerke abhängt. Meinen vorgeschlagenen Kaufpreis quittiert der Besitzer des Standes mit tiefer Beleidigung.

»*We are artists, not a shopping mall*!«

Okay, ich gebe zu, ich bin mit der indischen Wirtschaftslage, dem Bruttosozialprodukt und der Steuerlast des Einzelnen eher wenig vertraut, finde aber, dass zwanzig Euro selbst auf einem deutschen Volksfest schon fast zuviel des Guten wären für Malereien im Postkartenformat. Also lasse ich die verärgerte indische Kunstszene links liegen und gehe, um nach Fabienne und Lily-Marie Ausschau zu halten.

Sie hatten angekündigt, sich ein schattiges Plätzchen und eine Dose Cola mit abgepacktem Strohhalm zu suchen, als absehbar war, dass ich noch eine Weile mit Aussuchen beschäftigt sein würde.

Als ich sie finde, und wir uns dem gut bewachten Ausgang nähern, bemerke ich einen langen Schatten, der mich auf Schritt und Tritt verfolgt.

»*Okay, lady, your price*!«

Es ist einer der zeitgenössischen Künstler, der trotz beleidigten Picasso-Gemütes begriffen hat, dass er allein mit meinem Kauf sein Tagesgeschäft machen kann. Außer uns drei Touristinnen schlendern nämlich nur einige Inder umher, die ausschließlich an der Eiskühltruhe in der Mitte des Marktes interessiert zu sein scheinen.

»Jetzt musst du zuschlagen«, sagt Lily-Marie grinsend.

Dabei hatte ich eigentlich bereits mit dem Kauf der Bilder abgeschlossen und befunden, dass es sowieso schwierig sein würde, sie ohne Hülle und Rahmen knitterfrei bis an meine tragende Wand zu bekommen.

Ich folge dem geschäftstüchtigen Maler quer über den Markt zu seinem Atelier und treffe erneut meine Wahl.

Nur Minuten später stehe ich wieder vor Fabienne und Lily-Marie und bin nun ebenfalls mit einer weißen Einheitstüte beladen. Neugierig begutachten sie meinen Erwerb und rechnen vorsichtshalber mit ihren Handys nach, ob ich auch wirklich nur zwanzig und nicht etwa zweihundert Euro dafür ausgegeben habe.

Das ist nämlich mal einem Kopiloten in meiner Anwesenheit passiert. Er dachte, er habe für vierzig Euro ein japanisches Tomatenmesser mit V-Schliff erworben. Tatsächlich waren es dann aber vierhundert.

»Zurück ins Hotel?«, fragt Fabienne, als klar ist, dass ich doch kein Vermögen in den Aufbau einer privaten Sammlung für indische Kleinkunst investiert habe. Lilly und ich nicken ermattet in der flirrenden Hitze.

Schnell finden wir unseren Taxifahrer wieder. (Oder besser: Er findet uns, denn Fabienne hatte recht. Er hat uns aufgelauert wie ein hungriger Tiger in der Savanne den Antilopen.) Müde sinke ich in die behaglich klimatisierten Polster des rostigen Kleinwagens und prompt erinnert sich mein Körper daran, dass ihm eine ganze Nacht fehlt. Ich könnte auf der Stelle einschlafen, was auch fast passiert.

Plötzlich lässt mich ein lauter Knall gegen die Fensterscheibe hochfahren. Ich sehe ein kleines Mädchen, das mitten auf der stark befahrenen Straße zwischen den Autos eine Art Tanz aufführt und die unvorstellbarsten Verrenkungen macht. Es wird beständig angetrieben von einem zweiten, ungefähr zwölfjährigen Mädchen, das nun mit bösem Blick zu uns hereinstarrt und heftig gegen die Scheibe auf meiner Seite geschlagen hat. Während sie ihr Gesicht zur Grimasse verzogen dagegenpresst, animiert sie das kleinere Mädchen schimpfend, sich immer weiter zu bewegen. Ich habe es nie für möglich gehalten, dass gruselige Gesichter, wie Kinder sie in Horrorfilmen ziehen, wirklich existieren. Aber das ältere Mädchen sieht mich aus nächster Nähe so unverwandt an, als buhle sie um die Hauptrolle in einem Remake von *Chuckie, die Mörderpuppe*.

»Traurig, was?« Fabienne erwidert gelassen den durchdringenden Blick des Mädchens. »Aber ich sage euch, es bringt nichts, wenn man ihnen was gibt – sie müssen es doch nur wieder an irgendeine Drückerkolonne weitergeben.«

Ich blicke beschämt in den Fußraum des Taxis. Eigentlich bin ich weder abergläubisch noch esoterisch, aber dem Mädchen traue ich ohne Weiteres zu, dass es mich auf Lebenszeit verfluchen oder mir zumindest eine heftige Durchfallerkrankung bescheren könnte. Wirklich leid tut mir das kleinere tanzende Mädchen, das offensichtlich nichts anderes ist als ihre Sklavin. Was wohl ein Kind im Alter von zwölf Jahren dazu treibt, Jüngere zu schikanieren? Was muss sie selbst bisher erlebt haben? Unweigerlich denke ich an Feli und Kriemhild. Nur sieben Flugstunden liegen zwischen diesen Welten.

Als das Taxi uns wieder vor unserem Prachtbau absetzt, bin ich einerseits heilfroh, aber fühle mich gleichzeitig schlecht, weil ich durch die privilegierten Tore des Ressorts der realen Welt da draußen entfliehe. Im Grunde ist unser Protz-Palast nichts weiter als eine Illusion für Leute, die das Elend nicht ertragen können. Ein ähnlich künstlicher Raum wie unser Flieger weit oben in der Luft, in dem wir Fluggästen hoch über lebensfeindlichen Gebieten mit Rotbarsch und Weißwein vorgaukeln, Technik und Natur könnten uns nichts anhaben und wir alle wären so sicher wie im Wohnzimmer vorm Fernseher.

Ich würde Indien wirklich gerne einmal jenseits des Feudaltourismus kennenlernen und in verschiedene Regionen reisen (ich werde die Zugreise oder einen Pferderitt durch Rajasthan noch einmal überdenken). Aber jetzt heißt es erst mal: Nepal. Und zwar bald! Ich freue mich schon so richtig.

Bis zum Abendessen mit dem Rest der Crew ist es noch eine gute Stunde hin, und nachdem ich meine Neonbilder auf dem Bett ausgebreitet habe, um sie noch mal in aller Ruhe zu betrachten, sinke ich zum dritten Mal an diesem Tag in einen sehr kurzen Schlaf, bevor ich mich wie in

Trance an das prachtvollste Buffets schleppe, das ich je im Leben gesehen habe. Die meisten Speisen sind mit Blattgold verziert, und ich sitze Fabienne und Lily-Marie an einer riesigen Tafel gegenüber. Wie ich haben sie es vor Müdigkeit auch kaum noch aus dem Zimmer geschafft.

Ich erfahre, dass Fabienne nebenbei als Make-up-Artist arbeitet und in ihrem Teilzeitmonat sogar auf der Berliner Fashion Week gebucht ist und dass Lily-Marie gerade versucht, schwanger zu werden. Wieder muss ich an Feli denken, und nach einem äußerst gehaltvollen Gin Tonic und ihrer Frage, was ich denn sonst so mache in meinem Leben, plappere ich munter drauflos.

Während sie mir aufmerksam und schweigend zuhören, fühle ich mich, als fiele mit jedem Wort eine Last von mir ab. Aber gleichzeitig spüre ich auch, als würde ich Feli und unsere Freundschaft verraten. Immerhin rede ich mit relativ fremden Menschen über einen mir sehr vertrauten Menschen. Noch dazu mit Kolleginnen, und es besteht ein gewisses Risiko, dass sie sie kennen oder in Zukunft mal mit ihr fliegen werden.

Als ich ende, sehen sie sich wortlos an, ihre Meinung fällt scheinbar einhellig aus.

»Also«, beginnt Fabienne und holt Luft, was mir signalisiert, dass ich ganz schön viel Ballast bei ihnen abgeladen habe. »Willst du meine Meinung? Ganz ehrlich?«

»Ja, natürlich.« Ich nicke gespannt und lehne mich in meinem prachtvollen Holzstuhl mit Elefanten-Verzierung im Kolonialstil zurück.

»Diese Feli geht gar nicht!«

»Oh«, mache ich überrascht. Ein derart vernichtendes Urteil habe ich nicht erwartet.

Lily-Marie nickt zustimmend. »Ja, ich finde auch, die nutzt dich ganz schön aus.«

»Aber es geht ihr ja nicht wirklich gut«, nehme ich Feli und ihre mangelnden Qualitäten als Hausfrau intuitiv wieder in Schutz.

Fabienne sieht mich durchdringend an. »Charlotte, ich kenne dich erst seit gestern. Aber du wirkst wie ein lieber Mensch. Kollegial, loyal – aber auch ein klein wenig naiv, wenn ich dir das mal so sagen darf.«

Ich denke an Felis fast identische Worte bei unserer ersten Begegnung damals, als ich um meinen eigenen Koffer kämpfen musste.

»Und so Menschen wie *du* ziehen Menschen wie *sie* an.«

Ich sehe abwechselnd von einer zur anderen und spiele verlegen mit meiner Gabel, in Anbetracht ihrer harschen Kritik.

»Wie … äh … meinst du das?«

»Na ja, es liegt nun mal in der Natur gewisser Menschen, immer so weit zu gehen, bis man ihnen eine Grenze aufzeigt. Und das tust du bei ihr nicht.«

Verwirrt lege ich die Gabel weg. »Aber ich kann doch nicht von ihr verlangen, dass sie sich zwischen zwei Übelkeits-Sitzungen auf dem Klo mal eben um die Wäsche kümmert!« Ich habe auf einmal das Gefühl, jetzt auch mich verteidigen zu müssen.

Lily-Marie ergreift nun wieder das Wort. »Okay, es ist sicher nicht leicht abzuwägen, was sie in ihrem Zustand noch kann und was nicht. Aber überleg doch mal: Sie ist jetzt im siebten Monat, und wenn sie nicht gerade Stewardess wäre, müsste sie andernorts sogar bis sechs Wochen vor der Niederkunft arbeiten! Und es wird ja wohl während deiner

Flugtouren mal wenigstens den ein oder anderen Tag geben, an dem es ihr gut geht und sie ihre Müslischale selbst spülen kann, oder?«

»Genau«, pflichtet Fabienne ihr bei. »Aber ich wette, sogar wenn *du* schwanger wärst, wäre die Verteilung im Haushalt bei euch so wie es jetzt läuft.«

»Möchtest du noch Wasser, Charlotte?«

»Ja, danke.«

Lily-Marie gießt mir nach und fügt hinzu: »Fabienne hat recht. Und ich persönlich finde, allein diese ganze ›Charlotte-Schatz, machst du dies und das für mich‹-Haltung ziemlich dreist. Sie spekuliert ja geradezu darauf, dass du alles für euch erledigst. Und während sie nicht mal staubsaugt, sollst du in Washington ein Dreirad in Form der Air Force One besorgen, oder was?!«

Okay, das stimmt jetzt so auch wieder nicht.

»Aber sie hat doch zum Beispiel angeboten, sich um die Telefonrechnung zu kümmern!«, komme ich ihr noch einmal zu Hilfe.

Fabienne verdreht die Augen. »Charlotte, hör mal, du solltest echt Strafverteidigerin werden! Erstens: Es ist ja wohl kaum ein Opfer, dreimal am Tag auf Wahlwiederholung zu drücken, während du praktisch mit der Meister-Proper-Flasche unterm Arm schläfst! Und zweitens: Die Sache stinkt doch zum Himmel! Wer weiß, wo die überallhin telefoniert hat in deiner Abwesenheit? Logisch, dass sie sich jetzt bereitwillig darum kümmert, oder?«

Ich kann nicht umhin anzuerkennen, dass Feli sich der Sache wirklich ungewohnt eifrig angenommen und mich einkaufen geschickt hat. Fast genauso hat sie sich benommen, als es darum ging, Herrn Ludwig unsere Gehaltsabrechnungen zu bringen. Trotzdem bereue ich es jetzt ein bisschen, so offenherzig gewesen zu sein, denn plötzlich fühle ich mich ausgeliefert. Meine Erleichterung darüber, mir alles von der Seele geredet zu haben, weicht allmählich der Erkenntnis, dass Feli mich vielleicht wirklich ausnutzen könnte. Wenn ich dann noch an ihre Andeutungen denke, von wegen »Du weißt eben nicht alles über mich«, wird mir sogar ein wenig unheimlich zumute. Was meinte sie bloß damit? Hat sie etwa eine Leiche mit unserem Kaffeevollautomaten pulverisiert?

»Vielleicht hat sie ja diesen Wulf-Dietmar angerufen, wenn der unterwegs ist?«, überlegt Fabienne.

»Wolf-Dieter. Und leiser, bitte.«

Lily-Marie rutscht unruhig auf ihrem Stuhl hin und her und gibt ein aufgeregtes »Tststst« von sich. »Vielleicht ist *er* der Vater des Babys?«, erklärt sie ihren Geistesblitz, als habe sie beim Glücksrad das Lösungswort erraten.

»Nein. Nein, das glaube ich nicht«, winke ich energisch ab, obwohl ich langsam beginne, sogar diese Vermutung in einem Winkel meines Gehirns für möglich zu halten. Daran zu zweifeln, dass Felis One-Night-Stand *nicht* die Ursache ihrer Schwangerschaft sein könnte, ist mir nie in den Sinn gekommen. Aber erklären würde es einiges. Angefangen von Felis zähem Vaterschaftsgeständnis nach der Party damals über das ganze nebulöse Gelaber zu ihrer Person und die ausufernde Telefonrechnung, bis hin zum HIV-Test, um den sie sich so erstaunlich wenig Sorgen gemacht hat. Wenn das Kind wirklich von Wolf-Dieter ist, könnte sie so gut wie sicher sein, dass sie vollkommen gesund ist, so oft wie die Piloten bei Skyline durchgecheckt werden.

In meinem Kopf fügt sich urplötzlich ein richtiges Puzzle zusammen. Mir fällt außerdem Felis weltrekordverdächtiger Telefon-Spurt am Gammeltag ein und der merkwürdige AB-Spruch von Frau Doktor Söllberg-Habermann zu Annette Fröhlich und Angela Ermakowa.

Was wäre, wenn … Ich meine, diese Frauen waren oder sind nicht bloß *alleinerziehend*, sondern sie haben ein Kind von einem *verheirateten Mann* bekommen! Dass ich da nicht eher draufgekommen bin! Oh mein Gott!

Aber warum sollte Feli mir das nicht erzählen? Nach allem, was wir uns gegenseitig in Sachen Liebesdramen gestanden haben, dürfte es ihr kaum peinlich sein zuzugeben, dass sie einen erneuten Rückfall zu Wolf-Dieter erlitten hat. Abgesehen davon würde ich aber nach wie vor meine Hand dafür ins Feuer legen, dass Feli mit ihm endgültig durch ist. Sie hasst ihn so sehr, er könnte sich ihr auf keinem Rollfeld der Welt mehr auf nur zwei Meter nähern. Geschweige denn in einem Bett. Irgendwie passt das alles nicht zusammen. Vielleicht ist Banker Brian verheiratet?!

Wir sitzen schweigend und kauend da, wie das Diagnoseteam von *Dr. House* bei einem besonders kniffligen Fall.

Da legt mir Lily-Marie freundschaftlich die Hand auf den Unterarm. »Charlotte, das muss ja alles nicht so sein. Aber du solltest wenigstens aufhören, dir was vorzumachen und diese Feli zu idealisieren. Mag ja sein, dass sie tough und lustig und eine Schönheit ist, aber das muss ja nicht heißen, dass sie als Freundin und Mitbewohnerin taugt. Sei einfach vorsichtig.«

Ich nicke betreten.

»Sorry, dass ich das jetzt so hart sage«, pflichtet ihr Fabienne bei, »aber ich weiß auch nicht, ob sie wirklich mit *dir* zusammenziehen wollte oder nur *irgendjemanden* gesucht hat, der ihr eine größere Wohnung finanziert.«

Ich schlucke, aber sie ist noch längst nicht fertig.

»Und es würde mich nicht wundern, wenn die Gute nicht ganz aus Versehen schwanger wäre.«

»Und ganz nebenbei«, übernimmt Lily-Marie. »Von *Schwangerengeld* habe ich auch noch nie gehört, und wie du weißt, bin ich da gerade mitten im Thema.« Sie lächelt und deutet auf ihren noch flachen Bauch. »Wobei die Firma sich natürlich ständig was Neues einfallen lässt ... Immerhin hat sie noch genug Kohle, dich auf Shoppingtour durch die Welt zu schicken. Muss es denn ein Body von *BabyGap* sein? Wenn sie echt so ökomäßig drauf ist neuerdings, sollte sie sich lieber schadstoffgetestete Baumwollfaser aus Norddeutschland anschaffen und keine Chemie aus Bangladesch. Wirklich, ich finde so ziemlich alles widersprüchlich an dieser Frau.«

Fabienne runzelt kritisch die Stirn. »Und jetzt willst du auf den Annapurna?«

Da klopft am anderen Ende des Raumes unser Kapitän auf den Tisch, zum Zeichen, dass es ans Dessertbuffet geht. Zum Aufstehen sind wir jedoch zu sehr ins Gespräch vertieft.

»Ich hole uns mal einen Gemeinschaftsteller!« Lily-Marie erbarmt sich und marschiert in Richtung zweier aus Eis geschnitzter Schwäne, die auf ihren Schwingen tropische Früchte tragen.

»Ja ... eigentlich ... Ja, das wollte ich«, antworte ich ihr kleinlaut.

»Na, das finde ich sogar gut«, urteilt Fabienne zu meiner Überraschung. »Dann kann deine Feli nämlich mal zusehen, wie sie alleine klarkommt, und du kannst gucken, ob sie *dir* überhaupt fehlt. Und mit viel Glück findest du diesen Brian wirklich und hast sie von der Backe!«

Also, das hat Feli dann doch nicht verdient. Ich denke, ich muss ein bisschen was richtigstellen.

»Vielleicht habe ich manches auch falsch rübergebracht«, versuche ich schuldbewusst, Felis endgültig ramponiertes Image und das unserer Freundschaft zu retten. »Ihr kennt sie ja gar nicht persönlich.«

Fabienne sieht mich skeptisch an und verschränkt die Arme. »Aber ich kenne den *Typ*.«

Lily-Marie kommt beladen mit einem riesigen Teller Nachtisch zurück. »Uff, ich sage euch, dieses Blattgold wiegt drei Zentner«, sagt sie grinsend.

Trotz des überwältigenden Anblicks der Köstlichkeiten habe ich kaum noch Appetit. Lustlos durchpflüge ich mit meinem Löffel das mitgebrachte Schlaraffenland aus Früchten, Eis, Sorbets und Kuchen.

»Mann, ist das lecker! Ich könnte mich glatt reinsetzen!« In Höchstgeschwindigkeit taucht Lily-Marie ihren Löffel wieder und wieder in ein Schälchen mit süßlich-kaltem Milchreis und exotisch buntem Zucker.

»Ihr zwei Hobbypsychologinnen solltet euch jetzt wirklich auch mal erheben, sonst entgeht euch, wie der Koch dort drüben die Vanillecreme flambiert. Wirklich sehenswert!«

Andächtig beobachten Fabienne und ich Sekunden später den Sterne-Koch, der auf beeindruckende Weise jetzt Champagner-Crêpes durch die Luft wirbelt. Ich habe den starken Drang, alles Gesagte zu relativieren, aber mir fallen kaum noch Argumente ein. Weder vor den Mädels noch vor mir selber. Mir gehen Fabiennes Worte nicht mehr aus dem Kopf.

»Was meintest du eigentlich mit *nicht versehentlich schwan-*

ger?«, hake ich nach, während der Koch einen der hauchdünnen Pfannkuchen elegant auf ihren Teller gleiten lässt.

»Wie alt sagtest du, ist sie?«

»Sechsunddreißig.«

»Und sie fliegt seit ihrem achtzehnten Lebensjahr? Das macht … achtzehn Jahre Wahnsinn über den Wolken. Ganz ehrlich – und ganz egal, wer der Vater ist –, da sind ein paar Jahre Elternzeit doch eine angenehme Auszeit, oder?«

So habe ich das noch nie gesehen.

Langsam schlendern wir zu unseren Stühlen zurück, und ich bin hin und her gerissen zwischen der Reue, so viel Privates erzählt zu haben, und der puren Angst, dass meine Zuhörerinnen recht haben könnten. Und zwar mit allem. Ich meine, sie scheinen wirklich in Ordnung zu sein, und ich wüsste keinen Grund, warum sie mir etwas anderes erzählen sollten, als das, was ihnen spontan durch den Kopf geht. Außenstehende haben ja oft ein besseres Gespür für die Dinge als man selber.

»Na komm, jetzt iss mal«, ermuntert mich Lily-Marie, als wir wieder an der langen Tafel sitzen, vor riesigen Bergen von kunstvoll Kandiertem und Flambiertem.

Vom anderen Ende des Tisches aus prostet der Kapitän uns freundlich zu, und auch Fabienne und Lily-Marie erheben ihre Gläser.

»Delhi statt Feli!«, flötet Fabienne, und Lily-Marie lacht auf.

Ich lächle zurück und greife nach meinem Glas, aber das Lachen bleibt mir im Halse stecken. Nach nur zwei Bissen lege ich meinen Löffel wieder zur Seite. Ich fühle mich, als wäre ich sehr schnell Karussell gefahren. Der Kellner kommt prompt und sieht mich fragend an. Kurz stellt sich wieder das furchtbare Gewissen ein, dass draußen Menschen hungern, während wir hier im Überfluss sitzen, den ich zu allem Überfluss auch noch verschmähe. Aber schließlich bedeute ich ihm, dass er abräumen kann.

»Danke, ich habe genug.«

Sehr geehrte Frau Loos,

seit einiger Zeit beobachten wir die Bewegungen auf Ihrem Spesenkonto, die Ihren Verfügungsrahmen deutlich überschreiten. Wir gehen davon aus, dass Ihnen bewusst ist, dass dies einen Verstoß gegen Ihren Arbeitsvertrag darstellt. Daher möchten wir Sie zu einem Gespräch bitten.
Der Dialog wird bei Frau Henriette Reger in Frankfurt stattfinden, da das Department »Troubleshooting Crew/Spesen« aus umbautechnischen Gründen vorübergehend aus Ihrem regulären Dienstgebäude ausgelagert wurde.
Das Hin- und Rückflugticket erhalten Sie als Dienstreiseauftrag per Postfach, sobald Sie einen Termin vereinbart haben.
Bitte melden Sie sich umgehend unter: 069/333–9734.

Ihre Skyline Personalbetreuung

Betreff: Mahnung

Die Damen Rauh und Loos,

darf ich Sie freundlich an die vollständige Miete erinnern? Bei uns ist heuer nur ein Dreiviertel des Geldes eingangen. Und bittschön, san'S so nett und wischen'S auch mal über die Briefkästen, wenn'S Flurwoche ham! Überall sind Fingerabdruck z'sehen! Den ausstehenden Betrag können'S auch gerne persönlich in bar übergeben (mei Frau is meist vormittags da, bittschön 3 x klingeln).

Ihr Vermieter
X. Ludwig

Cheapfonic

Freundliche Zahlungserinnerung

Sehr geehrte Frau Loos,

leider konnten wir den ausstehenden Betrag über 321,12 € wegen mangelnder Deckung nicht von Ihrem Konto abbuchen. Hierfür stellen wir Ihnen eine zusätzliche Bearbeitungsgebühr von 19,00 € in Rechnung. Bitte überweisen Sie umgehend den fälligen Betrag plus Bearbeitungsgebühr an eine der unten genannten Bankverbindungen.

Ihre Cheapfonic GmbH

Charlotte-Schatz!

Wie war Delhi? Ich hoffe, das Buffet im Hotel war wie immer gut und die Inder nett zu dir! Und dass du diesmal das Bangalore-Virus dortgelassen hast! ☺
Ich hab mich für ein paar Tage zu meinen Eltern zurückgezogen, und sie wollen mit mir in die Berge fahren, nach Berchtesgaden (du kennst ja meinen Vater und seinen Jagdschein …)
Bitte denk nicht, dass es an dir liegt. Aber du hattest recht: Ich brauche wirklich Tapetenwechsel.
Noch mal sorry, dass ich gesagt habe, du sollst ausziehen. Ehrlich, das tut mir so leid!!! Mir hatte unser Streit in dem Moment nur so zugesetzt, dass ich Angst hatte, ich kriege eine Fehlgeburt oder so.
Ich hoffe, du bist mir wirklich nicht mehr böse.
Falls wir uns also vor deinem großen Bergabenteuer nicht mehr sehen sollten: toi, toi, toi und gute Reise!

Deine Feli

P. S. Ich habe meinen Briefkastenschlüssel verbummelt, es liegen zwei Briefe drin. Vielleicht kannst du ihn öffnen?
P. P. S. Ich habe Cheapfonic erreicht: Die Rechnung war falsch, aber leider konnten Sie die Abbuchung nicht mehr stornieren. Sie haben es dann zurück überwiesen. Es liegt für dich in bar auf der Bugatti!

Special Offer – Pantys & Bra's – Buy one, get one free! -19,00 €
Victoria's Secret Chicago, IL

Dinner »Golden Elephant Restaurant« on 1st floor – -47,00 €
(incl. 15 % Crew-Discount) Hyatt Delhi – Namaste!

Spesensaldo: -734,97 €

12.

Na super. Feli sitzt irgendwo in den Bergen zwischen den ausgestopften Trophäen ihres Vaters und dem Wildbret mit Knödeln ihrer Mutter und lässt sich vermutlich von ihr die Füße massieren. Sie hat beneidenswerterweise eine dieser »Kind, komm her, ich verwöhn dich«-Mütter. Ich lege ihren Zettel zur Seite und denke nach.

Lily-Maries und Fabiennes Überlegungen haben einen bitteren Nachgeschmack hinterlassen. Zwar glaube ich ihren Theorien nicht eins zu eins, aber zusammen mit dem komischen Gefühl, das ich seit geraumer Zeit habe, lässt sich nicht mehr leugnen, dass etwas, vieles oder alles an Felis Geschichte nicht stimmt. Aber immerhin hat sie Wort gehalten und sich um Cheapfonic gekümmert, welche Gründe sie auch immer dafür hat.

Ich nehme das Geld von der Kaffeemaschine und stecke es ein. Am besten zahle ich es heute noch auf mein Girokonto ein, damit wenigstens dort ein bisschen Geld drauf ist. Oder noch besser auf mein Spesenkonto. Feli mag schludrig sein und unordentlich, aber unehrlich ist sie nicht, wirklich nicht.

Nur gut, dass es also tatsächlich ein Missverständnis war

mit Cheapfonic. Ich bin ziemlich beeindruckt, dass wir das Geld schon wiederhaben, zumal der Brief an mich, den ich erst heute aus dem Briefkasten gefischt habe, ja besagt, dass sie es gar nicht abbuchen konnten. Oder … oder lügt sie mich auch in dieser Sache an?

Das würde allerdings bedeuten, dass *sie* die komplette Rechnung beglichen hat und mir zusätzlich auch noch das Geld gegeben hat. Das macht doch keinen Sinn! Warum sollte sie das tun? Schlimmstenfalls, damit ich nicht mitkriege, dass sie stundenlangen Telefonsex nach Houston mit Wolf-Dieter hatte. Aber wäre es das wert? Es dürfte auch für Feli ein Batzen Geld sein. Und wieso sind wir mit der Miete im Rückstand? Deshalb etwa?

Feli hatte mir versprochen, endlich einen Dauerauftrag einzurichten, statt ihren Anteil immer noch einzeln anzuweisen. Auch das soll bitte *sie* klären. Denn eher übernachte ich im Zelt, als in dieser Sache persönlich und alleine zu dem Griesgram nach unten zu gehen. Der ist ja so schon schwer zu ertragen, da will ich nicht wissen, wie Herr Ludwig drauf ist, wenn er auf säumige Zahlungen wartet.

Ich nehme mir eine Kaffeetasse aus dem Schrank und schalte die Bugatti ein. Das Spülbecken steht wie immer voll benutztem Geschirr. Was ist bloß so schwer daran, es direkt in die Spülmaschine zu räumen?!

Egal, nur noch sieben Tage, und ich kann alle Probleme hinter mir lassen! Zumindest für ein Weilchen. Dummerweise hat mir Skyline bis zu meiner Abreise noch zwei Tagestouren aufs Auge gedrückt. Zeit, die ich eigentlich zum Packen bräuchte – und aufräumen, so wie es hier aussieht. Ich bin da eben altmodisch und kann nicht raus aus meiner Haut. Wenn ich auf Reisen gehe, müssen die Blumen gewässert, der Müll runtergebracht und die Spülmaschine ausgeräumt sein. Und mindestens zwei Leute haben meine Urlaubsanschrift. Und wer weiß, wann Feli wiederkommt … Ich will nicht riskieren, dass der Kühlschrank sich bis dahin alleine fortbewegt, bei allem, was darin vergammelt.

Was ist denn das? Ich nähere mich unserem Küchenfenster, das irgendwie gesprenkelt aussieht. Na klasse, überall klebt verspritzter getrockneter Kuchenteig! Eigentlich sollte ich alles lassen, wie es ist. Dann wird sie vielleicht irgendwann mal merken, dass das hier kein Fünfsternehotel mit Housekeeping ist und ich nicht der Butler bin! Der Gedanke ist ziemlich verführerisch. Ja, ich glaube, ich werde mich auch mal ganz bequem verzupfen, einfach so, so wie sie. Alles stehen und den Dingen ihren Lauf lassen.

Okay, offenbar wusste sie nicht, als sie gefahren ist, dass es sich bei den Briefen im Postkasten um Mahnungen handelt. Und da auf ihrem Zettel auch nichts davon erwähnt ist, stehe ich jetzt zumindest mit dem Mietausstand alleine da. Genauso wenig hat sie etwas zu der Tatsache gesagt, dass ich mich bald auf den Weg mache, den Kindsvater zu suchen. Nichts, kein Wort. Sie wünscht mir bloß viel Spaß bei meinem Abenteuer, als führe ich in den *Club Med*.

Wäre sie jetzt hier, ich würde sie auf der Stelle zur Rede stellen. Was soll das alles? Mit einer gewissen Genugtuung betrachte ich den geschmolzenen Schneematsch, den mein Koffer im Flur hinterlassen hat und den ich ihr hinterlassen werde. Ich ziehe angeblich keine Grenzen? Tue ich wohl: Hier ist die erste! Ich bin noch Felis Freundin. Aber nicht mehr ihre Putzfrau! Das Dumme ist nur, dass *ich* mich so nicht wohlfühle. Während sie die weißkrustigen Streifen im Flur vermutlich nicht mal bemerken wird.

Während ich meinen Delhi-Koffer auspacke, weicht die Wut schnell wieder einer Traurigkeit. Darüber, wie sich unser Verhältnis in nur wenigen Monaten verändert hat. Nein, ich bin ihr nicht mehr böse, aber es spielt kaum noch eine Rolle, was ich bin. Unsere Freundschaft ist nicht mehr dieselbe. Feli ist schwanger, Feli hat Geheimnisse. Und ich flüchte in den Himalaya. Das ist nicht im Geringsten das, was ich mir unter dem *Flight Club* vorgestellt habe. Unsere Beziehung hat einen Riesenknacks abbekommen, noch größer, als ich bisher dachte. Und ich weiß gar nicht so richtig, wie es passiert ist. Drei Jahre sind wir zusammen durch dick und dünn gegangen, und jetzt ist dieses Vertrauen dahin, futsch, in nur sieben Monaten.

Irgendwie hat es sogar kaum noch Bedeutung, dass wir uns nach dem Streit wieder versöhnt haben. Viel wichtiger ist, dass wir ihn überhaupt hatten. Und uns üble Dinge an den Kopf geworfen haben, die nun mal in uns sitzen und leider stimmen. Und das war offensichtlich noch nicht einmal die volle Wahrheit.

Ob ich mich mal ein wenig in Felis Zimmer umsehe?

Sofort verbiete ich mir diesen Gedanken wieder. So weit werde ich nicht gehen, auf keinen Fall! Meine Mutter hat immer gesagt: »Wenn dir jemand Unrecht tut, musst du dich ja nicht auch noch auf dessen Niveau begeben.«

Und da stimme ich ihr ausnahmsweise zu.

Im Bad türmt sich natürlich mal wieder die Schmutzwäsche, aber ich fände es dann doch *zu* albern, ab jetzt nur noch meine Sachen zu waschen. Und es wäre Wasserverschwendung. Also mache ich die Trommel voll und stopfe ihre Shirts zu meinen Uniformblusen und stelle die Maschine an. Dann rufe ich Frau Reger vom Troubleshooting an, beziehungsweise die Nummer, unter der ich einen Termin vereinbaren soll.

Schon beim Wählen ist mir ganz elend. Aber irgendwie war mir klar, dass das kommen würde. Ich habe mein Spesenkonto seit Monaten überzogen, aber wäre ich nicht so ätzend krank geworden und dank Malte auch noch ziemlich viel Asche für ein Zugticket Erster Klasse losgeworden, wäre das Geld auch wieder reingekommen! Zumindest so viel, dass ich zwei-, dreihundert Euro wettgemacht hätte. Aber ohne Flüge keine Spesen.

Die Verlockungen unterwegs sind aber auch zu groß! Und selbst wenn ich nicht shoppen gehe – ich meine, essen muss ich ja irgendwie, und es ist nun mal nicht meine Schuld, dass in diesen Fünfsternehotels alles immer so elend teuer ist.

In der Probezeit lag ich mal mit einer üblen Mandelentzündung in Athen danieder, und es gab keinen Wasserkocher auf dem Hotelzimmer. Für die drei Kannen Heißwasser mit Zitrone, die ich brauchte, um die Nacht zu überstehen und überhaupt schlucken zu können, hat mir der Roomservice doch ernsthaft sechzig Euro in Rechnung gestellt!

Ich lande erst mal in der Warteschleife, in der Frank Sinatra sein »*Fly with me, come fly with me*« trällert. Dann geht gottlob nur eine Assistentin ran und gibt mir schnell und formlos einen Termin, der natürlich auch noch vor meiner Abreise liegt. Genau zwischen meinen beiden Tagestouren, na toll.

Als ich meinen leeren Koffer zurück an seinen Platz im Ankleidezimmer stelle, fällt mir mit Blick in meine Handtasche auf, dass ich diese mal wieder ausmisten und mein Portemonnaie für den Bordverkauf leeren könnte. In beiden sammelt sich immer endlos viel Papierkram. Rundschreiben, Hotelrechnungen, Kassenbons, Visitenkarten von Leuten, die man niemals kontaktieren wird … Moment, da fällt mir Rashids Karte aus England in die Hände. Mein Gott, er arbeitet doch bei Cheapfonic! Das hatte ich ja ganz vergessen!

Wenn überhaupt, dann ist das ja wohl meine Chance, mal ein bisschen was von der Wahrheit zu erfahren! Ich schnappe mir den Hörer und wähle die Nummer, die auf dem kleinen Stück Pappe steht. Sie weicht von der der Hotline ab und nach nur einem Freizeichen meldet sich eine Männerstimme mit indischem Akzent.

»Hallo«, beginne ich unbeholfen auf Englisch. »Spreche ich mit Rashid … Singh?«, lese ich seinen vollen Namen ab.

»Ja, wie kann ich Ihnen helfen?«, tönt es zurück.

»Rashid, ich bin es – Charlotte aus München …«, unternehme ich einen schwachen Versuch, mich in Erinnerung zu bringen. Zu meinem Erstaunen weiß er mich prompt einzuordnen.

»Charlotte! Wie geht's dir?« Er lacht erfreut auf.

»Gut. Ganz gut«, steige ich höflich in seinen Small Talk ein, komme dann aber gleich zur Sache, denn ich will nicht wissen, was dieser Anruf nun wieder kostet pro Minute. »Rashid, hör mal, ich rufe dich an, weil ich ein paar Fragen zu unserer letzten Telefonrechnung habe und dachte, du kannst mir vielleicht helfen.«

Ich hoffe sehr, dass er nicht böse ist, weil ich ihn nicht wegen einer gemeinsamen Tasse Tee oder eines Drinks anrufe. Doch er scheint sich eher zu freuen, dass er etwas für mich tun kann.

»Okay, ich sehe mir euren Fall gleich mal an«, sagt er, als ich grob umrissen habe, worum es geht.

Ich diktiere ihm unsere Kunden- und Rechnungsnummer und höre, wie er beides in seinen Computer tippt.

»Oh, Lord!«, prustet er. »Ihr habt wirklich viele Freunde in aller Welt, mit denen ihr telefoniert, oder?« Anerkennend lacht er durchs Telefon, vermutlich beim Anblick des horrenden Rechnungsbetrags. Wieder schäme ich mich. Wenn man bedenkt, wie viel Geld das erst in Indien ist …

Ich möchte nichts weiter dazu sagen, und so schiebe ich einfach vor, wir bräuchten für die Steuererklärung eine Einzelabrechnung, die ich natürlich extra bezahlen würde. Und dass ich mich nur vergewissern wollte, ob ich das Geld an die richtige Kontonummer überwiesen habe.

Und prompt sagt er nichts von einer fehlerhaften Rechnung, sondern nur: »Euer Konto ist ausgeglichen. Gestern ging der Betrag ein, von Felizitas Rauh.«

»Ja, das ist meine Mitbewohnerin, prima«, beeile ich mich leichthin zu sagen und bin baff. (Aber auch ein bisschen stolz auf meine detektivischen Qualitäten!) Feli hat also tatsächlich nicht nur die Rechnung bezahlt, die sie auch verursacht hat in dem Glauben, wir hätten eine Global Flatrate, sondern mir den Betrag auch noch einmal bar gegeben, damit die Sache nicht auffliegt. Was immer sie damit zu vertuschen versucht, es muss ihr eine Menge wert sein.

»Charlotte, bist du noch dran?«

»Oh, ja ja. Entschuldige, die Leitung … Ähem, Rashid, ich danke dir so sehr! Und wenn ich das nächste Mal in London bin …«

»… freue ich mich auf einen Kaffee mit dir!«, fällt er mir ins Wort.

»In Ordnung!«, lache ich und verabschiede mich freundlich von ihm. Ich beschließe, ihm den größten Kaffee der

Welt zu spendieren oder ihm einen Präsentkorb zu schicken, so dankbar bin ich ihm, meine Vermutung bestätigt zu haben. Auch, wenn diese Wahrheit schmerzt. Feli belügt mich also, das ist hiermit offiziell. Aber sie betrügt mich ja nicht um Geld, oder so. Was muss ich von alledem halten? Und soll ich sie darauf ansprechen? Aber dann lügt sie womöglich wieder.

Ich bin ratlos und fasse den Entschluss, lieber noch ein paar Beweise zu sammeln und erst mal so zu tun, als wüsste ich von nichts. Ohnehin kann man Themen in dieser Größenordnung wohl nur persönlich und mit Augenkontakt besprechen. Und das geht jetzt gerade schlecht.

In diesem Moment macht unsere Waschmaschine mich mit lautem Surren darauf aufmerksam, dass sie fertig ist. Ich packe Felis und meine Sachen in einen Wäschekorb und will den Wäscheständer holen, kann ihn aber nirgends finden. Typisch, Feli muss ihn mal wieder in ihrem Zimmer rumstehen haben!

Gut, ich wollte ja nicht schnüffeln, aber jetzt, nach der Sache mit der Rechnung und bei der Gelegenheit … Ich nehme Kurs auf ihre Zimmertür und drücke die Klinke hinunter. Ich kann es kaum fassen – sie hat abgeschlossen!

Studio-Tours L.A./incl. Gilmore Girls/Stars Hollow -89,00 €
& Desperate Housewives-Tour on Wysteria Lane
Warner Bros. & Universal Studios

Tofu-Burger »Elk« -6,89 €
Urban Foods Helsinki – Kiitos paljon!

Spesensaldo: -801,23 €

13.

»Bitte treten Sie ein!«

Frau Reger ist eine elegante Erscheinung mit grauen Haaren und Kurzhaarschnitt. Ihre Lesebrille hat eine lilafarbene Fassung und ihre Perlenohrringe und die Halskette sind farblich perfekt darauf abgestimmt. Sogar ihr Nagellack schimmert passend in zartem Aubergine.

Ich folge ihr in einen grauen Büroraum mit Industrieteppich und einer Topfpflanze in der Ecke. An den Wänden hängen Bilder aus den Siebzigern – Stewards und Stewardessen mit Twiggy-Figur und pastellgelben Hütchen lächeln von nostalgischen Werbeplakaten herunter. »Fliegt in die Bäder!«, animiert ein Schriftzug, den ein Doppeldecker auf einem der Plakate durch den strahlend blauen Himmel zieht. Auf einem anderen reicht eine hochgewachsene Stewardess einem blonden Jungen einen Lolli. Bilder aus einer Zeit, in der das Fliegen romantisch und den Reichen vorbehalten war.

Spontan denke ich an die heutzutage proppenvolle Economyclass, sich übergebende Kinder und Männer, die mir tonlos ihr Jackett über den Arm werfen, noch während ich dabei bin, sie höflich zu fragen, ob ich es ihnen abnehmen darf.

»Frau Loos …« Frau Reger beugt sich konzentriert über meine Kontoauszüge und blättert in einer Akte. Die Kordel ihrer Lesebrille liegt akkurat auf ihren Schultern auf. »Ich habe Sie heute hergebeten, weil Ihr Kontostand ein bedeutendes Minus aufweist. Ihnen ist doch klar, dass es sich um ein Spesenkonto handelt und nicht um einen Kredit Ihrer Hausbank?«

»Ich …«, setze ich an, ohne zu wissen, was ich darauf antworten werde.

»Bitte lassen Sie mich ausreden«, fährt sie ohne aufzusehen fort.

»Äh … natürlich – Entschuldigung«, erwidere ich kleinlaut und werde vor Angst vollkommen steif in meinem Stuhl. Auch wenn es vermutlich nicht mehr hilft, meinen Eindruck zu verbessern, nehme ich eine Haltung an, die einer Teegesellschaft bei der Queen würdig wäre. Ich halte mich kerzengerade, drücke die Knie zusammen und winkele meine Beine elegant nach links ab. Das habe ich mal bei Carla Bruni gesehen, die bei einer Parade so dasaß, auf dem Schoß ein Täschchen, das sie vornehm mit Zeige- und Mittelfinger umfasste. Da ich nur meine XXL-Bag neben mir stehen habe, krampfen sich meine Hände nervös rechts und links in den Stoff meiner Hose. Ich hätte besser einen Rock anziehen sollen. Warum habe ich das nicht gemacht? Rock und Dutt, ganz klassisch – wie Skyline seine Mitarbeiterinnen am liebsten sieht. Und dazu Perlenohrringe. Mist. Verlegen fasse ich mir mit der rechten Hand an meine Kreolen, die mir jetzt riesig und aufdringlich vorkommen.

Frau Reger quittiert es prompt mit einem missbilligen

Blick. »Es gibt immer mal wieder Mitarbeiter, die durch tragische Umstände in die Schuldenfalle geraten – Trennung, Krankheit, pflegebedürftige Eltern …«

»Also, ich …«

»Nein, nein«, erwidert sie streng. »Das war keine Frage, Frau Loos!«

Oh Gott, das ist ja genau wie in *Der Teufel trägt Prada*. Meine »Miranda« alias Meryl Streep fährt mit Blick auf ihre Unterlagen unerbittlich fort.

»Bei Ihnen allerdings …«, sie gleitet mit den Augen über die Seiten meiner Spesenkontoauszüge, »sehe ich nichts weiter als Ausgaben für Dinge des, nun ja, *persönlichen* Bedarfs.«

Eine peinliche Stille entsteht, die durch das leise Summen der Klimaanlage noch betont wird. Ich bin verunsichert. Darf ich ihr diesmal antworten? Und wenn ja, was? Ich hatte keine Ahnung, wie ich mich auf dieses Gespräch vorbereiten sollte, und dann war der Tag auch schon gekommen, und ich habe auf dem Weg hierher beschlossen zu improvisieren. Je nachdem, was ich gefragt werde.

Dummerweise gibt es nicht viel zu improvisieren, denn Frau Reger hat schlicht und ergreifend recht. Ich werde einer aufgeräumten Frau wie ihr kaum erklären können, dass ich zeitweilig dachte, mein Lebensglück sei vom Erwerb des »William & Kate«-Hochzeitsservices abhängig oder von meinen neuen hochmoorgeprüften Gummistiefeln aus Edinburgh.

Ich lasse einige meiner Shopover Revue passieren, bei denen ich meine Skyline-Kreditkarte förmlich zum Glühen gebracht habe. Plötzlich sehe ich mich in den Umkleidekabinen amerikanischer Malls – in Outfits, die ich nie wieder getragen habe, von denen ich aber bei der Anprobe überzeugt war, ich würde sie eines Tages auf Tennisplätzen, in aufregenden Rooftop-Bars oder beim Empfang der ein oder anderen Botschaft tragen. Oder beim Wiener Opernball. Das Ganze läuft in Sekundenschnelle wie ein Film vor mir ab, ein *Shoppingfilm*!

Frau Reger sieht mich scharf an und nimmt ihre Lesebrille ab. Offenbar beherrscht auch sie die Schweigetaktik sehr gut, mit der man anderen alles Mögliche entlocken kann. Sie lehnt sich zurück, und ich überlege fieberhaft, wie ich all diese Käufe rechtfertigen kann. In diesem Moment klopft es.

Frau Reger, die in Erwartung meiner Antwort entspannt in ihrem Stuhl sitzt, sieht zur Tür und richtet sich erwartungsvoll wieder auf. »Ja bitte!«, durchschneidet ihre Stimme scharf die angespannte Atmosphäre.

Ein junger Mann mit Krawatte und Anzug steckt den Kopf herein. »Entschuldigung, Henriette, ich soll Ihnen ausrichten, dass Herr Doktor Vogt sich heute zum Mittagessen verspäten wird.«

»In Ordnung, danke«, nimmt sie die Nachricht ungerührt auf und wendet sich wieder mir zu. Der junge Mann schließt leise die Tür, und ich wünschte, er wäre noch geblieben. Wieder erfüllt das Surren der Klimaanlage den Raum. Ich schlucke hörbar.

»Frau Loos, leider sind wir gezwungen, Ihnen eine Abmahnung zu erteilen.«

»Nein!«, platze ich heraus. »Bitte nicht.«

Mein Tonfall klingt schrecklich. Richtig melodramatisch und unsachlich. Kindisch geradezu, als würde meine Mutter mir das Taschengeld streichen. Meine Stimme zittert sogar ein wenig, und meine Augen füllen sich mit Tränen. Frau Reger sieht mich an, als hätte ich sie nicht mehr alle.

Mit einem Mal entladen sich die Probleme: der Streit mit Feli, der Mietrückstand, die Sache mit Cheapfonic, die Beschwerdeschreiben der Passagiere, meine Geldsorgen – das alles ist ein bischen viel für mich. Mein Mund wird trockener und trockener, und meine Kehle ist wie zugeschnürt. Ich könnte nicht mal etwas sagen, wenn ich wollte oder wüsste, was. Aber irgendetwas muss ich sagen. Sonst denkt sie, ich bin psychisch nicht ganz stabil, und das würde meinen Job gefährden.

»Ich … Also, es stimmt. Ich war shoppen!«, gebe ich frei heraus zu. »Und ich muss niemandem Unterhalt zahlen und habe auch keine kranke Mutter zu pflegen. Nur …«

Ich schniefe, und meine Nase beginnt zu verstopfen. Eine Reaktion, die Frau Reger nicht fremd zu sein scheint. Sie zieht die Metallschublade ihres Rollcontainers auf und reicht mir routiniert ein Kleenex.

»Danke«, flüstere ich erstickt.

»Nur, was?« Frau Reger konzentriert sich weniger auf meine Emotionen als auf den Inhalt meiner Worte.

»Nur eine schwangere Kollegin, um die ich mich kümmere.«

Oh Gott, jetzt schiebe ich Feli vor.

»Ach, tatsächlich?«

Ihre Miene verändert sich, auch wenn ich nicht sagen kann in welche Richtung. Sie reicht mir ein weiteres Kleenex, was vermutlich mehr aus Sorge um die vor mir liegenden Unterlagen auf ihrem Schreibtisch geschieht als um mich.

»Ja, ich helfe ihr, wo ich kann«, lüge ich weiter. Das stimmt zwar, und es ist inzwischen auch klar, dass wir uns mit der Wohnung finanziell übernommen haben. Und, na ja, ich habe inzwischen auch Geld für einen Strampler ausgelegt. Aber der Grund für meine Souvenirsucht ist das ja dann doch nicht.

»Wie heißt denn die Kollegin?«

Oh nein, hoffentlich zieht sie Feli da nicht mit rein.

»Feli, also … Felizitas Rauh.«

Sie greift nach ihrem Kugelschreiber und notiert sich den Namen auf ein Post-it.

»Und in welchem Verhältnis stehen Sie zu ihr?«

»Wir wohnen zusammen, und jetzt ist sie schwanger im siebten Monat. Der Vater ist unbekannt, und bevor sie schwanger wurde, sind wir in eine riesige Wohnung gezogen. Und jetzt kann sie natürlich nicht mehr ganz die Hälfte der Miete zahlen.«

Oh Gott, komme ich mir schäbig vor. Zwar sind wir neuerdings mit der Miete im Rückstand, aber noch hat Feli immer genau denselben Betrag gezahlt wie ich.

Frau Reger zieht erstaunt die Augenbrauen hoch. »Und warum?«

Mist, jetzt muss ich es durchziehen.

»Na, weil sie doch nur noch Schwangerengeld kriegt.«

»Schwangerengeld?«, wiederholt sie ungläubig. »Frau Loos, ich glaube, da muss ich Sie aufklären.«

Ich putze mir lautstark die Nase, was sie erneut mit kritischem Blick quittiert.

»Eine schwangere Mitarbeiterin erhält nach wie vor ihr reguläres Grundgehalt. Der Verlust der Schichtzulage, Spesen und fakturierten Flugarbeitsstunden wird von der Krankenkasse ausgeglichen, sodass sie zumindest in den neun Monaten der Schwangerschaft keinerlei finanzielle Einbußen haben sollte.«

»Oh, tatsächlich? Das … äh … wusste ich so nicht. Ich

dachte …«, stammele ich und spitze die Ohren. Das hier scheint Teil zwei meiner Beweisaufnahme zu werden, auch wenn ich gerade selbst auf der Anklagebank sitze.

»Anders sieht es während der Elternzeit aus – aber so weit ist Ihre Freundin ja noch nicht.«

Ich lasse das Taschentuch sinken.

»Und wenn ich das recht sehe …« Sie tippt Felis Namen in ihren PC. »Ist ihre Freundin ja schon eine ganze Weile bei uns beschäftigt. Einen genauen Überblick über die Gehaltsstufen können Sie der öffentlichen Gehaltstabelle entnehmen, was ich Ihnen ganz nebenbei empfehlen würde.«

Das wird ja immer besser. Ich wusste ja, dass sie mehr verdient – aber verdient sie *so viel* mehr als ich? Das würde natürlich wiederum erklären, warum sie mir vor der Einweihungsparty die Gehaltsbescheinigungen hektisch entrissen und angeboten hat, sie freiwillig unserem Vermietergriesgram zu bringen. Und warum der nicht mit ihr diskutiert hat. Danach hat sie ihre umgehend wieder in ihr Zimmer getragen und abgeheftet.

»Frau Loos, zurück zum eigentlichen Thema. Meine Aufgabe ist es, mit Ihnen die Problematik *Ihres* Spesenkontos zu besprechen. Und ich kann Ihnen nur dringend raten, sich um Ihre Ausgaben zu kümmern, denn die sind hoch genug. Auch, wenn das sehr nobel ist, dass Sie Ihre Freundin unterstützen!«

Sie macht eine ernste Pause und sieht mir direkt in die Augen. Mein Herz schlägt bis zum Hals, und ich fühle mich wie als Kind, wenn ich früher eine Bruchrechenaufgabe an der Tafel lösen musste. Abgesehen davon, dass ich hier gerade die Lorbeeren für ein Engagement einheimse, das ich gar nicht leiste.

»Wir werden so verfahren, dass eine Sperre über Ihr Spesenkonto verhängt und Ihnen der Dispositionskredit entzogen wird. Die Spesen für Nahrung erhalten Sie vor jedem Flug von der Hausbank in bar ausgezahlt. Von Ihrem Gehalt werden monatlich fünfzig Euro einbehalten, bis der Saldo ausgeglichen ist.«

Ich schlucke, aber bin erleichtert, dass sie mich endlich mit den Konsequenzen konfrontiert und ich keine weiteren Erklärungen abzugeben brauche. Schon gar nicht zu den einzelnen Rechnungsposten. (Ich hoffe, sie hat nicht auch die Rechnung für meine Victoria's-Secret-Spitzenunterwäsche gesehen …)

»Und die Abmahnung?«, frage ich mit noch immer dünner Stimme.

»Die muss ich leider aussprechen«, entgegnet Frau Reger trocken. »Aber weil Sie in der Absicht gehandelt haben, Ihre Freundin finanziell zu unterstützen, was wohl kaum notwendig sein dürfte, mache ich Ihnen einen Vorschlag.«

Oh je. Hoffentlich muss ich jetzt keine Sozialstunden ableisten oder so. Und hoffentlich ruft sie nicht Feli an, um meine Aussagen zu überprüfen!

»Sollten Sie sich in den folgenden zwei Jahren in finanzieller Hinsicht nichts mehr zuschulden kommen lassen, wird die Abmahnung wieder aus Ihrer Personalakte gelöscht.«

Wieder klopft es an der Tür.

»Jahaa?«, gibt sie leicht genervt zurück. Wieder erscheint der Kopf des Marketing-Jünglings in der Tür.

»Herr Doktor Vogt wäre jetzt da.«

»Ich komme«, sagt Frau Reger, steht abrupt auf und gibt mir die Hand. »Ich wünsche Ihnen alles Gute, Frau Loos.«

Schnell erhebe auch ich mich und beeile mich, meine Jacke zu nehmen. Frau Reger steht bereits in der Tür wie eine Klassenlehrerin, die zuschließen will. Während sie mit dem jungen Kollegen durch den langen Flur davoneilt, gehe ich langsam Richtung Treppenhaus. Mir ist nicht nach Aufzug fahren, abgesehen davon, dass ich es um jeden Preis vermeiden möchte, zwischen einem Doktor mit sechsstelligem Managergehalt und Frau Regers Heißhunger auf Kantinengeschnetzeltes im Fahrstuhl zu stehen, während der Jüngling erzählt, er habe sich nach der Ermittlung der Quartalszahlen einen neuen Porsche bestellt.

Ich fühle mich, als müsste ich mich für längere Zeit selbst bestrafen für meine Naivität. Und die Treppen sind der Anfang. Fabienne und Lily-Marie hatten *so* recht. Feli verdient vermutlich mehr als ich, sogar ganz ohne zu fliegen! Und ich habe eine Abmahnung kassiert! Ausgerechnet ich, die sich immer bemüht, an Bord in Hochform zu sein, und noch nie mit ungeputzten Schuhen zum Dienst erschienen ist. Eine Abmahnung von Skyline! Bisher hatte ich mich unantastbar gefühlt. Nur dass im Controlling von Skyline oder der Buchhaltung, oder was auch immer für Abteilungen sich in diesem faden Bürogebäude befinden, Freundlichkeit und Kinderbespaßung wenig zählen.

Als ich den Empfang im Erdgeschoss passiere, höre ich ein junges Mädchen ehrfurchtsvoll sagen: »Ich habe um vierzehn Uhr einen Termin bei Frau Reger«, und mir wird bewusst, dass man wohl kein Mitleid mehr empfinden kann, wenn man den ganzen Tag nichts anderes tut, als Skyline-Mitarbeiter daran zu hindern, Firmengelder zu veruntreuen. Diese Abteilung macht ja den ganzen Tag nichts anderes. Auf einmal bin ich heilfroh, dass ich bloß eine Nummer bin im Flugbetrieb.

Eine knappe Stunde später stehe ich am Gate und warte, dass mein Rückflug nach München aufgerufen wird. Es ist das erste Mal, dass mich die Geschäfte und Stände mit Duty-free-Artikeln, Zeitschriften aus aller Welt und luftigen Croissants und Muffins kalt und ich sie links liegen lasse. Ich ziehe mir einen schrecklich schmeckenden Gratistee aus dem Automaten und lese eine irgendwo herausgefallene Werbebeilage. Mir ist jegliche Lust aufs Geldausgeben vergangen.

Beim Anblick überteuerter Aluminiumkoffer wird mir bewusst, wie viel ich eigentlich arbeiten muss, um mir so ein vierrädriges Gefährt leisten zu können. Ich beschließe, ab sofort nur noch beim Discounter einzukaufen und vorläufig knallhart meine Spesen zu sparen. Kein fulminantes Frühstück mehr im Hotel und keine teuren Getränke mehr an Poolbars. Kostspielige Ausflüge wie Katamaranfahrten im Mittelmeer oder Weinproben im Napa Valley sind gestrichen. Auch da muss man Abstand zu Piloten halten! Die verballern beim Crew-Dinner ja gerne mal fünfzig Dollar für ein Steak.

Ich werde mir zwei bis drei (alte!) Bücher für unterwegs mitnehmen und mal wieder lesen, jawohl. Und es werden keine teuren Pay-per-View-Filme mehr angeguckt, die in Deutschland noch nicht im Kino laufen, maßregle ich mich selber. Jawohl.

Endlich wird die München-Maschine aufgerufen.

»Guten Flug!«, wünscht mir die Dame, die meine Bordkarte abreißt. Sie sieht ein wenig aus wie die Pastell-Twiggy auf dem Plakat in Frau Regers Büro. Ich würde eine Menge dafür geben, wenn ich jetzt gerade wieder neun Jahre alt wäre und sie mir einen Lolli gäbe. Stattdessen drängelt ein schwitzender Herr im Anzug hinter mir, dem ich nicht schnell genug die Gangway runtergehe, und fährt mir auch noch mit seinem Bordtrolley über die Füße, ohne es zu merken. Wieder steigen Tränen in mir hoch. Ich bin gerade echt nah am Wasser gebaut.

Als ich an der Tür zur Maschine ankomme, steht dort eine mir bekannte Purserette, die sich ebenfalls an mich erinnert. Ich glaube, wir waren mal zusammen in Mailand.

»Charlotte, sieh an – wie geht's dir? Als wir uns das letzte Mal gesehen haben, hattest du ja große Umzugspläne!«

Schnell schlucke ich den Kloß im Hals hinunter. »Ja, dass du das noch weißt! Ist alles prima geworden!«, lüge ich, ohne rot zu werden, bemühe mich aber, ihr schnell zu entkommen. Großartige Ausführungen über Felis und mein tolles Zusammenleben zu erfinden, würde ich dann doch nicht fertigbringen.

Kaum, dass ich meinen Mittelplatz erklommen habe, erscheint der schwitzende Mann und knallt seinen Koffer grobschlächtig über meinen Kopf hinweg ins Gepäckfach. Ohne ein Wort starrt er mich fordernd an, und ich öffne hektisch meinen bereits geschlossenen Gurt, um ihn ans Fenster durchzulassen. Dabei rammt er mit seiner Gürtelschnalle meine rechte Hand, sodass ich einen richtigen Kratzer bekomme. Mich überkommt ein furchtbarer Hass auf diese Sorte Mensch. Ich lasse mich wortlos wieder nieder und bekomme als Nächstes die obere Ecke seiner Tageszeitung ins Auge. Zu mehr als einem genervten Schnalzen mit der Zunge fehlt mir allerdings der Mut, und vermutlich müsste man ihn auch anschreien, damit er mitbekommt, wie unangenehm er sich aufführt.

Als im Flug die Stewardess zum Müll einsammeln in Sicht

kommt, stellt er kurzerhand seinen leeren Becher auf mein Tischchen und klappt seinen hoch.

Ich finde, das reicht nun wirklich.

Sekunden später befinden wir uns in einer hitzigen Debatte, die von der Purserette nicht unbemerkt bleibt. Sie eilt auf uns zu.

»Gibt es ein Problem, Charlotte?«

Der Mann, der eben noch beleidigende Dinge über »respektlose kleine Mädchen« und die »Generation Doof« von sich gegeben hat, stutzt.

»Kennen Sie die Dame etwa?«

»Die Dame ist eine Kollegin von mir.«

Oh Gott, nein! Warum muss sie mich denn outen? Der einzige Grund, warum ich mich effektiv getraut habe, dem Mann Kontra zu geben, ist, dass ich inkognito bin. Und mich ausnahmsweise mal normal gegenüber anderen Menschen und ihren Unverschämtheiten verhalten kann und nicht krampfhaft nett sein muss.

Sicher will sie nur, dass er vorsichtiger mit seinen Aussagen wird, bewirkt aber leider das Gegenteil. Mit diesem Wissen wendet er sich wieder mir zu:

»Hoho, so stellen *Sie* sich also eine kundenorientierte Haltung vor – das ist ja allerhand!«

Ich glaube, ich hatte noch nie im Leben Bluthochdruck, aber jetzt höre ich es in meinen Ohren rauschen. »Das hat mit mir als Stewardess *nichts* zu tun. Ich reise hier als *Privatperson*!«, schreie ich ihn an, sodass selbst die Purserette erschrocken zurückweicht. »Und Sie führen sich auf, als würden Sie sich um niemanden scheren!«, zetere ich lautstark, sodass der gesamte Flieger es hören kann.

Hämisch grinsend vertieft sich der Fleischberg wieder in

seine Lektüre und schüttelt den Kopf, als sei ich nicht für voll zu nehmen. Ich könnte ihn auf der Stelle umbringen.

»Charlotte, kommst du mal mit, bitte?«

Ich starre die Purserette an – das ist doch jetzt nicht ihr Ernst, dass sie mich zu sich bittet?

»Gute Idee! Entfernen Sie die bitte mal, das ist ja furchtbar, was bei Ihnen so durch die Gegend fliegend darf!«, triumphiert mein Sitznachbar und führt sich den *Hägar*-Comic des Tages zu Gemüte.

Bebend vor Wut über diese Ungerechtigkeit schnalle ich mich ab, quetsche mich an der Frau am Gangplatz unserer Dreierreihe vorbei, die natürlich nicht für mich aufsteht, und folge der Purserette unter den gespannten Blicken der übrigen Fluggäste nach vorne in die Küche. Sie klappt die vorderen Sitze nach unten und bedeutet mir, mich neben sie zu setzen.

»Was ist denn mit dir los, Charlotte?«

»Na, erst hat der …«, will ich ihr erneut den Sachverhalt erklären, aber sie winkt ab.

»Ach komm, du weißt doch selbst nur allzu gut, wie diese Idioten sind. Du bist vollkommen im Recht. Aber die Art und Weise, wie du hochgehst, ist ein bisschen erschreckend. Ich dachte erst, wir hätten einen psychotischen Gast an Bord. Stehst du irgendwie gerade besonders unter Stress?«

Ich verspüre nicht die geringste Lust, mich ihr zu offenbaren. Vor allem nicht, nachdem ich sie eingangs belogen habe über die Vollkommenheit meines neuen WG-Lebens. Das Letzte, was ich brauche, ist, dass im Konzern noch jemand außer Feli, Lily-Marie und Fabienne von meinen Schwierigkeiten Wind bekommt. Und es hebt meine Stimmung auch nicht, jetzt hier zu sitzen und mich für eine vollkommen menschliche Reaktion rechtfertigen zu müssen, die lediglich in der Welt der chronisch lächelnden Stewardessen einen Skandal darstellt. Gewisse Vorstände dürfen sich dreimal täglich so aufführen, weil ein Stück Würfelzucker in ihrem Kaffee fehlt, aber niemand zweifelt ihre Kompetenz an. Im Gegenteil, diese Menschen erachtet man dann als »charismatisch«, jemanden wie mich hingegen als geistesgestört.

Da die Crew die Kabine zur Landung vorbereiten muss, lässt die Purserette die Sache nun auf sich beruhen.

»Hier!« Sie reicht mir einen Fencheltee. »Ich glaube, es ist besser, du landest im Cockpit. Dann musst du nicht mehr zu dem Unhold zurück. Geh einfach rein, die Jungs sind total nett da vorne.«

Ich bin froh, nichts mehr weiter sagen zu müssen, und folge ihrem Vorschlag. Mit einem freudigen »Oh, Besuch!«, werde ich empfangen. Zwei gut gelaunte Gesichter mit Sonnenbrillen strahlen mich an.

»Hallo, ich bin Charlotte, eine Kollegin. Die Purserette hat mir angeboten, im Cockpit zu landen«, stelle ich mich nüchtern vor.

»Na, dann immer rein in die gute Stube!«, grinst der Kapitän und klappt mir einen Jumpseat runter. Okay, die sind wirklich richtig nett.

Dann müssen sich die beiden auf den Landeanflug konzentrieren, und auch ich verfalle in Schweigen. Trotz der noch verbleibenden Höhenmeter kommt es mir vor, als wäre ich endgültig in einem schrecklichen Albtraum gelandet.

Präsentkorb »Matterhorn«/Feinkost Kustermann	-39,00 €
Tour »Sissi« incl. Canale Grande (Guided Tour: Boat-Route/Markusplatz & lots of more original sights from Sissi III – The Movie!) Tours Touristico di Giovanni – GRAZIE!	-19,00 €
Spesensaldo:	-840,01 €

14.

Wenn ich jemals urlaubsreif war, dann jetzt. Am Morgen meiner Abreise nach Nepal hole ich auf dem Weg zum Flughafen noch die Post aus dem Briefkasten. Rashid hat Wort gehalten und eine Einzelauflistung unserer letzten Telefonrechnung geschickt. Nervös reiße ich den dicken Umschlag auf. Vielleicht ist Feli ja auch nur dem Teleshopping verfallen und hat irgendwelche Hotlines angerufen, die noch teurer sind als die Bestellprodukte selber? Immerhin konnte ich sie davon überzeugen, die Outdoor-Clubgarnitur von Rolf Benz wieder zurückzuschicken, obwohl sie noch versucht hat, mir zu erklären, dass wir einen stilvollen Gartenzwerg aus gebürstetem Edelstahl gratis dazubekommen (den im Grunde weder ich noch sie haben will), wenn wir die Kaufabwicklung umgehend positiv im Internet bewerten.

Ich ziehe ganze sechs Seiten mit Verbindungen aus dem Umschlag und verstehe Rashids anerkennendes Lachen. Du lieber Himmel – das liest sich ja wie Listen mit Geheimcodes der CIA. Nummern über Nummern und meist sehr kurze Gespräche. Und fast keines nach Übersee, alle ins europäische Ausland. Da ich die meisten Länder- und Städtevorwahlen nicht kenne, zücke ich mein Smartphone und googele einige der Prefixnummern. Sie gehören zu London, Paris und Mailand. Man könnte meinen, sie pflege neuerdings eine enge Fernbeziehung zu Karl Lagerfeld, oder warum sonst telefoniert sie in diese Modemetropolen?

Mich hat sie jedenfalls nicht angerufen, obwohl ich in diesen Städten auch oft einen Stopp habe. Fest steht, es sind alles Destinationen von Skyline. Hat sie vielleicht noch eine andere beste Fliegerfreundin außer mir? Also, das wäre ja völlig in Ordnung, mehr noch: Ich würde es ihr sogar wünschen! Aber dass ich auch davon nichts weiß, ist komisch. Aber langsam wundert mich nichts mehr.

Ich schließe die kleine Klappe unseres Briefkastens. Ich werde das Rätsel vorerst nicht lösen können. Außerdem habe ich beschlossen, den ganzen Mist ab sofort mal hinter mir zu lassen und meinen Urlaub zu genießen! Mein ständiges Kopfkarussell macht mich nämlich ganz schwindelig, und ich schlafe alles andere als gut in letzter Zeit. Und das liegt diesmal weder an unseren Kaffeebohnen noch an meinem Dauer-Jetlag.

Gemäß meiner neuen Vorsätze fahren mein riesiger Wanderrucksack und ich mit Bus und Bahn sehr günstig, dafür mit sehr ungünstigen Verbindungen, bis vors Terminal. Noch zwei, drei Schritte, und schon bin ich im warmen Flughafengebäude.

Als ich mich am Check-in in die Schlange von Yeti-Airlines einreihe, werde ich ganz kribbelig. Wow, endlich bin auch ich mal eine ganz normale Touristin! Dass ich nicht mit Skyline fliege, versetzt mich außerdem in die komfortable Lage, nicht unseren piekfeinen Mitarbeiter-Dresscode einhalten und mich beim Anblick jeder Kollegin einhundertmal für jeden Piep bedanken zu müssen. Ich kann mich ganz normal benehmen und den Wunsch äußern, dass ich gern am Fenster sitzen möchte! Hoffentlich muss ich mich nicht wieder mit irgendeinem bulligen Ekelpaket herumärgern. Ich bin jedenfalls inkognito, jawohl!

»Entschuldigung, Etihad?«

Eine Frau sieht mich auffordernd von der Seite an. Also wirklich, ich stehe hier in Wanderschuhen und mit Isomatte auf dem Rücken in einer Reihe mit rund hundertfünfzig anderen Leuten. Warum werde ausgerechnet *ich* nun wieder gefragt, wo hier was ist?

»Sorry«, gebe ich gleichgültig zurück, zucke die Achseln und unterdrücke den antrainierten Servicereflex, meinen Warteplatz aufzugeben und mit der Frau zur Information zu gehen. Die Leute sprechen ja nicht mal mehr in ganzen Sätzen, wenn sie etwas von mir wollen.

Ohne ein weiteres Wort zieht die Frau ab.

»Das ist einfach deine offene Aura, Charlotte. Berufskrankheit«, hat mir Feli mal erklärt, als ich sie fragte, warum zur Hölle ich Hilfe suchende Menschen anziehe wie das Licht die Motten. Hach ja, Feli und ihre Weisheiten.

Wieder macht sich ein Kloß in meinem Hals breit. Sie hatte immer auf alles eine Antwort, und jetzt ist sie selbst das größte Fragezeichen in meinem Leben. Ich habe das Gefühl, seit wir zusammenwohnen, hat sie mir nur noch Lügen aufgetischt. Und ich komme nicht dahinter, wieso. Mir fehlt die alte Feli vor ihrer Schwangerschaft! Die, der ich vertrauen konnte und die mir die Kraft gab, mich nicht mehr auf halbgare Männer-Kompromisse einzulassen! Und daran zu glauben, dass man notfalls auch ganz ohne Männer so richtig glücklich werden kann. Auch wenn sie jetzt behauptet, das alles sei nur gespielt gewesen. *Nicht dran denken!*, befehle ich mir selber. Ich suche nach Ablenkung und blicke mich um.

Yeti-Airlines ist ganz schön flott am Check-in, das muss man sagen. Und das, obwohl scheinbar halb München auf die Idee gekommen ist, an diesem Dienstagmorgen nach Kathmandu zu fliegen. Na ja, vermutlich sind viele Leute in der Schlange bereits aus anderen Teilen Europas angereist, um von hier aus weiterzufliegen, aber es ist erstaunlich voll. Neugierig mustere ich meine Mitreisenden. Im Grunde gibt es nur zwei Gruppen: Einheimische, die wahrscheinlich Verwandte in Europa besucht haben, und Trekkingurlauber wie mich. Wer nicht in bunter Landeskluft reist, tut es in hippen Outdoorsachen.

Die Sachen der anderen Urlauber sind ganz schön abgetragen, während bei mir Wanderschuhe, Trinkflache und Neoprenjacke noch jungfräulich vor sich hinglänzen. Bloß gut, dass ich meine neuen Schuhe noch etwas einlaufen kann, bevor es richtig losgeht. Ich spüre nämlich jetzt schon, wie sich leichte Blasen an meinen Fersen bilden, dabei bin ich nur durchs Terminal gelaufen, und mal kurz zur Toilette. Immerhin steht meine Ausstattung der der anderen Trekkingspezialisten in nichts nach. Kein Wunder, so umfassend wie ich mich vorbereitet habe. Im Sportgeschäft bin ich eine halbe Stunde lang im aeroben Bereich auf einem Laufband gewandert, das Untergründe wie Kiespfade, Wattenmeer und Geröllhänge simulieren kann, um überhaupt den richtigen Schuh zu finden.

Für sonstiges Training blieb mir leider keine Zeit, und das macht mir doch ein wenig Sorgen. Zumal ich nach der halben Stunde in Schrittgeschwindigkeit erst mal einen halben Liter Wasser trinken musste, bevor ich zur Kasse lief und nachts einen Wadenkrampf bekam. Aber ich vertraue einfach mal darauf, dass mein Körper durch das ständige Höhentraining in der Fliegerei gut mit dem Luftdruck klarkommt. Bei meiner letzten Blutuntersuchung hatte ich viel zu viele rote Blutkörperchen im Blut – typisch dafür, wenn man sich oft in großer Höhe aufhält. Und ich steige ja auch nicht so richtig auf den Annapurna, sondern wandere bloß um das Annapurna-Bergmassiv herum. Eine Erkenntnis, zu der ich erst kam, als ich mir gestern Abend meine Reiseunterlagen noch einmal genau angeguckt habe.

Nach langer Recherche habe ich über »Employee Adventures« gebucht, ein Onlineportal nur für Angestellte von Airlines, Hotels und Reisebüros. Ohne die stark vergünstigten Preise hätte ich mir diesen Trip beim besten Willen nicht leisten können, und schon zum jetzigen Sonderpreis darf ich so wenig an mein Konto denken wie an Feli.

Ich rücke in der Schlange vor und krame schon mal meinen Reisepass und meine Flugtickets heraus. Die Bodenmitarbeiter von *Yeti* tragen bunte Pullover aus grober Wolle in Regenbogenfarben, die ich schon auf vielen Nepal-Bildern gesehen habe, und ich freue mich, so schon hier ein Stückchen Nepal schnuppern zu können.

Direkt vor mir echauffiert sich ein älterer Herr lautstark, dass er keinen Platz am Notausgang reservieren konnte. O je, das erinnert mich schlagartig an die rätselhaften Beschwerdebriefe der Flakers … Ich hoffe so sehr, dass da nichts mehr nachkommt, und Skyline mich nicht auch noch in dieser Sache vorlädt. Das Gespräch mit Frau Reger hat mir eindeutig gereicht. Ich bin heilfroh, so glimpflich davongekommen zu sein, in Geldangelegenheiten versteht Skyline keinen Spaß, das ist allgemein bekannt und auch nur verständlich. Aber diese Anschuldigungen können nicht mir gelten, da bin ich mir fast sicher. Obwohl in allen Briefen eindeutig mein Name steht. Wie sonst kämen die Leute auf mich? Nein. Mir wird ganz schlecht bei dem Gedanken, aber … aber hat Feli am Ende etwa auch damit zu tun?

Gut, unser Verhältnis steht derzeit wirklich nicht zum Besten. Aber würde sie mir ernsthaft schaden wollen? Theoretisch könnte sie die Schreiben zwar verfasst haben, aber sie kamen ja offiziell über Skyline. Da müsste sie schon die Firmenbriefbögen gefälscht und die Briefe im Namen irgendwelcher Kunden an Skyline geschickt haben, um mich so zu erschrecken. Hat sie das etwa getan? Oh Gott, das würde ja regelrecht kriminelle Energie voraussetzen, oder vielmehr … Also, das wäre ja fast schon ein Fall für den Psychiater. Ich muss an *Basic Instinct* denken. Diese zwei Frauen, die sich auf der Uni kennengelernt haben und sich gegenseitig das Leben zur Hölle machen. (Und ich habe nie kapiert, ob jetzt nur die eine oder beide geisteskrank waren.) Es sind ja oft gerade die, die einem nahestehen und denen man so etwas Verrücktes nicht zutraut. Glenn Close zum Beispiel in *Eine verhängnisvolle Affäre*. Oder dieser Anwaltsboss, Al Pacino, der in Wahrheit der Teufel ist und Keanu Reeves in den Wahnsinn treibt. Oder *Der Feind in meinem Bett* … Okay, ich muss jetzt wirklich an etwas anderes denken, sonst bin *ich* es, die durchdreht.

Ich versuche, meine Filmfantasien abzuschütteln, und wieder klar zu denken, doch es will mir nicht recht gelingen. Welchen Grund sollte Feli für so eine miese Aktion haben? Wenn sie wollte, dass ich Schaden nehme, hätte sie mich auf der Telefonrechnung sitzen lassen. Und sie nicht auch noch doppelt bezahlt. Was definitiv die Wahrheit ist, mit der ich sie beizeiten konfrontieren *muss*. Die Frage ist wann, wie und wo, und vor allem: Wie wird sie reagieren? Was, wenn sie *wirklich* Probleme und Verbindlichkeiten hat, von denen ich nichts weiß? Spielschulden, oder so? Oh Gott, ja – vielleicht ist Feli spielsüchtig! Nach Online-Poker oder so was? Oder hat sich unterwegs auf kriminelle Machenschaften eingelassen, Schmuggelhandel vielleicht? So, wie *Jackie Brown*. Und jetzt muss sie dem Dealer regelmäßig irgendwelche Raten bezahlen und hat Todesangst, und irgendwann stehen so fiese italienische Typen vor unserer Tür und spülen meine Uniform die Toilette runter, wie in *Der Pate*.

Du weißt eben nicht alles über mich. Bei dem Satz kriege ich langsam Gänsehaut. *Nicht dran denken! Nicht dran denken!*, wiederhole ich still mein neues Mantra.

»He, schlafen Sie, oder was?«

Ich kriege einen kräftigen Schubs in den Rücken. Hinter mir steht eine Frau mittleren Alters mit wettergegerbtem Gesicht und deutet ungehalten auf einen freien Schalter, an dem eine Yeti-Mitarbeiterin mich mit ähnlich begeistertem Gesichtsausdruck erwartet.

»'tschuldigung«, murmele ich beschämt und ziehe meinen zehn Kilo schweren Rucksack schnurstracks auf ihre Waage. Wortlos checkt sie mich ein und nennt mir meinen Flugsteig, den sie mit Kuli auch noch so heftig auf der Bordkarte einkringelt, als wäre ich lernbehindert.

Schleunigst bedanke und verdrücke ich mich, unter den vorwurfsvollen Blicken und dem entnervten Gemurmel der Restschlange, die nun mich für die gesamte Wartezeit verantwortlich zu machen scheint.

Bis zum Boarding habe ich noch ewig viel Zeit. Ich lasse die Sicherheitskontrolle hinter mir und schlendere durch die Shops. Die Versuchung, mir irgendetwas zu kaufen, wächst leider schon wieder. Irgendwie verbinde ich es unweigerlich mit dem Unterwegssein. Vermutlich weil ich bislang das Gefühl hatte, meine Spesen seien gar nicht so richtig mein eigenes Geld. Mehr so eine Art Skyline-Taschengeld für unterwegs. So was wie Monopoly-Geld, vor allem, wenn es eine fremde Währung ist. Von jetzt an werde ich akribisch auf mein Budget achten, denn ich möchte Frau Reger wirklich nie, nie wiedersehen. Die Begegnung mit ihr in diesem trostlosen Büroturm war einfach nur furchtbar. Und ich habe immer noch Schiss, dass rauskommt, dass ich keine Samariterin bin, sondern bloß kaufsüchtig und eine Lügnerin. Das Schwierigste wird sein, mich den kostspieligen Unternehmungen der verschiedenen Crews zu entziehen (vom Steakessen mal ganz abgesehen).

Schon während eines Hinfluges werde ich dauernd gefragt, was ich denn vor Ort so vorhabe. Und natürlich ist es ja schön, wenn Kollegen einen beim Wasserskifahren oder bei Rundfahrten mit gemieteten Autos dabeihaben wollen. Aber in meiner Situation ist es schwachsinnig, einen Ausflug nach Las Vegas zu machen und teuer im Ceasar's Palace zu übernachten, wenn doch in Los Angeles ein von Skyline bezahltes Doppelzimmer auf mich wartet. Nur weiß ich leider auch, dass es schwer akzeptiert wird, wenn man angibt, »Spesen sparen« zu wollen. Kaum hat man es gesagt, schwups, schon wird man als Spießerin verurteilt und mit einem Gewitter aus Sätzen konfrontiert wie: »Ach komm, du musst doch auch mal leben« oder »Die Spesen sind doch zum Ausgeben da«. Und so ist man gezwungen, sich andere

Dinge einfallen zu lassen, um seine Ruhe zu haben und die Miete zahlen zu können.

»Ich bin gerade umgezogen und total platt«, oder »Ich habe zu Hause zwei kleine Kinder, ich muss einfach mal ausschlafen«, haben sich da als effektive Ausreden erwiesen. Sehr schlecht kommen dagegen solche an, wie: »Ich studiere nebenbei und muss noch für eine Prüfung lernen.« Entweder springen die Zuhörer sofort begeistert darauf an und wollen jede Menge Details zu meiner Karriere als zukünftige Staatsanwältin, Zahnärztin oder Sportlehrerin hören, oder aber sie grenzen mich komplett aus.

»Und, kommt sie mit?«, hörte ich einmal eine Kollegin fragen, als wir in Sao Paulo unsere Koffer über den Hotelflur zu den Zimmern zogen und sie mich längst in meinem glaubte.

»Nee, Madame *studiert*«, erwiderte die andere, als hätte ich Ebola. Ich habe dann hörbar meinen Schlüssel ins Schloss gesteckt und lautstark die Tür geöffnet. Ich hoffe, es war ihnen wenigstens peinlich. (Und hoffe für mich, dass ich niemanden treffe, der mich auf einem Flug bereits als Juristin kennengelernt hat, auf einem anderen aber als alleinerziehende Harfenvirtuosin mit straffem Konzertplan.)

In dem Terminalbereich, in dem Yeti-Airlines abfliegt, war ich noch nie. Nicht nur, dass der Flughafen hier irgendwie anders aussieht, auch die Fluggäste sind anders. Statt geleckter Businessgäste mit Anzug und Krawatte, die auf ihre Laptops einhacken, sitzen die meisten Leute in kleinen Gruppen zusammen, teilweise auf dem Boden, und trinken Tee aus Thermoskannen. Viele beugen sich über Wanderkarten. Außerdem gibt es eine Menge kleiner Kinder, die quietschend und lachend herumtoben.

Ich suche mir ein abgelegenes Plätzchen und komme mir irgendwie deplatziert vor mit meinem italienischen Kaffee to go, der in einem sehr trendigen rosa Pappbecher vor sich hinschwappt, und meiner neuen *InStyle*. (Gut, schön, ich gebe es zu – diesen Ausgaben konnte ich dann doch nicht widerstehen, immerhin werde ich eine Weile abseits der Zivilisation unterwegs sein.)

Der Flug nach Kathmandu allein wird rund zwölf Stunden dauern. Nach der Landung werde ich direkt im Anschluss per Minibus noch sieben Autostunden lang nach Besisahar transportiert, dem Ausgangspunkt der Tour, an dem ich auf meine Trekkinggruppe treffen werde. Nach der ersten Nacht in einer Lodge geht es dann endlich richtig los, und ich kann mich schon mal ganz nebenbei nach Banker Brian umhören. Obwohl ich inzwischen große Zweifel habe, ob es ihn wirklich gibt. Aber wie heißt es doch so schön? Die Hoffnung stirbt zuletzt. Und schaden kann es ja nicht, nach ihm zu suchen, und wer weiß ... Irgendjemand muss sie schließlich geschwängert haben, soviel steht mal fest. Und ich bleibe dabei: Ich lege meine Hand dafür ins Feuer, dass es nicht »Wulf-Dietmar« war. Na ja, nicht wortwörtlich natürlich ...

Bei der Erinnerung an die kurze Zeit mit Fabienne und Lily-Marie muss ich lächeln. Es war wirklich wunderschön mit ihnen in Delhi. Fast so schön wie früher mit Feli, wenn ... *Nicht dran denken, Charlotte!*

Jedenfalls, wie Feli ihn mir beschrieben hat, scheint Brian im Himalaya fast schon zum Inventar zu gehören. Angeblich fährt er jedes Frühjahr dorthin, und ich habe gelesen, dass man auf den einschlägigen Trekkingpfaden sowieso immer wieder dieselben Leute trifft. Das ist wie auf dem Jakobsweg, je nachdem, wer welches Tempo hat.

»Yeti-Airlines 9721 to Kathmandu is now ready for boarding.« Mein Flug wird aufgerufen, und nur Minuten später sitze ich in der Economyclass am Fenster. Puh, ist das eng! Holla, das hatte ich ganz vergessen. Irgendwie ist es doch was ganz anderes, ob man in so einem Flugzeug in einer kleinen Ecke sitzt oder überall herumlaufen darf.

Ich mache es mir so gut es geht gemütlich und tausche meine neuen Wanderschuhe gegen bequeme, dicke Socken. Als die Maschine zur Startbahn rollt, werde ich ganz kribbelig. Wow, ich tue es wirklich: Ich fliege zum höchsten Gebirge der Erde – dem Dach der Welt! Ganz alleine. Und ich fühle mich gar nicht mal einsam. Ich bin frei, ich habe Urlaub und einen Plan – und ich spüre ganz deutlich, dass ich mir nichts vormache. Nein, ich freue mich wirklich auf alles, was ich erleben werde!

Die Luft in Besisahar ist noch klarer als im quirligen Kathmandu. Im Gegensatz zu meinen sonstigen Reisen, die von Skyline durchorganisiert sind und über denen immer die Kürze des Aufenthalts und der Rückflug schwebt, spüre ich diesmal, dass ich am anderen Ende der Welt bin. Vor allem auf der Tagesreise im Minivan habe ich gemerkt, welche Distanzen man hier überwindet.

Wie vereinbart bin ich mit noch drei weiteren Abenteuerurlaubern am Sammelpunkt abgeholt worden. Allerdings hat niemand im Bus ein Wort gesprochen, ich vermute, weil wir alle ziemlich fertig waren vom Flug. Und ich für meinen Teil wollte sowieso lieber aus dem Fenster gucken, als zu erzählen, wo ich herkomme und dass ich aufs Inge-Meysel-Gymnasium gegangen bin. Die ganze Fahrt über habe ich Musik gehört und die Landschaft in mich aufgesogen, bis sich meine Augen langsam an den Anblick der Berge und subtropischen Vegetation gewöhnt hatten.

Hier und da habe ich schon ein paar Yaks gesehen – die typischen zotteligen Rinder, die in dieser Region leben. Man nennt sie wegen ihrer Laute auch »tibetische Grunzochsen«, was ich sehr sympathisch finde, zumal ich angeblich schnarche. Genau so einer soll später in den höheren Lagen mein Gepäck tragen. Oder ein »Sherpa«, das Volk, das vor rund fünfhundert Jahren als Erstes den mutigen Entschluss fasste, den Gebirgszug zu überqueren. Viele von ihnen arbeiten heute für Touristen. Ich hoffe lieber auf ein Yak, mir wäre es einfach peinlich, wenn sich ein buckliger alter Mann mit meinem Rucksack abmühen müsste, auch wenn ich ihn natürlich gut dafür bezahlen würde und genug Mühe mit mir selber habe.

An der Rezeption der Lodge in Besisahar erhalte ich meinen Zimmerschlüssel und betrete kurz darauf ein winziges Zimmerchen mit spartanischer Pritsche. Da wir morgen früh um sieben aufbrechen, wird es das Beste sein, heiß zu duschen und dann schnell schlafen zu gehen.

Ich rolle meinen Schlafsack aus und ziehe meinen Thermoschlafanzug hervor. Es ist ziemlich kalt im Zimmer, aber auf komische Art und Weise tut es gut, dem Luxus und Konsum zu entkommen, der mich sonst unterwegs umgibt. Ich freue mich schon auf das einfache, typisch nepalesische Frühstück, das es morgen geben soll.

Als ich in die Dusche auf dem Flur husche, ist niemand dort außer mir. Für hiesige Verhältnisse ist es wohl noch früh am Abend, gerade mal sieben Uhr, und die restlichen Bewohner der Unterkunft scheinen sich unten im Kaminzimmer versammelt zu haben. Ich höre englisches Stimmengewirr und dazwischen lautes Lachen. Na ja, vermutlich werde ich in den nächsten Tagen noch genug Gelegenheit haben, mich in Gesellschaft zu begeben und Leute kennenzulernen.

Ich bin ziemlich gespannt auf meine Trekkinggruppe, aber für heute erst mal heilfroh, mit niemandem mehr reden zu müssen. Auf mich allein gestellt zu sein, hat mir auf dem Hinflug schon gutgetan und das Urlaubsgefühl eingeläutet. Der Sitzplatz neben mir war glücklicherweise frei geblieben, und so konnte ich mich richtiggehend ausbreiten und einfach nur meinen Gedanken nachhängen. Es tat irre gut, im Flugzeug nicht lächeln oder sich um andere kümmern zu müssen.

Und satt bin ich auch noch. Auf der Fahrt hierher haben wir kurz Rast gemacht und an einem Kiosk Brot, Salami, Äpfel und Schokoriegel erstanden. Kurz bevor ich einschlafe, sehe ich mir noch mal die genaue Route an. Die erste Etappe wird uns in vier Stunden Fußmarsch nach Ngadi bringen, auf knapp tausend Meter. Am zweiten Tag werden wir sieben Stunden laufen, nach Jagat. Von dort aus geht es auf knapp zweitausend Meter rauf nach Dharapani, dann nach Chame, Pisang, Manang … Okay, diese ganzen Orte werde ich mir eh nicht merken können bis dahin. Aber auf jeden Fall geht es jeden Tag über Stunden bergauf und bergab, und meine Reiseunterlagen versprechen, dass genau das zur Erholung führt:

> *»Während Sie einen Fuß vor den anderen setzen, werden Sie in den Zustand meditativen Wanderns gelangen. Werden Sie wieder eins mit der Natur und sich selbst.«*

Also ich finde, das klingt gut. Eins mit mir, den Yaks und den Bergen. Und hoffentlich auch mit meinen Wanderschuhen.

(Gottlob habe ich ein paar Blasenpflaster und was zum Auspolstern dabei.)

Richtig spannend wird es erst am zehnten Tag. Da überqueren wir den Thorong-La-Pass! Das wollte ich wirklich Zeit meines Lebens mal machen – also zumindest, seit ich *1000 places to see before you die* gelesen habe. Da steht dieser Ort nämlich als Nummer drei drin.

Ein karger, schneebedeckter Pass auf über fünftausend Höhenmetern, über und über bedeckt mit Tausenden bunter Gebetsfahnen. Ein Ort, an dem nicht mal Malte jemals war! Und das heißt was. Gott, der würde tot umfallen, wenn er wüsste, dass ich auf dem Weg dorthin bin. Aber das ist mir natürlich egal. Außer ich finde eine nette kleine Postkarte dort oben, die dann eines Tages in seinem Postfach bei Skyline landen könnte ... So unter Freunden, also Exfreunden, versteht sich. Mit Beweisbriefmarke und Poststempel natürlich. Und vielleicht einem kleinen Foto von mir und meinem Yak und einem Schild, auf dem steht *»You are here – 5000 m«* ... Mal sehen.

Jetzt aber werde ich erst mal schlafen. Mein letzter Blick gilt meinem Handy, das beruhigenderweise keinerlei Netz hier oben hat. Also schalte ich es aus und schiebe es nach ganz unten in meinen Rucksack, wo es von mir aus auch die nächsten zwei Wochen bleiben kann. Von Feli habe ich ohnehin nichts mehr gehört, und es fühlt sich merkwürdig an, welche Distanz auf einmal zwischen uns liegt. In jeder Hinsicht.

Ich bin im Himalaja auf Expedition, und sie ist im siebten Monat schwanger. Dinge, die wir uns noch vor einem Dreivierteljahr nie hätten träumen lassen ...

Am nächsten Morgen sitze ich zu unchristlicher Stunde mit einem Blechteller auf den Knien im Kaminzimmer. Er ist randvoll gefüllt mit Dal Bhat, dem nepalesischen Nationalgericht. Es besteht aus Reis mit Linsen, Mangold und scharfer Soße, und ich gebe zu: Zum Frühstück ist es gewöhnungsbedürftig. Aber bei dem Marsch, den wir vor uns haben, ist ein kräftiges Frühstück sicher ratsam. Auch der Kaffee ist ungewöhnlich stark und versetzt mich in Aufbruchstimmung.

Ich sehe mich in dem Raum um, der genauso gut einer kanadischen Blockhütte entstammen könnte. Die Leute sitzen für sich und scheinen sich untereinander noch nicht zu kennen. Oder möchten sie sich nur meditativ auf den Tag einstimmen? Ich vermute, die fröhliche Gruppe vom Vorabend ist abgereist.

Mein Blick fällt auf ein Plakat über der Rezeption: »Durch Ihre Reise erzeugte CO2-Emissionen können Sie durch eine Spende an Atmosfair wieder ausgleichen. Überweisungsformulare erhalten Sie bei uns!«

Oh Gott, da müsste ich ganz schön viel spenden in Anbetracht meiner ganzen absolvierten Flüge …

Ein schriller Pfiff durchschneidet meine Gedanken, und die gemütliche Frühstücksatmosphäre ist auf einen Schlag wie weggeblasen.

»*Guys, listen*!« Eine Art nepalesischer Sunnyboy baut sich in der Tür nach draußen auf, und es zieht kalt herein.

»*If you have arrived yesterday, this is your tour – starting NOW! Please come with me outside*!«

Hektisch räumen gut fünf Leute ihr Geschirr weg und versammeln sich vor dem Haus auf dem Kiesplatz. Ich bemühe mich hinterherzukommen. Als ich dazustoße, haben sie bereits einen Kreis gebildet und starren mich erwartungsvoll an.

»*You are last*?«, fragt mich der Guide, und ich nicke.

»*Okay, so you'll introduce yourself first*!«

Oh nein, wie ich so was hasse! Na schön.

»*I'm Charlotte from Munich*«, sage ich verlegen und lächle in die Runde.

»*Trekking experience*?«, fragt er nach.

»*None*«, gebe ich unsicher zurück.

»*None*?!«, fragt er mit hochgezogenen Augenbrauen nach.

»*Well, I've been on top of the Watzmann – one of the highest mountains in Germany – and in the base-camp of the K2*«, kratze ich schnell meine spärlichen Bergerlebnisse mit Malte zusammen, die gut sieben Jahre her sind.

»Okay.« Der Guide nickt beruhigt und gibt das Wort weiter. Nach und nach stellen sich alle vor – mit ihrem Namen und ihrer Trekkingerfahrung, und mir wird ganz elend. Offenbar bin ich in einer Gruppe geklonter Maltes gelandet.

Uli und Nathalie aus Köln sind ein Paar um die vierzig, die seit zehn Jahren zusammen wandern, »am liebsten in den Karpaten«. Anke ist Mitte zwanzig und Ökotrophologin aus Kiel, sie will »beim Laufen versuchen, die Enttäuschung über ihre Exfreundin in positive Energie umzuwandeln«, Ernst (»aber alle nennen mich Elvis«) ist im Rahmen eines Sportstipendiums der Bundeswehr hier, und Robert kommt aus Schwaben und ist Programmierer. Er ist um die fünfzig, wohnt noch bei seiner Mutter (mit Blick auf den Hausberg) und »liebt desch einfach, we ma klatschnass stundenlang durch Gottes Gewalt läuft«. Er war erst letztes Jahr auf dem Fuji, aber »des isch ja kei Herausforderung mehr heutzutach, da die paar Hubbel«.

Kurzfristig würde ich unsere Runde doch gerne wieder gegen eine Runde Streit mit Feli tauschen. Mich überkommt blanke Panik in Anbetracht der Bergfreaks und ihrer Erfahrung mit Steilhängen.

»Sorry!«, ruft eine raue Stimme hinter uns, und eine Frau mittleren Alters trabt trotz Marschgepäck leichtfüßig auf unsere Runde zu. Gottlob war ich also doch nicht die Letzte, vielleicht ist sie ja auch Anfängerin?

»*Sorry, but I had to do some walking after breakfast*!«

Habe ich das richtig verstanden? Wir haben vier Stunden Fußmarsch vor uns, und sie war nach dem Frühstück erst mal spazieren? Zu allem Überfluss erkenne ich sie jetzt. Und sie ist ebenso wenig begeistert wie ich. Es ist die Frau mit dem wettergegerbten Gesicht, die mich am Check-in in München geschubst hat! Na toll.

Reihum gibt sie jedem die Hand, wobei sie mich währenddessen abschätzig scannt. Ihr Händedruck ist der eines Champions im Schwergewicht.

»Hanofret«, stellt sie sich vor. »*Forty-six, from Berchtesgaden, travelled each and every mountain, last year did some peaks with Reinhold*«, erklärt sie patent in die Runde. Wobei sie klingt, als befände sie sich in der Army. Fehlt nur noch das »*Sir, yes, sir*!«

Moment mal, *peaks with Reinhold?* Reinhold Messner?

»Zappalot, bisch du des wirklich, Hanofret? Mir kenne uns doch vom Everest!« Robert stürzt begeistert auf sie zu und auch ihr scheint ein Licht aufzugehen.

»*Okay, guys*!«, klinkt unser Guide sich wieder ein, während die beiden ihr Wiedersehen feiern und sich gegenseitig auf die Schulter klopfen. »*We have some kilometers ahead of us – it's five days of walking, before we even get close to Thorong-*

La-Pass, which you are all looking forward to see, I guess! So, now that I know all of you – you should get to know me: I'm Ang. I'll guide you and take care of all of you, so that you will have a safe trip! Okay?«

Dann teilt er uns dem Grad unserer Erfahrung nach in eine Laufreihenfolge ein, die Schwächsten zuerst. Überflüssig zu erwähnen, dass ich direkt hinter ihm herlaufen muss, während Hanofret das Schlusslicht bildet.

»Es sollte irgendeine Art von Test geben, bevor man hier rauf darf. Die war schon am Flugschalter so langsam!«, zischt sie dem Rest der Gruppe zu, als wir uns in Bewegung setzen und ich das (Schnecken-)tempo auf dem kleinen Pfad vorgebe, der von der Hütte wegführt. Na klasse, schon werde ich gemobbt.

Ang bleibt noch kurz bei der Lodge, um mit den Besitzern ein paar Worte auszutauschen. Nach ein paar Minuten holt er auf, und ich nutze die Gelegenheit, ihn mit wenig Hoffnung in der Stimme in meiner geheimen Mission zu befragen.

»*You wouldn't know some english guy who is called Brian and comes here every year, would you?*«

Im Laufen dreht er sich um und strahlt mich wissend an.

»*Sure, I do know Brian! Everyone knows him! He belongs here like the Yaks.*«

Danke für Ihre Spende! Atmosfair – Es gibt nur eine Erde	-10,00 €
Danke für Ihre Spende! Atmosfair – Es gibt nur eine Erde	-8,00 €
Danke für Ihre Spende! Atmosfair – Es gibt nur eine Erde	-5,00 €
Spesensaldo:	-711,34 €

15.

Wow, ich hätte nie gedacht, dass ich so schnell Erfolg haben würde. Wenn überhaupt! Banker Brian aus Birmingham gibt es also wirklich! Noch dazu scheint er hier bekannt zu sein wie ein bunter Hund, als wäre der Himalaja ein Dorf. Und es kommt noch besser: Ang hat mir erzählt, dass wir ihn vermutlich sowieso in Manang treffen werden, wo wir einen größeren Stopp einlegen, um uns zu akklimatisieren. Brian hilft dort jedes Jahr mit den Yaks, wenn größere Touristengruppen kommen, um von dort aus die letzte Etappe zum Pass zu bestreiten… Feli hat also nicht gelogen, und auch Brian scheint eine ehrliche Haut zu sein, denn wahrheitsgemäß befindet er sich jedes Jahr im Oktober in dieser Gegend! Das – und nur das – ließ mich die letzten vier Tage ertragen. Ich frage mich, was ich mir dabei gedacht habe, ins höchste Gebirge der Welt zu fliegen. Ich bin nicht im Mindesten dafür qualifiziert und musste Hanofret nach nur einer Stunde Fußmarsch am ersten Tag recht geben, als dass es wirklich einen »Wanderführerschein« geben sollte. Die Tatsache, dass man sich ganz einfach per Mausklick in eine so lebensbedrohliche Situation begeben kann, ist fahrlässig.

Die ersten zwei Tage gingen ja noch. Zwar überholten mich die anderen ständig fröhlich plaudernd, während ich kaum Luft bekam, aber irgendwie schaffte ich es, Schritt zu halten. Sogar meine nach kurzer Zeit blutigen Fersen ignorierte ich und biss die Zähne zusammen wie eine Ballerina oder ein Topmodel bei Heidi unter der Aufsicht von Bruce oder Jorge. Lieber wäre ich ohnmächtig geworden, als Hanofret auch nur eine weitere Form des Triumphes über mich zu gönnen! Märtyrerhaft schlief ich sogar eine Nacht lang mit meiner Isomatte auf dem Boden, als in einer Lodge ein Bett zu wenig vorhanden war, und lehnte großmütig ab, als sie mir beim Abendessen eine zweite Portion Dal Bhat anbot. Was leider dazu führte, dass ich in Pisang zusammenklappte und vor den Augen aller neben einer traditionellen Gebetsmühle ins Gras sank. Als ich wieder zu mir kam, die Beine hochgelegt auf ein gemächlich kauendes Schaf, hörte ich entfernt Ulis scherzende Stimme: »Ich sach immer: Jeder Yak is anders!« Unsere Kölner Frohnatur bemühte sich um gute Stimmung, und Robert fiel mit ein: »Madele, desch bringt dir doch nix, wie du disch hier quälst!«

»Und uns!«, fügte Anke besserwisserisch hinzu.

Dann kam Ang auf mich zu und half mir auf. »*That's why we've organized you something*!«

»Genau!«, schaltete sich auch Nathalie ein und zog an einem Strick. An dessen Ende, das hinter der Gruppe verlief, kam ein heftig protestierender Maulesel hervor.

»Der wird dir helfen, mit uns Schritt zu halten!«, erklärte sie. Dann wurde ich abwechselnd geführt. Nur Hanofret weigerte sich, da sie ja schon »das Muli für die Stuse« organisiert hatte.

Es war demütigend!

Die meiste Zeit saß ich also mit meinem Rucksack auf dem schaukelnden Reittier, umklammerte zusätzlich noch das Gepäck von Nathalie oder Anke und hatte permanent das Gefühl, dass mir die Ökotante aus Kiel hypnotisch auf den Po starrt. Mehrere Versuche abzusteigen, kommentiert von »Es geht schon wieder« über »Ich würde jetzt ganz gerne wieder selber laufen« bis hin zu »Lasst mich endlich runter!«, wurden schlichtweg ignoriert oder von Hanofret mit dominantem »Schsch!« übertönt.

Ang amüsierte sich zu Tode. Immerhin brachte ich aus seiner Perspektive eine willkommene Abwechslung in den nicht abreißenden Strom routinierter Bergsteiger, mit denen er es ansonsten zu tun hatte. Also fügte ich mich in mein Schicksal, stöpselte meinen iPod in die Ohren und versuchte, eins mit irgendetwas zu werden. Was mir nicht einmal mit dem Muli gelang, das sich von Zeit zu Zeit mit lautem »Iaaah!« gegen die schwere Last auf seinem Rücken wehrte. Kommentare wie Roberts »Guck, der isch viel trittsicherer als du«, überhörte ich huldvoll.

Das Projekt »Urlaub und Erholung in der Natur« ist offiziell gescheitert. Und so bleibt mir nur noch die Mission Brian. Zumindest, bis ich die Aussicht vom Thorong-La-Pass genießen kann. Und auf die versuchte ich mich zu konzentrieren. Vielleicht wird er auch Klarheit in alle meine Rätsel bringen.

Abends liege ich fröstelnd in meinem Schlafsack, förmlich abgefüttert von der Gruppe, unter deren Aufsicht ich nach dem üblichen Dal Bhat noch zwei Schokoriegel verputzen und einen halben Liter Wasser trinken musste, und freue mich auf Manang, das auf dreitausendfünfhundert Metern liegt.

Ich versuche mir vorzustellen, wie ich Brian gegenübertrete. Wie soll ich mich vorstellen und was zu ihm sagen? »Hallo, Brian – erinnerst du dich an die große blonde Stewardess, die du in Hongkong geschwängert hast?« Wohl kaum. Oder »Seit du mit meiner Mitbewohnerin Feli geschlafen hast, ist sie schwanger und komisch. Und da wollte ich fragen, ob du uns vielleicht besuchen könntest, ihr Mann werden oder zumindest ein guter Papa und uns beiden nebenbei den Glauben an die Liebe wiedergeben kannst? Ginge das? Ach ja, und an unsere Freundschaft. Und vielleicht gleich ein paar Tassen spülen, denn das macht sie ungern.«

Eher auch nicht. Obwohl es das im Großen und Ganzen trifft … Während ich im Kopf alle möglichen und unmöglichen Sätze und Szenarien durchspiele, höre ich die immer leiser werdenden Stimmen der anderen am Lagerfeuer. Ich habe es vorgezogen, mich nur noch notdürftig zu integrieren, nachdem meine Position innerhalb des quasi Dschungelcamps ja ziemlich schnell klar war und dass ich hier in etwa so gut reinpasse wie der Papst in einen Swingerklub. Nur Ang hat etwas Mitleid mit mir und stupst mich hier und da aufmunternd auf meinem Muli an.

»Ist schon okay, Charlotte, das nächste Mal buchst du einfach nicht die Tour für Fortgeschrittene, hm?«

Jaja, möchte mal wissen, wo genau auf der Website das stand. Ich dachte, die einzelnen Termine seien mit grün, gelb und rot unterlegt, um den Grad des Ausgebuchtseins zu signalisieren, wonach die rote Tour die beliebteste zu sein schien. Hanofrets angeberische Stimme tönt hellwach vom Lagerfeuer herüber: »Ich bin von Kathmandu aus mit dem Mountainbike gefahren und später im Pick-up nach Besisahar getrampt.«

Das erklärt auch, warum sie, die ja mit mir im Flugzeug war, nicht auch im Minivan gefahren ist. Mann, geht die mir auf den Zeiger mit ihrem sportlichen Übereifer! Vermutlich habe ich nur von ihrem ganzen Gequatsche diese bohrenden Kopfschmerzen, die immer stärker werden. Auch mein Herz schlägt unangenehm schnell, sodass es noch eine Weile dauert, bis ich endlich einschlafe. Das alles regt mich fast mehr auf als die Sache mit Feli.

Am nächsten Morgen erwache ich als Erste, mit noch immer heftigen Kopfschmerzen und ohne Appetit. Ich nutze die Gelegenheit und mache mich unbeobachtet an einer Art Viehtränke notdürftig fertig. Daneben steht bereits heißer Tee, den die Herbergsleute frisch aufgebrüht haben. Heute ist es soweit – ich werde Brian treffen! Hoffentlich. Ich habe noch immer keinen blassen Schimmer, was ich zu ihm sagen werde, und deshalb beschlossen, ihn mir erst mal eine Weile anzusehen. Vielleicht ist er ja schwer in Ordnung? Dann sollte es auch für ihn ein ganz besonderer Moment werden, und ich würde ihm die frohe Botschaft hoch oben auf dem Pass eröffnen. Je nachdem, wie ich bis dahin sein Verhältnis zu Stewardessen, Kindern und Geld einschätze.

Ich nehme ein Ibuprofen aus meiner Reiseapotheke und greife mir den Führstrick meines Mulis. Heute werde ich nicht reiten, sondern laufen! Das ist ja wirklich albern auf die Dauer. Außerdem: das arme Tier!

Keine zwei Stunden später sitze ich jedoch wieder auf ihm und sehe auf Nathalie herab, die eingeteilt ist, mich zu führen. Nach den ersten Metern bin ich dann doch heilfroh, reiten zu dürfen. Die Strecke ist eigentlich gar nicht so schlimm, von etwas feinem Geröll hier und da mal abgesehen. Aber diese dünne Luft! Die macht einen wirklich fertig. Dagegen ist der Kabinendruck im Flieger, der ja permanent eine Höhe von zweitausend Metern simuliert, regelrecht angenehm.

Am Abend erreichen wir endlich mit Verspätung Manang am Fuße des beeindruckenden Gangapurna. Ich verziehe mich schnurstracks mit meinem Muli in den Stall, in dem es heute Nacht übernachten darf, und versorge es. Jede Faser in meinem Körper ist angespannt, aber da wir erst so spät angekommen sind, rechne ich mir keine Chancen mehr aus, Brian heute noch zu treffen. Mittlerweile bin ich wahnsinnig gespannt auf ihn, aber auch ziemlich ängstlich und gar nicht mehr so überzeugt, ob es eine gute Idee ist, ihn auf diesem Wege über seinen neuen Lebensweg zu informieren. Ich geselle mich wohl oder übel zum Abendessen zu den anderen, obwohl ich, wie schon den ganzen Tag über, noch immer keinen Hunger habe. Was Hanofret dazu veranlasst, Wetten abzuschließen, wann ich wieder ohnmächtig werde und vom Muli rutsche.

Sie besprechen, dass sie am nächsten Tag, unserem Ruhetag, gemeinsam einen Ausflug zum Hundert-Rupien-Lama machen wollen, der in einer vierhundert Meter über dem Ort gelegenen Klosterhöhle seinen Segen für die Überschreitung des Thorong-La-Passes erteilt. Ich gebe vor, mal einen Tag entspannen zu müssen, überhöre Hanofrets spöttisches »Wovon denn?!« und hoffe, auch so gesund über den Pass zu kommen. Außerdem kann ich so am nächsten Morgen ungestört im Ort nach Brian fragen. Ang hat gemeint, er würde vermutlich auf der großen Koppel mit den Yaks zu finden sein, die auch uns von hier aus begleiten werden.

Am nächsten Tag wache ich erst gegen Mittag auf. Da Manang wieder ein etwas größerer Ort ist, haben wir hier in einer komfortablen Lodge übernachtet. Trotz des erholsamen Ausschlafens ist mir ist ein bisschen übel, und mein Kopfweh ist inzwischen chronisch. Ich wühle in meinem Rucksack nach der Packung mit den Schmerztabletten und fördere mein Handy zutage. Wie gerne würde ich Feli anrufen und mit ihr sprechen. Schon alleine, um ihr von meinen Erlebnissen zu erzählen. In Anbetracht von Hanofrets Gemeinheiten erscheint sie mir gerade wie die gute Fee aus einem Märchen. Früher hätten wir auf so einer Reise zusammen einen Heidenspaß gehabt. Und wenn schon nicht wegen der Reise an sich, dann doch wenigstens wegen der Mitreisenden. *Nicht daran denken.*

Als ich nach einer heißen Dusche und in frischen Klamotten die Treppe in den Gemeinschaftsraum hinuntergehe, duftet es herrlich nach Kaffee und meine Übelkeit verschwindet ein wenig. An einem großen Holztisch sitzt ein einzelner Gast, der mir sofort auffällt. Es ist ein junger, sportlicher Typ Anfang dreißig, mit schwarzem Wuschelhaar und dunkelbraun blitzenden Augen. Er lacht übers ganze Gesicht und unterhält sich mit der Herbergsmutter, in einem Gemisch aus ein paar Brocken Nepalesisch und eigenartig klingendem Englisch, das ich weder als britisch noch amerikanisch noch australisch einordnen würde. Aber doch irgendwie so, als wäre es seine Muttersprache.

Als ich auf der letzten Stufe bin, treffen sich unsere Blicke. Wow, wie kann man am frühen Morgen schon so eine Ausstrahlung haben? (Okay, es ist später Vormittag, aber trotzdem.) Prompt drängt sich mir ein Gedanke auf: Mein Gott, könnte das etwa… Brian sein? Wow, dann hätte ich ab sofort keine Zweifel mehr an Felis One-Night-Stand-Version. Ich bin nicht einmal betrunken und hier fehlt es bei Weitem an der hitzigen erotischen Atmosphäre Hongkongs, und trotzdem spüre ich sofort, dass man ihm verfallen könnte.

»Hi«, sage ich, denn ich stehe nun mitten im Raum.

»Hi«, sagt auch er und steht zu meinem Erstaunen auf. Dann kommt er auf mich zu und gibt mir die Hand. Er ist ganz schön groß. Während er sie schüttelt, lacht er wieder sein umwerfendes Lachen, und ich bewundere seine strahlend weißen Zähne, die sich sexy von seinem zart gebräunten Gesicht absetzen.

»So, und du musst Charlotte sein?«

»Ja, und du bist…«, bringe ich staunend hervor und fürchte, ich werde irgendwie rot.

Ich bin verblüfft, dass er meinen Namen kennt. Und er klingt hinreißend, so wie er ihn in seinem süßen Englisch ausspricht.

»Grant«, stellt er sich vor und nimmt mir damit jeglichen Wind aus den Segeln. Okay, das ist er also nicht. Ich schwanke zwischen Enttäuschung und einer ganz leisen Freude darüber, dass dieser Kerl nicht demnächst Vater wird.

Er zeigt mit dem Kinn auf den Stuhl ihm gegenüber am Tisch. Die Herbergsmutter grinst vielsagend und bringt mir eine große Tasse Kaffee.

»Woher weißt du denn, wie ich heiße?«, frage ich, um die unangenehme Situation zu überbrücken. Immerhin sitze ich jetzt hier mit jemandem, zu dem ich eigentlich gar keinen Bezug habe, auch wenn er scheinbar einen zu mir hat.

»Von Ang«, sagt er nun auf Deutsch und wirkt in seinem Bemühen in meiner Muttersprache zu sprechen, gleich noch attraktiver. »Ich kann aber nur ganz bisschen Deutsch«, rudert er dann sofort zurück und verfällt wieder ins Englische.

»Oh«, hauche ich, was international sein dürfte.

Verdammt, was habe ich eigentlich an? Ich hätte mir wenigstens die Haare irgendwie hochstecken sollen! Sie hängen leblos auf meinen Schultern. Spontan vermisse ich unser Ankleidezimmer und Felis Romy-Schneider-Schminktisch.

»Ang hat mir heute früh von dir erzählt«, erklärt er grinsend. Na toll, mein Ruf eilt mir also bereits voraus, von Bergdorf zu Bergdorf.

»Ich habe die Beginner-Tour vor euch geleitet und wir sind gestern Abend spät vom Pass zurückgekommen. Und weil er dich nicht ganz alleine hier lassen wollte heute, ich sowieso jetzt frei habe und hier bin, und wir Guides hier gut zusammenhalten, hat er mich gebeten, ein bisschen … nach dir zu sehen.«

›Auf dich aufzupassen‹ wollte er wohl sagen. Mir fallen seine entzückenden Grübchen auf und obwohl ich gekränkt bin, dass man nun sogar schon einen Babysitter für mich engagiert, schwant mir, dass es Schlimmeres geben könnte.

Er scheint zu merken, dass mir die Sache ziemlich peinlich ist. »Keine Sorge, Charlotte! Das ist eine schwere Tour, und die anderen in deiner Gruppe machen so was seit Jahren. Sei nicht traurig, wenn du nicht bis zum Pass kommst!« versucht er mich gentlemanlike zu trösten.

Halt, was heißt das? Ich will so was von auf diesen Pass rauf – das wäre ja noch schöner, wenn die ganze Reise umsonst gewesen wäre! Na ja, nicht umsonst, sofern ich Brian heute noch finde und noch ein paar Stunden mit diesem Wahnsinnstypen hier einfach dasitzen kann, aber … na ja. Man will ja auch was sehen von der Welt. Und nun bin ich schon so weit gekommen!

»Hast du schon Pläne für heute?«

Verdammt, wie soll ich ihm denn jetzt beibringen, dass ich ein wenig umherstreifen und den potenziellen Vater des Babys meiner Mitbewohnerin und ehemals besten Freundin aufspüren will? Was mir mit einem Mal gar nicht mehr so wichtig erscheint. Vielleicht kann ich ihm die halbe Wahrheit sagen?

»Äh … ja. Ich suche jemanden namens Brian. Er …«

»Ah – *yes, Brian*.«

Auch Grant setzt ein ähnliches Strahlen auf wie zuvor schon Ang beim Klang des Namens. Muss ja ein Pfundskerl sein, dieser Brian. Vielleicht ist er ein Kumpel von ihm? »Davon hat Ang mir auch erzählt, dass du nach ihm gefragt hast.«

Er winkt mit einer lässigen Geste ab, als wäre die Sache schon geklärt. Dabei wissen die beiden gar nicht, warum ich nach ihm suche. Scheint aber auch niemanden zu verwundern, scheinbar muss man Brian einfach kennen.

»Er wird heute zum Abendessen hier sein«, verkündet Grant und lächelt. »Hier gibt es nämlich das beste Dhal Bat weit und breit – mit tollem Fleisch!«

Anerkennend lacht er zur Herbergsmutter herüber, die uns immer noch verschmitzt beobachtet. Scheinbar geben wir einen unterhaltsamen Anblick ab. »Er wird sich freuen, dich zu sehen…«, lacht er vielsagend.

»Äh … ach ja?«, frage ich verwundert.

»Na klar, wenn eine so eine hübsche junge Frau nach ihm fragt…«, erklärt er seinen schelmischen Blick. Okay, das klingt jetzt nicht so gut. Ich hoffe bloß, er und Grant sind hier keine lokalen Weiberhelden oder so was? Aber das mit dem gemeinsamen Essen ist natürlich fantastisch! Ich könnte Brian erst mal ganz ungezwungen beobachten und eine Strategie ausklügeln. Und wenn er uns vielleicht sogar mit den Yaks bis auf den Pass begleitet, bleibt mir auch noch jede Menge Zeit, mich für eine zu entscheiden.

Leider heißt das alles auch: Wenn Grant so gut informiert ist, kennt er vermutlich auch jedes schmutzige kleine Detail meiner unsportlichen Schmach, inklusive Kreislaufschaf und Muli. Wofür ich mich von Sekunde zu Sekunde in seiner Gegenwart mehr schäme. Apropos, bei dem sollte ich mal vorbeischauen, immerhin bin ich verantwortlich für das Tier.

»Möchtest du mitkommen zu meinem Mulifreund?«, fordere ich ihn auf. Im Grunde bleibt mir ja jetzt nur noch, selbstironisch zu der Sache zu stehen.

Er nickt zustimmend und sieht mir warmherzig in die Augen, sodass ich meine verlegen niederschlage. Wir leeren unsere Kaffeetassen und gehen nach draußen. Das heiße Koffein hat unheimlich gutgetan. Als wir beim Stall ankommen, spüre ich seitlich seinen Blick auf mir, traue mich aber nicht, ihn zu erwidern. Verdammt, ich fühle mich wie fünfzehn. Dabei kennen wir uns gerade mal seit fünfzehn Minuten! Ich öffne behutsam die Stalltür. Mein Muli steht ruhig da und kaut auf seinem Heu herum. Ich gehe auf ihn zu und streichle ihm die langen Ohren. Es ist wirklich eine besonders lustige Mischung aus Esel und Pferd. Grant füllt den Eimer mit Wasser nach, er scheint sich hier gut auszukennen. Es beginnt prompt, eifrig zu saufen.

»Möchtest du zum Gangapurna-See?«, fragt er mich unvermittelt und greift ebenfalls in die Mähne des Tieres, das unter unserer Doppelmassage wohlig aufbrummt.

»Das ist ein wunderschöner Platz, den solltest du gesehen haben. Ich glaube, er ist auch in dem Buch … *1000 places to see before you die*, oder so?« Mein Herz tut einen kleinen Freudensprung. Nicht nur, dass er mein Lieblingsbuch kennt, sondern er schlägt mir einen gemeinsamen Ausflug vor.

»Wie weit ist das denn?«, frage ich, denn das scheint mir hier in der Gegend immer eine ratsame Überlegung zu sein.

Wieder grinst Grant spitzbübisch, als würde er meine Sorge erahnen. »Nicht weit. Und du musst nicht richtig bergsteigen. Es ist eine *Beginner-Tour*. Und darin bin ich ja Profi!«

Hach, hätte ich bloß die grüne Tour gebucht! Dann hätte ich fast die ganze letzte Woche mit ihm verbracht und nicht mit Hanofret.

»Hm…«, überlege ich laut und lasse mich ein bisschen bitten. Aber warum eigentlich nicht? Klingt nicht gerade nach einem Gewaltmarsch und die Mission Brian ist ja nun auf die Abendstunden vertagt. Und wenn mir schon das Rupien-Lama und sein Segen entgehen, sollte ich mich wenigstens ein wenig in der weiteren Umgebung umsehen. Und die Aussicht auf Grants Gesellschaft für ein paar Stunden ist wohl das beste Argument.

»Klar, warum nicht?« Diesmal traue ich mich, ihn anzulächeln.

Drei Stunden später stehen wir an dem schönsten Bergsee, den ich je gesehen habe. Er leuchtet geradezu in tiefem Hellblau, umgeben von karger Schönheit. Der Weg hierher war fast die ganze Strecke über ebenerdig, und die Sonne strahlt. Es ist ein nahezu magischer Ort, und bis auf zwei andere Wanderer auf der anderen Seite des Sees sind wir mutterseelenallein. Den Großteil des Weges sind wir schweigend nebeneinander hergelaufen, was aber nicht im Geringsten peinlich war, sondern einfach nur angenehm.

Grant hat ein kleines Picknick für uns dabei, das ihm die Herbergsmutter aufgeschwatzt hat, und wir lassen uns am Ufer auf der bunten Flickendecke nieder, die sonst mein Muli auf dem Rücken trägt. Wir trinken schwarzen Tee, essen Dal Bhat und reden. Er erzählt, dass er seit drei Jahren für je einen ganzen Monat herkommt, um die Führungen zu machen. Sein Bruder habe ihn dazu gebracht, der habe jetzt allerdings Frau und Kinder und komme nicht mehr her, sondern fahre in den *Robinson Club*. Aber das sei auch völlig okay so.

»Die Leute werden einfach ganz anders, sobald sie Kinder haben«, sinniert er. »Früher sind wir zusammen Motorrad gefahren, und als Jungs haben wir ziemlich viel Quatsch gemacht. Aber jetzt muss ich alleine Quatsch machen.« Obwohl er lacht, bilde ich mir ein, eine Spur Wehmut in seiner Stimme zu hören. Und obwohl wir uns kaum kennen, oder vielleicht genau deshalb, fange ich an, von Feli und mir zu erzählen. Allerdings lasse ich das Thema Brian lieber aus und tue vorerst so, als sei der Vater irgendein Pilot. Ich meine, noch immer weiß ich schließlich nicht, in welchem Verhältnis er und der Gesuchte stehen.

Grant hört mir aufmerksam zu und nickt zwischendurch verständnisvoll. Ich könnte in seinen Augen versinken wie in dem See. Seine Pupillen reflektieren ihn, als seien sie Schneeflocken. Fast ist es, als würde alles um mich herum leuchten und dieser Platz alleine deshalb existieren, damit wir hier sitzen und ich ihm von meinen Problemen erzählen könnte.

Als ich fertig bin, sieht er mich an und legt nachdenklich

den Kopf schief. »Weißt du, was mir mal jemand hier oben gesagt hat, Charlotte?«

Neugierig sehe ich ihn an und schaffe es inzwischen hoffentlich, ohne puterrot zu werden.

»Das Leben ist wie eine Zugfahrt. Leute steigen ein und wieder aus, und manche wollen irgendwann nicht mehr in deine Richtung.«

Ich finde seinen Satz ziemlich wahr und weise und lasse ihn eine Weile auf mich wirken. Wir schauen still auf das klare Wasser, in dem ein paar Fische an der Oberfläche nach Luft schnappen.

»Bist du bereit für noch mehr Anfänger-Natur?«, fragt mich Grant dann fröhlich.

»Mehr?«, staune ich. Dass es zu diesem Ort noch eine Steigerung geben kann, halte ich für unwahrscheinlich.

Doch Minuten später, nach einem weiteren Minimarsch, taucht vor uns der gefrorene Gangapurna-Wasserfall auf, wie aus einer Kinokulisse.

»*Frozen beauty*«, sagt Grant grinsend und scheint es sehr zu genießen, mir dieses Wunder zeigen zu können. Ich weiß nicht, ob der Wasserfall oder seine jungenhafte Freude die größere Attraktion ist, starre aber vorsichtshalber wie gebannt auf den Eisfall. Als wir uns sattgesehen haben, treten wir den Rückweg an. Wenn ich nicht ständig diese furchtbaren Kopfschmerzen hätte, könnte ich sogar den genießen. Auch die Übelkeit kam nach dem Kaffee ziemlich schnell zurück, und mein Herz schlägt irgendwie wieder zu schnell, was ich diesmal Grants Gegenwart zuschreibe. Auch wenn ich am liebsten noch Stunden mit ihm verbringen würde, bin ich jedoch heilfroh, als wir die Lodge in Manang wieder erreichen.

»Sehe ich dich gleich zum Abendessen?«

Grant und ich stehen uns wieder am Treppenabsatz im Innern der großen Hütte gegenüber, über dem Arm trägt er die sorgsam gefaltete Mulidecke.

»*Klar*«, lächle ich tapfer und versuche, mich zu freuen. Aber irgendwie ist mir endgültig elend. Und nach allem anderen als nach Essen zumute. Außerdem wird es jetzt langsam spannend in Sachen Brian. Bis zum Dinner ist es noch eine gute Stunde hin, und ich hoffe, dass es mir bis dahin besser geht.

In meinem Zimmer angekommen, lege ich mich sofort auf meine Pritsche. Nach tagelangem Wandern in bis heute nicht gerade prickelnder Gesellschaft und karger Natur war der Tag heute nahezu randvoll mit Bildern und Gefühlen, die mein Kopf erst mal verarbeiten muss.

Ich muss kurz eingeschlafen sein, denn als ich aufwache, ist unten schon fröhliches Stimmengewirr zu hören. Vermutlich feiert meine Gruppe den Segen des Hundert-Rupien-Lama.

Ich sehe in den verdreckten Spiegel über dem kleinen Waschbecken in meinem Zimmer. Meine Haut ist kreidebleich, ich spüre einen leichten Druck auf der Brust und muss dringend zur Toilette.

Als ich schließlich die Treppen hinuntergehe, sitzen alle an einer langen Tafel. Nathalie und Uli, Ang und Robert, Anke und Hanofret natürlich am Kopfende.

»Charlotte, komm her!«, empfängt Ang mich sofort fröhlich und bemüht sich, mich zu reintegrieren. Er hat den Stuhl neben sich freigehalten und prostet mir zu. Ich setze mich neben ihn und suche den Tisch nach Grant oder einem mir Fremden ab, der Brian sein könnte, aber keiner von beiden ist da. Ich bin enttäuscht.

Lustlos piekse ich in meinem Essen herum und Grant hat nicht zu viel versprochen: Das Fleisch schmeckt köstlich, insbesondere, nachdem ich tagelang keines hatte, aber ich kriege keinen zweiten Bissen herunter. Mein Magen fühlt sich an wie zugeschnürt.

Hanofret steht auf, um eine Rede zu halten. Ich mache aus unserer gegenseitigen Abneigung keinen Hehl mehr und stöhne als sie sich erhebt…

»Ang – heute war ein besonderer Tag und wir sagen danke!« Sie schießt einen Blick in meine Richtung. »Vor allem dafür, dass du auch das schwächste Glied in der Kette bis hierher etwas stärker gemacht hast …«

Jetzt reicht es mir aber langsam! Von wegen schwächstes Glied! Charakterlich ist das ja wohl eindeutig sie. Ich bin kurz davor, eine Szene zu machen, doch bevor es dazu kommt, fällt ihr Ang ins Wort.

»Danke, Hanofret! Es ist auch für mich toll, bei euch zu sein. Bei euch *allen*«, sagt er nachdrücklich und prostet mir wieder zu. Ich fühle mich gleich getröstet. Er ist wirklich ein Schatz und im Gegensatz zu Hanofret völlig frei von Konkurrenzdenken.

Beide Redner setzen sich wieder, und alle klatschen. Ich verzichte darauf, denn sonst müsste ich auch Hanofrets gemeinen Worten applaudieren.

In diesem Moment geht die Tür auf, und Grant betritt den Raum. Er sieht noch umwerfender aus als tagsüber. Seine schwarzen Haare glänzen noch nass vom Waschen, und er trägt einen pechschwarzen Pulli mit Goretex-Jacke darüber, dazu Jeans und lässige weiße Turnschuhe. Um sein Handgelenk ist ein braunes Lederarmband gewickelt, das ihm ausgezeichnet steht. Lachend stellt er sich der Gruppe vor und sucht dann ebenfalls den Tisch mit Blicken ab. Als er mich entdeckt, winkt er mir, zu ihm zu kommen.

»Charlotte – *I got Brian for you*!«

Oh mein Gott, es ist so weit! Soll ich ihm doch direkt sagen, dass ich eine Freundin von Feli bin oder so tun, als hätte ich nur von ihm gehört? In diesem Moment geht die Tür auf und ein alter, verwitterter Mann mit einem langen grauen Rauschebart kommt herein. Ich sehe von ihm zu Grant und wieder zu dem etwa Siebzigjährigen. Der Mann gibt mir erfreut die Hand, und ich schüttele sie benommen.

»*This is … Brian*?«, frage ich verständnislos. Meine Stimme klingt heiser und wie durch Watte.

»*Yes*!« Ang gesellt sich zu uns und klopft seinem alten Freund auf die Schulter. »*Old Brian! He comes here every year for the Yaks – from Dublin*!« Er beugt sich vor und flüstert, als verrate er ein Geheimnis: »He is *The Yak-Whisperer*!«

Alle drei sehen mich erwartungsvoll an. Dann wird alles schwarz um mich herum.

Nepalesisch in 30 Tagen! *MUC-Book (Flughafenbuchh.)*	-11,99 €
Spesensaldo:	-620,68 €

16.

Okay, entweder hat Feli eine zweifelhafte Vorliebe für *sehr viel* ältere Männer entwickelt, oder aber Brian ist nicht Brian. So viel Klarheit habe ich inzwischen.

Was mir nicht klar ist, ist, wo ich bin und was passiert ist. Ich bin seit ein paar Minuten wach, und immer noch ist es dunkel. Allerdings eine andere Art von Dunkelheit als die, die mich bis eben umgab. Draußen höre ich leise Stimmen und Schritte. Ich liege alleine in einem Raum auf einer Pritsche, aber es ist nicht meine in der Manang-Lodge. Langsam richte ich mich auf. Neben mir liegt mein Wanderrucksack, immerhin. Ich scheine also weder überfallen noch bestohlen worden zu sein. Ein schmaler Lichtstrahl fällt ins Zimmer.

»Charlotte?« Eine mir vertraute Stimme flüstert besorgt meinen Namen und die Tür geht ein Stück weiter auf. Dann wird mir sterbensübel, und ich muss mich übergeben, direkt neben das Bett. Noch bevor ich vor Scham im Boden versinken kann, kniet Grant seitlich neben mir, hält mir die Haare zurück und schiebt einen Eimer unter mich. Wieder liegt dieser merkwürdige Druck auf meiner Brust, diesmal allerdings viel schlimmer. Grant reicht mir eine kleine Plastikflasche mit Wasser. Dankbar nehme ich einen Schluck.

»Charlotte, du hast AMS.«

»Was … was ist das?«

»*Acute mountain sickness*. Wir müssen dich in eine tiefere Lage bringen, wenn es geht sofort.«

Oh Gott, seine Stimme klingt todernst. Was habe ich? *Mountain sick*… – oh nein, ich habe die Höhenkrankheit!

»Oder hast du eine mobile Druckluftkammer dabei?«

»Äh … nein, gerade nicht.«

Dabei habe ich so viel darüber gelesen, und dass man diesen Zustand am besten vermeiden kann, wenn man nicht mehr als fünfhundert Meter pro Tag aufsteigt, was meine Fortgeschrittenentruppe natürlich doch getan hat.

»Aber ich will doch zum Thorong-La-Pass!«, protestiere ich spontan, als mir klar wird, dass die Reise hiermit für mich zu Ende sein könnte. Mit der Sache ist nämlich nicht zu spaßen, soviel weiß ich. Mist! Warum kriegt Hanofret so was nicht? Vermutlich weil eher junge Leute anfällig dafür sind. (Ich sage das nicht aus Bosheit, auch das habe ich gelesen!)

»Charlotte, du wirst bald nirgendwo mehr hingehen, wenn wir dich jetzt nicht runterbringen«, beschließt Grant energisch. Es gefällt mir, wie er »wir« sagt – allem Übel zum Trotz. Leider weiß ich sofort, dass er recht hat. Ich kann froh sein, dass ich nicht direkt in einer Druckluftkammer in Kathmandu aufgewacht bin.

»Hier, nimm …«

Grant kommt mit einer Atemmaske auf mich zu, die an eine Sauerstofflasche angeschlossen ist. Oh Gott, nein. Auf keinen Fall setze ich dieses hässliche gelbe Ding auf, mit dem ich aussehe wie ein Rüsseltier! Aber schnell merke ich, dass es wohl gerade um Wichtigeres geht als mein Aussehen in Gegenwart des tollsten Mannes, den ich seit Langem getroffen habe. Ich nehme einen tiefen Atemzug und sofort lässt der Schwindel nach.

»Besser?«

»Ja, danke.«

Grant legt mir beruhigend seine warme Hand auf den Oberschenkel, während ich auf der Kante der Pritsche ein Stück nach vorne rutsche und mich rechts und links mit den Händen abstütze. Der Geruch von Erbrochenem hängt in der Luft, und ich möchte dieses Zimmer jetzt so schnell wie möglich verlassen. Hilflos sehe ich mich nach Papiertüchern um, mit denen ich meine Sauerei beseitigen könnte.

»Lass nur«, winkt Grant ab, »das kennen die hier oben schon. Sie machen es gleich sauber.«

»Grant, was ist denn eigentlich passiert?«, frage ich ihn also stattdessen.

»Du bist ohnmächtig geworden, als Brian hereinkam, und wir haben dich zu dem Gasthaus hier getragen, weil es am niedrigsten im Ort gelegen ist.«

Na klasse, ich möchte nicht wissen, was Hanofret dazu gesagt hat. Er schnappt sich meinen Rucksack und auch ich mache mich auf wackligen Beinen abmarschbereit.

»Die anderen wünschen dir übrigens gute Besserung. Ang ist mit ihnen in Manang geblieben.«

Oh nein – vom Problemfall zum Notfall. Jetzt muss Grant nicht nur den Babysitter, sondern auch noch die Krankenschwester für mich spielen!

»Aber… was ist mit dir? Du hattest doch schon frei und hast bestimmt eine weitere Tour, oder?«, frage ich ihn und unterdrücke krampfhaft eine neue Welle der Übelkeit.

Wieder winkt er mit dieser lässigen Geste ab und grinst spitzbübisch. »Aber wir machen doch hier gerade eine Tour, oder?«

Am liebsten würde ich seine Grübchen küssen.

»Mach dir keine Gedanken, Charlotte«, fährt er einen Tick ernster fort. »Umdisponieren gehört eben dazu, wenn einer hier oben krank wird. Ang und ich arbeiten ja für denselben Veranstalter, das gehört quasi alles zum Service. Und nein, das war meine letzte Tour für diesen Monat. Ich hätte ohnehin morgen den Rückweg nach Kathmandu angetreten. Und jetzt komm, wir müssen dich mindestens nach Pisang schaffen.«

Ich ergebe mich und wanke am Waschbecken vorbei Richtung Zimmertür. Es geht gerade so. Grant kommt mir zu Hilfe, und ich darf meinen Arm um seine Schulter legen. Ich fühle mich wie im Altenheim.

»Etwa noch heute Nacht?«

Er nickt nachdrücklich.

»Aber es ist dunkel und kalt«, wende ich ein.

»Vertrau mir, ich kenne den Weg gut und würde dich nie in Gefahr bringen, okay?«

»Okay.«

»Außerdem haben wir dein Muli und das hier …«

Grinsend hält er die bunte Picknickdecke hoch, auf der wir noch vor Stunden gemütlich in der Sonne gesessen haben. Ich muss lachen. Dann übergebe ich mich gleich noch mal, diesmal ins Waschbecken, und der Wunsch zu gehen, ist nun riesengroß. Ich würde mich am liebsten in Luft auflösen. Als sich mein Magen einigermaßen beruhigt hat, wanken wir schließlich nach draußen in die Nacht.

Fürsorglich legt er die Decke um mich, obwohl ich wirklich dick in meine Outdoorsachen eingepackt bin. Das Muli scheint es ziemlich gut zu finden, dass um die Zeit noch was los ist, und setzt sich zügig in Bewegung.

»Er weiß, dass es wieder nach Hause geht …«, kommentiert Grant und mir fällt wieder ein, das Hanofret es ja irgendwo entwendet hat und es sicher seit vier Bergdörfern Heimweh hat. Grant klopft ihm den Hals und seine sexy Grübchen werden vom Mondlicht angestrahlt. Verstohlen betrachte ich sie und seine dunklen Bartstoppeln von meinem Hochsitz aus und würde ihm gerne um den Hals fallen, so glücklich bin ich darüber, dass er bei mir bleibt. Das Ganze hat was von Maria und Josef. »Grant?«

»Hm?«

»Aber hast du jetzt wegen mir irgendwelche Umstände – oder einen Verdienstausfall?«

Das Ganze lässt mir keine Ruhe.

»Hatte ich dir nicht gesagt, du sollst dir keine Gedanken machen?« Wieder winkt er ab, während er sich im Schein der Taschenlampe, die er hält, zu mir umdreht und mich gespielt streng mustert.

»Du brauchst Hilfe und ich wollte eben gerne… bei dir bleiben«, fügt er mit einigem Zögern hinzu.

»Danke«, nuschele ich verlegen und könnte zerspringen vor Freude. Sieht ganz so aus, als hätte er auch was für mich über. Wir schweigen lange und genauso harmonisch wie auf dem Weg zum Gangapurna-See. Und auf einmal spüre ich es.

Hier neben ihm, auf dem Weg durch Kälte und Dunkelheit und mit dem warmen, regelmäßigen Atem des Mulis aus seinen Nüstern, werde ich eins. Mit mir, der Natur und dem Moment, und jede Form negativer Gefühle wegen Feli, meiner Spesen und der Beschwerdebriefe löst sich in Luft auf.

Der Weg ist lang, und wir hängen beide unseren Gedanken nach, während unsere Augen sorgsam dem Lichtkegel auf dem Boden folgen. Ich biete ihm öfters an zu tauschen und ein Stück zu laufen, während er sich tragen lässt, aber er lacht nur und hält meine Wade fest, damit ich auch ja oben sitzen bleibe. Ab und zu reicht er mir einen Schluck Wasser aus der Satteltasche und fragt, ob ich »okay« bin. Und immer nicke ich. Ich bin mehr als okay. Zumindest seelisch, denn physisch bin ich echt komplett im Eimer. Aber wenigstens hat das Erbrechen aufgehört.

»Sag mal, was wolltest du eigentlich von Brian?«, durchbricht Grant im Morgengrauen die Stille.

»Ich … ähem …«

Oje. Soll ich ihm die Wahrheit sagen? Aber warum nicht, was habe ich noch zu verlieren? Und ich meine, vielleicht kennt er zufällig den echten Brian? Oder hat sonst einen klugen Ratschlag? Seit ein paar Stunden kommt es mir mehr als bescheuert vor, hier, am Allerwertesten der Welt, für Feli ihren One-Night-Stand zu suchen und mir davon auch noch ein paar Antworten zu erhoffen. Blöd ist jetzt nur, dass ich Grant in meiner ersten Version bezüglich Felis vermeintlichem Freund belogen habe. Aber schließlich rücke ich mit der Sprache raus. Diesmal erzähle ich wirklich alles, inklusive der Theorien von Lily-Marie und Fabienne. Wieder hört er aufmerksam zu, wie schon am Gangapurna-See nachmittags. Als ich fertig bin, bleibt er kurz stehen und sieht mich an. Gerade, als ich fürchte, er hält mich nun für eine hinterhältige Lügnerin und lässt mich in der Pampa zurück, fragt er:

»Ist das jetzt die ganze Geschichte?«

»Ja«, bekenne ich geknickt.

»Dann glaube ich auch, dass diese Feli dich ganz schön an der Nase herumführt, aber nicht, dass sie bösartig ist. Ich glaube viel eher, sie ist ganz schön unglücklich mit ihrer Situation, oder?«

Er geht weiter.

»Manche Menschen verhalten sich eben merkwürdig, wenn sie traurig sind. Manche werden richtig aggressiv, und man erkennt nur schwerlich die Gefühle, die wirklich dahinterstecken. Das lernt man hier oben, wenn man mit so vielen verschiedenen Leuten in einer Extremsituation zu tun hat.«

Ich denke nach. Es war wirklich übel, wie Feli bei unserem Streit mit mir umgesprungen ist und was sie gesagt hat. Aber auch wirklich untypisch für sie. Und ich kann mir nach wie vor nicht vorstellen, dass sie diese Dinge auf einmal wirklich denkt. Vielleicht hat sie das mit dem Partner nur gesagt, weil sie jetzt doch Angst hat, für den Rest ihres Lebens alleine mit dem Kind zu sein? So nach dem Motto: »Rette dich so schnell es geht in eine vernünftige Partnerschaft, du kannst es noch, und mach nicht auf Femme fatale wie ich, sonst endest du auch alleine mit Kind und Mitbewohnerin.«

»Und du darfst nicht vergessen, wie freiheitsliebend sie ist, ihr beide ja seid. Ihr seid viel durch die Gegend gejettet, frei von Verpflichtungen und Sorgen. Heute shoppen in New York, morgen Flussfahrt auf der Themse, samstags Croissants essen auf den Champs-Élysées … Und wenn ihr wollt, Urlaub auf den Malediven. Und jetzt sitzt sie in der Wohnung rum und kommt höchstens mal ins Kaufhaus.«

Eigentlich mag ich es nicht, wenn jemand unseren Job als

Aneinanderreihung von spektakulären Events darstellt und die anstrengenden Flüge dazwischen auslässt, aber irgendwo hat er schon recht. An Felis Stelle hätte ich längst einen Lagerkoller bekommen. Ich staune Bauklötze, wie gut sich Grant in die Gefühle, die man beim Fliegen erlebt, hineinversetzen kann, und wir schweigen wieder einvernehmlich.

Eine halbe Stunde später erreichen wir endlich Pisang.

Ich sehe ihm an, dass er fix und fertig ist, aber er lässt sich nichts anmerken, sondern organisiert sofort eine Unterkunft für uns und das Muli.

Wir schlafen bis zum Mittag, und es geht mir ein wenig besser. Dann brechen wir wieder auf und gehen weiter, Richtung Chame. Ich bin hin- und hergerissen von allen möglichen Gefühlen. Einerseits wahnsinnig froh, dass es mir langsam besser geht, aber auch tief enttäuscht, dass ich nicht über den Thorong-La-Pass wandern werde. Und dass ich nicht weiter nach Brian suchen kann. Dann wieder glücklich, in Grants Nähe zu sein.

Er scheint meine Gedanken zu lesen.

»Sei nicht traurig, Charlotte. Ich musste dreimal herkommen, bevor ich es zum Pass geschafft habe.«

»Wirklich?«, frage ich und glaube ihm kein Wort.

»Wirklich«, bestätigt er, und ich finde seine Lüge ungeheuer charmant und fühle mich gleich besser. Vor allem sollte ich als Oberlügnerin mich ja wohl ganz bedeckt halten.

Am Abend in Chame kann ich zum ersten Mal wieder etwas essen und bei mir behalten.

»Du siehst langsam wieder gut aus«, kommentiert Grant meine wiederkehrende Gesichtsfarbe.

»Also nicht dass du vorher nicht gut aussahst, nur etwas …

blass«, korrigiert er sich höflich und sieht mich für Nanosekunden zärtlich-besorgt an.

Wir sitzen in einem einfachen Gasthaus und trinken Tee. Erst als der Wirt ungeduldig die Stühle hochstellt und nur noch ein kleines Licht den Raum erhellt, bemerken wir, dass wir gut zwei Stunden dort gesessen und uns unterhalten haben. Ganz Gentleman hat Grant uns für heute Nacht getrennte Zimmer bestellt, nachdem die Wahrscheinlichkeit sinkt, dass ich noch mal ohnmächtig werde.

Ich liege noch eine ganze Weile wach und kann nicht einschlafen. Wieder weil mein Herz schneller schlägt als normal, aber diesmal weiß ich es ganz sicher: Es hat nichts mit der Höhenkrankheit zu tun.

Am nächsten Morgen geht es mir zum ersten Mal wieder gut. Ich strahle, als wir uns beim Frühstück treffen und starken Kaffee trinken, wie bei unserem Kennenlernen in Manang. Wieder geraten wir ins Plaudern, und ich erfahre endlich den Grund seines zauberhaften Englisch: Er stammt aus Neuseeland. Okay, da wäre ich nie draufgekommen. Zumal ich noch nie das Englisch eines Neuseeländers gehört habe. So weit fliegt Skyline nämlich nicht, es ist ja praktisch auf der anderen Seite der Erdhalbkugel.

Als wir endlich losziehen, ist es wieder mal Mittag. Im Gegensatz zu Hanofret konnte ich Grant überzeugen, dass ich nun selber laufen kann, und wir beschließen, das Muli nach Hause zu bringen. »Ein Wunder, dass sie es ihr geliehen haben«, bemerkt Grant amüsiert.

»Wieso?«

»Na, ich bitte dich! Diese intrigante Frau, die aussieht wie ein Mann und nur am Meckern ist?«

Seine Worte versetzen mich in Hochstimmung. Endlich jemand außer mir, der Hanofrets Gemeinheiten durchschaut.

»Sie kommt jedes Jahr her und hat dann eine neue Scheidung hinter sich.«

»Ach, echt?«

Ich kann mir beim besten Willen nicht vorstellen, dass irgendjemand Hanofret zur Freundin haben will, geschweige denn, heiratet. Eher, dass sie Leute erpresst sich mit ihr abzugeben. Abgesehen von dem Mysterium, dass sie also immer neue Männer findet. Während ich nicht *einen* treffe. Wobei, das stimmt womöglich gar nicht mehr… Und schließlich braucht man ja auch nur einen.

»Ja, wir nennen sie hier Liz Taylor.«

Oh, sogar der Hollywoodklatsch scheint Grant nicht fremd zu sein. Er wird mir immer sympathischer.

In Dharapani fragen wir uns durch, bis wir den Besitzer meines treuen Mulis gefunden und die Familienzusammenführung vollzogen haben. Im Grunde war es überflüssig, das Muli kannte den Weg so gut, dass es sich nicht mehr führen ließ, sondern uns resolut hinter sich herzog. Als es wieder auf der Koppel bei seinen Kameraden steht, verabschiede ich mich schweren Herzens von ihm. Es ist mir ganz schön ans Herz gewachsen. Während ich ihm einen Apfel gebe, den es mir beherzt aus der Hand reißt, wechselt Grant ein paar Worte mit dem Besitzer. Wahnsinn, er scheint hier oben echt jeden zu kennen. Warum *er* wohl hier ist? Ich meine außer, dass er Geld als Guide verdient und die Tradition der Reisen mit seinem Bruder fortführt? Ich hoffe nur, er flüchtet nicht wie ich vor seiner Freundin. Was er im richtigen Leben wohl so macht? Ich könnte mir gut vorstellen, dass es auch was mit Natur zu tun hat. Landschaftsgärtner vielleicht. Oder aber auch das Gegenteil, weswegen er wie ich in seiner Freizeit die Natur sucht. Vielleicht ist er in Christchurch ein schicker Marketingtyp?

Grant taucht neben mir auf, tätschelt das Muli und grinst mich wieder mit diesem schelmischen Gesichtsausdruck von der Seite an. Er ist fast zwei Köpfe größer als ich und bestimmt Mitglied in einem Ruderclub oder so, wenn ich mir seine Muskeln so ansehe (was ich natürlich nur ganz verstohlen tue, wie gestern morgen, als er mit freiem Oberkörper vom Duschen kam und ich rein zufällig … – na ja, egal. Er ist jedenfalls überaus gut gebaut.)

Zu Fuß setzen wir unseren Weg fort, natürlich nicht, ohne uns stundenlang über alles Mögliche zu unterhalten. Inzwischen wird die Gegend wieder freundlicher und grüner. Die Sonne scheint riesengroß und wärmend auf uns herab, und ihre Strahlen klettern frühmorgens malerisch über die Felsen. Es ist wunderschön, und ich könnte noch tagelang so weiterlaufen an seiner Seite. Von mir ist jeglicher Stress abgefallen und ich befinde mich im Hier und Jetzt.

»Grant?«

»Charlotte?«, gibt er keck zurück.

Ich liebe es, wie er meinen Namen sagt, mit seinem fantastischen Akzent. Okay, vermutlich sagen ihn alle Neuseeländer so, aber für mich ist es einzigartig. »Warum bist du hier?«

»Warum bin ich hier?«, gibt er sich erstaunt und dreht sich im Laufen zu mir um, sodass er rückwärts vor mir herläuft. Verdammt, ich muss es konkreter formulieren – und offenbar ahnt er das, denn mal wieder macht sich ein verschmitztes Zucken auf seinem Gesicht breit. Er könnte den Klassenclown in einem dieser Paukerfilme spielen.

»Na, um bei dir zu sein.«

»Ja, schon, aber ich meine … Flüchtest du auch vor irgendwas? Oder irgendwem, also zum Beispiel einer …«

»Einer Freundin?«, ergänzt er amüsiert und läuft immer noch rückwärts. Ich spüre, wie mir die Röte ins Gesicht schießt. Noch dazu muss ich ihn weiter ansehen, da er festen Augenkontakt hält.

»Das meinte ich jetzt nicht wirklich …«, stammele ich und meinte es natürlich doch.

Er antwortet nicht sofort, sondern lässt mich einen Augenblick lang zappeln. Beiläufig starre ich auf einen Steinhaufen, als würde er mich sehr viel mehr interessieren, als die gerade gestellte Frage und die Tatsache, dass ich dabei bin, mich heillos in einen Mann zu verlieben, der schlimmstenfalls gerade seinen letzten Trip in Freiheit macht, bevor er nächste Woche die langbeinige Liebe seines Lebens heiratet. Dann bleibt er stehen. Oh nein, auch das noch. Ich wollte jetzt wirklich nicht so einen Wind um die Sache machen. Er sieht mich an und legt den Kopf schief.

»Ja, ich war auch auf der Flucht. Aber nur als ich zum ersten Mal herkam. Damals hatte meine Exfreundin mit mir Schluss gemacht und ist nach Europa gegangen.«

»Oh.« Ich wage kaum, mich zu bewegen vor Spannung. Wir stehen uns reglos auf dem schmalen Weg gegenüber, und irgendwo in der Ferne krächzt ein Vogel.

»Aber seitdem …«, erklärt er, »bin ich ganz froh, dass ich mich wieder auf meinen eigenen Kram konzentrieren kann – und auf schöne Dinge! Zum Beispiel auf diese Wolke da oben!« Er deutet auf eine Kumuluswolke am ansonsten blauen Himmel, die nahezu aussieht wie das Muli. »Und nicht mehr von Frauen abgelenkt werde.«

Wir sehen einander kurz an, dann laufen wir langsam weiter und schweigen. Na bravo, dann ist er also so eine Art männliche Feli mit der Einstellung. Und bei ihm klingt sie absolut glaubwürdig. Schließlich würde man Männern nie unterstellen, dass sie bloß partnerlose Zeiten überbrücken mit ihren Hobbys. Männer haben meist *echte* Interessen. So wie Skifahren oder Fußball, während *ich* das meiste nur mitmache und vortäusche. Bis auf das hier, denn das Wandern gefällt mir wirklich. Besser als je zuvor mit Malte.

Ich traue mich nicht, ihm weitere Fragen zu stellen und mir noch mehr Blöße zu geben. Genauso gut hätte ich ihn direkt fragen können, ob er Single ist. Unverhofft erlöst er mich von meiner Scham.

»Obwohl ich langsam wieder Lust auf ein wenig Ablenkung hätte …«, sagt er und starrt auch für Sekunden fasziniert auf einen Steinhaufen.

Seine Hand streift meine. Mein Herz pocht wie wild. Es fehlen nur Millimeter und meine läge in seiner, aber um meine Peinlichkeit wieder wettzumachen, beschließe ich, das Thema wieder auf Gott und die Welt zu lenken und gehe ein wenig auf Distanz.

Während wir Kilometer um Kilometer zurücklegen und Meter um Meter absteigen, ist die Stimmung zwischen uns albern und gleichzeitig gespannt. Wahrscheinlich genau deshalb erklärt er mir in allen Einzelheiten, was bei der Höhenkrankheit passiert. Ich versuche krampfhaft, mich in rote Blutkörperchen, Sauerstoffpartialdrücke und die sogenannte Höhendiurese, die vermehrte Ausscheidung von Urin (deshalb also das ständige Aufs-Klo-Gerenne!) reinzudenken, verstehe aber nur Bahnhof und bin mit den Gedanken ganz woanders. Während er redet, beobachte ich seinen wirklich schönen Mund und stelle mir vor, er würde mich einfach zu sich rüberziehen und küssen. Aber stattdessen gibt er sich alle Mühe, mir in einer Art »Open-Air-Knoff-Hoff-Show« die Physik des menschlichen Körpers nahezubringen. Von der er auch erstaunlich viel Ahnung hat. Vielleicht ist er Assistenzarzt, oder so? Ich mag ihn aber nicht unterbrechen und fragen. Erstens steckt er gerade so begeistert in seinen Ausführungen und zweitens will ich nicht, dass er denkt sein Status wäre wichtig für mich. Hinterher hält er mich noch für eine dieser Tussen auf Managerjagd, die in kein Auto unter einem Einser-BMW einsteigen. Stattdessen bin ich ihm ein dankbares und aufmerksames Publikum.

Nach einem langen, aber traumhaften Wandertag, an dem wir keiner Menschenseele begegnet sind, gelangen wir nach Jagat.

Grant organisiert wie immer unsere Zimmer. Bis wir wieder am Ausgangspunkt der Trekkingtour in Besisahar sind, bleiben uns jetzt nur noch zwei Tage, woran ich gar nicht mehr denken mag. Irgendwie sind wir nach Pisang einfach immer weitergelaufen, obwohl es mir längst wieder gut geht. Mein Flieger geht auch erst in einer Woche. Und ich glaube, Yeti-Airlines fliegt überhaupt nur einmal die Woche von Kathmandu nach Deutschland.

Ich beschließe, es morgen anzusprechen. Für heute will ich einfach noch ein wenig sein Gesicht im Feuerschein betrachten. Und seine Bartstoppeln, die inzwischen ganz schön an Länge gewonnen haben. Er sieht ein wenig aus wie Reinhold Messner, was mich darauf bringt, dass Hanofret vielleicht gar nicht mit Reinhold auf ein paar »peaks« war, sondern einfach nur mit einem ihrer ebenso bärtigen Ehemänner, den sie dann irgendwo im ewigen Eis vergraben hat. Ich lache laut auf bei der Vorstellung und Grant fragt nicht wieso, sondern sagt einfach nur:

»Es ist schön, dich lachen zu sehen, Charlotte.«

Als ich am nächsten Morgen aufwache, prasselt es heftig auf das Wellblechdach unserer Hütte. Der Blick aus dem Plastikfenster meines kleinen Zimmerchens verheißt nichts Gutes: Riesige Blätter peitschen dagegen, und es schüttet wie aus Eimern. Das sagt man zwar in Deutschland öfter mal so, aber »Sturmtief Sören« ist wirklich nichts gegen das hier.

Als ich in die Küche komme, in der drei Generationen dabei sind, Dal Bhat zu kochen, frage ich nach Grant. »*Outside*!«, erklärt mir die älteste Frau, offensichtlich das Familienoberhaupt. »*Fixing*!«, fügt sie noch hinzu und deutet Richtung Dach. Aha, die Männer reparieren das Dach, verstehe.

Ich überlege einen Moment, ob ich auch rausgehen und helfen soll, aber in dieser Sekunde kommt Grant bereits zur Tür herein und schüttelt sich wie ein nasser Hund. Sogleich umsorgen ihn die Frauen, und ich stehe ein bisschen blöd da, aber dann bringen sie uns Kaffee, und ich frage, ob ich irgendetwas im Haus helfen kann.

»*Baby*«, sagt die Wirtin sogleich und setzt mir ihren jüngsten Spross auf den Schoß. Der kleine Junge quietscht begeistert, und Grant und ich bespaßen ihn eine Weile mit Klatschspielen, während die Mutter in Ruhe den Abwasch macht. Außer uns sind noch drei andere Gäste da – zwei Engländer und eine Schwedin.

Schnell kommen wir mit ihnen ins Gespräch, und es stellt sich heraus, dass sie auch über »Employee Adventures« gebucht haben. Die Schwedin heißt Aasa und ist auch Stewardess, sie fliegt für die SAS. Im Gegensatz zu uns, sind sie in die andere Richtung unterwegs, zum Pass. Ihre Vorfreude gibt mir einen Stich ins Herz. Sie sind ganz begierig darauf zu hören, welche Strecke ich schon zurückgelegt habe und lauschen eifrig meinen Erzählungen von der Gruppe. Dann erzählen wir ganz allgemein.

»Also, woher kennt ihr euch?«, frage ich interessiert, und Aasa gibt sich geheimnisvoll.

»Das kann ich dir nicht sagen, es sei denn, du bist Mitglied.«

Ich stutze. »Also, ich habe einen Jugendherbergsausweis«, erwidere ich stolz und zücke die kleine Karte. Wir lachen herzhaft und bestellen eine weitere Runde Kaffee.

»Aasa ist ein bisschen verrückt«, erklärt einer der beiden Engländer und tippt sich an die Schläfe. Keiner der beiden heißt Brian, das habe ich gleich zu Anfang gefragt, aber beide arbeiten in einem Reisebüro in London.

»Sie hat da von so einem Club gehört, den zwei deutsche Stewardessen in München gegründet haben, der *Flight Club*.«

Was, wo? Etwa unser *Flight Club*?! Habe ich gerade richtig gehört?

»Ja, und wir haben uns kennengelernt, als sie in einem dieser Internet-Foren für Touristiker darüber schrieb.«

Wie bitte? Aasa kennt also wirklich *unseren* Club, Felis und meinen? Und die Leute unterhalten sich *im Internet* darüber?

Wir meiden diese Foren konsequent, und daher hatte ich bis jetzt keine Ahnung. Ich habe ein einziges Mal in eins reingeschaut und nichts als Lästereien und unsachliche

Kommentare gefunden. Und seitdem nie wieder. Das verleidet einem ja sofort den ganzen Beruf! Ich wünschte, Feli wäre jetzt hier und könnte das miterleben. Wie es ihr wohl geht? Es ist komisch, so lange nichts von ihr zu hören, und so langsam weicht meine Erleichterung über die Ruhe vor ihr einer gewissen Sorge um sie.

Aufgeregt rutsche ich auf meinem Stuhl hin und her. Wow, es hat sich also rumgesprochen! Zu dumm, dass wir aber noch gar nicht richtig dazugekommen sind, die Sache auszubauen. Bislang ist es aufgrund der letzten Ereignisse ja nicht viel mehr als eine Wohnung und eine Idee. Neugierig sehen mich alle an, und ich erzähle die ganze Geschichte.

Gebannt hört die kleine Runde mir zu, und die anderen stellen hier und da ein paar Fragen. Als ich zum Ende komme, entschuldige ich mich bei Aasa, dass bis jetzt alles nur ein Mythos ist, was sie über uns gehört hat. Aber dass sie jederzeit willkommen ist, in München! Falls der *Flight Club* doch noch zu Ruhm, Ehre und Trampolinen kommt, hätte man dann schon mal ein kleines internationales Netzwerk …

Sie scheint jedoch gar nicht enttäuscht zu sein, im Gegenteil. »Charlotte, danke! Jetzt habe ich eine der berühmten Gründerinnen persönlich kennengelernt, und die Jungs hier denken nicht mehr, ich sei verrückt! Vor allem nicht, wenn ich über Piloten herziehe, die beiden hier glauben mir meine Storys nämlich nie …«

Und dann erzählt sie von einem schwedischen Malte und ein paar anderen Herren der Schöpfung im Cockpit ihrer Airline und hat auch Unglaubliches zu berichten, bis hin zu russischen Prostituierten im Hotelzimmer. Als sie endet, sind wir alle beim fünften Kaffee, und ich pflichte ihr euphorisch und nahezu vibrierend bei. Nur Grant ist ziemlich still geworden. Ich hoffe bloß, er hat sich in seinen regennassen Sachen nicht erkältet. Aber er hat es strikt abgelehnt, sich umzuziehen.

»Und im Übrigen«, schließt sie feierlich, »seid ihr alleine deshalb Heldinnen, weil ihr der *Pit Cock* Paroli bietet!«

»*Pit Cock*?«, fragt diesmal Grant und zieht die Augenbrauen hoch.

Wieder geben Aasa und ich abwechselnd unser Wissen preis, und die Jungs bekommen kaum den Mund zu. Vor allem Grant scheint hochgradig fasziniert beim Thema Piloten und fragt nach Details.

Als der Monsun mittags endlich nachlässt, lösen wir unsere lustige Runde auf und tauschen E-Mail-Adressen. Aasa und die Jungs wollen es heute noch nach Jagat schaffen, wir nach Besisahar. Als wir die Stadt erreichen, ist es schon wieder dunkel, und ich werde traurig. Hier hat alles begonnen. Und das heißt, dass es von hier aus für mich früher oder später mit dem Minivan zurück nach Kathmandu geht.

Inzwischen mag ich noch weniger daran denken als noch vor zwei Tagen. Ich habe mich inzwischen so eingegroovt in diese Welt, dass es mir eine Million Lichtjahre her scheint, seit ich am Schalter von Yeti-Airlines stand. Ich will nicht zurück. Und ich will nicht weg von Grant!

Schweigend laufen wir durch den spärlich erleuchteten Ort, als es plötzlich einen dumpfen Knall gibt. Schneller als ich überlegen kann, was es war, ist der Monsun über uns und binnen von Sekunden sind wir völlig durchnässt und stehen mitten im Sturm.

»Komm hierher, Charlotte!«

Grant packt mich fest am Handgelenk und zieht mich in eine Art Bushaltestellenhäuschen. Unsere nassen Körper berühren sich, und dann zieht er mich ganz nah zu sich ran. Die gesamte Spannung der letzten Tage zwischen uns entlädt sich – in dem besten Kuss meines Lebens.

Seine Lippen sind genauso, wie ich sie mir vorgestellt habe, warm und weich, und sie schmecken nach draußen sein und Sorglosigkeit. Irgendwo in der Ferne donnert es wieder und blitzt, und auch ich fühle mich wie elektrisiert. Wir lassen lange nicht voneinander ab. Danach stehen wir eine Weile einfach nur so da, und er hält mich fest. Unter normalen Umständen würde ich mich wahrscheinlich halb totfrieren, aber mir ist angenehm warm. Unsere Umarmung ist so innig, dass ich das Gefühl habe, dass mir nie wieder was passieren kann.

Als wir uns zum ersten Mal wieder in die Augen sehen, bin diesmal ich es, die grinst. Sein Blick ist vollkommen ernst und entrückt. Keiner von uns sagt etwas. Hand in Hand legen wir den letzten Kilometer bis zur erstbesten Pension zurück und checken ein. Diesmal nehmen wir nur ein Zimmer – auch wenn Grant wieder ganz Gentleman auf dem Boden schläft und mir die Pritsche überlässt. Aber wir sind zusammen.

Am nächsten Morgen hält der Monsun an.

Tief in unsere Kapuzen gehüllt, kämpfen wir uns in ein Internetcafe und checken, wie ich nach Hause kommen könnte. Wie befürchtet, fliegt Yeti-Airlines nur einmal die Woche, und nach einem kurzen Telefonat mit der Zweigstelle am Flughafen von Kathmandu ist auch klar, dass ich mein Ticket nicht umbuchen kann, bei meinem Spartarif. Das bedeutet, ich muss noch vier Tage hier oder in Kathmandu bleiben. Und das bedeutet, ich habe vier Tage mehr mit Grant!

Doch kaum, dass ich beginne mich zu freuen, zieht er mich von der kleinen Telefonbox weg und sieht mich ernst an. »Du, Charlotte …«

Oh nein, das klingt gar nicht gut. Wäre ja auch zu schön, um wahr zu sein. Wie ein Film laufen die letzten Tage mit ihm vor meinem inneren Auge ab – der Gangapurna-See, unser Picknick, der nächtliche Ritt abwärts, als es mir so schlecht ging, wie er mir zum Beispiel versucht hat zu erklären, warum Ameisen keine Höhenkrankheit kriegen, und … unser Kuss. Unser erster wunderbarer Kuss.

»Leider kann ich nicht noch so lange mit dir hierbleiben. Aber ich würde wirklich gerne!« Trotzig gucke ich zurück.

»Glaubst du mir das bitte?«

Ich nicke zaghaft, weiß aber nicht, was ich davon halten soll. War ja klar, dass da irgendwo ein Haken ist. So toll, wie er ist. Wahrscheinlich reist er nun der schönen Aasa hinterher, jetzt, da er mich quasi an der Angel hat.

»Weißt du, ich hätte eigentlich schon vorgestern wieder hier sein müssen.« Also doch. Ich wusste es! Es war einfach zu schön um wahr zu sein und zu unwahrscheinlich, dass er so gar nichts Besseres zu tun hat nach seiner Tour, als an seinen freien Tagen mit einer kranken Touristin durch die Gegend zu laufen. Sicher hat er einen richtigen Job, zu dem er zurück muss, oder doch Kinder oder findet mich inzwischen ziemlich langweilig, oder will nicht, dass ich mir Hoffnungen auf was Ernstes mache. Oder sonst was.

»Schon gut, geh nur.« Wieder fühle ich mich, wie in der Reisegruppe, als ich alle blockiert habe mit meinem Tempo und ein einziges Hindernis für alle war. »Und deshalb muss ich jetzt auch dringend ein paar ... Sachen machen.«

Klar, verstehe – *Sachen*.

Meinetwegen braucht er es mir auch gar nicht näher zu erklären. Ich hab schließlich auch Besseres zu tun, als hier mit ihm im Regen abzuhängen. Ich kann auch sofort nach Kathmandu durchfahren!

Schmerzlich fühle ich mich an Malte erinnert. Damals war es ein Parkplatz, heute ist es ein Hochplateau, auf dem ich abserviert werde. Und zwar genauso unvermittelt. Ich weiß nicht, was in diesem Moment in mich fährt, aber ich muss von ihm weg. Wie ein kleines Kind löse ich mich aus seiner Umarmung und laufe los, hinaus aus dem Cafe, auf die Straße, hinein ins Unwetter. Er kommt mir hinterher. Ich laufe schneller. Ich will zurück zur Pension und in ein eigenes Zimmer! Auch er beschleunigt seinen Schritt, bis er mich einholt. Ich schwöre mir, in Zukunft wirklich mehr Sport zu machen.

»Charlotte, wartest du mal bitte?«, fragt er ungehalten. Ich stoppe. Um uns herum prasselt der Regen, der Sturm pfeift, und ich verstehe kaum ein Wort.

Er schreit mich an, diesmal spricht er gebrochenes Deutsch: »Charlotte, ich ...iege dich!«

Was? Er, was? Ich liege dich? Ich kriege dich? Moment, er hat es auf Deutsch gesagt, und er hat doch behauptet, er kann nur die wichtigsten Sätze auf Deutsch. Heißt das ... etwa... ich *liebe* dich? Hat er *Charlotte, ich liebe dich* gesagt? Oh Gott, er liebt mich! Und er schreit es mir im Regen zu, ist das romantisch! Sofort fühle ich mich furchtbar albern und vergebe ihm sofort. Was immer er zu tun hat, es wird sicher etwas Wichtiges sein. Ich sollte weniger Misstrauen haben und nicht immer so negativ sein! Sind Feli und ich etwa auch eine von diesen zynischen Zicken geworden, die keinen mehr abkriegen, bloß, *weil* sie ständig mit dem Schlimmsten rechnen?

Er liebt mich!

Hand in Hand und pitschnass gehen wir ins Internetcafe zurück und ich schäme mich für meine Szene. Grant sagt, er müsse kurz telefonieren, und ich muss ihm versprechen, nicht wieder wegzulaufen.

Während ich einen heißen Tee bestelle und mir die Hände am Glas wärme, wählt er in einer kleinen durchsichtigen Telefonkabine verschiedene Nummern, diskutiert mit dem Besitzer auf Englisch und Nepalesisch, faxt etwas und lässt sich zwei Ausdrucke geben. Dann kommt er zu mir zurück.

»Hier!« Stolz drückt er mir die Papiere in die Hand, und ich nehme sie überrascht entgegen.

Es ist eine Bordkarte für einen Flug Morgen Abend mit *New Zealand Air* von Kathmandu nach Frankfurt und von dort aus mit Skyline nach München. Ich bin baff.

»Wie hast du das denn jetzt gemacht?«, frage ich ihn. »Konntest du von Yeti-Airlines etwa auf eine andere Airline umbuchen?«

Doch statt einer Antwort winkt er nur ab und flüstert mir ins Ohr: »Connections.«

Gleichzeitig fühle ich ein wenig Traurigkeit mitschwingen, dass er mich so schnell wieder nach Deutschland bringen will. Ich meine, wenn er hier zu tun hat oder sonst wo, könnte ich ja tagsüber auch lesen oder mich beschäftigen, während er seine *Sachen* erledigt.

»Und jetzt schaffen wir dich nach Kathmandu. Und ich komme auch gleich mit.«

»Was denn? Jetzt sofort?«

»Ja, Mylady – Ihr Wagen steht draußen bereit!«

Mit einer eleganten Geste deutet er aus dem Fenster auf einen schwarzen Pick-up. Wie hat er das nur alles innerhalb von zehn Minuten organisiert? Hilfe, ich hoffe, ich muss ihm jetzt nicht eine halbe Million Rupien zahlen, oder so!

»Grant, wie viel Geld schulde ich dir?«, frage ich ihn ängstlich, als wir in dem riesigen Wagen über die holprige Landstraße ruckeln.

»Charlotte, du schuldest mir gar nichts. Ich will einfach nur, dass du gut und sicher nach Hause kommst und dein Körper sich erholt, okay?«

Er wirft mir einen Blick zu, als wolle er sagen: *Nun glaub es doch endlich, ich bin für dich da.*

Dann legt er mir die Hand in den Nacken, und ich stelle keine weiteren Fragen. Wir haben uns streng genommen nur einmal geküsst und ich will ihm nicht mit irgendwelchen ungerechtfertigten Sachen auf den Keks gehen oder ihn gar vergraulen. Ich bin einfach nur froh, dass wir doch noch etwas zusammenbleiben können, wenn auch keine vier Tage in Besisahar. Irgendetwas lässt mich ihm vertrauen.

Die sieben Stunden Fahrt vergehen wie im Flug. In Kathmandu checken wir zum letzten Mal gemeinsam in ein Hotelzimmer ein. Und in dieser Nacht schläft er nicht auf dem Boden.

Als es hell wird, wache ich in seinen Armen auf.

»Guten Morgen, Mulikönigin«, flüstert er, und ich kriege sofort wieder eine Gänsehaut. Weil alles so schön ist – und weil es heute zu Ende ist. Ich wünschte, ich könnte die Zeit anhalten.

»Charlotte, hast du verstanden, was ich dir gestern gesagt habe?«

»Ja«, lächle ich glücklich und denke an den einen wunderbaren Satz zurück.

»Und, ist das okay für dich?«

Ob das okay ist? Aber natürlich! Mehr als das, logisch! Soll ich es ihm jetzt auch sagen? Erwartet er, dass ich es direkt erwidere? Irgendwie finde ich, dass es nicht der richtige Moment ist. Nicht dass ich nicht auch so empfinden würde, aber … Abgesehen davon, dass ich es auch im Regen brüllen will oder auf einem Gipfel flüstern, wohnt er in Neuseeland, oder hier, und ich in Deutschland. Das wäre dann keine Fernbeziehung, das wäre eine interkontinentale Beziehung. Uns trennen Welten voneinander!

Ich denke an Feli. Vielleicht war es genauso eine Situation wie diese, in der sie schwanger geworden ist. Da triffst du den Richtigen – aber dummerweise passiert es am falschen Ende der Welt. Ich wünschte, ich hätte mal darüber mit ihr gesprochen statt die Mutter Oberin zu geben. Und jetzt sitzt sie da und vermisst diesen Brian womöglich ganz schrecklich und sagt sich selber immer wieder, dass sie keine Zukunft haben, weil er sonst wo herkommt und redet nur nicht mit mir über die Sache, weil es ihr selbst zu wehtut.

Einmal in meinem Leben werde ich vernünftig sein. Ich möchte auch mal die Kontrolle behalten und nicht in München sitzen und leiden. Es bricht mir das Herz, aber ich sehe bei uns wenig Zukunft. Ganz schön untypisch für eine Frau, was? Aber alles andere wäre völlig irrational und würde mich einmal mehr ins Chaos stürzen. Und davon habe ich schon genug zurzeit in meinem Leben.

Statt einer Antwort schmiege ich mich einfach nur an ihn, und wir liegen ruhig da. Fast den ganzen Tag lang kuscheln, reden und schlafen wir, bis wir auschecken und zum Flughafen fahren müssen.

Er setzt mich vor dem Terminal ab, auf dem Parkstreifen für Kurzzeitparker. Ich habe mir vorgenommen, ganz tapfer zu sein und erwachsen. Es waren wundervolle Tage, und wie hat er selbst gesagt? *Das Leben ist wie eine Zugfahrt. Leute steigen ein und wieder aus, und manche wollen irgendwann nicht mehr in deine Richtung*. Die ersten Tränen kullern meine Wangen herunter.

»Charlotte …«

Er nimmt mich in den Arm und lacht. Offensichtlich hat er weniger Probleme mit unserem Abschied als ich. Er fragt mich nicht einmal nach meiner E-Mail oder Telefonnummer! Aber vielleicht sieht er das ja alles ganz genauso und versucht einfach nur, stark zu sein. Männer tarnen ihren Kummer ja gerne mal mit … ähem … Fröhlichkeit? Ich sehe zu ihm hoch, und er wischt mir breit lächelnd eine Träne von der Nasenspitze.

»Komm schon, es ist Zeit«, ermahnt er mich.

Wir küssen uns ein letztes Mal. Innig und zärtlich und voller Leidenschaft. Ich versinke förmlich in ihm und vergesse die Welt um uns herum. Dann drückt er meine Hand, springt ins Auto und fährt weg. Ich bin wie gelähmt.

Das war's also.

Lethargisch nehme ich meinen Rucksack und schlurfe ins Terminal. Ich liebe ihn auch, das spüre ich jetzt mehr als deutlich. Warum habe ich es ihm nicht gesagt? Ich fühle mich wie auf dem Campingplatz, als mir meine Mutter nicht gestattet hat, den Sohn der Nachbarn wiederzusehen, weil sie mit ihnen wegen des Rasens im Streit war. Das Ganze war sehr Romeo und Julia. Damals habe ich zwei Wochen stur geschwiegen und wir haben uns Liebesbriefe durchs gekippte Fenster unserer elterlichen Wohnmobile geworfen.

Grant ist abgefahren. Die Ferien sind zu Ende.

Zwei Stunden später sitze ich in der Maschine nach Frankfurt. Grant hat für mich die Businessclass gebucht, es muss ihn ein Vermögen gekostet haben! Noch immer laufen mir Tränen übers Gesicht, und ich tue, was ich noch nie im Leben getan habe: Ich nehme ein Schlafmittel, das ich mir in der Flughafenapotheke besorgt habe. Hoffentlich schlafe ich gleich ein und wache erst kurz vor der Landung wieder auf. Im Übrigen habe ich Feli noch eine kurze Mail geschickt, mit der Mitteilung, dass ich heute zurückkomme. Es war mir ein Bedürfnis darunterzuschreiben:

Ich weiß, dass wir es mit dem Flight Club ganz schön vermasselt haben. Vielleicht sollten wir beide noch mal durchstarten? Deinen Brian habe ich nicht gefunden, aber dafür etwas anderes. Ich hoffe, es geht dir und der kleinen Kriemhild gut, so kurz vor der Geburt? Lass uns eine Putzfrau anschaffen, ein paar Gummibärchen aufbauen und über alles reden, so wie früher, ja?

Küsse, deine Charlotte

Die Wirkung der Schlaftablette setzt schnell ein, und wirklich: Ich wache erst Stunden später wieder auf und bin völlig fasziniert von dem Medikament. Ich war immer ein Gegner solcher Mittelchen und dachte, der Schlaf sei künstlich und nicht tief, aber ich fühle mich ziemlich gut. Vielleicht hätte ich mir Jahre des Jetlags ersparen können?

Nur mein Liebeskummer schmerzt stärker als je zuvor. Ich hatte ganz vergessen, wie sich das anfühlt. Die Stewardessen verteilen das Frühstück, und vor uns liegen noch knapp zwei Stunden Flug. Ich werde versuchen, mich mit einem Film abzulenken und stöpsele mich ein. Mittendrin unterbricht der Pilot mit einer Durchsage den Ton. Müssen die auch immer mitten an der spannendsten Stelle …

»*My name is Grant Garfield and I'm your copilot today. The wheather in Frankfurt is partly cloudy …*«

Das kann nicht sein. Ich höre Grants Stimme! Auch wenn sie übers Mikro ein wenig anders klingt, aber … Eindeutig, er ist es. Garfield ist sein Nachname. Das hat er mir zwar nie erzählt, aber ich habe es auf seiner Kreditkarte gesehen und den Papieren mit der Buchung, die er mir gegeben hat. Während er weiterredet, bin ich mir ganz sicher: *Er ist es, niemand sonst*!

Aber wie kommt er dazu, hier über Mikrofon zu sprechen? Wieso ist er der Kopilot?!

Ich dachte, er sei … Hm, darüber haben wir uns ja nie unterhalten. Es fällt mir wie Schuppen von den Augen. *Deshalb* ist er so still geworden, als Aasa und ich über seine »Spezies« gelästert haben. Oh Gott, nein! Mir läuft es heiß und kalt den Rücken runter. Ich bin so eine doofe Kuh! Ich habe praktisch in seiner Gegenwart über Piloten hergezogen, was das Zeug hält! Wie unemotional die seien und arrogant und … Mir wird ganz flau. Und darum fiel ihm auch der Abschied nicht besonders schwer, dem Mistkerl! Er wusste genau, dass er mich wiedersieht. Ich muss mich bei ihm entschuldigen … Er ist ungefähr der liebste und selbstloseste Mensch, dem ich je im Leben begegnet bin. Ich muss sofort ins Cockpit!

Ob ich den Stewardessen erzähle, dass ich eine von ihnen bin und bei Skyline arbeite? Ich bin drauf und dran, eine der Saftschubsen anzusprechen, die gerade mein unangetastetes Frühstück abräumt. Nein, das lasse ich lieber. Ich kenne weder deren Sicherheitsbestimmungen noch kann ich mich ausweisen. Hinterher denken die noch, ich hätte irgendwas Terroristisches im Sinn.

Wie auf heißen Kohlen bleibe ich sitzen. Die Zeit dehnt sich wie Kaugummi. Dann endlich ist es so weit, die Räder der Maschine setzen in Frankfurt auf. Nervös warte ich, bis alle Gäste ausgestiegen sind, und stürme nach vorne. Ich sehe ihn. Artig steht er da, in Uniform, und verabschiedet höflich den letzten Gast. Er hat Ringe unter den Augen und muss todmüde sein nach der Nacht, die für ihn fast ohne Schlaf verlief. Ich vergesse jegliche Etikette und stürme auf ihn zu. Lachend breitet er die Arme aus.

»Du musst *Sachen* machen? Du musstest wieder *arbeiten*, du … du … Muli!«

»Charlotte, ich wusste, dass du mich nicht verstanden hast!«

Ich bin verwirrt. »Was nicht verstanden?«

»Als ich es dir gesagt habe, im Regen vor dem Cafe – damit du nicht wegläufst!«

»Was hast du mir denn da gesagt?«

»Na, dass ich Pilot bin! Und dann wollte ich gestern wissen, ob das okay für dich ist. Weil du doch so schlechte Erfahrungen gemacht hast …«

Langsam aber sicher dämmert es mir. Oh Gott, er sagte nicht »Ich *liebe* dich«, sondern »Ich *fliege* dich!« Er wollte es mir auf deutsch gestehen.

Die anderen Crewmitglieder nehmen ihre Sachen und gehen grinsend an uns vorbei. Sie haben ungefähr denselben Blick wie die Herbergsmutter in Manang, die bei unserem ersten Aufeinandertreffen dabei war. Vermutlich hat er ihnen allen die Geschichte erzählt. *Good news travel fast*, oder wie war das?

»Grant, wir steigen schon mal in den Crewbus, ja?«, teilt der Kapitän uns im Vorbeigehen mit. Grant nickt, zum Zeichen, dass er gleich nachkommt. Doch ich komme nicht so leicht davon.

»Was hast du denn gedacht, dass ich gesagt habe?«

Ach, was soll's. Ich bin so erleichtert ihn wiederzusehen und über eine zweite Chance ihm meine Gefühle zu gestehen, da kann ich ihm auch die Wahrheit sagen.

»Ich habe gedacht du sagtest *Ich liebe dich*.«

Ich dehne die Worte ganz langsam, damit wir uns nicht wieder missverstehen.

»Oh!« Er schüttet sich fast aus vor Lachen.

Also, so lustig ist das jetzt nun auch wieder nicht. Dann zieht er mich ganz nah zu sich heran, so wie an der Bushaltestelle in Besisahar, und ich sehe, wie seine Lippen sich mir nähern. Doch sie landen nicht auf meinen, sondern ganz dicht an meinem Ohr.

»Das stimmt aber *auch*, Charlotte. Ich liebe dich.«

Diesmal sagt er es wirklich, ohne jeden Zweifel.

»Grant, ich liebe dich auch.«

Ich habe das Gefühl zu schweben, und wir sehen uns fest in die Augen.

»Und? Kriege ich nun endlich einen ordentlichen Abschied und deine Handynummer, *Flight-Club*-Girl?«

»Hm, mal sehen. Weißt du, ich halte nicht viel von Piloten, die sagen so selten die Wahrheit…«

Wir lachen, und diesmal wird es ein langer Abschied.

Im Skyline-Flieger nach München fliege ich innerlich immer noch. Alles ist gut. Wir lieben uns und werden uns wiedersehen! Ganz bald sogar. Er hat mich nicht stehengelassen und nicht ausgesetzt (und auch nicht geschwängert, so weit ich das beurteilen kann). Ich grinse übers ganze Gesicht. Das war der schönste Urlaub meines ganzen Lebens!

In der Maschine ist es furchtbar kalt, oder es ist die Müdigkeit, die mich frieren lässt. Ich stehe unter den gewohnt muffelig-deutschen Blicken der Frau am Gang von meinem Fensterplatz auf und krame meinen Rucksack hinter ein paar Jacken aus dem Gepäckfach hervor. Als ich ihn aufklappe, um nach meiner Strickjacke zu suchen, sehe ich als Allererstes einen mir vertrauten Stoff. Obenauf liegt die Mulidecke! Grant muss sie mitgenommen und in meinen Rucksack geschmuggelt haben. Ich bin unheimlich gerührt. Obwohl sie inzwischen eine Wäsche vertragen könnte, werfe ich sie mir über.

»Hier dürfen Sie keine eigenen Decken benutzen!«

Eine rigide Stimme ertönt quer durchs Flugzeug, und eine Kollegin in meinem Alter, die ich noch nie zuvor gesehen habe, läuft schnurstracks und mit erhobenem Zeigefinger auf mich zu.

»Wie bitte?«

Also, ich war ja ein paar Tage weg, und vielleicht hat die Firma neue Regeln eingeführt, aber das scheint mir doch sehr unwahrscheinlich.

»Packen Sie die sofort weg!«

Himmel, was hat die denn für einen Ton am Leib!

»Daran könnten Tierhaare sein, und wenn jemand nach Ihnen auf Ihrem Platz sitzt, der eine Tierhaarallergie hat, stirbt der womöglich an einem Asthmaanfall.«

Ähem … okay. Also ganz von der Hand zu weisen ist das ja nicht, was sie da sagt, und tatsächlich hat das Muli ganz schön gehaart, aber das kann man auch etwas netter sagen. Ich packe die Decke wieder weg.

Die Frau am Gang verdreht die Augen, als sie mich wieder reinlassen muss. Noch immer ist mir furchtbar kalt.

»Könnten Sie mir denn dann vielleicht eine Ihrer Decken geben, bitte?«

»Die hätten Sie sich doch selber aus dem Fach nehmen können, als Sie gerade standen!«, blafft mich die Kollegin an.

Mir bleibt die Spucke weg. Ist das so eine Art *Versteckte Kamera*? Oder ein neues Training von Skyline, um zu gucken, wie sich Personal privat an Bord verhält, anlässlich meines Vorfalls mit dem dicken Zeitungsungeheuer?

Ich mustere sie verstört. Äußerlich sieht sie aus wie der perfekte Skyline-Engel, alle Accessoires sitzen, inklusive Lippenstift und Namensschild. Sie heißt – Moment mal, hat die Höhenkrankheit bei mir bleibende Schäden hinterlassen? Auf ihrem Namensschild steht *C. Loos.* Das kann ja wohl nicht sein! Gibt es tatsächlich noch jemanden bei Skyline mit meinem Namen – oder heißt sie mit Vornamen anders als ich, Christine zum Beispiel?

»Entschuldigung, dürfte ich erfahren, wie Ihr Vorname lautet?«

»Ich wüsste nicht wieso, aber wenn Sie drauf bestehen – Charlotte«, gibt sie zuckersüß zurück.

Ein kurzer Blick Richtung Anschnallzeichen verrät mir, dass sie aus sind. Ich lasse sie eiskalt stehen und marschiere nach vorne durch den Vorhang in die Bordküche.

»Schalott, bonjour!«

Ein Glück. Vor mir steht nicht irgendein Purser, sondern Antoine. Er war der Chef auf meinem allerersten Flug vor sieben Jahren. Er gibt mir ein Küsschen rechts und links auf die Wange.

»Antoine, bitte entschuldige, aber wer ist laut Crewliste die Rothaarige, die hinten arbeitet?«

Antoine runzelt die Stirn, begreift aber recht schnell, dass ich etwas auf dem Herzen habe.

»Das ist Sylvia ... warte mal ...« Er zieht seine Flugunterlagen aus der Westentasche hervor. »Ja, sie heißt *Sylvia Meier.*«

»Aha. Und wieso trägt sie dann mein Namensschild?«

»Wie bitte?«

Ich erkläre Antoine die Angelegenheit und vor allem, dass ich es seit geraumer Zeit mit einer Reihe von Beschwerden über mich zu tun habe, die definitiv nicht auf mein Konto gehen. Antoine schreitet sofort zur Tat und bittet die Rothaarige zu uns nach vorne. Pikiert beginnt sie bei meinem Anblick sofort, sich zu verteidigen.

»Die Dame wollte ihre eigene Decke ...«

»Darum geht es nicht«, falle ich ihr brüsk ins Wort.

»Es geht darum, dass Sie eins von meinen verlorenen Namensschildern tragen und damit Ihr Unwesen treiben!«

So, jetzt habe ich es ihr klipp und klar auf den Kopf zugesagt. Zu meiner Überraschung streitet sie es nicht ab, sondern bricht abrupt in Tränen aus.

»Okay, wir klären das nach der Landung«, kommandiert Antoine, da der Flieger in den Sinkflug geht und wir gehen vorläufig auf unsere Plätze zurück. Meine Güte, wenn sie wirklich der Grund für die ganzen Schreiben ist, wäre auch dieses Problem in meinem Leben gelöst! Und Feli hätte mit der Sache nichts zu tun! Mir fällt ein Stein vom Herzen …

Als ich nun zum dritten Mal in die Reihe rutsche, ist die Frau am Gang nahe daran auszuflippen. Aber auch das stört mich nicht mehr. Ich habe keine Angst mehr vor Konflikten, ha! Überhaupt fühle ich mich so gut und stark wie lange nicht mehr. Unfassbar, dass ich Feli verdächtigt habe.

Als alle Gäste ausgestiegen sind, führen wir das Gespräch mit Sylvia unter Aufsicht des Kapitäns fort. Sie ist noch relativ neu und fliegt erst seit einem halben Jahr. Sie empört sich, dass ihr der Job anfangs Spaß und sie ihn ordentlich gemacht hat, aber dann sei ihr schnell die Geduld ausgegangen, denn die meisten Gäste seien eine Zumutung. Und als sie eins meiner verlorenen Namensschilder fand, sah sie die Chance, diesen Leuten mal die Meinung zu sagen. Alleine wegen der ganzen iPads und iPods, die keiner zu Start und Landung ausmache! Und dass die Leute einfach nur auf den Bildschirmschoner klicken. Sie redet sich derartig in Rage, dass Antoine sich irgendwann vertraulich zu mir rüberbeugt.

»Charlotte, fahr nach Hause. Du siehst aus, als kämest du aus Timbuktu! Ich regele das schon, du hörst von mir.«

Dankbar nehme ich sein Angebot an. Ich verabschiede mich schnell aus der dramatischen Runde und werfe einen letzten Blick auf meine Doppelgängerin. Sie tut mir leid, sehr sogar. Mehr noch, ich verstehe sie. Aber ihr Verhalten hätte mich fast meinen Job gekostet.

Und meine vergünstigten Flugtickets nach Übersee werde ich wohl ab sofort brauchen …

Dresden/Schloss Moritzburg -20,00 €
Originaldrehort »Drei Nüsse für Aschenbrödel«
Führung durchs Schloss/Souvenirfoto mit
Schleppe (Originaltreppe außen)
Spesensaldo: -545,11 €

17.

Schon im Hausflur ist irgendetwas komisch. Kaum lasse ich die schwere Holztür hinter mir ins Schloss fallen, begrüßen mich nicht nur die angenehme Kühle und der vertraute Stuck an der Decke (ich bezweifle ja, dass er wirklich aus dem letzten Jahrhundert stammt), sondern auch unser überquellender Briefkasten und der Pinselhutmann.

In der Sekunde, in der die Rollen meines Wanderrucksacks den Boden berühren (ja, man kann ihn auch ziehen, was ich leider erst auf dem Rückflug entdeckt habe), reißt Herr Ludwig die Tür seiner Erdgeschosswohnung auf und kommt mit hochrotem Kopf auf mich zu. Unterstützt wird er von seinem bellenden Vierbeiner, der sich gebärdet wie ein Pitbull auf LSD. Er kläfft und fletscht die Zähne, dabei ist er eigentlich richtig niedlich: Es ist ein Rauhaardackel und über seinem Lederhalsband trägt er ein rotes Halstuch, an dem ein Herzchen baumelt. Ich vermute stark, dass er »Waldi« heißt.

»Siiiie!« Herr Ludwig fuchtelt mit erhobenem Zeigefinger herum und schäumt regelrecht vor Wut.

Ich zucke zurück, sein Dackel auch.

»Junges Frollein, mit Ihnen reicht's mir jetzat aber, zappalot! Erst die Sauerei mit der Miete und dann dauernd die Schreierei! Und antworten tun'S mir a net seit Dagn!«

Spontan will ich mich verteidigen, habe aber keine Ahnung wofür.

»Und heben'S den gefälligst an!«

Was denn, seinen Hund? Ach nein, er deutet auf meinen Rucksack. Es ist leider fast unmöglich, ihn zu tragen, so schwer erscheint er mir inzwischen.

»Ich hab Eahna gekündigt, jawohl!«

Ich stehe reglos da und sage nichts. Schon von Anfang an habe ich fast Angst vor dem Mann gehabt, so wie es mir mit jedem Menschen ergeht, der sich mir gegenüber unkontrolliert cholerisch aufführt. Aber im Moment fühle ich mich unantastbar. Ich bin herrlich glücklich und innerlich so ruhig, dass ich auch dann noch lächeln würde, würde ein Komet auf mich zurasen. Behaglich ist mir allerdings trotzdem nicht.

Ich drehe mich ohne zu antworten auf dem Absatz um und stecke den kleinen Schlüssel in unseren Briefkasten. Heraus fällt stapelweise Post, darunter auch ein Kuvert mit einem Wachssiegel. Das muss unsere Kündigung sein. Offensichtlich hat Feli sich also nicht um unseren Dauerauftrag gekümmert, aha. Vorsichtig beginne ich, die klebrige Masse vom Papier zu trennen. Man kann Herrn Ludwig nicht vorwerfen, er habe keinen Stil.

Ungehalten entreißt er mir mit seinen wurstigen Fingern den Umschlag und öffnet ihn kurzerhand selbst mit einer ruppigen Bewegung. Dann hält er mir bebend das DIN-A4-Blatt vor die Nase, keine drei Zentimeter von meinen Augen entfernt. Ohne meine Reaktion abzuwarten, tippt er am unteren Rand auf einer feinen Linie mit einem Kreuz daneben herum: »So, und das unterschreiben'S mir jetzt!«

Unweigerlich fühle ich mich, als befänden wir uns in der Businessclass und als zeigte er mit demselben Gesichtsausdruck auf ein nicht mehr vorhandenes Fischgericht: »So, und den Heilbutt besorgen Sie mir jetzt augenblicklich!«

In solchen Situationen ist es am besten, den Tobsuchtsanfall des Gegenübers abzuwarten, tief durchzuatmen und sich in Ruhe eine diplomatische Antwort oder Alternative zu überlegen, die die Stimmung wieder hebt. Aber gottlob sind wir nicht im Flieger.

Als er endlich kurz verstummt (vermutlich nur wegen eines drohenden Herzinfarkts), baue ich mich in aller Seelenruhe vor ihm auf und sage: »Herr Ludwig, ich komme gerade von einer sehr langen und anstrengenden Reise zurück. Sollte es Probleme bezüglich unseres Mietverhältnisses geben, so bin ich gerne bereit, diese mit Ihnen zu besprechen. Im Moment weiß ich leider noch nicht, wovon Sie reden. Außer, dass wir im letzten Monat nicht den vollen Betrag entrichtet haben. Ich spreche umgehend mit Frau Rauh, und wir melden uns dann bei Ihnen. Guten Tag!«

Bestimmt mache ich kehrt, umfasse den Tragegurt meines Rucksacks und ziehe ihn demonstrativ bis zum Treppenabsatz, um ihn erst dort anzuheben und nach oben zu tragen. (Okay, nur bis in den ersten Stock, wo ich in den Aufzug steige, aber erst mal muss ich schnellstmöglich aus dem Sichtfeld des Cholerikers verschwinden.) Das einzig Gute an dieser unschönen Szene ist, dass ich schon immer mal abschließend »Guten Tag!« zu jemandem sagen und mich dann zum Gehen wenden wollte. An Bord kann ich mir das natürlich nicht erlauben, aber warum nicht hier?

Wo man »Frollein« sagt, wird »Guten Tag« wohl auch verstanden.

Als ich eine Etage höher auf den Liftknopf drücke, fällt unten die Wohnungstür von Herrn Ludwig knallend ins Schloss. Ich atme auf und lasse das Gesagte sacken.

Die dauernde Schreierei? Was meint er damit? Hat Feli etwa schon entbunden und eine zauberhaft plärrende Kriemhild zur Welt gebracht? Aller Differenzen zum Trotz – dann hätte sie mir zumindest eine SMS geschrieben, und inzwischen habe ich ja längst wieder Netz. Da bin ich mir ganz sicher. Oder verwechselt er uns mit Frau Wieselhuber aus dem ersten Stock, die gerne in voller Lautstärke den Fernseher laufen lässt, weil ihr Hörgerät wieder zu leise eingestellt ist? Fest steht, er hat uns also gekündigt.

Unter normalen Umständen würde ich mich ja nicht so einfach aus der Wohnung werfen lassen, aber in diesem Fall finde ich es komischerweise gar nicht so schlimm. Obwohl ich immer noch an unserer Freundschaft hänge (und hoffe, dass es für alles eine plausible Erklärung gibt und sich die Dinge wieder einrenken), habe ich doch die leise Ahnung, dass Feli und ich nicht dafür gemacht sind zusammenzuleben. Wir haben einfach zu verschiedene Auffassungen von Ordnung, Sauberkeit und der Wichtigkeit, offizielle Dinge zu regeln. Und Feli kümmert der Ärger mit unserem Vermieter offenbar wenig, sofern sie überhaupt schon weiß, dass wir obdachlos sind. Mitgeteilt hat sie mir jedenfalls nichts. Genauso wenig wie zu den fälligen Nachzahlungen an die Stadtwerke, der dritten Mahnung unseres Internetproviders und der wiederholten Aufforderung von Skyline, bitte endlich unsere neuen Lohnsteuerkarten an die Buchhaltung zu schicken, wie ich beim Durchsehen der restlichen Post erfahre. Was um Himmels willen hat sie in den letzten zwei Wochen eigentlich gemacht, außer sich von ihren Eltern verwöhnen zu lassen oder bei uns fernzusehen?

Ich habe zwar noch nicht viele Schwangere erlebt, aber bisher habe ich noch keine getroffen, die dadurch dermaßen aus der Bahn geworfen wird. So wie sich alles entwickelt hat, hätte ich Feli niemals eingeschätzt. Nicht als Mitbewohnerin, nicht als zukünftige Mutter und nicht als Mensch. Ich dachte immer, sie ist tough und kriegt im Leben alles auf die Reihe …

Als ich die Tür zu unserer Wohnung aufschließe, ist es wieder da: das penetrante Gefühl, dass irgendetwas komisch ist. Diesmal ist es noch stärker als unten im Hauseingang. Ich bin keineswegs esoterisch eingestellt oder so, kein bisschen. Aber man merkt einfach, wenn etwas beim Betreten der eigenen vier Wände ungewöhnlich ist. Ein Hauch Zigarettenrauch oder ein fremdes Parfüm verraten, dass Besuch da war, und man kann die Vorfreude auf einen geselligen Nachmittag mit Freunden förmlich riechen, wenn Kuchenduft in der Luft liegt. Heute ist es genauso, nur dass das Gefühl, das mich überkommt, als ich den Schlüssel von innen abziehe, keineswegs positiv ist.

Klar, die Begegnung mit dem Pinselhutmann hat mich doch mehr in Mitleidenschaft gezogen, als ich mir eingestehen will, und ich bin völlig fertig von den Flügen. Na, und Feli wiederzusehen, bereitet mir sowieso extrem gemischte Gefühle. Aber das ist es alles nicht. Irgendwie riecht unsere Wohnung nach jemandem, der mir vertraut ist. *Negativ* vertraut. Ein Geruch, der noch mehr ungute Assoziationen weckt. Empfindungen, die ich auf die Schnelle nicht einordnen kann.

Ich halte einen Moment inne, bevor ich die Tür hinter mir schließe. Aus dem Wohnzimmer drangen gerade noch Stimmen, die jetzt abrupt verstummt sind. Ich stelle behutsam mein Gepäck ab und ziehe meine Wanderschuhe aus, die inzwischen mehr als eingelaufen sind. Eine Wohltat für meine geschundenen Füße. Ich muss es hinter mich bringen. Feli sagen, dass es mir leidtut, wie alles zwischen uns gekommen ist, aber dass es so nicht mehr weitergeht mit uns und dem Projekt *Flight Club*. Und dass meine Suche nach Brian erfolglos war. Dann werden wir sehen, was wird. Wieder denke ich an Grants Worte und die Metapher mit der Zugfahrt. Trotz allem habe ich die Hoffnung, dass Feli nicht aus meinem Leben aussteigt oder ich aus ihrem. Oder zumindest nicht jetzt und nicht so. Wobei das Ende unserer kurzen Wohngemeinschaft ohnehin eingeläutet ist.

Ich hole einmal tief Luft. Immerhin weiß sie, dass ich heute wiederkomme – sofern sie ihre E-Mails öfter gecheckt hat als unsere Post.

»Feli?«, frage ich in Richtung Flurende. Sie antwortet nicht. Ich fühle mich, als würde ich durch ein Geisterschiff laufen, unwissend, was mich hinter der nächsten Ecke erwartet und ob nicht gleich ein Skelett irgendwo runterfällt und mich zu Tode erschreckt. Wieso hat sie tagelang den Briefkasten nicht geleert? Oh nein, hoffentlich ist sie nicht gestürzt, oder so? Ich beschleunige meinen Schritt.

»Feli, ist alles okay?«

»Hier sind wir«, kommt es endlich zurück. Gott sei Dank, sie klingt zwar nicht gerade fröhlich, aber auch nicht so, als hätte sie drei Tage lang mit Beckenbruch am Boden gelegen. Aha, *wir*. Vielleicht hat sie eine Freundin da? Ich hoffe bloß, es ist nicht die *Schuh & Du*-Blondine mitsamt Mops, dann schon lieber die unbekannte Fliegerfreundin, mit der sie quer durch ganz Europa telefoniert. Oder ist Julian wieder in München? Oder vielleicht überraschen mich ja auch Katinka und Justus anlässlich meiner Rückkehr! Ja, das wäre möglich.

Ob Feli unser Desaster auch leidtut inzwischen? Womöglich will sie mir zur Versöhnung einen großen Empfang bereiten? *Sicher* tut es ihr leid! Ich meine, ihr lag doch mal genauso viel an unserer Freundschaft wie mir. Bestimmt hat auch sie sich an unsere Glanzzeiten zurückerinnert, als ich weg war. An die ganzen Nächte, die wir durchgequatscht und durchgefeiert haben, an unsere Partyflüge nach Bangkok und unsere Wellnesstage in Bad Pyrmont. An den Tag, an dem wir die Wohnung bekamen und ... ja, so muss es sein. Ich sollte wirklich mal aufhören, so negativ zu denken. Insgesamt, und nicht nur in der Liebe! Vielleicht hat sie sogar ein Banner aufgehängt: »Willkommen zu Hause, Charlotte!«, und auf dem Tisch wartet ein Kuchen auf mich. So etwas wollte ich schon immer mal bekommen!

Ich lächle bei dem Gedanken und biege erwartungsvoll um die Ecke Richtung Wohnzimmer. Bereit, ihr bedingungslos um den Hals zu fallen, wie es in unseren Lieblingsfilmen üblich ist. Danach könnten wir dann in Ruhe reden. Die Pause hat uns beiden gutgetan, die ganze Lage entspannt. Ganz bestimmt sogar! Ich werde einfach diplomatisch vorgehen und aufhören, sie wie ein nörgelndes Mutterhuhn ... Ich bleibe wie angewurzelt stehen. Mir stockt der Atem. Was ich sehe, kann ich mir nicht erklären. Aber es erklärt mein ungutes Gefühl beim Betreten der Wohnung. Ach was, mein ungutes Gefühl der letzten Wochen, der ganzen Zeit, die wir hier zusammenwohnen!

Auf einem Stuhl am Esstisch sitzt Feli mit megadickem

Bauch. Ihre Füße sind geschwollen, ihr Gesicht aufgedunsen. Sie hat locker noch zehn Kilo zugelegt, und von der einst mageren, aufrechten Blondine ist nichts mehr zu erkennen. Sie ist inzwischen hochschwanger, und ihre Haare hängen strähnig herunter. Sie sieht mich aus matten Augen mit dunklen Schatten an.

Wäre der Rest des sich mir bietenden Bildes nicht so verstörend, würde ich ihr tatsächlich aus Mitleid um den Hals fallen. Aber ihr gegenüber sitzt jemand, der … Das kann im Grunde gar nicht sein! Ihr gegenüber sitzt … Malte Breuer. *Malte Breuer* hält Felis Hand.

Noch immer stehe ich bewegungslos im Türrahmen. Mein Gehirn nimmt auf, was meine Augen sehen, kann die Information aber nicht verarbeiten. Beide sehen mich genauso unverwandt an und rühren sich nicht. Die Atmosphäre im Raum ist zum Fürchten.

»Ich wollte nicht, dass du es so erfährst«, krächzt Feli fast tonlos. Also, das ist jetzt wirklich wie im Film, inklusive dem Satz, den sie gerade gesagt hat.

Mein Herz beginnt zu rasen, und ich weiß nicht, wo ich hinsehen oder was ich sagen soll. Mein Blick wandert von Felis Bauch zu Maltes Hand und wieder zu ihren Augenringen zurück. Sie sieht furchtbar aus, ungepflegt und völlig fix und fertig. Und selbst wenn mir einfiele, was ich sagen könnte, könnte ich es kaum aussprechen, so trocken ist mein Mund. Ich wette, aus meinem Gesicht ist sämtliche Farbe gewichen, und meine Knie fühlen sich weich an. Ich stehe ohne Vorwarnung meinen beiden Albträumen gegenüber, den personifizierten Ursachen für zahlreiche schlaflose Nächte, und will nicht so richtig verstehen, dass sie offensichtlich zusammengehören. Obwohl es sonnenklar ist.

Da lässt Malte unvermittelt Felis Hand los und steht auf. »Ich geh dann mal.«

Sie beugt sich leicht zu ihm vor, wohl um ihm einen Abschiedskuss zu geben, doch er wendet sich ungerührt ab und greift sich seine Jacke.

»Rufst du mich an?«, fragt sie ihn mit zitternder, fast panischer Stimme.

»Ich fliege morgen«, erwidert er emotionslos.

O je, so und nicht anders kenne ich ihn. Auch optisch hat er sich nicht verändert: Noch immer trägt er zu seinen furchtbaren, rentnerfarbenen Cordhosen ein rot-weiß-kariertes Hemd, das er sich zu allem Überfluss in die Hose gesteckt hat. Wirklich, ohne Uniform entbehrt er endgültig jeglicher Anziehungskraft. Und auch darin konnte er seinerzeit seine Wirkung auf mich nur versprühen, weil ich per se alles in meinem neuen Job aufregend fand.

Obwohl es absurd ist, empfinde ich spontan ein tiefes Mitgefühl für Feli. Und obwohl ich ansonsten nichts verstehe, weiß ich haargenau, wie sie sich fühlt. Man kann ihr ansehen, wie sehr sie sich nach irgendeiner Geste von ihm sehnt. Einem Kuss auf die Stirn oder einem lieben Wort zum Abschied. Einem einzigen kleinen Zeichen bis zu ihrem Wiedersehen. Und wie ich so viele Jahre zuvor, bekommt sie nichts.

Als er sich mit gesenktem Blick an mir vorbeischieben will, (nicht ohne zu meiner absoluten Genugtuung meinen Outdoorlook interessiert zu mustern), rappelt sie sich auf und läuft ihm hektisch hinterher. Fast stößt sie dabei unsere chinesische Bodenvase aus Peking um, die wir für antik halten und die uns einen entsprechenden Preis gekostet hat.

»Malte, warte!« Alleine, wie sie seinen Namen ruft, klingt erbärmlich, nahezu wie ein Winseln.

Wie oft habe ich unter genau dieser ignoranten, lieblosen Art gelitten! Für Sekunden kocht die Erinnerung hoch. Ich sehe Malte vor mir, wie er beim Schlussmachen beiläufig sein Jackett zuknöpft und sagt, ich sei nicht gut genug, um seine Kinder zu erziehen, während er immer weg sei und fliegen müsse. Und dass ich vernünftig sein solle, als ich protestiere. Genau wie damals hat er auch jetzt die Klinke in der Hand, obwohl Feli offensichtlich Gesprächsbedarf hat. Ich beobachte die Szenerie, als sähe ich eine Episode meines eigenen Lebens vor mir ablaufen.

»Felizitas, wir haben doch alles besprochen!«

Sein Ton ist kühl und sachlich. Genauso gut könnte er Kerosin über Funk bestellen.

»Bitte, mach es mir doch nicht so schwer!«, fügt er ärgerlich hinzu.

Es ist, als wäre ich Luft. So wie in Dickens' *Der Geist der Weihnacht*, oder so.

»*Ich* mache es *dir* schwer, Malte? DIR?!« Felis Gesicht verändert sich, sie bekommt ihn am Arm zu fassen und schreit jetzt richtig: »Ich BRAUCHE dich jetzt! Deine Scheißfrau ist *nicht* schwanger im neunten Monat!«

Ungerührt macht er sich los. »Felizitas, sei vernünftig! Je mehr du mich unter Druck setzt, desto weniger lasse ich mir das gefallen, das weißt du doch inzwischen!«

Oh Mann, wie ich ihn hasse! Und ich hasse es, dass er hier ist, in meinem neuen Leben, das bis eben Malte-frei war.

Er verlässt die Wohnung und zieht energisch von außen die Tür zu. Feli reißt sie wieder auf. Ich höre, wie er die Treppen runterläuft.

»Wann, Malte? *Wann* sagst du es ihr?«, schreit sie über das Geländer gebeugt nach unten.

Eine Tür geht auf. »Ruhe, da oben, Kruzifix!«

»Selber Ruhe!«, keift Feli aus vollem Halse Richtung Erdgeschoss und knallt voller Wut unsere Wohnungstür.

Ich komme mir vor wie im Vormittagsfernsehen auf *RTL*. Und jetzt ist mir auch klar, was Herr Ludwig mit dem »dauernden Geschrei« meinte. Wie lange geht das wohl schon so?

Kaum ist der Hall des Türknalls verebbt, sinkt Feli an der Flurwand zu Boden und beginnt, hemmungslos zu weinen. Ich weiß nicht, was ich machen soll. Der Drang, sie in den Arm zu nehmen, ist stärker als je zuvor. Andererseits – nach allem was zwischen uns war *und* der neuesten Erkenntnis? Beim besten Willen, nein. Das kann ich nicht. *Feli und Malte*. Malte Breuer, mein Exfreund und meine beste Freundin. Ich habe solche Geschichten immer für Klischees gehalten.

Dass ich da nicht eher draufgekommen bin! Meine vielen SMS an sie, auf die sie nicht reagiert hat – aus der Lobby in Schweden, dem Crewbus zum Flughafen Arlanda in Stockholm, während meiner Odyssee auf Landwegen von London aus nach Hause –, und dann ihr ausweichendes Verhalten zum Thema: *»Vergiss Malte!«* Ha, von wegen! Würde sie wohl selber gern.

Jetzt erklären sich auch Felis ständige Planänderungen! Kein Wunder, dass es mit unseren gemeinsamen Flügen nur noch so selten geklappt hat – vermutlich ist sie die ganze Zeit mit ihm durch die Gegend geflogen! Und – na klar – unsere Telefonrechnung, das waren alles Gespräche mit *ihm*, wenn er unterwegs war und sie in München! Es fällt mir wirklich wie Schuppen von den Augen. Wie konnte ich nur so blind sein!

Und – oh Gott, nein – dieser Satz damals von ihm im Transit in London, an der hinteren Tür des Flugzeugs, während unserer erniedrigenden Diskussion zu meinem »zweiten Standbein«.

»Da hab ich aber was anderes ...« *gehört*. Natürlich! Er wusste die ganze Zeit über minutiös Bescheid darüber, was ich so treibe und dass mein Liebesleben quasi nicht existent ist, und zwar durch *sie*. Mir wird ganz schlecht. Es ist eine abgedroschene Redewendung, aber sie bringt es auf den Punkt: Ich fühle mich verraten und verkauft. So muss sich eine betrogene Ehefrau fühlen, die ihre besten Jahre geopfert hat. Und bei mir war es die, wie ich glaubte, beste Freundin.

Es gab so viele Hinweise! Ich hätte nur eins und eins zusammenzählen müssen. Und wenigstens bei einer Sache hartnäckig stutzen sollen: *Kriemhild*. Eugenie! Melchior, Theodor! Solche Namen *können* nur von Malte kommen! Verdammt, ich bin wirklich so was von naiv! Und dann diese ganze neue Sucht nach Markenartikeln. Und dass sie nicht die Einzige sei, die meint, unsere Wohnung könne etwas mehr Stil vertragen. Na, der hat vielleicht Nerven! Der verdient ja auch das Dreizehnfache. Ich finde, *er* könnte etwas mehr Stil vertragen! Hilfe, wie oft er wohl hier war?

Wie in Trance blicke ich auf die schluchzende Feli hinunter. Komischerweise fühle ich mich stärker denn je bei ihrem Anblick. Sie ist trotz ihres beachtlichen Bauches kaum noch viel mehr als ein Häufchen Elend. Und ich spüre, wie sehr ich mich weiterentwickelt habe. Wie wenig mir ein Malte Breuer heutzutage anhaben kann. (Okay, ich hätte ihm auch gerne etwas hinterhergeschrien, nämlich dass ich im Himalaja auf Tausenden von Metern war, aber entscheidend ist, ich habe es nicht getan!)

»Ist er der Vater?«, frage ich leise.

»Ja. Ja, das ist er.« Ihre Stimme ist nicht viel mehr als ein schuldbewusstes Hauchen.

»Aha«, entgegne ich unterkühlt, und mein empathischer Funke verglüht wieder. Zwar bin ich immun gegen Malte, nicht jedoch gegen Feli. Und schon gar nicht gegen die Gesamtsituation. Ich fühle mich schrecklich. Ich brauche einen Ort zum Verkriechen. Aber ich bin schon in meiner Wohnung! In meinem eigenen Zuhause, in dem ich mich unwohler fühle als überall sonst auf der Welt. Ich will weg, egal wohin, nur nicht hier sein! Von mir aus auch gerne wieder auf mein Reitmuli, mit Hanofret und Anke im Nacken.

Mein erster Impuls ist, mich in mein Zimmer zu verziehen, aufs Bett zu werfen und in Grants Arme zu träumen. Ich wünschte, ich könnte ihn jetzt anrufen, aber mit einem Blick auf die Uhr sehe ich, dass er sich nun mitten im wohlverdienten Tiefschlaf befindet, bevor es über Sydney zurück nach Neuseeland geht für ihn. Allein bei dem Gedanken an seine Grübchen wird mir ganz warm ums Herz. In seiner Nähe war ich so weit weg von allem. Und ich kann mir beim besten Willen nicht vorstellen, dass wir jemals so miteinander umgehen würden wie gerade Malte und Feli. Nicht einmal im Streit. Doch wenn ich jetzt in mein Zimmer gehe, bleibt wieder so vieles unausgesprochen. Ich fasse einen Entschluss.

»Feli«, höre ich mich mit fester Stimme sagen, »wir müssen miteinander reden. Ich werde jetzt duschen und schlafen. Danach setzen wir uns zusammen.«

Ich fühle mich ungeheuer erwachsen, dass ich mich nicht von meinen Gefühlen leiten lasse, sondern sachlich bleibe, auch wenn es in mir ganz anders aussieht. Das hier ist mein persönlicher *Thorong-La-Pass*, mein wohl schwierigster Aufstieg. Aber ich bin fest gewillt, es diesmal über den Berg zu schaffen.

Feli sitzt noch immer auf dem Boden, schnieft und hat den Blick apathisch geradeaus auf die Wohnungstür gerichtet. Zu meiner Überraschung nickt sie fast unmerklich.

»Ist gut. Klopf einfach bei mir an, wenn du so weit bist.« Ihre Stimme klingt völlig kraftlos. Es ist, als hätte Malte ein einstmals stolzes Rennpferd in ein paar Monaten völlig heruntergewirtschaftet.

Als ich in die Badewanne sinke, kommt das dem Paradies gleich. Ich seufze wohlig und spüre das warme duftende Wasser um mich herum, das den Stress der letzten Stunde und die Anstrengungen der letzten Wochen ein wenig abzuwaschen scheint. Ich shampooniere mir die Haare und versuche, ein paar Minuten lang gar nichts zu denken. In mir herrscht völliges Chaos. Malte. Feli. Kriemhild. Und ich blöde Kuh besteige den Annapurna, um einen imaginären Brian zu finden! (Dabei hat schon Richard Gere in *Die Braut, die sich nicht traut* zu Julia Roberts gesagt: »Du willst doch nicht wirklich auf den Annapurna?«) Nicht zu fassen! Ich hätte auf der Suche nach dem fiktiven Banker sterben können! Na ja, so dramatisch vielleicht nicht, die Höhenkrankheit habe ich ja dann doch noch ganz gut überstanden. Und ich erinnere mich an ihre Frage, ob ich auch unabhängig davon da rauf will. Und das wollte ich. Ich hätte sonst Grant nie kennengelernt! Vielleicht sollte alles so kommen? Wie gesagt, ich bin nicht esoterisch eingestellt. Aber irgendwie mag ich die Vorstellung, dass der ganze Ärger mit Feli einen Sinn und nicht nur Kummer verursacht hat.

Ich denke an seinen warmen weichen Mund und unseren innigen Abschiedskuss im leeren Flieger. Ein enormes Glücksgefühl durchflutet mich. So eines, wie ich es noch nie hatte, mir aber immer vorgestellt habe, dass ich mich so fühlen möchte in einer Beziehung. Verstanden, respektiert, geliebt, geborgen. Mit Grant ist alles so leicht und unanstrengend. Ich muss mich nicht verstellen, und nicht unter Lebensgefahr irgendwelche Gletschertouren zu Ende bringen. Er hat mich schon in meinen körperlich miesesten Momenten gesehen, ungeschminkt, den Inhalt meines Magens entleerend. Und trotzdem hat er sich in mich verliebt. Er ist stark und gut aussehend, ein cooler Typ und trotzdem lieb.

Leute wie Malte ergreifen bereits die Flucht, wenn die Körpertemperatur eines Mitmenschen über siebenunddreißig Grad Celsius ansteigt, aus Angst, ein Infekt könne sie niederstrecken und um zwei Flüge ihres Leben bringen. Er und ich, das ist für mich nicht einmal mehr denkbar. Ich bin immer noch dieselbe und doch inzwischen eine ganz andere.

Umso weniger kann ich es fassen, dass jemand wie Feli mit einem Kerl wie Malte zusammen ist oder war. Nach Happy End sah das ja gerade nicht aus. Da prallen auch wirklich Welten aufeinander. Und offenbar scheitert sogar eine Frau wie sie an ihm. Ich meine, Feli ist von Haus aus nicht gerade der anhängliche Typ, den Malte gerne mag, damit er stets Bewunderung einfährt. Umso erschreckender war es vorhin mit anzusehen, wie sie ihn nahezu angebettelt hat, zu bleiben und ein wenig Zuneigung zu bekommen. Von Liebe kann ja weiß Gott nicht die Rede sein.

Ich kann nicht umhin, bei all dem Drama auch ein bisschen neugierig zu werden. Wie zur Hölle ist das alles nur gekommen?

Okay, offenbar kann ich *nicht* an gar nichts denken. Natürlich nicht. Trotzdem brauche ich jetzt ein wenig Schlaf, sonst drehe ich doch noch durch. Feli hat mich die ganze Zeit über belogen, neun ganze Monate lang! Vermutlich noch viel länger, je nachdem, wie lange das mit den beiden schon geht. Wenn man hochrechnet, wie viele Tüten ich für sie geschleppt, Erledigungen gemacht, Teller gespült und wie oft ich Flurwochen und Schneeschippen in ihrem Namen übernommen habe, hätte ich genauso gut Vollzeit als Butler arbeiten können. Sachen, die eigentlich der werdende Vater übernehmen sollte.

Und dann die Lüge mit dem Geld! Ich hatte Frau Regers Ratschlag doch noch beherzigt und einen Blick in die Gehaltstabelle geworfen. Demnach verdient Feli rund fünfhundert Euro netto mehr als ich im Monat. Wofür hat sie das ganze Geld gebraucht? Denn außer einer Wickelkommode und drei Kartons Pampers sehe ich hier nicht viele neue Anschaffungen. Mir wird eiskalt. Ich muss aus der Wanne raus.

Ich nehme meinen vorgewärmten Schlafanzug von der Heizung, schlüpfe hinein, frottiere mir die Haare und husche so schnell wie möglich in mein Zimmer. Bloß schnell ins Bett. Die Augen zumachen und träumen. Aufhören nachzudenken. Nur einen klaren Gedanken fasse ich noch: Feli und ich werden getrennte Wege gehen. Gehen und auch fliegen. Und ich werde mich dabei nicht so fühlen, als würde ich sie im Stich lassen. Was sie gemacht hat, ist ganz schön harter Tobak, und sogar ich habe eine Schmerzgrenze. Und abgesehen davon, dass sie sich wieder auf einen verheirateten Piloten eingelassen hat, hätte sie diesmal, im Gegensatz zu Wolf-Dieter, schon von mir aus erster Hand wissen können, wie er tickt. »Manche Leute müssen sich immer selber die Finger verbrennen.« Auch das ist eine Weisheit meiner Mutter.

So ähnlich werde ich ihr das heute Abend alles sagen. Ohne Umschweife, direkt ins Gesicht. Ich muss mich nur kurz mit ein wenig Schlaf stärken und … gähn, genau … schlafen.

»Charlotte, kannst du bitte aufwachen?«

Ich schlage die Augen auf und fühle mich keinen Deut ausgeschlafener als zuvor. Nur ganz kurz habe ich geträumt, dass ich das Sorgerecht für Theodor und Melchior zugesprochen bekomme und auch noch den Dackel vom Pinselhutmann versorgen muss, bei dem ich dafür mietfrei wohnen kann.

»Charlotte, ich weiß, es ist alles gerade ganz, ganz superfurchtbar … Ich bin das Allerletzte, und du musst mich abgrundtief hassen …«

Vor meinem Bett steht Feli. Beziehungsweise, eigentlich sehe ich nur einen runden Kugelbauch direkt über meinem Gesicht und die struppigen Spitzen ihrer langen blonden Haare.

»Aber … ich habe Wehen!«

Mit aller Kraft unterdrücke ich den Reflex aufzuspringen. Zu tief sitzt alles, was passiert ist, vorhin und in den letzten Monaten. Außerdem streikt mein Körper. Bleierne Müdigkeit steckt in jeder meiner Poren, und mein Kopf beginnt, beleidigt über den Sekundenschlaf, zu schmerzen. Also sehe ich sie nur an, mehr nicht.

»Was ist denn mit dem Vater? Vielleicht rufst du den an?«, entfährt es mir dann doch. Ich erschrecke über meinen vollkommen eisigen Tonfall, finde ihn aber angemessen.

»Den erreiche ich nicht. Und ich will ihn auch nie wiedersehen«, bringt sie gepresst hervor. Wieder sehe ich sie nur an, während sie sich jetzt schwer atmend vor Schmerzen auf meinem Nachttisch abstützt.

Mein Blick fällt auf das aufgeklappte Handy in Felis Hand.

»Charlotte …« Sie scheint sich in einer Wehenpause zu befinden und richtet sich wieder auf. »Ich habe ganz großen Scheiß gebaut. Riesenscheiß.«

»Kann mal wohl so sagen«, murmele ich und starre teilnahmslos auf die gegenüberliegende Wand, während ich die Decke ein wenig zurückschlage.

»Ich weiß, ich habe alles aufs Spiel gesetzt. *Alles!* Unser Zusammenwohnen, unsere Freundschaft … Ich konnte dir nicht sagen, dass ich was mit Malte habe, ich habe es nicht übers Herz gebracht. Als wir uns unterwegs kennenlernten, wusste ich nicht, dass es *der* Malte ist. Und später konnte ich es mir nicht vorstellen. Und dann dachte ich, ihr habt vielleicht einfach nicht zusammengepasst und dass er gar kein so übler Kerl ist.«

Ich setze mich im Bett auf.

»Und als es dann lief zwischen uns, hat er mir gestanden, dass er verheiratet ist. Auch, dass er todunglücklich sei und ich die Liebe seines Lebens.«

Ich erinnere mich, dass er mir das auch zu Anfang unserer Beziehung gesagt hat. Und ich glaube ihm sogar, dass er regelmäßig so empfindet. Nur wird ihm die Liebe seines Lebens scheinbar immer sehr schnell langweilig.

»Er hat mir versprochen, sich zu trennen, und erzählt,

nun habe er endlich einen Grund, der es wert sei, seiner Frau den Trennungsschmerz zuzufügen. Ich habe ihn geduldig unterstützt, bei all seinen Zweifeln und dem schlechten Gewissen ihr gegenüber. Ich habe ihn förmlich getröstet und sogar angeboten, mich mit ihr zu treffen, wenn das hilft!«

Ich kann nicht umhin zu denken, dass Feli noch naiver ist, als ich es jemals war. Das Ganze ist Stoff für eine Soap, die in Köln zwischen Ikea-Möbeln spielen könnte. »Gute Flüge, schlechte Flüge« oder so.

»Aber dann hat er mir Wochen später gesagt, dass Kinder im Spiel sind, Zwillinge, und ab da habe ich mich so richtig geschämt. Nicht nur wegen dir, das sowieso. Aber weil ich dabei war, eine Familie auseinanderzureißen. Dafür, dass ich mit so jemandem zusammen bin, und dann dafür, dass ich trotzdem nicht von ihm loskomme. Und als ich es fast geschafft hatte, war ich plötzlich schwanger.«

Ich sitze da und höre ihr zu. Und zum ersten Mal im Leben gelingt es mir, sie bloß anzusehen und nichts zu sagen. Und es wirkt. Ich bekomme auf alles eine Antwort.

»Aber ich wollte dir nichts Böses! Ich habe sogar die Telefonrechnung doppelt bezahlt. Einmal an Cheapfonic und einmal an dich!«

»Ich weiß.«

»Was?«, fragt sie erstaunt. »Aber dann … Ich … auaaaaa!!!« Sie krümmt sich vor Schmerzen, aber fasst sich wieder, als die Wehe abebbt. »Verstehst du, ich wollte es dir sagen, aber es war schon alles so verfahren! Ich dachte irgendwann, ich habe nur noch eine Chance, dass wir trotz der Sache beide Freundinnen bleiben – wenn am Ende alles gut wird, er zu seinem Wort steht und sich trennt und alle sehen würden, dass es nicht an ihm lag, sondern er nur die Richtige treffen musste. So wie bei …«

»*Der Bachelor?*«, vollende ich ihren Satz.

Sie nickt und sieht völlig verzweifelt aus. Tränen kullern wie Sturzbäche ihre Wangen hinab.

»Ich dachte, er ändert sich, und wollte ihm bis zur Geburt Zeit geben um alles zu regeln. Charlotte, ich habe *den* Fehler meines Lebens gemacht!«

Ich kann einfach nicht mehr anders und springe auf. Feli ist gestraft genug mit ihrer Lage. Und ich glaube ihr.

»Na, und der Fehler will jetzt wohl raus?«

Es ist, als hätten wir die Rollen getauscht. Noch während sich in mir ein riesiges Wut-Gewitter zusammenbraut, vielmehr *zusammenbreuert*, greife ich resolut nach meiner Jeans. Feli krümmt sich jetzt alle paar Minuten vor Schmerzen und Tränen tropfen von ihrem Kinn. Als sie sieht, dass ich mich anziehe, huscht ein Schatten der Erleichterung über ihr Gesicht. Dann übergibt sie sich auf meinen Zimmerboden. Ich vermute, das nennt man Karma.

Ich schnappe mir ihr Handy, das vor ihren Füßen am Boden liegt und drücke die Kurzwahltaste für die Taxizentrale. Als ich den gemütlichen Bayern am anderen Ende der Leitung anfahre, er solle sich gefälligst sputen, denn wir hätten einen Notfall, kontert er beleidigt: »Dann rufen'S doch a Krankenwagerl« und legt schlichtweg auf. Unverschämt, aber im Grunde keine schlechte Idee.

»Feli?«

Sie liegt inzwischen quer über meiner Mulidecke auf dem Boden und macht Atemübungen, die sich anhören wie bei einem erstickenden Walross.

»Ich rufe dir einen Rettungswagen.«

Sie nickt flehend und schreit laut auf vor Schmerz. Ich hätte nie gedacht, dass eine Geburt wirklich so dramatisch ist. Meine Mutter stand bei der ersten Wehe, die die Geburt meines Bruders einläutete, frisch geföhnt mit einer Reisetasche in der Haustür, während mein Vater in aller Ruhe den Wagen aus der Garage holte und dann feststellte, dass er erstmal tanken muss. Erst da begann sie zu schreien. Und die Spanierin neulich an Bord hatte irgendwelche Medikamente und Alkohol zur Beruhigung intus.

Nachdem ich den Notruf verständigt habe und vollständig bekleidet bin (für Notfallverhältnisse, denn ich trage das erstbeste Oberteil, das mir in die Hände fiel: ein Winnie-Pooh-T-Shirt, das ich für die Enkelin meiner alten Englischlehrerin aus Disneyland importieren sollte. Als sie erfahren hat, dass ich Stewardess bin, ließ sie anklingen, dass ich das wohl auch ihrem Unterricht zu verdanken hätte.)

»Komm, wir müssen runter!«, kommandiere ich. Ich packe Feli bei den Händen und ziehe sie hoch. Du meine Güte, sie schnaubt nicht nur genauso wie Antje, das Fernsehwalross vom *NDR*, sie ist auch noch genauso schwer.

Als sie meine angestrengten Gesichtzüge bemerkt, murmelt sie verschämt: »Tut mir leid, ich hab ein bisschen zugenommen.«

Bei dieser Formulierung müssen wir beide lachen. Ein wunderbar befreiendes Lachen. Das erste seit Monaten in dieser Wohnung. Wieder scheint eine Wehenpause einzusetzen. Wir wanken zur Tür, und ich stecke schnell das Nötigste ein, während sie den Aufzug holt. Ihre Krankenversichertenkarte, ihren Mutterpass – gottlob gut sichtbar auf ihrem Schreibtisch –, einen Schlafanzug, Zahnbürste und Pantoffeln stopfe ich in Windeseile in ihre Sporttasche, und da höre ich sie bereits wieder aufstöhnen. Hektisch ziehe ich die Tür zu.

»Scheiße!«

»Was?«

»Ich hab den Schlüssel drinnen gelassen.«

»Egal«, raunt Feli.

Egal?! Ich rechne mir kurz aus, was der städtische Schlüsseldienst an einem Sonntag kostet. Sie scheint meine Gedanken zu erraten.

»Malte hat noch einen«, flüstert sie und duckt sich regelrecht vor mir.

»Bitte was?!« Ich weiß nicht, ob ich mich freuen oder ausflippen soll. Er hat einen eigenen Schlüssel zu unserer, zu *meiner* Wohnung? Das wird ja immer besser. Andererseits erspart uns das jetzt locker zweihundert Euro. Obwohl ich die lieber zahle, als ihn noch mal sehen zu müssen.

»Dann musst du ihn wohl doch noch einmal wiedersehen«, kommentiere ich diesen Umstand sarkastisch.

Während der Lift nach unten saust, stelle ich mir vor, wie er kurz mit einem Blumenbouquet in der Klinik aufläuft (natürlich erst, nachdem alles passiert ist) und sich dann auf seinen Flügen Cockpit-Kollegen gegenüber stolz als »Patchwork-Familienvater« verkauft. So wie Horst Seehofer. Oder der Becker-Clan. Oh je, der *Breuer-Clan*. Warum vermehren sich solche Menschen ständig? Und die armen Frauen müssen dann alle zusammen Weihnachten feiern.

Als wir unten ankommen, ist der Rettungswagen noch nicht in Sicht. Okay, es geht ja auch nicht um Leben und Tod, sondern nur um Leben, aber ein bisschen Tempo kann man ja wohl erwarten für seinen monatlichen Krankenversichertenbeitrag.

Eine weitere Wehe übermannt Feli, und ich fasse sie fest bei den Händen. Zum ersten Mal seit Langem sehen wir uns wieder in die Augen. Von der stolzen, fröhlichen Feli, die ich einst kannte, ist nichts mehr übrig. Liebeskummer und Geburtswehen kriegen wirklich jeden klein.

Als der Sankra in Sicht kommt, tappst sie so unsicher hinter mir her, wie ich vor drei gefühlten Jahrzehnten am Gepäckband in Istanbul hinter ihr. Die Sanitäter begrüßen uns freundlich, vermutlich ist es ein vergleichsweise harmloser Einsatz für sie.

»So, junge Frau, dann wollen wir mal. Das erste Kind?«

Wir nicken beide. Während Feli in den Wagen steigt, sich in die Waagrechte begibt und verkabelt wird, denke ich an die Bord-Geburt zurück. Ich hätte mir nie im Leben träumen lassen, so etwas schon so bald wieder zu erleben. Während auf einem Monitor Felis Herztöne und die des Babys erscheinen, greife ich nach dem schmalen Klappstuhl. Er funktioniert genau wie ein Jumpseat.

»Warten'S, ich helf Ihnen«, sagt einer der Sanitäter. Doch ich bin schon dabei, mich anzuschnallen.

»Oh, da kennt sich aber jemand aus!«

»Ja, ist wie im Flugzeug«, sage ich grinsend.

»Na servus, seid's ihr zwoa etwa Schtuwardessn?«, fragt der andere begeistert.

Wieder nicken wir nur.

»Kennt ihr eine Tanja?«

Feli und ich tauschen Blicke. »Nein, leider nicht«, antworte ich und verzichte ausnahmsweise darauf zu erklären, dass alleine bei Skyline zwölftausend Flugbegleiter arbeiten. Vermutlich also an die hundert Tanjas. Und ich kenne nicht eine.

Erneut verzieht Feli gepeinigt das Gesicht.

»Na, dann mal mit Blau«, kommuniziert unser Fan die Dringlichkeit dem anderen Sanitäter nach vorne durch ein kleines Fenster.

»Klinikwunsch?«, fragt er Feli.

»Maistraße«, presst sie hervor. »Da ist die Söllberg-Habermann Ärztin«, fügt sie für mich erklärend hinzu. Die Aussicht, heute auch noch meine Lieblingsfrauenärztin wiederzusehen, berauscht mich nicht gerade. Aber die wird sich bei ihren tausend Patientinnen wohl kaum an mich und meinen Ausbruch in ihrer Praxis erinnern.

Mit Blaulicht rauschen wir über Kopfsteinpflaster und Kreuzungen und ohne mir dessen bewusst zu sein, nehme ich Felis Hand.

»Danke«, sagt sie und weint wieder. Und ich weiß, dass ihre Tränen diesmal nichts mit den Schmerzen zu tun haben.

In der Klinik angekommen, geht alles sehr schnell, und während ich Feli am Empfang anmelde, wird sie auch schon Richtung Kreißsaal geschoben.

»Alles Gute, du schaffst das!«, flüstere ich ihr ins Ohr und gebe ihr zum Abschied einen Kuss auf die Stirn. Sie sieht einfach herzzerreißend aus in ihrem Elend.

»Bitte verzeih mir, Charlotte!«, flüstert sie zurück und umklammert mein Handgelenk, als käme die letzte Ölung auf sie zu. Eine kajalgetränkte Träne kullert über ihre Wange auf meinen Ärmel und hinterlässt einen kreisrunden grauen Fleck.

»'tschuldigung!«, murmelt sie. »Ich wollte gut aussehen, als ich wusste, dass … dass *er* vorbeikommt.«

»Und ich dachte schon, du hast dich für mich schick gemacht«, scherze ich bitter.

»Ich wusste ja nicht, wann du wiederkommst.«

So viel zum Thema E-Mails checken. Fast vergesse ich bei ihrem Anblick und ihrer Reue kurz alles, was war. Mit meiner Harmoniesucht ist es aber auch zum Verzweifeln! Wäre ich in der Politik, würde ich ständig Ländern wie Griechenland die Schulden erlassen, Truppen aus Afghanistan abziehen und den Jolie-Pitts unbeschränkt Adoptionen bewilligen.

In diesem Moment rauscht ein grüner OP-Kittel mit flüchtig winkender Hand an mir vorbei. Frau Doktor Söllberg-Habermann.

»Ach, Frau Loos, hallo!«, ruft sie mir im Vorbeigehen beschwingt durch ihren Mundschutz zu. »Sie müssen mal wiederkommen, gell? Ein Jahr ist schnell rum, und ich habe kaum noch Vorsorgetermine frei!«

Noch bevor ich meinen offen stehenden Mund wieder schließen kann, verschwindet sie im Eilschritt hinter einer Glastür mit der Aufschrift: *OP – Kein Zutritt*!

Kaum noch Termine frei, Angeberin! Aber sie scheint sich zumindest ihre verrückten Patientinnen zu merken. Ist es wirklich schon wieder so lange her, dass ich bei ihr war? Na ja, es sind zehn, elf Monate, ich habe also noch Zeit. Meinen kleinen Ausraster scheint sie mir jedenfalls verziehen zu haben, oder sie muss doch um jede Patientin kämpfen. Hm, irgendwie ist es gar nicht schlecht, wenn so eine Ärztin einen schon mal besser kennt. Vielleicht sollte ich uns noch eine Chance geben?

Ich halte nach einer Sitzgelegenheit Ausschau, lasse mich auf einen Sessel fallen und sehe mich in Ruhe um. Die Klinikwände sind freundlich hellgelb gestrichen, die Räume lichtdurchflutet. Genau wie in unserem Hausflur ist der

Boden aus schwarz-weißem Stein im Schachbrettmuster gefliest, und die Fensterrahmen haben hohe Rundbögen, vermutlich wirklich aus dem letzten Jahrhundert. Ich ziehe mir einen furchtbar dünnen Kaffee am Automaten und setze mich wieder. Von hier aus kann man hinaus in den Park sehen, wo Krankenhauspersonal und Besucher Patienten in Rollstühlen umherschieben.

Etwas Hartes drückt in meiner Gesäßtasche. Ich taste danach und fördere Felis Handy zutage. Vielleicht sollte ich irgend jemanden informieren, dass es nun losgeht? Malte etwa? Immerhin ist er der Vater. Und muss das nicht sogar auf der Geburtsurkunde eingetragen werden? Wie hat Feli gesagt: Es ist seine letzte Chance zu beweisen, dass er es ernst mit ihr meint. Ehrlich, ich würde zehnmal lieber sehen, dass ich nicht recht habe und sie schlicht und einfach die Richtige für ihn ist, als dass ich noch mal die Bestätigung kriege, dass er ein gefühlskalter Egomane ist.

Ich klappe das Handy auf, um seine Nummer zu suchen. Dabei fällt mir ein, dass man sie nur schwerlich vergessen kann. Es ist dieselbe wie die Modellnummer des Flugzeugmusters, das er so liebt: 747 747. Vielleicht hat er sie aber inzwischen geändert? Und geht gar nicht erst ran, wenn er Felis Namen auf seinem Display liest? Leider habe ich wie immer keine Ahnung, wie man die Rufnummeranzeige unterdrückt. Wie ich Felis Telefonregister entnehmen kann, hat er tatsächlich noch die alte Nummer, allerdings mit der Vorwahl eines anderen Anbieters.

Ich wühle nach etwas Kleingeld und steuere auf die Telefonzelle am Eingang des Klinikums zu, die ich im Vorbeirasen vorhin gesehen habe. Ich wähle, und es tutet. Gespannt presse ich den Hörer ans Ohr. Nach ein paar Freizeichen gibt es eine kleine Pause, und ein weiter entferntes Freizeichen ist zu hören. Entweder ist er auf einen anderen Kontinent geflohen, oder es ist eine Rufumleitung. Letzteres scheint zu stimmen, denn ein Anrufbeantworter springt an, mit einer automatisierten Stimme.

Während die neutrale Computerstimme den Anrufer auffordert, eine Nachricht zu hinterlassen, überprüfe ich im Display des Münztelefons, ob ich mich auch nicht verwählt habe. Nein, es zeigt einwandfrei Maltes Nummer an. Als endlich der Piep ertönt, säusele ich zuckersüß den erstbesten Text herunter, der mir spontan einfällt:

»Hallo Malte, ich bin es. Vielleicht interessiert es dich, dass deine Geliebte gerade ein Kind von dir zur Welt bringt. Ich will dich nicht mit Details langweilen, aber ich dachte, ich sage dir Bescheid. Vielleicht meldest du dich mal, obwohl ich nicht den Eindruck habe, dass sie weiterhin scharf auf dich ist. Sonst gibt's eigentlich nichts Neues. Ach doch, wo wir schon so offen sprechen: Behalt ruhig die Gewinnertickets, die du für den geklauten Claim gekriegt hast. Ich könnte mir vorstellen, du brauchst sie – für deine Flucht vor den Frauen in deinem Leben! Und nur zu deiner Info: Ja, ich hatte Wandersachen an im Flur – mein Freund und ich, wir waren im Himalaja. Ach, und wir bräuchten dann unseren Schlüssel zurück! Mach's gut!«

Tief befriedigt lege ich auf.

Ich war ja nie so der Typ für Rache und Genugtuung, aber ich gebe zu, ich fühle mich verdammt gut. Eine kleine Narbe behält man ja doch von jeder Trennung zurück.

Als ich eine halbe Stunde später wieder auf Felis Handy sehe, um zu gucken, ob sich irgendetwas tut, kann ich nicht widerstehen. Sicher sind Nachrichten von ihm darin gespeichert. Ich klicke mich durch das Menü und finde an die zweihundert alte SMS von Malte, abgespeichert unter »Maltemoncapitano«. Ach du lieber Himmel, da muss die Liebe wirklich groß sein, wenn Feli jemandem derartige Kosenamen gibt. Vielleicht ist es aber auch ein Codewort. Eine Art Deckname für sein Doppelleben, den er sich selbst gegeben hat. Zuzutrauen wäre es ihm.

Ich öffne ein paar der bereits geöffneten Briefchen, das älteste ist ein Jahr alt:

»Wie geht es der Frau meines Lebens heute? Noch nie war ich so verliebt, Felizitas!«

»Ich will alles hinter mir lassen und ein Leben mit dir! Bald bin ich frei!«

»Meine Frau ist auf einem Kongress. Willst du kommen? Tausch deinen Flug und sag C., du hattest wieder eine Dienstplanänderung.«

»Charlotte darf das nicht erfahren! Glaub mir, du tust dir keinen Gefallen damit! Warte noch!«

»Okay, Monaco war teuer – aber unsere Suite war es doch wert, oder?«

Aha, das erklärt also ihre Zahlungsschwierigkeiten, trotz ihres Gehaltes. Man hat sich mit den oberen Zehntausend amüsiert, verstehe. Vermutlich war sie mit Malte Markensachen shoppen, um dem Herrn zu gefallen, und ist hier und da zu ihm geflogen. Und während er im Dienst war und sogar bezahlt wurde, musste sie ihre Hälfte des Doppelbettes selber zahlen. Und bestimmt haben sie einigen von Maltes kostspieligen Hobbys gefrönt – Paragliding oder Kartfahren. Arme Feli, solche Männer gehen nicht nur unter die Haut, sondern auch ins Geld …

Ich lasse meine Augen erneut über die Sätze schweifen. Unfassbar, dass er es geschafft hat, mich auch noch über unsere Beziehung hinaus zu verschaukeln.

»Ich sag es ihr am Wochenende. Sie hat grad viel um die Ohren. Vertrau mir doch mal!«
»Felizitas, du bringst uns doch nicht auseinander. Im Gegenteil: Du erlöst mich aus einer furchtbaren Ehe!«
»Sei nicht albern, sie hat nie eine Figur wie deine gehabt!«
»Wichtig ist unser Mädchen! Ich bin nach wie vor für Kriemhild!«

Es gibt auch MMS. Fast bin ich ein wenig beleidigt. Die wären Malte damals für mich zu teuer gewesen. Ein Foto zeigt ihn in einem Outdoor-Store. Er deutet grinsend auf einen Kindertragegurt zum Bergsteigen. Du meine Güte! Das arme Kind. Und statt Muttermilch gibt er ihm wohl einen Powerriegel. Malte sucht offenbar ernsthaft immer nach Frauen, die er mitschleppen kann auf seine Gletscher(tor)touren, statt sich umgekehrt mal irgendjemandem anzupassen.

Die SMS danach kamen in deutlich größeren Zeitintervallen.

»Setz mich nicht so unter Druck. Ich mache, was ich für richtig halte.«
»Weißt du überhaupt, was eine Scheidung kostet?!«
»Du hast keine Ahnung, was da finanziell alles dranhängt.«
»Das hättest du dir vorher überlegen müssen. Du wusstest, ich bin verheiratet.«
»Sei nicht so egoistisch, Felizitas! Lass uns warten, bis meine Kinder im Schulalter sind.«

Die letzte SMS gibt mir den Rest. Und sicher hat sie bei Felizitas dieselbe Wirkung erzielt.

»Dir muss doch klar gewesen sein, dass ich auch mit meiner Frau schlafe?!«

Was für ein A**** Malte doch ist!

Ich meine, früher, da war er bloß rücksichtslos. Aber das

hier schlägt ja dem Fass den Boden aus. So lange mit den Gefühlen von vertrauten Menschen zu spielen! Und was ist mit den Kindern? Ganz gleich mit welchen. Mir könnte es ja nun wirklich relativ egal sein, aber ich spüre in mir allergrößte Hassgefühle aufkommen. Ich beschließe, ab sofort esoterisch zu denken und darauf zu vertrauen, dass das Universum ihn seiner gerechten Strafe zuführt! Ansonsten kann ich dieses ganze Wissen nicht ertragen. Ich muss sofort meine Aggressionen abbauen, sonst platze ich!

Ich beschließe, mal nach Feli zu sehen und die Treppen zu nehmen statt des Aufzugs. Ausgepowert in der Gynäkologie im fünften Stock angekommen, geht es mir tatsächlich etwas besser. Ich habe Felis Handy wieder sicher verstaut und beschlossen, mir ihre SMS an ihn im Postausgang nicht anzusehen. Ich finde, in Maltes Privatsphäre einzudringen, war okay, ihre Nachrichten aber sind privat.

Im Schwesternzimmer frage ich nach dem Stand der Dinge, und eine nette Schülerin zeigt mir Felis Zimmer. Die Sache scheint noch eine Weile zu dauern.

Ich laufe runter zum Krankenhauskiosk und besorge eine Karte. Dazu ein Stofftier, von dem ich nicht genau erkennen kann, ob es ein Pony oder ein Teddy sein soll, und unsere Lieblingsklatschzeitschrift. Außerdem einen mit Helium gefüllten Ballon in Herzform. Man wird nicht alle Tage Mutter. Und jemand wie Feli schon gar nicht. Auch, wenn der für sie so schöne Tag in keine schöne Phase unserer Freundschaft fällt.

Offenbar belegt sie das Zimmer alleine, und je länger ich warte, desto größer wird die Anziehung des leeren Nachbarbettes auf mich. Es dauert nicht lange, und ich liege darin, um endlich den dringend benötigten Schlaf nachzuholen …

Als mich die glockenhelle Stimme einer energischen Schwester weckt, ist es draußen längst dunkel.

»So, jetzt wollen wir mal aufstehen – und jemandem Platz machen, der wirklich was geleistet hat!«

Vor lauter schlechtem Gewissen springe ich in null Komma nichts auf, und fast macht mein Kreislauf dabei schlapp. Die Schwester macht sich sogleich daran, das von mir platt gedrückte Kopfkissen aufzuschütteln. Dann endlich wird Feli hereingeschoben – mit dem schönsten Lachen im Gesicht, das ich je bei einer Stewardess gesehen habe.

»Charlotte!«, strahlt sie mich an wie eine Supernova.

»Feli!«, strahle ich reflexartig zurück, als wären wir ein lange getrenntes Geschwisterpaar, das sich seit dem Mauerbau nicht mehr gesehen hat.

»Und Kriemhild!«, flüstere ich andächtig beim Anblick des kleinen Bündels Leben, das an ihrer Brust trinkt.

Feli verzieht das Gesicht. »Wie kommst du denn auf diesen furchtbaren Namen?«

Erstaunt sehe ich sie an. »Etwa nicht?«

»Charlotte, hast du einen an der Waffel? Darf ich vorstellen: Das ist Lotta!« Sie überreicht mir das warme kleine Paket mit dem dunklen Haarflaum.

»Ist sie gesund?«, ist meine nächste Frage. »Ich meine, wegen der Flasche Sekt, die wir...«

»Völlig – soweit man das bis jetzt beurteilen kann«, fällt Feli mir glücklich ins Wort. »Ich hoffe bloß, sie wird keine Schnapsdrossel deshalb.«

»Dann kannst du sie immer noch ›Fürstin von Metternich‹ nennen«, lache ich und sehe wieder auf das kleine Wesen in meinen Armen. »Lotta also«, wiederhole ich leise und erleichtert, versunken vor lauter Verzückung. Also so ein Baby hat wirklich eine magische Wirkung. Sie sieht aus wie ein kleiner Engel. Ich sehe von ihr wieder zu Feli. »Das klingt ja ein bisschen wie Charlotte?«

»Ja, aber nicht nur ein bisschen, sondern fast genauso«, bestätigt sie zärtlich lächelnd. Gerührt lege ich die schmatzende Lotta wieder in ihre Arme und beobachte, wie die Schwester ein kleines Bettchen ans Fußende rollt.

»Das ist ja toll«, sage ich. »Früher konnte ich mein Brüderchen bloß zweimal täglich hinter einer Glasscheibe sehen.«

»Ja, das waren die Achtziger«, gibt die Schwester mit der glockenhellen Stimme zurück. »Barbarische Zeiten waren das damals!« Sie tritt beherzt auf die Bremse des kleinen Kastens mit Schäfchenbettzeug und verlässt den Raum.

»Ist das alles von dir?« Feli sieht gerührt auf ihren dekorierten Nachttisch. »Aber das habe ich doch nach allem gar nicht verdient …«, flüstert sie beschämt.

»Das mag sein. Aber ich bin sicher, du hast es nötig. Und außerdem: Ich habe mich nie so richtig für die Rettung meines Koffers damals bedankt! Weißt du eigentlich, dass ich ohne meine Hello-Kitty-Wärmflasche längst erfroren wäre?«

»Na klar. Aber davon gibt es in Japan hundert Millionen, die du nachkaufen könntest! Oder ich dir.«

Endlich spüre ich in ihrer Stimme wieder die alte, selbstbewusste, mir vertraute Feli. Ich setze mich zu ihr ans Bett und fange an zu erzählen.

Als Erstes von meinem Anruf bei Malte und meiner Rede auf seiner Mailbox. (Das mit den SMS allerdings lasse ich lieber weg.)

»Ach du Schreck«, sagt sie »Er hat zurzeit Bereitschaftsdienst und mich beschworen, ihn nicht anzurufen. Weil er wohl schon mal Ärger hatte als Skyline ihn erreichen wollte und nicht konnte, ist er da ziemlich paranoid. Jedenfalls hat er zusätzlich eine Rufumleitung auf den heimischen Anrufbeantworter eingerichtet, sofern die Mailbox nicht greift. Und das hast du scheinbar geschafft!«

»Aber du hast doch auch noch versucht, ihn zu erreichen bevor wir los sind?«

»Ja – aber aus genau dem Grund hab ich's nur einmal klingeln lassen und dafür dreimal probiert. Er sieht ja dann, dass ich es bin und ruft zurück.

Okay, in derartige Beziehungs- und Bereitschaftsriten war ich natürlich nicht eingeweiht.

Sie überlegt. »Dann hast du jetzt quasi der ganzen Familie Breuer auf den AB gesprochen.«

»Na, hoffentlich!«, sage ich trotzig. Ich meine, hätte ich das vorher gewusst, wäre ich nie so weit gegangen. Aber jetzt, da es aus Versehen passiert ist, kriegt Malte eben was er verdient. Dabei fällt mir wieder ein wie es war, als Frau Doktor Söllberg-Habermann auf unseren AB geplaudert hat.

»Feli?«

»Hm?«

»Warum hast du dich damals so merkwürdig verhalten, als die Söllberg-Habermann bei uns angerufen hat?«

Sie holt tief Luft, als wolle sie auch die letzten Lügen wegatmen.

»Na ja. Ich hatte ihr von Anfang an gestanden, dass ich schwanger von einem verheirateten Mann bin. Und da hatte sie solches Mitleid, das ich befürchtet habe, sie könne mir dazu was Aufmunterndes auf den AB sprechen. Und dass du es dann so erfahren würdest. Deswegen war sie überhaupt nur so extrem nett zu mir und hat nach Sprechstundenende noch Zeit für meinen Fall gehabt.«

»Hm.«

Auch wenn dieser Gedanke jetzt völlig unangebracht ist, so freue ich mich doch ein bisschen, dass es also nicht an mir liegt, dass ich keine Premium-Patientin bin.

»Charlotte, es tut mir alles so leid! Es war schrecklich, Geheimnisse vor dir zu haben!«

Wir beide starren fasziniert zu Lotta rüber, die den Schlaf der Gerechten schläft und vorsichtig testet, ob ihre kleinen Zehen funktionieren.

»Mir ist unbegreiflich, dass ein so fieser Typ wie Malte etwas so Hübsches produzieren kann!«, entfährt es mir, setze dann aber: »'tschuldige!« nach, immerhin scheint Feli ja aus unerfindlichen Gründen so etwas wie Liebe für ihn zu empfinden oder empfunden zu haben. Ein weiteres Opfer dieses Phänomens, wie auch ich einstmals und seine Frau, ihres Zeichens, wie ich vermute, die blonde Barbie Sandra. Malte hat echt ganz schönen Verschleiß. Warum nur stehen Frauen auf abweisende Männer? Ich bin so froh, dass ich mein Beuteschema durchbrochen habe und mich auf jemanden wie Grant einlassen konnte. Jemanden, der mir guttut. Und bei dem es nicht unsexy ist, wenn er sich um mich kümmert.

»Charlotte, wirklich, ich schwöre dir, mit dem bin ich fertig. Das musst du mir glauben. Als sie mir Lotta in den Arm legten, da wurde er plötzlich unwichtig, da wurde ich selber sogar unwichtig. Jetzt geht es erst mal nur noch um die Kleine! Ich will für sie ein Leben ohne Stress und Streit und eine harmonische Kindheit, auch wenn das heißt, dass sie ohne Vater aufwächst. Dann bin ich halt alleinerziehend, na und? Das ist man doch sowieso mit einem Piloten als Partner. Ich konsultiere einen Anwalt wegen der Alimente und fertig ist die Laube.«

Verblüfft sehe ich sie an. »Feli, wegen mir musst du nicht … Also ich will eurem Familienglück nicht im Wege stehen.«

»Charlotte, sei nicht albern – oder hat er etwa inzwischen angerufen?«

»Nein.«

Fast tut es mir leid, Feli diese karge Botschaft überbringen zu müssen. Sie nickt, und ihre Mimik und ihr Tonfall lassen mich ihr Glauben schenken, dass dies der wirklich finale Schlussstrich ist.

»Charlotte-Schatz, ich … Darf ich überhaupt noch so zu dir sagen?«, fragt sie vorsichtig.

Ich sehe sie ernst an. »Vielleicht nicht im Moment …«

Wieder nickt sie traurig.

»Aber in drei Monaten bestimmt wieder …«, erlöse ich sie lächelnd.

Sie lächelt dankbar zurück, und wieder entrinnt ihr eine Träne. Sie wischt sie mit dem Pyjamaärmel weg. »Wochenbettdepression.«

»Natürlich«, bestätige ich verständnisvoll und reiche ihr ein Kleenex vom Nachttisch.

»Charlotte, ich möchte mich aufrichtig bei dir entschuldigen! Und ich werde dir jeden Cent zurückzahlen! Ich habe mich schon seit wir uns kennen schlecht gefühlt, weil ich mehr verdiene als du und wir genau dieselben Stunden fliegen. Ich wollte nie, dass Geld zwischen uns steht, weißt du? Deswegen habe ich so ein Geheimnis darum gemacht. Manchmal kommt wegen so was ja auch bei Freundinnen

Neid auf. Und jetzt ist genau das passiert. Ich weiß ja, wie diszipliniert du deine Spesen auf die Bugatti gespart und dich nur noch von Bagels und Kaffee ernährt hast in den USA, während ich im Spa war«

Es stimmt. Eine Zeit lang ist mir das mit dem Sparen unterwegs echt gut gelungen, aber dann irgendwann wieder nicht mehr.

»Tja, also weißt du, Feli, ich bin auch nicht so ganz unschuldig.«

»Wieso?«

»Also, ich hatte bei Skyline nicht nur Ärger wegen der Beschwerdebriefe ... sondern auch wegen meines Spesenkontos.«

»Aufgrund deiner Souvenirsucht?«, schlussfolgert Feli.

Wie gut sie mich doch kennt ... »Hm, ja. Aber das ist noch nicht alles. Ich musste zu einem Gespräch mit Frau Reger von der Finanzabteilung nach Frankfurt, und da habe ich dich vorgeschoben«, gestehe ich ihr zerknirscht.

»Wie denn das?«

»Na ja, sie hat gefragt, ob ich irgendwelche ernsten Sorgen habe, wegen derer ich im Minus bin, und da habe ich gelogen, ich müsste dich ... finanziell unterstützen. Und es kann sein, dass sie dich deswegen vielleicht sogar mal anruft und nachfragt ...«

»So, so.«

Feli schaut mich eine Weile an, aber ich kann keine Spur von Ärger oder sonst was in ihrem Gesicht entdecken.

»Ich denke, ich darf dich ab sofort wieder *Charlotte-Schatz* nennen«, bricht sie dann ihr Schweigen.

»Okay – Felilein.«

Einen Moment lang sitzen wir einfach so da, und man

hört nichts als das Surren der Lichtröhre über Felis Krankenhausbett und Lottas leises Schmatzen.

»Im Ernst, Charlotte, unsere Freundschaft bedeutet mir so viel, und du warst immer für mich da. Und bist es sogar jetzt in diesem wichtigen Moment. Ich möchte dich nicht verlieren!«

»Feli, das wirst du auch nicht. Aber gib mir etwas Zeit, ich muss das Ganze echt erst mal verdauen.«

Wie aufs Stichwort macht Lotta ein Minibäuerchen.

Was ich sage, stimmt, und ich werde in Zukunft mehr auf mich achten. Und auf mein Konto. Wie sagte schon Gerhard Schröder (oder war das meine Mutter?): »Freundschaft ist ja nicht, wenn der eine Fehler macht und der andere das auch noch doll findet.«

Ein vertrautes Piepen reißt mich aus meinen Gedanken. Es kommt aus Felis Sporttasche im Schrank. Ich sehe nach und entdecke mein eigenes Handy, das ich in der Eile da auch noch reingestopft haben muss. Es ist eine Nachricht von Grant! Wieder beginnt mein Herz wie wild zu klopfen, und ein glückseliges Lächeln breitet sich auf meinem Gesicht aus – das Feli nicht verborgen bleibt. Neugierig sieht sie mich an.

»Eine SMS«, erkläre ich.

»Und von wem?«

»Von meinem Freund.«

»Wie bitte, von wem?«, fragt sie und setzt sich kerzengerade im Bett auf.

»Tja, du weißt eben nicht alles über mich«, sage ich geheimnisvoll lächelnd. »Diese Geschichte erzähle ich dir aber ein anderes Mal …«

Erstaunlicherweise gibt sie sich damit zufrieden. Wir

sprechen noch kurz über die Geburt, und bevor Feli tief erschöpft einschläft, sagt sie nur noch: »Ich eigne mich nicht besonders als Mitbewohnerin, oder?«

»Nein«, sage ich milde. »Aber als Freundin.«

Dann öffne ich das blinkende Briefchen.

»Miss you so! (Vermissen dich! German colleague taught me the words). When will u come to visit me? Tomorrow?;-) Honestly: I'll buy you a ticket and we'll spend more time together. Weeks? Months? Our lives??? Would love to introduce u to my parents! We're now getting ready to go back home... ☹ Yours (!) Grant
P. S. Hope coming home (to Felicity) wasn't too bad ...?

Vor lauter Glück lache ich laut auf. Sogleich schnauben Feli und Lotta genervt im Schlaf auf, und ich halte mir die Hand vor den Mund, um sie nicht zu wecken. Mutter und Kind bieten einen so erfüllten, friedlichen und erschöpften Anblick, dass ich mich kaum davon trennen kann. Ich bleibe noch ein wenig und finde, diese Ansicht ist schöner als alles, was man vom Flugzeug aus sehen kann. Überglücklich presse ich das Handy an meine Brust und überfliege die Zeilen noch mal und noch mal. Dann nehme ich meine Jacke, lösche das Licht und schleiche mich aus dem Zimmer. Lotta gähnt und bewegt ihre winzigen Fingerchen, als wolle sie mir zum Abschied winken. Ich bin wie verzaubert.

Der Klinikflur ist wie leer gefegt, ich scheine die letzte Besucherin zu sein. Aus dem Schwesternzimmer dringen gedämpfte Stimmen, alles ist friedlich. Als ich auf den Ausgang zusteuere, fällt mir ein, dass ich keinen Schlüssel habe. Nach kurzem Ringen mit mir selber suche ich im Internet schnell nach der Nummer eines nahe gelegenen Schlüsseldienstes und beschließe, dass Unabhängigkeit noch wichtiger ist als Geld. Der Service verspricht schnell zu kommen und als ich auflege, fällt auch der letzte Rest Anspannung von mir ab. Das Baby ist da! Feli und ich sind wieder Freundinnen oder im Begriff, wieder welche zu werden. Malte ist weg vom Fenster und wird es hoffentlich für immer sein. Unsere Schulden muss Feli abbezahlen. Und ich habe Grant.

Noch einmal überfliege ich seine SMS. Nein, nach Hause zu kommen war gar nicht schlimm, im Gegenteil. Feli weiß ja wirklich noch gar nichts von allem, was passiert ist! Das mit der Fake-Charlotte, meine Höhenkrankheit, das mit Grant. Ich werde es ihr morgen erzählen. Okay, das mit Grant werde ich möglicherweise noch etwas zurückhalten. Ich muss erst mal sehen, wie sich die Dinge entwickeln mit ihr und mir und ihm und mir. Und vielleicht ist es ja ganz gut, wenn ich auch mal ein kleines Geheimnis habe. Oder zwei oder drei... Im Übrigen habe ich noch ein Hühnchen mit ihr zu rupfen in Sachen vermeintlicher englischer Kindsvater! Was war das nur für ein Zufall, dass ich tatsächlich einem Brian auf der Spur war?

Wieder piept mein Handy, wieder ist es eine Nachricht von Grant.

P. P. S: At first, I didn't wanna tell you, so that you don't get the wrong impression. But: Some time ago a friend of mine and I founded a club, called »Pit Cock«. It's not much but some small apartments in big cities (nothin like what u talked about to the SAS-Girl!), but ... if things go bad with Feli and u really had to move out, I also have one in Munich, where u could stay! So, please do not worry!

Kisses, Grant

Sehr geehrte Frau Loos,

Herr Cpt. M. Breuer hat uns mitgeteilt, dass der Slogan »Every mile a smile« nicht von ihm ist, sondern Ihre Idee war. Dafür bedanken wir uns sehr!
Nach Rücksprache mit Ihrer Skyline Personalbetreuung haben wir erfahren, dass Sie in letzter Zeit außerdem zu Unrecht Opfer einiger Beschwerden geworden sind. Auch dafür möchten wir uns als Ihr Arbeitgeber herzlich entschuldigen!
Wir hoffen, Ihnen mit zwei SkyTickets World eine Freude zu machen. Genießen Sie unser Produkt doch einmal als Passagier!

Ihr
Claudius L. Wiesenhopfer
Konzernvorstand

Lieber Herr Ludwig,

wir möchten uns in aller Form und ganz herzlich für allen Ärger entschuldigen, den wir Ihnen bereitet haben. Die noch ausstehenden Mietzahlungen erhalten Sie selbstverständlich weiterhin in Raten von uns. Als kleine Wiedergutmachung liegen anbei zwei Flugtickets – für Sie und Ihre Frau.
Sie gelten für Hin- und Rückflug an jedes Ziel der Welt (z. B. Malediven, Seychellen …)!
Und während Sie weg sind, passen wir jederzeit gerne auf Ihren Dackel auf (wie heißt er eigentlich?).

Herzlichst,
Felizitas Rauh & Charlotte Loos
(Das »Stöckelwild«)

P. S. Anbei ein kleines Leckerli für Ihren Vierbeiner. Es ist ein Hundeknochen aus Korea. Er enthält Ginseng und beschert Tieren angeblich ein besonders langes Leben!

Lippstadt, 19. März

Liebe Frau Loos/Frau Rauh,

wir hatten einen wundervollen Flug zu unserem Sohn nach Paderborn. Vielen Dank noch mal für die Tickets! Wir hoffen, unserem Heino geht es gut. Bitte gehen Sie mit ihm viel im Englischen Garten spazieren! Die ausstehenden Zahlungen sind angekommen. Mein Mann lässt ausrichten: Die Kündigung der Wohnung bleibt bestehen. (Allerdings hätte er im ersten Stock zwei gegenüberliegende, separate kleine Wohnungen, die wesentlich günstiger sind. Falls Sie also Interesse hätten …)

Er bittet Sie nur um Folgendes:

- *Nicht mit Absätzen übers Parkett!*
- *Koffer immer anheben!*
- *Kinderwagen nicht im Hausflur parken!*
- *Keine Schlüssel an Dritte aushändigen (z. B. Piloten)!*
- *Keinen Sand aus Dubai im Hausflur verteilen!!!*
- *Flurwoche findet nach bayerischer Zeit statt (auch wenn es »in Japan jetzt erst Freitag ist«)!*

Herzlichst,
Ehepaar Ludwig
(Ruth und Xaver)

*Felizitas Rauh/Nachzahlungen, 3. Rate ***SORRY**** +50,00 €

SKYLINE BEDANKT SICH BEI ALLEN SKYLINE-ENGELN +199,00 €

Spesensaldo: +27,01 €

18.

»Na, ich hoffe, Sie kommen heute nicht direkt vom Fliegen zur Untersuchung?« Frau Dr. Söllberg-Habermann sieht mich fragend an.

»Nein«, antworte ich und lächele vielsagend.

Inzwischen ist es fast eineinhalb Jahre her, dass ich zuletzt bei ihr war. Ich hoffe, es fällt ihr nicht auf.

Grant und ich haben zusammen einen wunderbaren Sommer verlebt. Er hat seinen gesamten Jahresurlaub mit mir in Europa verbracht, und ich habe unbezahlten Urlaub genommen. (Okay, dafür musste ich einen kleinen Kredit aufnehmen, aber das fliegt sich ja in null Komma nichts wieder rein ... Vor allem jetzt, da ich meine eigene kleine Wohnung habe!) Wir sind mit dem Fahrrad durch ganz Schweden gefahren, haben gezeltet und Fische gefangen, und danach sind wir zusammen den Jakobsweg gewandert. Und haben wochenlang kein Flugzeug bestiegen. Es war herrlich! Und diesmal habe ich mich *wirklich* erholt!

Frau Doktor klappt meine Akte auf und überfliegt ihre Notizen vom Vorjahr. »Nur zur Vorsorge, vermute ich?«

»Nein«, antworte ich wieder ganz entspannt.

Es ist schon komisch: Dieselbe Praxis, dieselbe Situation, und doch kommt es mir vor, als lägen Welten und Jahre zwischen meinem letzten Besuch hier und heute. Ich denke an Feli und Lotta, die inzwischen schon sitzen kann. Und an Grant und den Himalaja. Und an viele schrecklich schöne Kindernamen! *Grant-Junior* zum Beispiel oder *Lilifee-Charlotte …*

Mir fällt auf, dass die Ärztin keinen Ehering mehr trägt. Dummerweise bemerkt sie, dass ich intensiv ihren nackten Ringfinger anstarre, an dem einst der schmale goldene Ring mit einem Brillianten darin steckte.

»Geschieden«, sagt sie schulterzuckend.

»Ach …« Ich bemühe mich, einen Ausdruck tiefen Bedauerns aufzusetzen. Der sich allerdings als unnötig erweist.

»Oh nein, ich bin heilfroh, glauben Sie mir! Man kann so vieles machen ohne Partner! Malen, ins Theater gehen, Urlaub … Und das mit den Kindern kann auch geregelt werden.«

Ich nicke verständnisvoll, wollte ich ihr doch nun wirklich nicht ihr ganzes Privatleben entlocken. Andererseits habe ich beim letzten Mal ja auch meines enthüllt, da würde ich mich tatsächlich ein wenig besser fühlen, wenn ich auch etwas über sie erfahre. Ich sehe sie freundlich an und schweige.

»Mein Exmann ist Pilot und hatte eine Geliebte«, erklärt sie freimütig, ohne mit der Wimper zu zucken. »Und wenn Sie es genau wissen wollen … Eine Freundin von ihr war so nett, mir die Nachricht auf den AB zu sprechen.«

Huch, die Neugier steht mir offenbar ins Gesicht geschrieben. Verlegen wechsele ich die Blickrichtung und schaue auf ihren Rezeptblock. Wow. Ich hätte nie gedacht, dass eine Vorzeigefrau wie sie jemals eine Ehekrise … Moment. Ihr Exmann ist Pilot? Hatte eine Geliebte? Auf den AB? Ist sie etwa …?!

Ich falle fast vom Stuhl, als mich die Erkenntnis wie ein Blitzschlag mit mehreren tausend Volt trifft. Ich starre hypnotisiert auf ihre Haare, die sie heute zum Pferdeschwanz gebunden trägt. Na klar, der blonde Pferdeschwanz! Es ist derselbe wie damals auf Maltes Handydisplay im Crewbus. Es war also gar nicht der von Pessimismus-Barbie, es war … *ihrer*!

Aber wieso sprach er damals von ihr als *Heilpraktikerin?*

Natürlich, das ist so typisch Malte! Die Frau nicht in ihrem Beruf anzuerkennen und alles herunterzuspielen. Zwar bietet sie auch homöopathische Behandlungsmethoden an, aber Herrgott – sie ist *Ärztin*! Vermutlich bezeichnet er ihren Doktortitel auch als »zweites Standbein«.

»Frau Loos, was kann ich heute für Sie tun?«, durchbricht sie meine Gedanken und kehrt sachlich und ahnungslos zum eigentlichen Thema zurück.

Wieder fällt mir auf, welch große Ähnlichkeit sie mit Feli hat. »Eine Freundin von ihr war so nett, mir die Nachricht auf den AB zu sprechen«, hallt es in meinen Gedanken wieder. Oh Gott, das war *ich*. Was, wenn sie meine Stimme erkannt hat oder *jetzt* erkennt? Ich darf ab sofort nur noch das Nötigste sagen! Himmel – und sie hat unwissentlich das uneheliche Kind *ihres eigenen Mannes* zur Welt gebracht! Und ich dachte schon, Feli sei die Leidtragende. Ob sie das wohl ahnt?

Mein Blick streift den Bilderrahmen, der nach wie vor auf ihrem Schreibtisch steht und die beiden Babys im Strampelanzug zeigt. Auch hier kein Zweifel. Es sind die Jungen auf dem Holzpferd, auch wenn sie auf Maltes Bildern schon etwas größer waren. *Melchior und Theodor Söllberg-Habermann.* Oder heißen sie Breuer? Vermutlich hatte Frau Doktor ihren Doppelnamen schon, als sie Malte kennenlernte, und wollte nicht noch einen dranhängen.

Ich muss mich ablenken. Ich muss ganz schnell an etwas anderes denken! Nicht, dass ich rot werde oder mir noch irgendetwas rausrutscht, dass ihre ohnehin schon private Katastrophe in ein Inferno verwandeln würde. Grant. Garfield. Vielleicht werde ich eines Tages *Garfield* mit Nachnamen heißen. Charlotte Garfield. Ich darf nur nicht daran denken, wie viele neue Namensschilder ich bestellen müsste …

Ich kann mich nicht ablenken. Die Frau, der ich gegenübersitze, meine Frauenärztin, ist die Ehefrau von Malte Breuer. Oder besser, die Exehefrau. Ob er wohl gewusst hat, bei wem Feli in Behandlung ist? Feli selbst hat jedenfalls keinen blassen Schimmer, das wüsste ich. Ganz sicher!

Da fällt mir noch etwas ein: die Nummer auf dem Fax! Jetzt weiß ich, wieso sie mir so bekannt vorkam. Die Zahlenkombination neben den Rückreiseverbindungen, die Malte mir in London in die Hand gedrückt hat und die ich spontan für eine neue Personalkennziffer hielt – es war ihre Rufnummer! »P« stand für »Praxis«. Vermutlich musste er sie von unterwegs aus an- oder zurückrufen und hatte sie sich notiert.

Okay, jetzt ist es offiziell – Malte ist ein Soziopath, oder sogar ein Psychopath! Jedenfalls irgendein ernsthaft gestörter Mensch.

Frau Söllberg-Habermann lässt ihre rot lackierten Nägel ungeduldig über den Schreibtisch trommeln. Schließlich ist ihr Wartezimmer voll mit ungeduldigen Schwangeren. Es kostet mich einige Sekunden, mich aus meiner Schockstarre zu lösen, aber dann sammle ich mich und versuche, mir nichts anmerken zu lassen. Schließlich läuft es gerade so gut zwischen ihr, meiner biologischen Uhr und mir.

Ich richte mich auf und sage resolut, aber vorsichtshalber doch drei Tonlagen tiefer: »Ich möchte mir gern die Pille verschreiben lassen. Oder den NuvaRing – wenn das besser ist mit der Zeitverschiebung?«

Frau Söllberg-Habermann sieht erstaunt von meiner Akte auf. »Oh, dann sind Sie also nicht mehr Single?«

Elegant schlage ich meine Beine übereinander und mache mich bereit, die wunderbare Wahrheit in aller Deutlichkeit zu formulieren: »Nein. Nein, das bin ich nicht mehr.«

Danksagung

Dank an meine wunderbaren und geduldigen Lektorinnen Anne Tente und Anke Göbel. Ebenso an Gabi Beusker aus der PR-Abteilung, Ingrid Lauer aus der Werbung, Marianne Wagner und Eva Philippon – und den vielen anderen Menschen, die am Boden fleißig die *Saftschubse*-Bücher anschubsen.

Außerdem an meinen Agenten Holger Kuntze. (Natürlich wären *Saftschubse international* und *Einmal Himmel und zurück* auch denkbare Titel gewesen!)

Besonderer Dank gilt Herrn Prof. Michael Gutmann von der HFF München für seine ermunternden und weisen E-Mails. Sie sind mir ein treuer Begleiter durch alle Zeitzonen, Hochs und Tiefs.

Ebenso an Frau Prof. Dr. Michaela Krützen. (Sollte ich es in einem Satz sagen: »Wie Krützen Ihr Leben verändern kann.«)

Danke auch an Nina und Emanuel – zwei ganz besondere Fans. Sie haben mich sehr beeindruckt. Ebenso an Meli, meine eigene fantastische »Feli«.

Und natürlich an Mama, Papa, Sabine und Hendrik! (@ Hendrik: Nach Dublin fliegst du ungefähr zwei Stunden von hier aus!)

Danke an alle, die mir so viele rührende Feedbacks zu *Saftschubse* geschrieben oder gesagt haben. Ich war überwältigt von der Anzahl an E-Mails und Briefen und muss mich entschuldigen, dass ich es irgendwann einfach nicht mehr geschafft habe, alle zu beantworten!